HET VERHAAI

Holly Ringland

Het verhaal van Alice Hart

vertaald door Karien Gommers

UITGEVERIJ LUITINGH-SIJTHOFF

De dichtregels van Alfred, Lord Tennyson zijn afkomstig uit 'Maud', uit *Maud and Other Poems* (1855). Vertaling: Monique de Vre. De dichtregels van Sapfo zijn afkomstig uit gedicht 96. Vertaling: Mieke de Vos, *Gedichten*. Amsterdam: Athenaeum-Polak & Van Gennep, 2011. De dichtregels van Emily Brontë zijn afkomstig uit 'The Bluebell' (1846). Vertaling: Karien Gommers. Het fragment uit de brief van Alice Hoffman is gebruikt met toestemming van haarzelf. Het gedicht op p. 283 is een vertaling van het gedicht 'Seeds' van Ali Cobby Eckermann, verschenen in haar bundel *Inside My Mother* (2015), en is gebruikt met toestemming van de auteur. Het sonnet van Elizabeth Barrett Browning (nummer 44) is afkomstig uit haar bundel *Sonnets from the Portuguese* (1850). Vertaling: C.W. Schoneveld, *Liefdesbiecht in klinkdicht*. Dordrecht: uitgeverij Liverse, 2015.

Oorspronkelijke titel: *The Lost Flowers of Alice Hart*
Vertaling: Karien Gommers
Omslagontwerp: Marry van Baar/Hazel Lam, Harper Collins Design Studio
Illustraties omslag en binnenwerk: Edith Rewa Barrett
Opmaak binnenwerk: ZetSpiegel, Best

ISBN 978 90 245 7763 7
ISBN 978 90 245 7764 4 (e-book)
NUR 302

www.lsamsterdam.nl
www.boekenwereld.com

Voor alle vrouwen die twijfelen aan het belang en de zeggingskracht van hun verhaal.

Voor mijn moeder, die alles gaf om mij bloemen te brengen.

En voor Sam, zonder wiens steun dit boek nooit was geschreven en mijn droom niet in vervulling was gegaan.

Inhoud

Er is een schitterende traan gevallen
van de passiebloem bij de poort.
Ze komt, mijn duifje, mijn liefje,
ze komt, mijn leven, mijn lot.
De rode roos roept: Daar komt ze.
En de witte roos weent: Daar komt ze.
De ridderspoor luistert: Ik hoor haar
voetstap.
En de lelie fluistert: Ik wacht.

Alfred, Lord Tennyson

1

Zwartvuurorchidee (black fire orchid)

Betekenis: **wens tot bezitten**
Pyrorchis nigricans | West-Australië

Heeft vuur nodig om te bloeien. Groeit uit bollen die in winterslaap liggen. Dieprode strepen op een vleeskleurig kelkblad. Wordt zwart na de bloei, alsof de bloem is verschroeid.

In het gepotdekselde huisje aan het einde van de zandweg zat de negenjarige Alice Hart aan haar bureau bij het raam te dromen over hoe ze haar vader in brand zou kunnen steken.

Voor haar, op het door haar vader getimmerde bureautje van eucalyptushout, lag een geopend bibliotheekboek met verhalen van over de hele wereld over de mythe van het vuur. Hoewel er vanuit de Stille Oceaan een zilte noordoostenwind waaide, kon Alice de rook, aarde en brandende veren al ruiken. Fluisterend las ze:

De feniks wordt door het vuur verzwolgen, verteerd door vlammen en verbrand tot as, waaruit hij als herboren herrijst, als dezelfde vogel maar toch totaal anders.

Ze liet haar vingertop boven het plaatje van de herrezen feniks zweven. Zijn zilveren veren glansden, zijn vleugels waren gespreid en zijn kop helde naar achter, klaar om te kraaien. Haastig trok ze haar hand terug, alsof de oranje en goudkleurige vlammen haar huid konden verschroeien. Door het geopende raam waaide de geur van zeewier binnen. De windgongen in de tuin van haar moeder waarschuwden voor de aantrekkende wind.

Alice boog zich over haar bureau en zette het raam op een kier. Ze schoof het boek opzij en terwijl ze zijdelings naar de illustratie staarde, pakte ze het bord met geroosterd brood dat ze uren geleden had klaargemaakt. Ze nam een hap van een beboterd driehoekje en kauwde langzaam op het inmiddels afgekoelde brood. Hoe zou het zijn als vader door het vuur werd verzwolgen? Als al zijn monsters tot as werden verbrand en alleen het beste van hem zou herrijzen, herboren in de vlammen, veranderd in de man die hij soms ook kon zijn; de man die een bureautje voor haar had gemaakt, waaraan ze verhalen kon schrijven.

Alice sloot haar ogen. Even stelde ze zich voor dat de zee die ze door het raam kon horen bulderen, een oceaan van verzengend vuur was. Zou ze haar vader erin kunnen duwen zodat hij, net als de feniks in haar boek, door vlammen werd verteerd? Ze verbeeldde zich dat hij, wanneer hij weer tevoorschijn kwam, zijn hoofd schudde alsof hij uit een nare droom wakker werd, en zijn armen naar haar uitstrekte. *Dag, kleintje*, zou hij dan zeggen. Of misschien zou hij alleen maar fluiten, met zijn handen in zijn zakken en een glimlach in zijn ogen. Misschien zou ze zijn blauwe ogen nooit meer donker van woede zien worden, zijn gezicht nooit meer wit zien wegtrekken, nooit meer het schuim, even wit als zijn gezicht, in zijn mondhoeken zien verschijnen. Dan hoefde ze zich alleen nog maar te concentreren op het bepalen van de windrichting of op de keuze van haar bibliotheekboeken of op het schrijven aan haar bureau. Herboren door het vuur zou haar vader het zwangere lichaam van haar moeder altijd met tederheid aanraken; zijn handen zouden Alice altijd zacht en koesterend strelen, maar vooral zou hij de baby die op komst was liefdevol wiegen, en hoefde Alice niet langer wakker te liggen en zich af te vragen hoe ze haar familie moest beschermen.

Ze sloeg het boek dicht. Het houten blad van het bureautje, dat over de hele lengte van haar slaapkamer liep, trilde ervan. Het bureau stond voor twee grote ramen die uitkeken op een tuin vol venushaar, wolfsklauw en struiken met vlindervormig blad, die door haar moeder werden verzorgd totdat de misselijkheid haar te veel werd. Die ochtend nog was ze bezig geweest de zaadjes van de kangoeroepoot in potten te planten. Ineens had ze zich voorovergebogen en moest ze kokhalzen. Toen Alice, die aan haar bureau zat te lezen, haar moeder hoorde, was ze door het geopende raam geklommen en in de varens gesprongen. Niet wetend wat ze anders moest doen, had ze haar moeders hand stevig vastgehouden.

'Het gaat wel weer,' zei haar moeder kuchend. Voor ze hem losliet, kneep ze even in Alice' hand. 'Het is gewoon ochtendmisselijkheid, kleintje. Maak je maar geen zorgen.' Terwijl haar moeder haar hoofd naar achter bewoog om diep adem te halen, viel haar lichtblonde haar van haar gezicht. Achter haar oor, rondom een snee in haar tere huid, was een nieuwe bloeduitstorting zichtbaar, paars als de zee in de ochtend. Alice was niet snel genoeg om haar blik af te wenden.

'Ach, kleintje,' zei haar moeder terwijl ze moeizaam overeind kwam. 'Ik ben gevallen in de keuken. Ik keek niet goed uit. De baby maakt me soms zo duizelig.' Ze legde haar ene hand op haar buik en met de andere veegde ze het zand van haar jurk. Alice staarde naar de jonge varens, die onder haar moeders gewicht waren geplet.

Vrij snel daarna vertrokken haar ouders. Alice stond bij de voordeur totdat de stofwolk achter haar vaders pick-up in het blauwe ochtendlicht was verdwenen. Ze gingen naar de stad voor een zwangerschapscontrole en in de pick-up was slechts plaats voor twee. *Lief zijn hè, meisje,* had haar moeder gesmeekt terwijl haar lippen Alice' wang beroerden. Ze rook naar jasmijn, en naar angst.

Alice pakte nog een driehoekje koud brood en hield het tussen haar tanden terwijl ze haar hand in haar bibliotheektas stak. Ze had haar moeder beloofd om huiswerk te maken, maar tot nu toe lagen de opgaven, die het schriftelijk-onderwijsinstituut haar had toegestuurd, nog ongeopend op haar bureau. Terwijl ze een boek uit de bibliotheektas haalde en de titel las, viel haar mond open van verbazing en was ze al haar huiswerk plots vergeten.

In het lage licht van de naderende storm leek het gebosseleerde omslag van *Vuur, een handleiding voor beginners* bijna te leven, licht te geven. Vlammen in een metaalachtige glans. Alice kreeg er een onheilspellend, opwindend gevoel in haar buik van, en haar handen werden klam. Net toen ze het omslag wilde aanraken, klonk achter haar het gerinkel van hondenpenningen. Toby was binnengekomen, alsof hij haar opwinding had geroken. Hij streek met zijn natte neus langs haar been. Alice glimlachte toen Toby braaf ging zitten. Ze was blij met de afleiding. Ze stak het stukje brood naar hem uit, dat hij gretig tussen zijn tanden nam en naar binnen schrokte. Hondenkwijl drupte op haar voeten.

'Bah, Tobes,' zei ze terwijl ze zijn oren streelde. Toen hield ze haar duim omhoog en bewoog hem van links naar rechts. Bij wijze van antwoord begon Toby met zijn staart te zwaaien. Hij tilde zijn poot op en legde hem op haar been. Ze had Toby van haar vader cadeau gekregen. Hij was haar allerbeste vriend. Als pup had hij een paar keer te vaak onder de tafel aan haar vaders tenen geknabbeld en hij was toen tegen de zijkant van de wasmachine gesmeten. Haar vader verbood haar met hem naar de dierenarts te gaan, en sindsdien was Toby doof. Toen ze erachter kwam dat hij niet meer kon horen, was Alice een soort gebarentaal gaan bedenken die alleen zij en Toby verstonden. Weer bewoog ze met haar duim om hem te laten weten dat hij braaf was. Toby likte met een slobberige tong over haar wang, waarop Alice een vies gezicht trok en lachend haar wang schoonveegde. Hij liep een paar rondjes om haar heen en plofte vervolgens aan haar voeten neer. Hij was allang geen pup meer en leek meer op een grijsogige wolf dan op een herdershond. Alice krulde haar blote tenen in zijn lange, zachte vacht. Gesteund door zijn aanwezigheid opende ze haar boek en algauw werd ze in beslag genomen door het eerste verhaal.

In verre landen, zoals Duitsland en Denemarken, werd vuur gebruikt om het oude te verbranden en het nieuwe te verwelkomen. Het begin van een nieuwe cyclus: een seizoen, een sterfgeval, een geboorte of een liefde. Soms werden er zelfs reusachtige poppen gemaakt van wilgentenen en braamtakken, die in brand werden gestoken om het einde en een nieuw begin te markeren, om wonderen teweeg te brengen.

Alice leunde achterover in haar stoel. Haar ogen prikten. Ze drukte haar handen op de bladzijden, over de foto van een brandende pop. Welk wonder zou háár vuur teweegbrengen? Om te beginnen hoopte ze dat ze nooit meer het geluid hoefde te horen van dingen die kapotgegooid werden. En dat ze nooit meer de zure geur van angst hoefde te ruiken. Ze zou een moestuintje aanleggen en nooit meer gestraft worden omdat ze per ongeluk de verkeerde schop had gebruikt. Ze zou leren fietsen zonder het gevoel te hebben dat haar haar van haar schedel werd getrokken vanwege de woedende greep waarin haar vader haar gevangenhield wanneer ze haar evenwicht niet kon houden. Om te zien of er zwaar weer op komst was, hoefde ze alleen nog maar naar de lucht te kijken. Ze hoefde niet langer op de schaduwen op zijn gezicht te letten om te zien of hij in een monster zou veranderen of in de man die van een gomboom een bureau kon maken.

Dat bureau timmerde hij voor haar op de dag nadat hij haar in zee had geduwd en haar in haar eentje naar het strand had laten zwemmen. Die avond was hij naar zijn schuur gegaan en had hij zich twee dagen lang niet laten zien. Toen hij weer tevoorschijn kwam, liep hij gebukt onder het gewicht van een rechthoekig bureau, twee keer zo lang als hijzelf, gemaakt van licht gevlekt gomhout dat hij had bewaard om er een varenkas voor haar moeder van te maken. Terwijl hij het bureau onder de vensterbank aan de muur schroefde, hing Alice een beetje in haar kamer rond. Haar slaapkamer vulde zich met de bedwelmende geur van vers hout, olie en vernis. Hij liet haar zien hoe ze de klep aan de koperen scharnieren kon optillen, waaronder een ondiepe ruimte was voor papier, potloden en boeken. Hij had zelfs gezorgd voor een steun, in de vorm van een mooi geschaafde tak van de gomboom, waarmee de klep omhooggehouden kon worden zodat ze haar handen vrij had om in de la te rommelen. *De volgende keer dat ik naar het dorp ga, kleintje, zal ik potloden en krijtjes voor je meenemen.* Alice had haar armen om hem heen geslagen. Hij rook naar zeep, zweet en terpentine. *Klein konijntje van me.* Zijn stoppels schuurden over haar wang. Er plakten woorden aan haar tong: *Je bent er nog. Ik wist het wel. Blijf. Laat de wind alsjeblieft niet van richting veranderen.* Maar het enige wat ze kon zeggen was: *Dank je wel.*

Alice' blik gleed weer naar het geopende boek.

Vuur is een element waarvoor wrijving, brandstof en zuurstof nodig zijn. Een optimaal vuur vereist optimale omstandigheden.

Ze keek op, de tuin in. De onzichtbare wind rukte aan de potten met venushaar, die aan haken tegen de muur hingen. Hij gierde door de smalle kier van het raam. Ze ademde een paar keer diep in en uit. *Vuur is een element waarvoor wrijving, brandstof en zuurstof nodig zijn.* Terwijl ze naar het groene hart van haar moeders tuin staarde, wist ze wat haar te doen stond.

De wind trok vanuit het oosten aan en joeg donkere wolken door de lucht. Bij de achterdeur trok Alice haar windjack aan. Toby drentelde om haar heen en toen ze met haar vingers door zijn harige vacht streek, begon hij zachtjes te janken en wroette met zijn neus in haar buik. Zijn oren lagen plat naar achter. Buiten rukte wind de blaadjes van haar moeders witte rozen en blies ze als vallende sterren door de tuin. Aan de rand van hun terrein stond, als een donkere schaduw, de afgesloten schuur van haar vader. Alice klopte op de zakken van haar jack. De sleutel van de schuur zat erin. Even bleef ze staan om zichzelf moed in te spreken, maar toen opende ze de achterdeur en rende met Toby het huis uit, de wind tegemoet.

Hoewel haar vader haar ten strengste had verboden de schuur in te gaan, had dat haar er niet van weerhouden om te fantaseren over hoe het er daarbinnen uit zou zien. Haar vader ging meestal naar de schuur als hij weer iets vreselijks had gedaan. En meestal was hij, als hij er weer uit kwam, in een veel beter humeur. Alice was ervan overtuigd dat er in zijn schuur een soort transformatiekracht huisde, een soort toverspiegel of misschien wel een spinnewiel. Toen ze klein was, had ze hem wel eens durven vragen wat er allemaal te vinden was. Hij had niet geantwoord, maar sinds hij haar bureau had gemaakt wist ze het. In haar bibliotheekboeken had ze over alchemie gelezen. Ze kende het sprookje van Repelsteeltje en wist dat haar vader in de schuur stro tot gouddraad spon.

Ze rende zo hard dat haar benen en longen pijn deden. Toby blafte naar de lucht totdat een droge bliksemflits de hemel oplichtte en hij van schrik zijn staart tussen zijn poten trok. Bij de deur van de schuur haalde Alice de sleutel uit haar zak en stak hem in het hangslot. De sleutel bleef steken. De wind blies haar in het gezicht en deed haar wankelen, maar Toby's warme lijf tegen haar aan hield haar op de been. Weer probeerde ze het slot open te krijgen. De sleutel deed pijn aan haar hand. Er zat geen beweging in. Een verblindende angst overviel haar. Ze liet de sleutel los en streek haar haren uit haar gezicht. Weer probeerde ze de sleutel om te draaien. Deze keer bewoog hij ineens wél mee, alsof het slot geolied was. Alice trok het hangslot los, duwde de klink omlaag en strompelde, met Toby op haar hielen, naar binnen. Met een harde klap blies de wind de deur achter haar dicht.

Binnen was het aardedonker; de schuur had geen ramen. Toby gromde. Alice zocht hem op de tast om hem gerust te stellen. Ze hoorde niets anders dan het ruisen van haar bloed in haar oren en het bulderen van de wind. De peulen van de flamboyant naast de schuur kletterden achter elkaar omlaag, alsof er op ijzeren slippers op het dak werd gedanst.

Er hing een sterke geur van petroleum. Alice tastte in het rond tot haar vingers op de werkbank een lamp vonden. Ze herkende de vorm, haar moeder had voor in huis dezelfde lamp gekocht. Ernaast lag een doos lucifers. Een boze stem bulderde door haar hoofd: *Jij mag hier helemaal niet komen. Jij mag hier helemaal niet komen.* Ze kromp ineen maar schoof toch het luciferdoosje open. Ze voelde waar de strijkkopjes zaten, pakte er een lucifer uit en streek hem langs het ruwe strijkvlak. Een vlammetje lichtte op en de geur van zwavel verspreidde zich. Ze hield de lucifer bij het kousje van de petroleumlamp en draaide de glazen kap er weer op. Het licht verspreidde zich over haar vaders werkbank. Een van de laden stond een stukje open. Met trillende vingers trok ze hem verder open. Er lag een foto in en nog iets anders, wat Alice niet goed kon zien. Ze haalde de foto eruit. Er zaten ezelsoren aan, maar de afbeelding was nog scherp: een prachtig vervallen huis bedekt met wijnranken. Alice stak haar hand in de la om het andere voorwerp te pakken. Het voelde zacht aan. Toen ze het bij het licht hield, zag ze wat het was: een zwarte haarlok, bijeengehouden door een versleten lint.

Een harde windvlaag deed de deur van de schuur klapperen. Verschrikt liet Alice de haarlok en de foto vallen en draaide zich om. Er was niemand. Het was de wind maar. Net toen haar hartslag weer een beetje normaal was zakte Toby ineens door zijn poten en begon te grommen. Met een trillende hand tilde Alice de lamp op om de rest van haar vaders schuur te verlichten. Haar mond viel open van verbazing en haar knieën begonnen te knikken.

Om haar heen stonden tientallen houten beelden, variërend van heel klein tot levensgroot, en allemaal van dezelfde twee figuren. De ene was een oudere vrouw, gevangen in diverse poses: ruikend aan een gomblad, een potplant van dichtbij inspecterend, liggend op haar rug met haar ene arm haar ogen afschermend en met de andere naar de lucht wijzend, en staand, waarbij ze haar rok vol bloemen opgetild hield. De andere figuur stelde een meisje voor, ook weer in diverse poses: een boek lezend, schrijvend aan een bureau, de pluizen van een paardenbloem wegblazend. Het was niet moeilijk zichzelf te herkennen in haar vaders beelden. Haar hoofd begon te bonzen.

De schuur was gevuld met talloze versies van de vrouw en het meisje. Ze leken om de werkbank heen te drommen. Alice haalde een paar keer diep adem en luisterde naar haar hartslag. *Ik-ben-hier*, zei haar hart. *Ik-ben-hier.* Als vuur iets kon transformeren, dan konden woorden dat ook. Alice had genoeg gelezen om te weten hoe krachtig woorden konden zijn, vooral wanneer ze werden herhaald. Als je iets maar vaak genoeg zei, dan gebeurde het ook. Op het ritme van haar hart sprak ze haar toverformule uit.

Ik-ben-hier.

Ik-ben-hier.

Ik-ben-hier.

Ze draaide langzaam rondjes en bekeek de houten figuren. Ze herinnerde zich dat ze ooit iets had gelezen over een slechte koning, die zoveel vijanden in zijn koninkrijk had dat hij zich omringde met soldaten van steen en klei. Maar klei is geen vlees, en steen is hart noch bloed. Uiteindelijk werd de koning door zijn onderdanen, tegen wie hij zichzelf probeerde te beschermen, in zijn slaap overvallen en verpletterd met zijn eigen stenen soldaten. De rillingen liepen Alice over de rug toen ze zich de woorden herinnerde die ze daarnet op haar kamertje had gelezen.

Vuur is een element waarvoor wrijving, brandstof en zuurstof nodig zijn.

'Kom mee, Tobes,' zei ze gehaast. Ze pakte een beeldje, en nog een, en net als dat ene vrouwenbeeld tilde ze haar T-shirt op tot een kommetje en legde de allerkleinste beeldjes erin. Toby drentelde nerveus om haar heen. Alice' hart bonsde tegen haar ribben. Er waren zoveel beelden in de schuur dat haar vader een paar kleintjes niet zou missen. Ze zou ze heel goed als brandstof kunnen gebruiken wanneer ze ging oefenen met vuur maken.

Alice zou zich deze dag altijd blijven herinneren als de dag waarop haar leven onherroepelijk veranderde, ook al duurde het nog twintig jaar voordat ze inzag dat het leven slechts achterwaarts begrepen kan worden maar voorwaarts moet worden geleefd. Meestal heb je geen oog voor je omgeving zolang je je erin bevindt.

Alice' vader reed zwijgend de oprit op. Zijn handen klemden zich om het stuur. Op het gezicht van zijn vrouw zaten striemen, die ze met haar ene hand afdekte. Haar andere hand hield ze tegen haar maag gedrukt. Ze duwde tegen het portier aan de passagierszijde. Hij had gezien hoe ze de arm van de arts had aangeraakt. Hij had de blik op het gezicht van de arts gezien. Hij had het met eigen ogen gezien. Onder zijn rechteroog begon een spiertje te trillen. Toen zijn vrouw overeind kwam na de scan, had ze zich duizelig gevoeld. Op de heenweg had hij niet willen stoppen om iets te eten uit angst dat ze te laat voor de afspraak zouden komen. Ze had op haar benen staan wankelen, de dokter had haar moeten ondersteunen.

Hij strekte zijn vingers. Zijn knokkels deden nog steeds pijn. Hij keek naar zijn vrouw, die ineengedoken naast hem zat, lichtjaren van hem verwijderd. Even voelde hij de behoefte om haar aan te raken en te zeggen dat ze alleen maar iets beter moest opletten met wat ze deed, dat ze hem niet moest provoceren. Als hij in bloemen tot haar sprak, begreep ze het misschien wel. Gevorkte zonnedauw, *ik ga dood als ik word verwaarloosd*. Harlekijnfuchsia, *genezing en verlichting*. Huwelijksstruik, *stabiliteit*. Maar sinds ze uit Thornfield waren vertrokken, had hij haar geen bloemen meer gegeven.

Ze had vandaag een paar steken laten vallen. Ze had tijd moeten inruimen om, voordat ze weggingen, een broodtrommel klaar te maken. Dan was ze niet duizelig geworden en had hij niet hoeven aanzien hoe ze met die arts aan het slijmen was. Ze wist hoeveel moeite hij had met de bezoekjes aan het dorp en met de medische professionals wier handen over en in het lichaam van zijn vrouw gleden. Tijdens deze zwangerschap waren ze nog niet eerder voor een echo of controle naar het dorp geweest. En tijdens de zwangerschap van Alice evenmin, en die was probleemloos verlopen. Was het soms zíjn schuld dat ze hem telkens weer teleurstelde?

'We zijn thuis,' zei hij. Hij zette de pick-up op de handrem en schakelde de motor uit. Zijn vrouw haalde haar hand weg van haar gezicht en greep naar de klink. Ze duwde hem omlaag en wachtte. Zijn woede vlamde op. Waarom zei ze niets? Hij zette de centrale vergrendeling uit in de veronderstelling dat ze hem dankbaar glimlachend of misschien zelfs verontschuldigend zou aankijken. Maar ze vloog de auto uit, als een kip uit de ren. Hij stapte uit, riep haar naam, maar zijn stem werd gesmoord door de wind. Met grote passen rende hij achter haar aan, vastbesloten om haar terecht te wijzen, maar toen hij dichter bij het huis kwam, werd zijn aandacht afgeleid.

De schuurdeur stond open. Het hangslot hing los aan de klink. Zijn ogen vingen een flits op van het rode windjack van zijn dochter.

Toen er niet meer beeldjes in haar T-shirt pasten, haastte Alice zich de schuur uit, de schemering tegemoet. Een donderslag deed de hemel schudden. Van schrik liet ze de beeldjes op de grond vallen en ze ging op haar hurken tegen de schuurdeur aan zitten. Toby dook in elkaar, het haar op zijn rug stond overeind. Ze stak haar hand uit om hem te kalmeren. Toen ze opstond, blies een windvlaag haar in het gezicht. Ze wankelde. Ze vergat de beeldjes, gebaarde Toby om mee te komen en rende naar het huis. Toen ze bijna bij de achterdeur waren, schoot een bliksemflits als een neerwaartse pijl door de donkere lucht, die in zilverkleurige scherven uiteenspatte. Alice verstijfde. In die witte flits zag ze hem. Haar vader stond in de deuropening, met zijn armen strak langs zijn lichaam en zijn handen tot vuisten gebald. Ze hoefde niet dichterbij te gaan staan of beter licht te hebben om te weten hoe donker zijn ogen waren.

Ze besloot langs de zijkant van het huis te rennen. Ze wist niet zeker of haar vader haar had gezien. Terwijl ze door haar moeders varentuin holde, schoot haar een vreselijke gedachte te binnen: de petroleumlamp in de schuur. Ze was vergeten hem uit te blazen.

Alice sprong door het geopende raam van haar kamer op haar bureau en trok Toby achter zich aan. Hijgend zaten ze naast elkaar. Toby likte over haar gezicht en Alice aaide hem afwezig. Rook ze al iets? Vuur? Paniek maakte zich van haar meester. Ze sprong van het bureau, pakte haar bibliotheekboeken, stopte ze in haar tas en propte die achter in haar kast. Ze trok haar windjack uit en stopte hem ook in de kast. Toen sloot ze het raam. *Er moet iemand in de schuur hebben ingebroken, pap. Ik heb aldoor binnen op jullie zitten wachten.*

Ze hoorde haar vader niet binnenkomen en toen ze hem zag, was ze niet snel genoeg om hem te ontwijken. Het laatste wat ze zag was Toby die zijn tanden liet zien, zijn ogen wild van angst. Ze herinnerde zich de geur van rook, aarde en brandende veren. Een stekende pijn verspreidde zich over haar wang en trok haar mee, de duisternis in.

2

Flanelbloem (flannel flower)

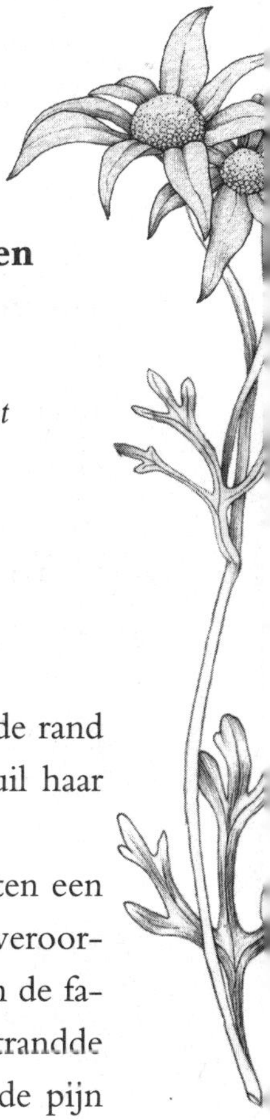

Betekenis: **het verlorene wordt teruggevonden**

Actinotus helianthi | Nieuw-Zuid-Wales

De lichtgrijze stam, takken en bladeren van de plant zijn bedekt met donsachtig haar en hebben een flanelachtige textuur. De mooie madeliefachtige bloemen bloeien in het voorjaar; na een bosbrand kan de bloei overdadig zijn.

Het eerste verhaal dat Alice ooit te horen kreeg begon op de rand van de duisternis, de dag waarop haar allereerste babygehuil haar moeders hart weer op gang bracht.

Op de avond van haar geboorte kwam er vanuit het oosten een subtropische storm het land binnen, die een springvloed veroorzaakte waardoor de landweg tussen het dorp en het huis van de familie Hart was afgesneden. Ergens halverwege de route strandde Agnes Hart. Haar vliezen waren gebroken en een knellende pijn leek haar lichaam bijna in tweeën te splijten. Op de achterbank van de pick-up van haar man perste ze een dochter uit haar lichaam. De storm raasde over de suikerrietvelden. Clem Hart was aanvankelijk zo druk bezig met het inbakeren van zijn kind dat hij de gelaatskleur van zijn vrouw niet zag. Hij schrok van haar inwitte gezicht en haar lippen, die de kleur van oesters hadden. Hij vergat de baby en schudde Agnes door elkaar. Tevergeefs. Pas toen hun dochter begon te schreeuwen kwam Agnes met een schok tot bewustzijn. Aan weerszijden van de landweg stonden doorweekte struiken met daaronder een deken van witte bloemetjes. Alice' eerste ademtocht was gevuld met bliksemschichten en de geur van bloeiende regenlelies.

Jij was de ware liefde die ik nodig had om me uit een nachtmerrie te wekken, kleintje. Met die woorden eindigde haar moeder altijd het verhaal van haar geboorte. *Je was mijn wondertje.*

Toen Alice twee jaar oud was, bracht Agnes haar in aanraking met boeken. Tijdens het voorlezen wees ze elk woord op de bladzijde aan. Op het strand leerde ze haar tellen: één inktvis, twee veren, drie stukken wrakhout, vier schelpen en vijf glasscherven. In huis had ze overal bordjes met woorden opgehangen: BOEK, STOEL, RAAM, DEUR, TAFEL, KOP, BAD, BED. Toen Alice vijf was en schriftelijk onderwijs ging volgen, kon ze al zelfstandig lezen. Hoewel ze dol op lezen was, vond ze het nog fijner wanneer haar moeder haar zelfbedachte verhaaltjes vertelde. Als ze alleen waren, verzon haar moeder verhalen over hun tweetjes. Nooit wanneer haar vader in de buurt was.

Vaak liepen ze samen naar het strand om daar in het zand te liggen en naar de lucht te staren. De zachte stem van haar moeder nam haar mee op reis. 's Winters reisden ze met de trein door Europa, langs bergen zo hoog dat je de toppen niet kon zien, langs bergkammen waarop zoveel sneeuw lag dat ze niet van de witte lucht te onderscheiden waren. Ze gingen gekleed in fluwelen jassen en liepen over met kinderkopjes geplaveide straten in steden geregeerd door een getatoeëerde koning, waar de havengebouwen net zo kleurrijk waren als een verfdoos en waar een bronzen zeemeermin op de kade zat, eeuwig wachtend op de liefde. Vaak sloot Alice haar ogen en droomde dat elke draad in haar moeders verhaal hen tot een pop zou omwikkelen, waaruit ze als vlinders tevoorschijn zouden komen en weg zouden vliegen.

Op een avond, toen Alice zes jaar oud was, werd ze door haar moeder ingestopt. Ze boog zich naar haar toe en fluisterde: *Het is zover, kleintje.* Glimlachend trok ze de dekens omhoog. *Je bent nu oud genoeg om me te helpen in mijn tuin.* Alice begon te stralen van blijdschap. Meestal liet haar moeder haar een boek lezen terwijl ze tuinierde. *En morgen beginnen we,* zei Agnes voordat ze zich omdraaide om het licht uit te doen. Die nacht werd Alice een paar keer wakker en ze tuurde door de donkere ramen naar buiten. Toen ze eindelijk het eerste streepje ochtendlicht ontwaarde, gooide ze de dekens van zich af.

Haar moeder stond in de keuken thee te zetten en brood te besmeren met Vegemite en cottagecheese. Ze zette alles op een dienblad en droeg het naar haar tuin aan de zijkant van het huis. Het was nog fris buiten, maar in de ochtendzon begon het al warm te worden. Haar moeder zette het dienblad op een bemoste boomstronk en schonk de zoete thee in twee kopjes. Zwijgend ontbeten ze. Alice voelde haar hart in haar slapen kloppen. Nadat haar moeder de laatste hap brood had gegeten en haar thee had opgedronken, ging ze op haar hurken tussen haar varens en bloemen zitten. Ze mompelde zachtjes, alsof ze slapende kinderen wakker wilde maken. Alice wist niet wat ze moest doen. Was dit tuinieren? Net als haar moeder ging ze tussen de planten zitten en keek toe.

Langzaam verdwenen de zorgrimpels uit haar moeders gezicht. Ze friemelde niet langer met haar handen en haar ogen stonden helder. Ze werd iemand die Alice niet herkende. Haar moeder was kalm. Rustig. Die aanblik vervulde haar met voorzichtige hoop; hoop als de groene smurrie die ze bij laagwater soms uit een getijdenpoeltje probeerde te scheppen, maar die altijd weer uit haar handen gleed.

Hoe meer tijd Alice met haar moeder in de tuin doorbracht, hoe meer ze besefte dat haar echte moeder pas tussen de bloemen tot leven kwam. Dat kon ze zien aan de manier waarop ze haar pols schuin hield bij het inspecteren van een nieuwe knop, aan het licht dat in haar ogen sprankelde als ze haar kin ophief, en aan de dunne ringen zand om haar vingers als ze een nieuw varenblad voorzichtig uit de aarde optilde. En vooral wanneer ze tegen de bloemen praatte. Met een glazige blik in haar ogen mompelde ze een soort geheimtaal, losse woorden en zinnen, terwijl ze bloemen plukte en ze in haar zakken stopte.

Trieste herinnering, zei ze wanneer ze een bloem van de akkerwinde plukte. *Wederzijdse liefde,* zei ze wanneer ze een takje van de citroenmirte afbrak en er zich een citrusachtige geur verspreidde. *Aangename herinneringen*, wanneer ze een rood blaadje van de kangoeroepoot in haar zak stopte.

Alice voelde de vragen achter in haar keel kriebelen. Waarom stroomden de woorden uit haar moeders mond als ze het over andere oorden, andere werelden, had? En hún wereld dan? Hoe zat het met hún leven? Waar was ze met haar gedachten als haar ogen in de verte staarden? Waarom nam ze Alice daar niet mee naartoe?

Op haar zevende verjaardag voelde ze het gewicht van de onbeantwoorde vragen op haar schouders drukken. Waarom sprak haar moeder de inheemse bloemen toe in een geheimtaal? Waarom bestond haar vader uit twee verschillende personen? Uit welke nachtmerrie hadden Alice' eerste kreetjes haar moeder gered? Hoewel al die vragen haar voortdurend bezighielden, bleven ze pijnlijk in haar keel steken, alsof ze een zaadlijst had ingeslikt. Er deden zich genoeg gelegenheden voor; als ze bijvoorbeeld in de tuin waren en het licht op een bepaalde manier viel. Toch vroeg Alice niets en liep ze zwijgend achter haar moeder aan, die haar zakken vol met bloemen stopte.

Als haar moeder haar zwijgzaamheid al opmerkte, deed ze niets om de stilte te verbreken. De tijd in de tuin moest in alle rust doorgebracht worden. *Net als in een bibliotheek*, had haar moeder een keertje peinzend gezegd terwijl ze door het venushaar schuifelde. Hoewel Alice nog nooit in een bibliotheek was geweest, leek het bijna of dat wél zo was, alleen al door haar moeders verhalen. Ze stelde zich een plek voor met onvoorstelbaar veel boeken, waar het zo stil was dat je kon horen hoe de bladzijden omgeslagen werden. Uit de beschrijvingen van haar moeder moest het een tuin vol boeken zijn, waar verhalen als bloemen tot bloei kwamen.

Alice was überhaupt nog nooit hun terrein af geweest. Haar leven speelde zich af binnen bepaalde grenzen: van haar moeders tuin tot aan het begin van de suikerrietvelden en tot aan de baai waar de zee binnenrolde. Buiten die grenzen mocht ze niet komen, en vooral niet op de zandweg die naar het dorp voerde. *Daar hoort een meisje niet te komen,* zei haar vader altijd wanneer haar moeder voorstelde om haar naar school te sturen. Dan sloeg hij zo hard met zijn vuist op tafel dat de borden en het bestek trilden. *Hier is ze veiliger,* snauwde hij, en daarmee was het gesprek ten einde. Dat kon haar vader het allerbeste, overal een eind aan maken.

Altijd wanneer ze samen in de tuin of aan zee waren, kwam er een moment dat de stormvogel riep of dat er een wolk voor de zon gleed. Dan schudde haar moeder zichzelf wakker, alsof ze had gedroomd of geslaapwandeld. Dan werd ze levendig, draaide zich om en trok een sprintje naar het huis, over haar schouder naar Alice roepend: *Wie het eerst in de keuken is krijgt verse room op zijn scones.* Het theeuurtje was altijd een bitterzoet moment, haar vader kon immers elk moment thuiskomen. Tien minuten voordat hij werd verwacht, stelde haar moeder zich bij de voordeur op. Ze trok haar mond in een strakke glimlach, sprak met een te hoge stem en wrong haar handen nerveus in elkaar.

Op sommige dagen leek haar moeder helemaal uit haar lichaam te zijn verdwenen. Er werden geen verhaaltjes verteld, er werd niet naar het strand gewandeld, er werd niet tegen de bloemen gepraat. Ze bleef in bed, met de gordijnen gesloten tegen het helle licht. Ze was verdwenen, alsof haar ziel heel ergens anders naartoe was.

Op die dagen probeerde Alice te ontsnappen aan de drukkende sfeer in huis, de vreselijke stilte alsof er niemand thuis was, de aanblik van haar moeder, ineengedoken in bed. Het benauwde haar. Vaak pakte ze dan haar boeken, die ze al tientallen keren had gelezen, of ze maakte het huiswerk dat ze al af had opnieuw. Ze ging naar het strand om met de meeuwen mee te krijsen en achter de golven aan te rennen. Ze rende langs de muur van suikerriet, met haar haren wapperend in de warme wind. Maar wat ze ook deed, het voelde niet goed. Ze blies de pluizen van een paardenbloem weg en wenste dat ze een vogel was, dat ze kon wegvliegen naar de goudkleurige horizon, waar de zee aan de lucht vastgenaaid leek. De ene donkere dag na de andere verstreek zonder haar moeder. Alice ijsbeerde langs de grenzen van haar wereld. Het duurde niet lang voordat ze erachter kwam dat ze zelf ook kon verdwijnen.

Op een ochtend, nadat het geratel van haar vaders pick-up in de verte was verdwenen, lag Alice in bed te wachten tot ze de fluitketel hoorde, een heerlijk geluid dat het begin van een fijne dag aankondigde.

Als het op zich liet wachten, schopte ze met zware benen de lakens van zich af en liep op haar tenen naar de slaapkamer van haar ouders. Ze tuurde naar het lichaam van haar moeder, opgerold als een bal en levenloos als de dekens om haar heen. Een warme golf van woede joeg door haar heen. Ze liep met grote passen naar de keuken, besmeerde haastig een boterham met Vegemite, vulde een jampot met water, stopte alles in haar rugzak en rende naar de suikerrietvelden. Uit angst om gezien te worden vermeed ze de zandweg. Ze besloot dwars door het suikerriet te lopen. Dan kwam ze vast ergens aan de andere kant uit, ergens waar het beter was dan in het donkere, stille huis.

Haar hart bonsde zo hard in haar oren dat ze de kaketoes boven haar niet eens hoorde. Ze dwong zichzelf om te rennen, voorbij haar vaders schuur en haar moeders rozentuin, tot ze aan het einde van de tuin kwam. Op de grens met de suikerrietvelden hield ze stil. Voor zover ze kon zien liep er een smal paadje dwars door de hoge, groene stengels.

Achteraf verbaasde het haar hoe gemakkelijk het was om iets te doen waarvan altijd was gezegd dat ze het niet kon en niet mocht. Het was gewoon een kwestie van doen. De eerste stap zetten, en dan de volgende.

Alice had zo lang gelopen dat ze zich afvroeg of ze vanuit de suikerrietvelden in een heel ander land terecht zou komen. Misschien belandde ze wel in Europa en kon ze, net als in haar moeders verhalen, met de trein door een besneeuwd landschap reizen. Maar toen ze zag waar ze aan het einde van het suikerrietveld was beland, was haar opwinding bijna nog groter: ze stond voor een kruising in het centrum van het dorp.

Ze schermde haar ogen af tegen het zonlicht. De kleuren en het lawaai kwamen in volle hevigheid op haar af. Auto's en landbouwwagens reden af en aan, er klonk getoeter, boeren hingen met hun gebruinde armen uit het raam en staken, terwijl ze elkaar passeerden, vermoeid een hand naar elkaar op. Alice' blik viel op een winkel met een grote etalage vol vers brood en geglazuurde taartjes. Dat moest een bakker zijn. Dat wist ze van een van haar prentenboeken. Voor de ingang hing een kralengordijn. Buiten, onder de gestreepte luifel, stond een wirwar van stoeltjes en tafeltjes, en op elk geruit tafelkleedje stond een vaas met een felgekleurde bloem. Het water liep Alice in de mond. Ze wou dat haar moeder bij haar was.

Aan weerszijden van de bakkerij waren winkels met etalages die de boerenvrouwen een vleugje kosmopolitisch leven beloofden: getailleerde avondjurken, grote slappe hoeden, met kwastjes versierde tassen en *kitten heels*. Alice wriemelde met haar tenen in haar schoenen. Ze had haar moeder nog nooit zoiets zien dragen als de mannequins in de etalage. Haar moeder had slechts één outfit die ze droeg als ze naar het dorp ging: een donkerrode polyester jurk met lange mouwen, en bruine leren ballerina's. De rest van de tijd droeg ze ruimvallende katoenen jurken die ze zelf had gemaakt, en liep ze, net als Alice, meestal op blote voeten.

Haar blik gleed naar de zich kruisende wegen voor haar. Een jonge vrouw en een meisje stonden te wachten voor een paal met lampjes. De vrouw hield het meisje bij de hand vast en droeg haar roze rugzak voor haar. Het meisje droeg glimmende zwarte schoenen en witte sokjes met een kanten strookje aan de enkels. Haar haren waren in twee staarten bijeengebonden, met in elke een bijpassend lint. Alice kon haar ogen niet van hen afhouden. Toen de lampen versprongen, staken ze de weg over en liepen ze door het kralengordijn de bakkerswinkel in. Even later kwamen ze naar buiten met twee glazen romige milkshakes en dikke plakken cake. Ze gingen aan het tafeltje zitten dat Alice ook gekozen zou hebben, dat met de pijnlijk vrolijke gele gerbera, en ze dronken van hun shake en keken elkaar met hun melksnorren lachend aan.

De zon brandde op Alice' gezicht. Haar ogen deden pijn van het felle licht. Net toen ze zich wilde omdraaien om het hele stuk terug te lopen, viel haar blik op een woord dat op de met ornamenten versierde gevel van een gebouw stond.

BIBLIOTHEEK.

Haar mond viel open van verrassing en ze rende naar de verkeerslichten. Een paar keer drukte ze op de knop, zoals ze het meisje had zien doen, tot het licht op groen sprong. Ze stak over en holde door de zware deuren de bibliotheek binnen.

In de hal boog ze voorover om op adem te komen. De koele lucht bracht haar warme, bezwete huid tot rust. Haar hartslag werd weer normaal. Ze streek het haar van haar zonverbrande voorhoofd en daarmee ook de gedachte aan de vrouw en het meisje en hun vrolijke gele gerbera. Terwijl ze haar jurk gladstreek, drong ineens tot haar door dat ze die niet aanhad. Ze liep nog steeds in haar nachtpon. Ze had er helemaal niet aan gedacht om zich aan te kleden voor ze vertrok. Niet wetend wat ze moest doen of waar ze heen moest bleef ze stokstijf staan. Ze kneep in de huid van haar polsen totdat het pijn deed. Die pijn leidde haar af van de pijn die ze vanbinnen voelde. Ze hield pas op met knijpen toen er een baan gekleurd licht in haar ogen scheen.

Op haar tenen liep ze de hal door naar de bibliotheekzaal. Haar blik werd naar boven getrokken, waar het zonlicht door gebrandschilderd glas binnenstroomde: een meisje met een rood kapje dat door een bos liep; een meisje in een koets die wegreed met achterlating van een eenzaam glazen muiltje; een zeemeermin die vanuit de zee verlangend naar een man aan de kust staarde. Alice kon haar opwinding niet verbergen.

'Kan ik iets voor je doen?'

Alice maakte haar blik los van het raam en keek in de richting waar de stem vandaan kwam. Achter een achthoekig bureau zat een jonge vrouw met wijduitstaand haar en een brede glimlach. Alice liep op haar tenen naar haar toe.

'O, je hoeft niet op je tenen te lopen, hoor,' zei de vrouw lachend, waarbij ze een snuivend geluid maakte. 'Zó stil hoeft het hier niet te zijn. Anders zou ik het hier geen dag langer uithouden. Ik heet Sally, Ik geloof niet dat ik jou hier al eens eerder heb gezien.' Sally's ogen deden Alice denken aan de zee op een zonnige dag. 'Of wel?'

Ze schudde haar hoofd.

'O, nou, dat is mooi. Een nieuw vriendinnetje!' Sally sloeg haar handen ineen. Haar nagels waren roze gelakt. 'En wie ben jij?' vroeg Sally na een korte stilte. Alice keek haar vanonder haar wimpers aan. 'Je hoeft niet verlegen te zijn. Dat is nergens voor nodig. Bibliotheken zijn vriendelijke oorden. Iedereen is hier welkom.'

'Ik heet Alice,' mompelde ze.

'Alice?'

'Alice Hart.'

Er gleed een eigenaardige uitdrukking over Sally's gezicht. Ze schraapte haar keel. 'Oké! Alice Hart!' riep ze uit. 'Dat is nog eens een mooie naam! Welkom. Ik wil je met alle plezier rondleiden.' Ze keek even naar Alice' nachtpon en toen weer naar haar gezicht. 'Ben je hier met papa en mama?'

Alice schudde haar hoofd.

'Oké. Vertel eens, Alice, hoe oud ben jij?'

Alice' wangen gloeiden. Uiteindelijk stak ze de vijf vingers van haar ene hand en de duim en wijsvinger van haar andere hand op.

'Dat komt goed uit. Zeven is toevallig precies de leeftijd waarop je een eigen bibliotheekpasje mag hebben.'

Alice hief haar hoofd met een ruk op.

'Kijk eens! Ik zie ineens zonnestralen op je gezicht,' zei Sally met een knipoog. Alice voelde aan haar wangen. Zonnestralen.

'Ik zal een formulier voor je pakken, dan vullen we het samen in.' Ze stak haar hand uit en kneep even in Alice' arm. 'Heb je nog vragen?'

Alice dacht even na en knikte. 'Ja. Kunt u me misschien de tuin laten zien waar de boeken groeien?' Alice was opgelucht dat haar stem om de zaadlijst in haar keel heen weer een weg naar buiten had gevonden.

Sally keek haar even aan voordat ze in gedempt lachen uitbarstte. 'O Alice! Jij bent me er eentje! Ik denk dat wij het heel goed samen kunnen vinden.'

Omdat ze niet wist hoe ze moest reageren glimlachte Alice alleen maar.

Het daaropvolgende halfuur gaf Sally haar een rondleiding door de bibliotheek en legde ze uit dat boeken op een plank wonen en niet in een tuin. Eindeloze rijen boeken boordevol verhalen riepen haar toe. Na een tijdje liet Sally haar alleen achter in een grote zachte stoel voor een van de kasten.

'Snuffel maar een beetje rond. Pak iets wat je leuk vindt. Ik ben daarginds, dus geef maar een gil als je iets wilt weten.' Sally wees naar haar bureau, en Alice, die al een boek op haar schoot had, knikte.

Sally's hand trilde toen ze de hoorn van de telefoon oppakte. Terwijl ze het nummer van het politiebureau draaide, boog ze zich naar voren om te zien of Alice haar niet was gevolgd. Maar het meisje zat nog steeds op de stoel, de versleten zolen van haar sandalen staken onder de smoezelige zoom van haar nachtpon uit. Sally friemelde aan Alice' aanmeldformulier en onderdrukte een kreet toen de rand van het papier in haar vingertop sneed. Haar ogen vulden zich met tranen terwijl ze het bloed uit haar vinger zoog. Alice was de dochter van Clem Hart. Meteen verdrong ze die naam uit haar gedachten en drukte de telefoon steviger tegen haar oor. *Neem op. Neem op.* Eindelijk kreeg ze haar man aan de lijn.

'John, met mij. Nee, absoluut niet. Echt. Luister. De dochter van Clem Hart is hier. Er is iets aan de hand. Ze heeft haar nachtpon nog aan, John.' Sally moest haar best doen om haar kalmte te bewaren. 'En die is vuil.' Ze slikte. 'En haar armen zitten onder de blauwe plekken.'

Sally knikte mee op het ritme van de kalmerende stem van haar man en veegde de tranen uit haar ogen.

'Ja, ik denk dat ze helemaal alleen vanaf haar huis is komen lopen, dus dat moet toch wel een kilometer of vier zijn.' Ze snoof, waarna ze een zakdoekje uit haar mouw trok. 'Oké. Ja. Ja, ik hou haar hier.'

De hoorn gleed bijna uit haar klamme hand toen ze hem terug op het toestel legde.

Alice legde nog een boek op de halfronde toren die ze om zich heen had gebouwd.

'Alice?'

Alice maakte een gebaar met haar arm. 'Deze wil ik allemaal mee naar huis nemen, Sally,' zei ze ernstig.

Sally hielp haar met het afbreken van de toren en het terugzetten van de boeken in de kast. Ze legde tot twee keer toe uit hoe het systeem van boeken lenen werkte. Alice was verbijsterd toen ze begreep hoe beperkt de keuze was. Sally keek op haar horloge. Het felle licht dat vanaf de bovenverdieping de ruimte binnen scheen, was inmiddels afgezwakt tot een pastelkleurig schijnsel.

'Zal ik je helpen kiezen?'

Alice knikte dankbaar. Ze wilde boeken over vuur lezen, maar durfde dat niet goed te vragen.

Sally ging op haar hurken voor haar zitten en stelde haar een paar vragen, zoals waar ze graag naartoe ging – de zee – en wat haar favoriete sprookjesfiguur was op de drie glas-in-loodramen – de zeemeermin. Vervolgens wees ze naar een dun boek met een harde kaft en goudkleurige letters op de rug, en pakte het uit de kast.

'Ik denk dat je dit heel mooi zult vinden. Het gaat over selkies.'

'Selkies,' herhaalde Alice.

'Ja,' zei Sally. 'Dat zijn vrouwen die in de zee leven. Ze kunnen hun huid afwerpen en totaal iets of iemand anders worden.' Alice kreeg kippenvel en klemde het boek tegen zich aan.

'Van lezen krijg je honger,' zei Sally plotseling. 'Heb jij honger, Alice? Ik heb nog een paar scones met jam. En heb je ook zin in een kopje thee?'

Bij het woord 'scones' dacht Alice aan haar moeder. Plotseling verlangde ze naar huis, maar Sally leek te verwachten dat ze nog even bleef.

'Mag ik naar de wc?'

'Ja, natuurlijk,' zei Sally. 'Het damestoilet is daarginds, in de hal, aan de rechterkant. Zal ik met je meegaan?'

'Dat hoeft niet.' Alice glimlachte liefjes.

'Ik wacht hier op je. Dan gaan we daarna scones eten, oké?'

Alice huppelde de hal in. Ze duwde de deur naar het toilet open, bleef even staan en keek achterom naar het bureau van Sally. Het was leeg. Het gekletter van servies en bestek kwam van verder weg. Haastig liep Alice naar de uitgang.

Terwijl ze door het suikerriet naar huis rende, voelde ze de randen van haar bibliotheekkaart in de zak van haar nachtpon. Het boek over de selkies schudde heen en weer in haar rugzak; in haar buik sprongen zonnestralen in het rond. Ze probeerde zich voor te stellen wat haar moeder van het boek zou vinden, en die gedachte nam haar zo in beslag dat ze zich niet realiseerde dat tegen de tijd dat ze thuis was, haar vader terug zou zijn van zijn werk.

3

Kleverige immortelle (sticky everlasting)

Betekenis: **mijn liefde verlaat je niet**

Xerochrysum viscosum | Nieuw-Zuid-Wales en Victoria

De kleur van deze papierachtige bloem kan variëren van citroen- tot goudgeel en van gevlekt oranje tot glanzend bruin. Deze bloemen kunnen makkelijk worden gedroogd en bewaard met behoud van hun prachtige kleuren.

Een maand nadat Alice de bibliotheek had ontdekt, was ze in haar kamer aan het spelen. Ineens hoorde ze haar moeder roepen. 'We moeten onkruid wieden, kleintje.'

Het was een rustige middag. In de tuin wemelde het van de oranje vlinders. Vanonder de rand van haar slappe hoed keek haar moeder haar glimlachend aan. Het was dezelfde glimlach waarmee ze haar vader begroette als hij thuiskwam. *Alles is in orde, alles is goed, alles is oké.* Alice glimlachte terug, hoewel ze kon zien dat haar moeder, wanneer ze zich bukte om onkruid uit te trekken, af en toe ineenkromp en naar haar ribben greep.

Het ging niet goed. Al sinds de dag dat ze de bibliotheek had ontdekt. Ze had dagenlang niet kunnen zitten nadat haar vader haar met de riem had geslagen. Hij had haar bibliotheekkaart in tweeën gescheurd en het boek afgepakt, maar gelukkig pas nadat ze het in één ruk had uitgelezen. Ze had de verhalen over de selkies in zich opgezogen, en hun magie versmolt met haar bloed, zoals suiker op de tong smelt. Haar wonden genazen en haar vader strafte haar maar één keer. Haar moeder daarentegen had meer van hem te verduren. Alice was een paar keer 's nachts wakker geworden van hevig lawaai uit de ouderlijke slaapkamer. Het geluid verlamde haar. Met haar handen tegen haar oren lag ze in bed en ze probeerde uit alle macht te vluchten in haar dromen, waarin ze meestal met haar moeder naar de zee rende, waar ze hun huid afwierpen en in het water sprongen. Daar dobberden ze samen in het rond totdat ze nog één keer achteromkeken en de diepte in doken. Op het strand zou hun huid veranderen in gedroogde bloemen, verspreid tussen schelpen en zeewier.

'Hier, Alice.' Haar moeder gaf haar nog een bosje onkruid en weer kromp ze ineen. Alice' huid gloeide. Ze wilde niets liever dan de tuin van al het onkruid ontdoen, zodat haar moeder alleen nog maar met haar planten hoefde te praten en haar zakken hoefde te vullen met hun bloemen.

'En dit dan, mama? Is dit ook onkruid?' Haar moeder antwoordde niet. Ze was zo wispelturig als een vlinder, haar ogen schoten voortdurend heen en weer van de tuin naar de oprit om te zien of de veelbetekenende stofwolken al naderden.

En uiteindelijk kwamen ze in zicht.

Met een zwierige sprong kwam hij uit de auto. Zijn Akubra hield hij achterstevoren achter zijn rug. Alice' moeder stond op om hem te begroeten. Haar knieën zaten onder het zand en in haar hand had ze een bosje paardenbloemen geklemd, waarvan de stelen trilden toen hij zich naar haar toe boog om haar te kussen. Alice wendde haar blik af. Als haar vader in een goed humeur was, bracht hij dezelfde sfeer mee als een regenbui uit een zonnige hemel. Je kon het nooit helemaal geloven. Toen ze hem aankeek, glimlachte hij.

'Sinds je bent weggelopen hebben we het allemaal heel moeilijk gehad, kleintje,' zei haar vader. Hij bukte zich, nog steeds met zijn hoed achter zijn rug. 'Maar ik denk dat je nu je lesje wel hebt geleerd en heel goed weet dat je het terrein niet af mag.'

Alice' maag kromp ineen.

'Ik heb er nog eens over nagedacht,' zei hij zacht, 'en ik vind dat we toch een bibliotheekkaart voor je moeten halen.' Ze keek hem ongerust aan. 'Ik wil voor je naar de bibliotheek gaan en boeken voor je uitzoeken, maar dan moet jij beloven dat je je aan onze regels zult houden. En om je daarbij te helpen, dacht ik dat je wat extra gezelschap misschien wel leuk zou vinden.' Hij keek haar niet aan terwijl hij sprak. In plaats daarvan zocht zijn blik die van haar moeder. Zij bleef echter roerloos staan, knipperde niet met haar ogen, haar gezicht vertrokken in een glimlach. Hij wendde zich weer tot Alice en stak haar zijn hoed toe. Alice nam hem aan en zette hem op haar schoot.

In de hoed lag een zwart-wit, harig balletje. Haar mond viel open van verbijstering. Hoewel de pup zijn ogen amper open kon houden, waren ze van hetzelfde leikleurige blauw als de zee in de winter. Hij ging rechtop zitten en liet een schrille kef horen, waarna hij aan Alice' neus begon te knabbelen. Ze slaakte een kreet van blijdschap. Hij was nu al haar beste vriend. De pup likte haar over haar gezicht.

'Hoe wil je hem noemen, kleintje?' vroeg haar vader. Hij was gaan staan en wiegde even heen en weer om zijn evenwicht te vinden. Alice kon zijn gezicht niet lezen.

'Tobias,' zei ze. 'Maar ik noem hem Toby.'

Haar vader lachte ontspannen. 'Oké, Toby dus.'

'Wil je hem vasthouden, mama?' vroeg Alice. Haar moeder knikte en stak haar armen uit.

'O, wat is hij nog klein,' riep ze uit, niet bij machte de verbijste ring in haar stem te verbergen. 'Waar heb je hem vandaan, Clem? Weet je zeker dat hij oud genoeg is om het nest te verlaten?'

Haar vaders ogen schoten vuur. Er trok een schaduw over zijn gezicht. 'Natuurlijk is hij oud genoeg,' zei hij tussen zijn opeengeklemde kaken door. Hij greep Toby bij zijn nekvel en wierp de jankende pup naar Alice.

Later zat ze ineengedoken tussen haar moeders varens. Ze hield het hondje tegen haar borst gedrukt en probeerde de geluiden die uit het huis kwamen te negeren. Terwijl de wind door het zoetgeurende suikerriet naar de zee waaide, likte Toby de tranen van haar kin.

De stemmingen van haar vader waren net zo veranderlijk als het weer. Nadat hij Toby's trommelvliezen had gescheurd, begon Alice het hondje gebarentaal te leren. Ze werd acht jaar, ging over naar groep vier via het schriftelijk-onderwijsinstituut en had de stapel bibliotheekboeken meestal twee weken eerder uit dan ze terug moesten. Haar moeder bracht steeds meer tijd in de tuin door, in zichzelf mompelend tussen de bloemen.

Op een winterdag, het was al laat, waaide er een stevige wind vanaf zee. De windvlagen waren af en toe zo krachtig dat Alice bang was dat ze het huis omver zouden blazen. Ze zat met Toby op de trap voor het huis toe te kijken hoe Clem zijn surfplank uit de garage de tuin in droeg.

'Er staat een noordwester van veertig knopen, kleintje,' zei hij terwijl hij zijn surfspullen haastig in de laadklep van zijn pick-up legde. 'Dat komt zelden voor.' Hij veegde de spinnenwebben van het zeil. Alice knikte en aaide Toby over zijn oren. Dat wist ze. Tot nu toe had ze haar vader slechts een paar keer zijn surfuitrusting tevoorschijn zien halen. Maar ze mocht nooit met hem mee. Toen hij de motor startte, riep hij door het geopende raampje: 'Kom dan, kleintje. Vandaag kan ik wel een mascotte gebruiken op zee. Schiet op.' Hoewel de woeste blik in zijn ogen haar verontrustte, was ze zo onbeschrijflijk blij met de uitnodiging dat ze meteen in actie kwam. Ze rende naar haar kamer om haar oude plunje aan te trekken en vloog op de voet gevolgd door Toby weer naar buiten, in het voorbijgaan haar moeder groetend. Haar vader gaf gas en reed met bulderende motor de oprit af, op weg naar de baai.

Eenmaal op het strand trok hij zijn wetsuit aan en sleepte zijn plank naar de waterkant. Toen hij haar riep, volgde ze het diepe spoor dat hij met zijn plank in het zand had achtergelaten, helemaal tot aan de zee. Hij duwde de plank de golven in en probeerde het zeil recht te houden tegen de wind. De aderen in zijn onderarmen zwollen op van de inspanning. Alice stond tot aan haar bovenbenen in het zilte water, niet wetend wat er ging gebeuren. Toen haar vader klaarstond om op de plank te stappen, keek hij haar met opgetrokken wenkbrauwen en een roekeloze blik in zijn ogen aan. Alice' hart bonsde in haar oren. Hij knikte naar de plank. Toby liep luid keffend langs de vloedlijn. Ze hief haar hand naar hem om hem stil te krijgen. Haar vader had haar nog nooit meegevraagd en ze durfde zijn uitnodiging niet af te slaan.

Terwijl ze door het water naar hem toe waadde, hoorde ze haar moeders stem. Ze draaide zich om en zag haar boven op een duin staan. Ze riep haar naam en zwaaide wild met haar armen. In haar hand hield ze Alice' fluorescerend oranje reddingsvest. Haar stem klonk eerst rustig maar vervolgens steeds dringender. Toby rende van het strand naar haar toe, maar haar vader wuifde haar moeders zorgen weg, als een lastig insect dat om zijn gezicht zoemde.

'Je hebt geen reddingsvest nodig. Niet als je al acht bent. Toen ik acht was, kon ik de hele wereld aan.' Hij knikte haar toe. 'Kom maar.'

Alice straalde. Zijn vriendelijkheid had een hypnotiserend effect op haar.

Hij tilde haar op, zijn armen voelden stevig en sterk onder haar oksels, en zette haar voor op de plank. Ze zette zich schrap tegen de wind. Haar vader ging op zijn buik op de plank liggen en peddelde hen zo door het water. Zilvervissen schoten door de ondiepe delen. Er stond een krachtige wind en het opstuivende water prikte in Alice' ogen. Ze draaide zich om. Door de uitgestrektheid van de watervlakte tussen hen in leek haar moeder, die nog op het duin stond, veel kleiner.

Vlak bij haar kwam haar vader overeind en hij schoof zijn tenen onder de voetband. Alice klampte zich vast aan de rand, haar handen schuurden langs de handgrepen. Terwijl haar vader kracht zette met zijn kuiten sjorde hij het zeil omhoog.

'Ga bij mijn voeten zitten,' instrueerde hij haar. Ze schoof over de plank naar hem toe. 'Hou me vast,' zei hij, waarop ze haar armen om zijn benen sloeg.

Even was het volstrekt windstil. Een roerloze, zeegroene wereld. Maar opeens vulde het zeil zich met wind en sproeide het zoute water in Alice' gezicht. Het water fonkelde. Ze zeilden zigzaggend over de golven. Alice hield haar hoofd achterover en sloot haar ogen. De zon op haar huid, het zoute water op haar gezicht, de wind die met zijn vingers door haar lange haar streek.

'Kijk, Alice!' riep haar vader. Een groep dolfijnen zwom in een boog om hen heen. Alice slaakte een kreet van verrukking. Ze dacht aan haar selkie-boek. 'Sta op, dan kun je ze beter zien,' zei hij. Zich vasthoudend aan zijn benen kwam ze wiebelend overeind, gebiologeerd door de schoonheid van de dolfijnen. Vrij en vredig gleden ze door het water. Voorzichtig liet ze haar vader los en probeerde op eigen kracht haar evenwicht te bewaren. Ze stak haar armen uit, draaide met haar middel en rolde met haar polsen, in navolging van de dolfijnen. Haar vader brulde uitgelaten in de wind. Het zien van zijn gelukzalige uitdrukking maakte Alice licht in het hoofd.

Vanuit de baai vlogen ze het kanaal op, waar een toeristenboot zich omdraaide om terug naar de haven te varen. Een camera flitste in hun richting. Haar vader zwaaide.

'Doe de hoelahoela nog een keer voor ze, Alice,' drong hij aan. 'Ze kijken naar ons. Doe het nog eens. Nu.'

Alice wist niet wat *hoelahoela* betekende; was het haar dolfijnendans? Tegelijkertijd bracht de urgentie in zijn stem haar in verwarring. Bijna verloor ze haar evenwicht. Ze keek naar de voorkant van de plank en omhoog, naar hem. Dit moment van aarzeling was haar fout. Ze zag een schaduw over zijn gezicht glijden. Om de verloren tijd in te halen stond ze haastig op en ging op het uiteinde van de plank staan, waar ze op trillende benen met haar middel en polsen begon te draaien. Het was te laat. De boot draaide zich van hen af. De flits van de camera weerkaatste aan de andere kant van de boot.

Alice glimlachte hoopvol. Haar knieën knikten. Ze wierp een heimelijke blik op haar vader. Zijn gezicht stond strak.

Toen hij het zeil omdraaide en ze van richting veranderden, verloor Alice bijna haar evenwicht. Het zonlicht was scherp en fel, het schroeide op haar huid. Ze ging gehurkt op de plank zitten en hield zich aan de grepen vast. De wind voerde haar moeders stem mee en terwijl ze het kanaal overstaken en terug de baai in voeren, bleef ze maar roepen. De golven waren groot en donker. Haar vader zei niets. Ze schoof naar hem toe en ging weer aan zijn voeten zitten, met haar armen om zijn kuiten. Ze voelde een spier onder zijn huid vertrekken, maar toen ze opkeek was van zijn gezicht niets af te lezen. Alice slikte haar tranen weg. Ze had het weer verpest. Haar armen klemden zich steviger om zijn benen.

'Sorry, pap,' zei ze met een klein stemmetje.

De druk op haar rug was snel en krachtig. Ze viel voorover en gilde het uit toen de golven haar overspoelden. Proestend en kuchend kwam ze boven water, het zoute water brandde in haar keel. Ze hield haar armen omhoog, precies zoals haar moeder haar had geleerd voor het geval ze ooit in een getijdenstroom terecht zou komen. Niet ver van haar vandaan gleed haar vader langs de kustlijn. Hij staarde haar aan, zijn gezicht zo wit als de schuimkoppen op de golven. Alice begon te watertrappelen. Met een snelle ruk draaide haar vader het zeil. Hij komt terug, dacht Alice opgelucht. Maar tot haar verbijstering zag ze hoe het zeil wind ving en hij verder van haar wegvoer. Ze was zo verbijsterd dat ze stopte met watertrappelen. Ze begon te zinken. Toen het water tot boven haar neus reikte, zwaaide ze met haar armen en trapte ze met haar benen in een poging zich naar boven te vechten.

Heen en weer geslingerd op het ritme van de golven zag ze haar moeder in zee springen en met krachtige slagen naar haar toe zwemmen. Dat gaf haar nieuwe moed. Ze schopte en peddelde tot ze voelde dat de temperatuur van het water veranderde. Ze was in het ondiepe deel. Haar moeder kwam hevig spetterend op haar af en klemde zich aan haar vast alsof Alice een reddingsvest was. Toen ze allebei de bodem onder hun voeten voelden, ging Alice staan en begon te kokhalzen; een hol, rommelend geluid. Er kwam alleen maar gal uit. Ze had geen kracht meer in haar armen en benen en hapte naar adem. Haar moeders ogen waren mat als een stuk zeeglas. Ze droeg Alice naar het strand en wikkelde haar in de jurk die ze had uitgetrokken voordat ze in de golven was gesprongen. Ze wiegde haar dochter heen en weer totdat ze ophield met huilen. Toby jankte, schor van het blaffen, en likte haar over haar gezicht. Zwakjes aaide ze hem over zijn rug. Toen ze begon te rillen, tilde haar moeder haar op en droeg haar naar huis. Ze zei niets.

Onderweg keek Alice achterom en zag het spoor van haar moeders boze voetstappen in het zand. Verder weg stak het zeil van haar vader vrolijk boven de golven uit.

Niemand sprak over wat er die dag was gebeurd. Voortaan bleef Clem na zijn werk op de suikerrietvelden zo min mogelijk in huis. In plaats daarvan deed hij wat hij altijd deed om zijn schuldgevoel te verlichten: hij trok zich terug in zijn schuur. Tijdens het eten gedroeg hij zich afstandelijk en angstwekkend beleefd. Zijn nabijheid gaf je het gevoel alsof je tijdens stormachtig weer buiten was zonder schuilplaats. Je moest voortdurend de lucht in de gaten houden. Gedurende die weken stond het zweet Alice regelmatig in de handen en ze kon alleen maar hopen dat er een dag zou komen dat ze met Toby en haar moeder weg kon lopen naar een van de plekken uit haar moeders verhalen, waar sneeuw als een laag poedersuiker over de aarde lag en waar schitterende oude steden op water waren gebouwd. Maar terwijl de weken maanden werden en de zomer langzaam in de herfst vergleed, kwam het niet meer tot een uitbarsting. Haar vader bleef rustig en maakte zelfs een bureautje voor haar. Alice vroeg zich af of hij op de dag dat ze de zee donkergroen had zien worden, zijn driftbuien op de zeebodem had achtergelaten.

Op een mooie ochtend kondigde Alice' vader aan het ontbijt aan dat hij het komende weekend ergens ten zuiden van het dorp een nieuwe tractor wilde gaan kopen. Dat betekende dat hij Alice' negende verjaardag zou missen. Er was niets aan te doen. Alice' moeder knikte en stond op om de tafel af te ruimen. Alice zwaaide met haar benen onder haar stoel heen en weer, haar gezicht achter haar haren verbergend terwijl ze het nieuws verwerkte. Een heel weekend samen met haar moeder en Toby. Alleen. In alle rust. Een mooier verjaardagscadeau had ze niet kunnen krijgen.

Op de ochtend dat hij vertrok zwaaiden ze hem samen uit. Zelfs Toby bleef roerloos zitten totdat de stofwolken die de pick-up achterliet helemaal waren verdwenen. Alice' moeder staarde naar de verlaten oprit.

'Nou,' zei ze terwijl ze Alice' hand pakte. 'Dit weekend is helemaal voor jou, kleintje. Wat zou je willen doen?'

'Alles!' zei ze met een grijns.

Ze begonnen met muziek. Haar moeder haalde de oude langspeelplaten naar beneden. Alice luisterde met gesloten ogen en stelde zich voor dat ze op de muziek zou kunnen drijven, net zoals op water.

'Als je zou mogen kiezen, wat zou je dan bij de lunch willen eten?' vroeg haar moeder.

Alice sleepte een keukenstoel naar het aanrecht zodat ze op gelijke hoogte met haar moeder stond en hielp haar bij het maken van Anzac-koekjes. Ze deden er te veel suikerstroop in, zodat ze knapperig vanbuiten en kleverig vanbinnen zouden worden, zoals ze ze het lekkerst vond. Alice at meer dan de helft van het beslag rauw op. Af en toe deelde ze een houten pollepel vol met Toby.

Terwijl de koekjes in de oven gaarden, ging Alice aan haar moeders voeten zitten om haar haar te laten borstelen. Het trage ritme van de borstel op haar schedel klonk als het geklapwiek van vleugels. Toen haar moeder honderd borstelbewegingen had geteld, boog ze zich naar voren en fluisterde iets in haar oor. Alice knikte opgewonden. Haar moeder verliet de kamer om een paar minuten later terug te komen. Ze vroeg Alice of ze haar ogen dicht wilde doen. Alice grinnikte, genietend van haar moeders vingers die door haar haren streken. Toen ze klaar was, nam ze Alice mee de kamer uit.

'Oké, kleintje. Doe je ogen maar open,' zei ze met een lach in haar stem.

Alice wachtte nog een paar seconden tot de spanning haar te veel werd. Toen ze haar ogen opende en in de spiegel keek, viel haar mond open van verbazing. Op haar hoofd lag een krans van knaloranje bloemen van de waroeboom. Ze wist niet wat ze zag.

'Gefeliciteerd met je verjaardag, kleintje,' zei haar moeder met onvaste stem. Alice pakte haar hand en terwijl ze samen voor de spiegel stonden, vielen er in hoog tempo dikke regendruppels op het dak. Haar moeder liep naar het raam.

'Wat is er, mam?'

Agnes snoof en wreef in haar ogen. 'Kom 's mee, kleintje,' zei ze. 'Ik moet je iets laten zien.'

Bij de achterdeur wachtten ze tot de bui voorbij was. De lucht was paars met een zilverkleurige gloed. Alice volgde haar moeder de tuin in, die glinsterde van de regen. Bij een struik die haar moeder onlangs had geplant, bleven ze staan. De laatste keer dat Alice de struik had gezien, was het slechts een bosje lichtgroene blaadjes. Maar nu, na de bui, hing de struik vol met geurige witte bloemen. Verbaasd bekeek ze ze van dichtbij.

'Die vind je wel mooi zeker?' zei haar moeder.

'Alsof ze betoverd zijn.' Alice stak haar hand uit naar een van de blaadjes.

Haar moeder knikte. 'Dat is de toverkracht van bloemen, iets mooiers bestaat er niet.'

Alice bukte zich om de bloemen zo goed mogelijk te bekijken. 'Wat zijn het, mama?'

'Regenlelies. Ze bloeien alleen maar na een fikse regenbui, net als op de avond dat jij werd geboren.'

Alice boog zich nog dichter naar de bloemen toe. De blaadjes waren opengevouwen zodat de meeldraden zichtbaar waren.

'Kunnen ze zonder regen niet bestaan?' vroeg Alice terwijl ze overeind kwam.

Haar moeder dacht even na en knikte. 'Toen ik op de avond van jouw geboorte bij je vader in de pick-up zat, groeiden ze in het wild langs de weg. Ik weet nog dat ze in de regen ineens gingen bloeien.' Ze wendde haar blik af, maar Alice zag dat haar ogen zich met tranen vulden.

'Alice...' begon haar moeder. 'Ik heb de regenlelies hier niet zomaar geplant.'

Alice knikte.

'Regenlelies staan voor hoop. De hoop dat er uit tegenspoed iets goeds kan voortkomen.' Ze legde haar hand op haar buik.

Alice knikte weer. Ze had nog steeds geen idee.

'Liefje, ik ben in verwachting. Je krijgt een broertje of zusje om mee te spelen en voor te zorgen.' Ze plukte een regenlelie af en stak hem in het uiteinde van Alice' vlecht.

Alice keek naar het trillende hart van de bloem, open en kwetsbaar.

'Is dat geen leuk nieuws?' vroeg haar moeder. Alice zag de regenlelies in haar moeders ogen weerspiegeld. 'Of niet, Alice?'

Ze verborg haar gezicht in haar moeders hals en kneep haar ogen stijf dicht. Terwijl ze de geur van haar moeder inademde, probeerde ze niet te huilen. De gedachte dat er een soort toverkracht was waardoor bloemen en baby's na een regenbui begonnen te groeien, vervulde haar met angst. Nog meer dierbare dingen in haar wereld die haar vader pijn kon doen.

's Nachts sloeg het weer om en toen Alice en Toby de volgende ochtend wakker werden, kletterde de regen tegen de ramen en de voordeur. Geeuwend liep Alice door het huis, dromend van pannenkoekjes. Ze probeerde de uren niet te tellen voordat haar vader die dag zou thuiskomen. Het was nog donker in de keuken. Op de tast zocht ze het lichtknopje en knipte de lamp aan. De keuken was koud en leeg. Ze rende naar de slaapkamer van haar ouders en wachtte tot haar ogen gewend waren aan de duisternis. Toen ze besefte dat haar moeder er niet was, rende ze naar buiten en riep haar naam. Binnen enkele seconden was ze helemaal doorweekt. Toby blafte. Door de stortbui heen zag ze een glimp van haar moeders katoenen jurk tussen de kamilleplanten in de voortuin verdwijnen. Ze was op weg naar het strand.

Tegen de tijd dat Alice op het strand aankwam, had haar moeder haar kleren al in het zand achtergelaten. Hoewel het zicht door de aanhoudende regen slecht was, kon Alice haar moeder in de verte in het water zien. Ze was nog maar een vage stip in de golven, die af en toe onder water verdween en dan weer ploeterend bovenkwam, alsof ze een wedstrijd moest winnen. Na enige tijd kwam ze bodysurfend in het ondiepe deel terecht totdat ze uiteindelijk, hevig schreeuwend, op het strand werd uitgebraakt.

Alice sloeg haar moeders kleren als een vacht om haar schouders en riep net zo lang haar naam tot haar stem het begaf. Agnes leek haar niet te horen. Ze stond op, naakt, verwilderd en buiten adem. Alice verstomde bij het zien van haar naaktheid. De regen kletterde op hen neer. Toby liep jankend heen en weer. Alice kon haar blik niet van haar moeders lichaam losmaken. Haar zwangere buik was groter dan ze zich had voorgesteld. Overal zaten blauwe plekken, van haar sleutelbeen tot haar armen, op haar ribben, op haar heupen en aan de binnenkant van haar dijen, als plakken korstmos die een rots bedekken. Al die tijd had Alice gedacht dat de storm was gaan liggen. Ze had zich vergist.

'Mama.' Ze begon te huilen en probeerde haar tranen en de regen van haar wangen te vegen. Tevergeefs. Haar tanden klapperden van angst en emotie. 'Ik was bang dat je niet terug zou komen.'

Haar moeder leek dwars door haar heen te kijken. Haar ogen waren groot en donker, haar wimpers plakten aan elkaar. Zo bleef ze een hele tijd voor zich uit staren. Ten slotte knipperde ze met haar ogen en zei: 'Je was ongerust. Dat begrijp ik. Het spijt me.' Zachtjes trok ze haar kleren van Alice' schouders en trok ze over haar natte huid aan. 'Kom,' zei ze. 'We gaan naar huis.' Ze pakte Alice bij de hand en samen liepen ze door de regen over het strand. Hoe hevig ze ook trilde, Alice zorgde ervoor dat ze haar moeders hand stevig vasthield.

Een paar weken later, vlak voordat Alice het boek over de feniks had gelezen, stond ze samen met haar moeder in de tuin tussen de groene erwten en de pompoenzaailingen. Aan de horizon kringelde zwarte rook omhoog.

'Maak je geen zorgen, kleintje,' zei haar moeder terwijl ze nieuwe aarde door de moestuin harkte. 'Het is een gecontroleerde brand bij een van de boerderijen.'

'Een gecontroleerde brand?' herhaalde ze verbaasd.

'Over de hele wereld wordt vuur gebruikt bij het tuinieren,' legde haar moeder uit. Alice zat op haar hurken onkruid uit de vers omgeharkte aarde te trekken en dacht na over wat haar moeder had gezegd.

Haar moeder leunde op haar hark. 'Het klinkt misschien gek, maar het is echt waar. Planten en bomen worden verbrand om plaats te maken voor nieuwe aangroei. Trouwens, gecontroleerde branden verkleinen de kans op spontane branden.'

Alice sloeg haar armen om haar knieën. 'Dus een klein vuurtje kan een groter vuur tegenhouden?' vroeg ze, denkend aan het bibliotheekboek op haar bureau over de toverkracht waardoor kikkers in prinsen, meisjes in vogels en leeuwen in lammeren konden veranderen. 'Een soort toveren dus?'

Haar moeder strooide pompoenzaden in de verse aarde. 'Ja, zoiets. Een soort toverkracht waarmee je het ene in het andere kan laten veranderen. Sommige bloemen en zaden hebben zelfs vuur nodig om open te splijten en te bloeien, zoals sommige orchideeën en woestijneiken.' Ze klopte het zand van haar handen en streek haar haren van haar voorhoofd. 'Je bent een slim meisje, Alice,' voegde ze eraan toe. Eindelijk liet ze een glimlach zien die ook in haar ogen te zien was, maar algauw richtte ze haar aandacht weer op haar zaailingen.

Ook Alice ging weer aan het werk, maar vanuit haar ooghoeken hield ze haar moeder voortdurend in de gaten. Ze zag de verbetenheid waarmee ze in de namiddagzon uit niets iets wilde laten groeien. Haar moeder keek om zich heen en toen haar blik op de schuur viel, betrok haar gezicht. Op dat moment stond het voor Alice vast dat ze de juiste toverkracht moest zien te vinden, het juiste vuur in het juiste seizoen, om haar vader in iets of iemand anders te laten veranderen.

4

Blauw speldenkussen (blue pincushion)

Betekenis: **ik treur om je afwezigheid**

Brunonia australis | Alle staten en territoria

Een overblijvende plant die voorkomt in open bossen en zandvlakten. Bloeit doorgaans in het voorjaar. De kleur varieert van midden- tot diepblauw. Bolvormige, speldenkussenachtige bloem op hoge steel. Moeilijk te determineren. Kan na een paar jaar doodgaan.

Alice, kun je me horen? Ik ben hier.

Een stem. Zacht.

Opnieuw raakte ze buiten bewustzijn. Af en toe was ze even bij kennis, net lang genoeg om haar omgeving waar te nemen. De scherpe geur van ontsmettingsmiddelen. Het verblindende wit van de muren. De zoete geur van rozen. Kriebelige, gesteven lakens. Het ritmische gepiep naast haar bed. Het knarsen van schoenen op brandschone vloeren.

Je bent niet alleen, Alice. Ik ben bij je. Ik ga je een verhaaltje vertellen.

Haar tong werd dik van verlangen. Ze deed haar uiterste best om antwoord te geven en dicht bij de geur van de rozen te blijven, maar veel te snel voelde ze haar ledematen zwaar worden en zakte ze weer weg in de diepe duisternis.

Uit het niets kwam er een vaag amberkleurig licht op haar af. Ze probeerde ernaartoe te schuiven. Onder haar voeten voelde ze iets hards, alsof ze vanuit het diepe deel van de zee de zandbodem van het ondiepe had bereikt. Ze was op het strand, maar er was iets helemaal mis. De met zilvergroen helmgras bedekte duinen waren verbrand en er steeg rook op. Het zand was gitzwart en het water stond zo laag dat de zee niet te zien was. Ze schopte de geblakerde schalen van dode heremietkreeften voor zich uit en onder haar voeten kraakten de voorheen pastelkleurige schelpen, die nu zwart uitgeslagen waren. Zilte asvlokken zweefden door de lucht en bleven in haar wimpers hangen. In de verte glinsterde het laagwater, als gloeiende kooltjes onder een donkere lucht. Het was warm en er hing een vieze lucht.

Ik ben vlak bij je, Alice.

Tranen brandden op haar wangen.

Alice, ik ga je een verhaaltje voorlezen.

Ze tuurde de zwartgeblakerde kustlijn af. Ze had een zure smaak in haar mond. Voordat ze haar blik naar de zee richtte, voelde ze de hitte op haar huid.

De kooltjes, die aan de verre horizon glinsterden, begonnen op te vlammen. De ene woeste golf na de andere kwam aanrollen en brak op het strand, als een briesend beest. Ademhalen deed pijn. Over het zwarte zand kwam een vuurzee op haar af gedenderd. Haar gezicht verschroeide naarmate de hitte van de torenhoge golven dichterbij kwam, maar het enige wat ze kon ruiken waren rozen.

De golven bleven aanzwellen en omkrullen. Hoe dichterbij ze kwamen, hoe sterker ze werden. Ze probeerde weg te kruipen, het strand op te strompelen, maar ze kreeg geen grip op het zachte zand. Ze keek om. Ze zat in de val, ze was machteloos. Een zee van vuur rolde over haar heen, een kolkende muur van vlammen. Ze voelde druk onder in haar buik, maar het enige geluid dat ze kon voortbrengen was een stille kreet van kleine witte bloemen.

Ze dreef op koraalrode en lichtgele vlammen. Wat ze voor een zee van vuur aanzag, was helemaal geen zee. Het was een oceaan van brandend licht, die om haar heen golfde en telkens van gedaante veranderde; de ene keer was het opvlammend water, dan weer een explosie van paars en oranje. Terwijl haar lichaam werd ondergedompeld, kamde ze met haar vingers door de kleuren.

Het was donker in de kamer. De lakens kriebelden en knelden. De scherpe geur prikte in haar neus en ogen. Ze probeerde zich om te rollen, maar ze had niet genoeg kracht; de stroken licht veranderden in dikke brandende slangen die om haar lichaam kronkelden, steeds strakker totdat haar huid brandde. Ze begon hevig te hoesten. Haar longen trokken samen, ze snakte naar adem. Angst had haar stem weggevaagd.

Alice, hoor je me? Ik ben bij je.

Het leek of ze was uitgetreden en van bovenaf toekeek hoe de vuurslangen haar lichaam verwoestten.

Blijf naar mijn stem luisteren.

Toen Sally de laatste bladzijde had voorgelezen, sloot ze het boek dat op haar schoot lag. Ze leunde achterover in de stoel naast Alice' ziekenhuisbed. Ze kon de aanblik van haar bleke, gekneusde huid bijna niet verdragen. Ze zag er zo anders uit dan toen ze twee jaar geleden op die bloedhete zomerdag ineens, in haar nachtpon, ongewassen en verwaarloosd, in de bibliotheek was verschenen. Ze kon zich dat moment nog levendig herinneren. Nu lag ze voor dood in bed, haar lange haar lag als een waaier op haar kussen en golfde langs de rand van haar bed, als een personage uit het boek in Sally's handen.

'Hoor je me, Alice?' vroeg ze weer. 'Ik ben hier. Blijf naar mijn stem luisteren.' Ze tuurde naar Alice' gezicht, naar haar armen die op het laken lagen, op zoek naar de kleinste beweging. Maar er was niets te zien, behalve het op en neer bewegen van haar borst, die werd geholpen door de apparaten die naast haar piepten en zoemden. De huid van haar gezicht was slap en op haar rechterwang zat een blauwe plek. De slang die haar hielp met ademen perste haar lippen in een ingedeukte o.

Sally pinkte een traan weg. In haar hoofd cirkelde een gedachte rond, als een slang die in zijn eigen staart bijt: ze had Alice nooit uit het oog moeten verliezen toen ze die dag alleen de bibliotheek had verlaten. Sterker, ze had haar in haar auto moeten zetten en mee naar huis moeten nemen. Ze had een warme maaltijd voor haar moeten maken, haar in bad moeten stoppen en haar tegen Clem Hart moeten beschermen.

Met een van spijt vertrokken gezicht sprong ze op van haar stoel en liep naar het voeteneinde van het bed.

Ze had niet naar John moeten luisteren toen hij zei dat ze wettelijk gezien geen poot had om op te staan. Ze had zijn verhaal niet moeten accepteren. Hij had haar verteld dat er na haar telefoontje vanuit de bibliotheek een patrouillewagen naar het huis van de familie Hart was gereden. Agnes had de twee agenten binnengelaten. Ze had hun thee met scones aangeboden. En op dat moment was Clem thuisgekomen. *Alice is gewoon een ondeugend kind*, had hij gezegd. *Dat is alles.* In het belang van John had Sally de zaak laten rusten. Maar de ontmoeting met Alice had grote indruk op haar gemaakt en ze bleef er maar aan denken. Ongeveer een maand nadat Alice de bibliotheek had bezocht, kwam Clem brutaal binnenstormen met het selkie-boek en Alice' met plakband gerepareerde bibliotheekkaart. Hij gedroeg zich alsof hij God was. Sally had zich achter een boekenkast verstopt en iemand anders hem te woord laten staan. Toen hij wegging, had ze zo hevig getrild dat ze zich ziek had gemeld en naar huis was gegaan. Ze was in bad gegaan en had een halve fles whisky gedronken. Maar nog steeds had ze getrild. Dat effect had hij nog altijd op haar. Hij was haar donkerste geheim. En nu, een paar jaar later, had iedereen het over Clem Hart, de charmante, jonge boer die zijn mooie, jonge vrouw en zijn nieuwsgierige dochter opgesloten hield, als in een griezelig sprookje. Zo jong nog, was het enige wat iedereen voortdurend zei. Heel triest, zeiden anderen terwijl ze hun blik afwendden.

De hartslagmonitor piepte gestaag. Sally hield op met ijsberen. De aderen in Alice' gesloten oogleden liepen als kleine paarse riviertjes onder haar doorzichtige huid. Sally sloeg haar armen om zich heen. Sinds het overlijden van Gillian had ze talloze kinderen ontmoet in de bibliotheek, maar geen van allen had haar zo van haar stuk gebracht als Alice Hart. En dat was natuurlijk geen toeval. Ze was de dochter van Clem Hart. Vanaf de avond dat John thuiskwam met het nieuws over de brand, was ze elke dag naar het ziekenhuis gegaan. Terwijl de politie en maatschappelijk werkers op de gang Alice' lot bespraken, zat Sally bij haar bed om haar voor te lezen. Ze zorgde ervoor dat haar stem zacht, helder en duidelijk klonk, zodat Alice, waar ze zich ook met haar geest bevond, haar kon horen.

De deur ging open.

'Hoi Sal, hoe gaat het met ons kleine vechtersbaasje?'

'Goed, Brookie. Echt goed.'

Brooke bekeek Alice' status, controleerde haar infuus en glimlachte terwijl ze haar temperatuur opnam. 'Dankzij jou ruikt de hele kamer naar rozen. Je bent de enige die ik ken die haar hele leven hetzelfde parfum draagt.'

Sally glimlachte, getroost door de vertrouwde warmte van hun jarenlange vriendschap. Maar de geluiden van de apparaten vulden haar hoofd en omdat ze ze niet langer kon verdragen, begon ze te praten. 'Het gaat goed vandaag. Heel goed zelfs. Ze houdt van sprookjes.' Sally hield het boek omhoog waaruit ze had voorgelezen. Haar hand beefde. 'Trouwens, wie niet?'

'Klopt. Iedereen houdt van happy endings.' Brooke glimlachte.

Maar Sally's gezicht betrok. Ze wist als geen ander dat happy endings niet altijd waren wat ze leken.

Brooke keek haar onderzoekend aan. 'Ik weet 't, Sal,' zei ze zacht. 'Ik weet hoe zwaar dit voor je is.'

Sally veegde haar neus aan haar mouw af. 'In al die jaren heb ik niets geleerd,' zei ze. 'Ik had haar kunnen redden. Ik had iets kunnen doen. En moet je haar nu zien.' Haar kin begon onbedaarlijk te trillen. 'Wat ben ik toch stom geweest.'

'Hou op, Sal.' Brooke schudde haar hoofd. 'Dat wil ik niet horen. Niet in mijn bijzijn. Als ik Agnes Hart – God hebbe haar ziel – was, zou ik jou op mijn blote knieën danken omdat je hier uit liefde elke dag Alice gezelschap komt houden en haar voorleest.'

Bij het horen van de naam Agnes kromp Sally's maag ineen. Ze had haar de afgelopen jaren een paar keer gezien. Twee keer terwijl ze door het dorp reed, naast Clem in de pick-up. En één keer in de rij bij het postkantoor. Ze had er kwijnend uitgezien, alsof ze voor je ogen zou kunnen instorten. Sally, die achter haar stond, had de aanblik van haar tengere schouders bijna niet kunnen verdragen. Nog los van de reden waarom ze in het ziekenhuis was, het minste wat ze voor Alice kon doen was bij haar zitten.

'Ze hoort me niet eens.' Sally liet zich in een stoel zakken. Ze voelde een steek achter haar ogen.

'Dat is onzin,' snoof Brooke. 'Je weet zelf dat dat niet waar is, maar oké, zwelg er maar even in...' Ze knikte Sally liefdevol toe. 'Elke dag dat jij hier was heeft aan haar herstel bijgedragen, Sal. Dat weet je zelf ook. De koorts is gezakt en haar longen worden schoner. Wij houden de zwelling in haar hoofd goed in de gaten, maar het ziet er goed uit. Als ze zo doorgaat, zal ze hier aan het eind van de week weg mogen.'

Sally fronste haar voorhoofd.

Brooke, die haar tranen verkeerd begreep, boog zich naar voren en gaf Sally een stevige knuffel. 'Ik begrijp het. Het is geweldig nieuws, hè, over haar grootmoeder?' Brooke gaf haar een kneepje in haar arm en stond op.

'Grootmoeder?' vroeg Sally. Haar benen werden slap.

'Heb je het niet gehoord? Maatschappelijk werk heeft Alice' grootmoeder gevonden.'

'Wat?' fluisterde ze.

'Ze woont ergens op een boerderij in het binnenland, in de buurt van Woop-Woop. Ze kweekt bloemen. Tuinieren zit ze kennelijk in het bloed.'

Sally bleef maar knikken.

'Ik dacht dat John de opdracht had om dit allemaal uit te zoeken. Heeft hij je daar niets over verteld?'

Sally sprong op uit haar stoel en griste haastig haar spullen bij elkaar. Brooke deed een angstvallige stap naar haar toe en stak haar hand uit om haar te ondersteunen, maar Sally liep hoofdschuddend om haar heen naar de deur.

'O Sal,' zei Brooke toen het tot haar doordrong.

Sally schoof de deur open, haastte zich door de gangen en verliet het ziekenhuis, dat de twee kinderen van wie ze het meest had gehouden van haar had afgenomen.

Alice zweefde in het niets. Rust. Geen zee, geen vuur, geen slangen, geen stem. Haar huid tintelde hoopvol. Vlakbij een luchtstroom, het geluid van vleugels. Klap, klap, duik, hoog, hoger, weg.

Een enkele brandende veer wenkte haar en liet een spoor van glinsterend licht achter.

Zonder enige angst volgde ze.

5

Gespikkelde veerbloem (painted feather flower)

Betekenis: **tranen**

Verticordia picta | Zuidwest-Australië

Een kleine tot middelgrote struik met roze, komvormige bloemen, die een zoete geur verspreiden. Eenmaal op een vaste plek heeft de struik een levensduur van ongeveer tien jaar. Bloeit overdadig en lang.

Ik-ben-hier.

Ik-ben-hier.

Ik-ben-hier.

Alice luisterde naar haar hartslag, de enige manier om tot rust te komen en haar emoties onder controle te krijgen. Maar hij werkte niet altijd. Soms was het erger dingen te horen dan te zien: de doffe klap waarmee haar moeder de muur raakte; de bijna onhoorbare ademhaling van haar vader als hij haar sloeg.

Ze opende haar ogen en keek snakkend naar adem om zich heen of iemand haar kon helpen. Waar was de verhalenverteller uit haar dromen? Ze was de enige in de kamer, op de hevig piepende apparaten die naast haar stonden na. Angst deed haar huid tintelen.

Een vrouw kwam haar kamer binnen. 'Het is oké, Alice. Ik zal je overeind helpen, dan kun je beter ademhalen.' De vrouw stak haar hand uit en duwde op iets aan de muur achter haar. 'Je hoeft niet bang te zijn.'

Het hoofdeind van Alice' bed kwam omhoog zodat ze rechtop kon zitten. De pijn in haar borst nam af.

'Beter?'

Alice knikte.

'Goed zo. Haal zo diep mogelijk adem.'

Alice deed wat ze vroeg en wilde dat haar hart langzamer ging kloppen. De vrouw leunde tegen de zijkant van het bed en hield twee vingers lichtjes tegen Alice' pols terwijl ze naar een klein zakhorloge tuurde dat aan haar schort vastzat.

'Ik heet Brooke,' zei ze met een vriendelijke stem. 'Ik ben je verpleegster.' Ze keek Alice aan en knipoogde. Toen ze glimlachte, verschenen er twee diepe kuiltjes in haar wangen. In de plooien van haar oogleden zat blauwe en paarse oogschaduw, met precies dezelfde parelmoeren glans die ze op oesterschelpen had gezien. Het gepiep nam af. Brooke liet haar pols los.

'Is er nog iets wat je zou willen hebben?'

Alice probeerde om een glas water te vragen, maar de woorden kwamen er niet uit. Ze maakte een drinkgebaar met haar hand.

'Komt in orde. Ik ben zo terug.'

Brooke ging weg. De machines piepten. De witte kamer vulde zich met het gezoem van vreemde geluiden: een verre bel; ruisende stemmen, sommige kalm, andere met urgentie; het open- en dichtgaan van deuren; piepende schoenzolen, sommige rennend, andere rustig lopend. Alice' hart begon weer te bonzen. Ze probeerde het langzamer te laten kloppen door met gesloten ogen rustig in en uit te ademen, maar diep inademen deed pijn. Ze probeerde om hulp te roepen, maar haar stem was niet meer dan een zucht. Haar lippen waren gebarsten, haar ogen en neus verbrand. Het gewicht van de zich opstapelende vragen drukte op haar ribben. Waar was haar familie? Wanneer mocht ze naar huis? Weer probeerde ze iets te zeggen, maar er kwam geen geluid uit haar mond. Voor haar geestesoog verscheen een beeld van witte motten die vanuit haar mond de vuurzee in vlogen. Was dat een herinnering? Was dat echt gebeurd? Of was het een droom? En als het een droom was, betekende dat dan dat ze gewoon geslapen had? En hoelang dan?

'Rustig, Alice,' zei Brooke toen ze terug in de kamer kwam. Ze zette een kan en een beker op het nachtkastje, pakte Alice' hand en streek met haar andere hand de tranen van haar wangen. 'Je bent natuurlijk geschrokken nu je wakker bent. Maar je bent veilig, meisje. We zorgen goed voor je.' Alice keek in Brooke's parelmoerkleurige ogen. Ze wilde haar zo graag geloven. 'De dokter komt zo bij je.' Brooke trok met haar duim kleine cirkels op Alice' hand. 'Ze is heel aardig,' voegde ze eraan toe.

Niet lang daarna kwam er een vrouw in een witte jas de kamer in. Ze was lang en slank en had lang, grijs haar, dat ze naar achter had gestreken.

Het deed Alice aan helmgras denken.

'Hallo, Alice. Ik ben dokter Harris.' Ze stond aan het voeteneinde van het bed en bladerde door de papieren op het klembord. 'Goed te zien dat je wakker bent. Je bent een hele flinke meid.'

Dokter Harris liep langs het bed en haalde een kleine zaklamp uit haar zak. Ze knipte hem aan en scheen ermee in Alice' ogen. Instinctief kneep die haar ogen halfdicht en wendde haar gezicht af.

'Sorry. Dat is niet fijn, hè?' De dokter drukte het koude membraan van de stethoscoop op haar borst en luisterde. Zou ze de vragen daarbinnen kunnen horen? Zou ze ineens opkijken en haar de antwoorden geven? Antwoorden die ze misschien liever niet wilde horen? Een gevoel van angst golfde door haar buik.

Dokter Harris trok de oordopjes uit haar oren. Ze mompelde iets tegen Brooke en overhandigde haar het klembord. Brooke hing het terug aan het voeteneinde van het bed en sloot de deur.

'Alice, ik wil het even met je hebben over hoe je hier bent beland. Oké?'

Alice wierp een blik op Brooke. Haar oogleden voelden zwaar aan. Ze keek naar dokter Harris en knikte langzaam.

'Mooi.' Dokter Harris glimlachte even. 'Alice,' begon ze terwijl ze haar handen tegen elkaar drukte alsof ze ging bidden, 'er is brand geweest op jullie terrein, in jullie huis. De politie onderzoekt nog hoe dit heeft kunnen gebeuren, maar het belangrijkste is dat je veilig bent en goed herstelt.'

Er viel een ijzingwekkende stilte.

'Ik vind het vreselijk om je dit te moeten zeggen, Alice...' Dokter Harris' ogen werden vochtig. 'Je ouders hebben het allebei niet overleefd. Iedereen hier voelt zich betrokken bij je welzijn en zal voor je zorgen totdat je grootmoeder komt om...'

Alice' oren functioneerden niet meer. Ze hoorde niet dat dokter Harris opnieuw haar grootmoeder noemde, laat staan al het andere dat ze zei. Ze dacht alleen maar aan haar moeder. Haar ogen, vol van licht. De liedjes die ze in de tuin neuriede, hun geheimzinnige treurigheid. De draaiing van haar tengere pols, haar zakken gevuld met bloemen, haar warme, melkachtige adem in de ochtend. Genesteld in de kromming van haar armen, op koud zand onder de hete zon, het op- en neergaan van haar borst voelen, het ritme van haar hart, en haar stem als ze verhaaltjes vertelde waarmee ze een warme, magische cocon om hen heen spon. *Jij was de ware liefde die ik nodig had om me uit een nachtmerrie te wekken, kleintje. Jij was mijn wondertje.*

'... Ik zie je bij de volgende ronde weer,' zei dokter Harris en na een blik op Brooke verliet ze de kamer.

Brooke bleef aan het voeteneind van het bed staan. Haar gezicht stond somber. Er brandde een gat in Alice' romp. Zou Brooke het kunnen horen branden? Het bulderde, loeide en siste. Het slokte alles vanbinnen op. Telkens weer klonk er een vraag in haar hoofd. Hij knaagde aan haar, verscheurde haar.

Wat had ze gedaan?

Brooke liep om het bed heen, schonk een beker bleek sap in en gaf hem aan Alice.

Alice had de beker uit haar handen willen slaan, maar toen ze het koude, zoete drankje proefde, dronk ze hem in één keer leeg. Het sap viel koud op haar maag. Hijgend hield ze haar beker omhoog voor meer.

'Rustig aan,' zei Brooke terwijl ze de beker aarzelend volschonk.

Alice dronk zo snel dat het sap langs haar kin liep. Hikkend hief ze de beker weer op. Meer. Meer. Ze bewoog de beker voor Brooke's gezicht.

'Oké, maar daarna niet meer.'

Bij de allerlaatste slok moest Alice bijna kokhalzen. Trillend liet ze de beker zakken. Brooke griste een braakzak uit een la en hield hem net op tijd open toen Alice al het sap uitbraakte. Hevig zuchtend liet ze zich terug in de kussens vallen.

'Goed zo.' Brooke wreef over haar rug. 'Rustig aan. Heel goed, meisje. Rustig ademhalen.'

Maar Alice wilde nooit meer ademhalen.

Ze sliep onrustig. Badend in het koude zweet droomde ze over vuur. Als ze wakker werd, voelde haar hart zo warm aan dat ze bang was dat haar borstkas zou smelten. Ze krabde tot bloedens toe aan haar sleutelbeen. Om de paar dagen knipte Brooke haar nagels, maar het hield niet op. Elke nacht klauwde Alice haar nagels in haar huid totdat Brooke donshandschoenen voor haar meebracht die ze 's nachts moest dragen. En nog steeds had ze geen stem. Hij was weg, verdampt als een plas zout water bij eb.

Nieuwe verpleegsters meldden zich aan haar bed. Ze droegen andere schorten dan Brooke. Sommigen wandelden een rondje om het ziekenhuis met haar en legden uit dat haar spieren door het vele slapen waren verzwakt en weer moesten aansterken. Ze leerden haar oefeningen die ze in bed en in haar kamer kon doen. Anderen kwamen met haar over haar gevoelens praten. Ze brachten prentkaarten en speelgoed mee. In haar dromen hoorde Alice de stem van de verhalenverteller niet meer. Ze werd bleker. Haar huid begon te barsten. Ze stelde zich voor dat haar huid verdorde van de dorst, vanaf de randen opkrulde tot het rauwe, rode midden. Elke nacht worstelde ze zich door golven van vuur. Meestal lag ze in bed, staarde ze door het raam naar de veranderende lucht en probeerde ze zich niets te herinneren, geen vragen te stellen en alleen maar te wachten tot Brooke kwam. Brooke had de beste ogen.

De tijd verstreek. Alice was haar stem kwijt. Per maaltijd kon ze niet meer dan een paar lepels naar binnen krijgen, hoezeer Brooke zich er ook mee bemoeide. Haar onbeantwoorde vragen namen alle ruimte in haar lichaam in beslag. Eén vraag beangstigde haar het meest.

Wat had ze gedaan?

Hoewel ze amper at, dronk ze de ene na de andere kan sap of water leeg, maar niets kon de rook of het verdriet wegspoelen.

Algauw verschenen er wallen onder haar ogen, donker als regenwolken. De verpleegsters namen haar twee keer per dag mee uit wandelen in de zon, maar ze kon het verblindende licht niet langer dan een paar tellen achter elkaar verdragen. Dokter Harris kwam weer langs en legde uit dat ze door een slangetje gevoed zou worden wanneer ze niet meer ging eten. Alice liet hen begaan; haar onbeantwoorde vragen deden meer pijn dan een slangetje. Er was binnen in haar geen ruimte meer om zich er druk over te maken.

Op een ochtend glipte Brooke op roze rubberen schoenen haar kamer in. Haar ogen glinsterden als de zee op een zonnige dag. Ze hield haar handen op haar rug. Alice keek haar met flauwe belangstelling aan.

'Er is iets bezorgd,' zei Brooke met een grijns. 'Speciaal voor jou.' Ze bootste het geluid van tromgeroffel na. 'Tada!'

Ze had een doos in haar handen die met felgekleurd touw was dichtgebonden.

Alice ging overeind zitten. Ze begon nu toch wel nieuwsgierig te worden.

'Deze doos lag op de verpleegsterspost vanochtend toen mijn dienst begon. Er hing alleen dit kaartje aan, met jouw naam erop.' Met een knipoog legde Brooke de doos op Alice' schoot. Hij was verrukkelijk zwaar.

Alice maakte het touw los en klapte het deksel open. Onder vellen papier lag een stapel boeken met hun ruggen naar boven, net zoals de bloemen in haar moeders tuin hun kopjes ophieven naar de zon. Ze liet haar vingers over de letters van de titels glijden en schrok toen ze er een herkende. Het was het boek dat ze de eerste keer had geleend van de bibliotheek, het boek over selkies. In een plotselinge opwelling van energie kiepte ze de doos om. De boeken vielen op haar schoot. Met een zucht van genoegen tilde ze ze een voor een op en hield ze tegen haar borst gedrukt, en toen ze er een doorbladerde, snoof ze de muffe geur van papier en inkt op. Verhalen over zout en verlangen fladderden om haar gezicht, lonkten naar haar. Toen ze Brooke's schoenen op het linoleum in de gang hoorde piepen, keek ze verrast op. Ze had niet in de gaten dat ze de kamer uit was gegaan.

Even later reed Brooke zwijgend een tafeltje binnen en zette het bij haar bed. Het blad was beladen met kleurrijke schaaltjes. Een bakje yoghurt en een vruchtensalade, een korstloze boterham met kaas, een kommetje sla en een klein schaaltje knapperige frietjes, die glommen van de olie en het zout. Ernaast lag een doosje krentjes en amandelen. En een pakje melk met moutextract, voorzien van een rietje.

Alice keek Brooke aan. Na een kort ogenblik knikte ze.

'Goed zo, meid,' zei Brooke. Voor ze de kamer verliet, zette ze de wieltjes van het bedtafeltje op de rem.

Met het selkie-boek tegen zich aan gedrukt bekeek Alice de andere boeken en koos er een uit. Ze sloeg het open en rilde van genot toen ze de rug hoorde kraken. Ze pakte een stukje brood, sloot haar ogen en zette haar tanden in de verse boterham. Ze kon zich niet herinneren wanneer ze voor het laatst zoiets lekkers had gegeten. De boter was zout en romig, en de kaas pittig. Knapperige sla, zoete wortel en sappige tomaat. Uitgehongerd stak ze het hele driehoekje in haar mond.

Met een paar slokken melk spoelde ze haar lunch weg. Daarna liet ze een harde boer. Met een voldane glimlach en een vol buikje richtte ze haar aandacht weer op haar boek. Hoewel ze er zeker van was dat ze het niet eerder had gelezen, kwam het verhaal haar bekend voor. Ze liet haar vingertoppen over de gebosseleerde kaft glijden. Er stond een illustratie op van een mooi slapend meisje met een doornige roos in haar hand.

De volgende dag had Alice het boek over Doornroosje bijna uit. Ze keek op toen ze Brooke en dokter Harris met twee onbekende vrouwen door de gang zag drentelen. De ene droeg een mantelpakje en een bril met een zwaar vierkant montuur en felle lippenstift. Onder haar arm had ze een map met papieren. De andere vrouw droeg een kaki overhemd, een broek in dezelfde kleur en stevig uitziende bruine schoenen, zoals haar vader altijd naar zijn werk droeg. In haar haar zaten grijze strepen. Als ze zich bewoog, leek het of er belletjes rinkelden; aan haar polsen droeg ze een verzameling zilveren armbanden, die tegen elkaar tingelden als ze haar handen gebruikte. Alice kon haar ogen niet van haar afhouden.

Het groepje kwam haar kamer binnen. Alice keek niet op, ze concentreerde zich op haar boek. De belletjes rinkelden en tingelden.

'Alice,' begon Brooke. Haar stem klonk te hoog, en Alice begreep niet waarom er tranen in haar ogen stonden.

De vrouw in het mantelpakje kwam naar voren. 'Alice, we zijn hier om je aan een heel bijzonder iemand voor te stellen.'

Alice bleef in haar boek staren. Doornroosje stond op het punt gered te worden door de liefde. De vrouw in het mantelpakje begon weer te praten. Haar stem klonk veel te hard, alsof ze bang was dat Alice doof was.

'Alice, dit is je grootmoeder. Ze heet June. Ze komt je ophalen.'

Brooke duwde Alice in een rolstoel door het ziekenhuis naar buiten, de heldere ochtend in. Eerder, toen de vrouw in het mantelpak aan het woord was, was ze de kamer uit geglipt. June had alleen maar naar Alice gestaard en aan haar handen gefrunnikt. Alice had genoeg over grootmoeders gelezen om te weten dat deze grootmoeder er heel anders uitzag en zich heel anders gedroeg dan die in haar sprookjesboeken. Terwijl haar armbanden bleven rinkelen zei ze geen woord, ook niet toen de andere vrouw vertelde dat June haar de doos met boeken had gestuurd. Dokter Harris vertelde dat June haar voogdes was. Dat woord werd vaker door haar en de vrouw in het mantelpak gebruikt. Voogdes. Voogdes. Alice kende het woord niet, maar het klonk heel ernstig. Net zo ernstig als de blik in June's ogen. Ze leek naar een verre horizon te staren.

Even later zat June buiten op de parkeerplaats voor bezoekers in een oude pick-up op hen te wachten. Naast haar zat een reusachtige hond, met zijn tong uit zijn bek. Door de geopende raampjes klonk klassieke muziek. Toen de hond Brooke en Alice in het oog kreeg, ging hij staan en begon te blaffen. Zijn kolossale lijf vulde de cabine. June schrok, draaide het volume omlaag en wentelde zich om het dier heen.

'Harry!' schreeuwde ze, in een poging hem stil te krijgen. 'Sorry,' riep ze terwijl ze nerveus uit de auto stapte. Harry bleef maar blaffen. Voor ze wist wat ze deed, hief Alice haar arm op om Harry het zwijgen op te leggen, zoals ze altijd bij Toby had gedaan. Toen hij niet reageerde, zag ze haar vergissing in en begon haar kin te trillen.

'O nee,' riep June, die de uitdrukking op Alice' gezicht verkeerd begreep. 'Hij is groot, dat weet ik, maar je hoeft niet bang voor hem te zijn. Bullmastiffs zijn vriendelijke honden.' Ze ging op haar hurken voor de rolstoel zitten. Alice kon haar niet aankijken. 'Harry heeft speciale gaven. Hij zorgt voor mensen die verdriet hebben.' June bleef vlak voor haar zitten en wachtte, maar Alice negeerde haar en frunnikte wat aan haar handen.

'Zullen we je maar in de wagen zetten, Alice?' stelde Brooke voor.

June deed een stap naar achter zodat Brooke Alice vanuit de rolstoel in de pick-up kon helpen. Harry sprong op en ging naast haar zitten. Hij rook anders dan Toby, zoet en aards in plaats van zilt en vochtig. En hij had ook geen lange zachte vacht waar ze haar vingers doorheen kon trekken.

Brooke boog zich door het raampje. Harry keek haar vrolijk hijgend aan. Alice beet op haar onderlip.

'Lief zijn, Alice.' Brooke aaide even over haar wang en draaide zich toen abrupt om. Ze liep naar June, die op korte afstand stond toe te kijken, en samen bleven ze nog even op gedempte toon praten. Alice verwachtte dat Brooke zich elk moment kon omdraaien, het portier zou openen en haar zou vertellen dat het allemaal een vergissing was. Dat ze niet weg hoefde te gaan. Brooke zou haar mee naar huis nemen, naar haar bureautje en haar moeders tuin, en ergens in de buurt van de zee, tussen de sint-jakobsschelpen en de heremietkreeften, zou ze haar stem terugvinden en zo hard schreeuwen dat haar familie haar kon horen. Elk moment kon Brooke zich omdraaien. Elk moment. Brooke was haar vriendin. Ze zou haar niet laten weggaan met iemand die ze niet kende. Ook al was het een voogdes.

Alice keek hen doordringend aan. June streek even over Brooke's arm en Brooke deed hetzelfde terug. Waarschijnlijk wilde ze June troosten en uitleggen dat het allemaal een vergissing was, dat ze helemaal niet weg hoefde. Maar toen gaf Brooke een tas met spullen – voornamelijk boeken – aan June en draaide zich om naar de pick-up.

'Lief zijn, hè,' mimede Brooke en stak haar hand op. Ze bleef nog even met de lege rolstoel bij de ingang staan, maar toen duwde ze hem naar de automatische deuren en verdween in het ziekenhuis.

Ineens werd Alice duizelig, alsof al haar bloed uit haar lichaam werd gezogen. Brooke was gewoon weggelopen en had haar met deze wildvreemde vrouw achtergelaten. Ze wreef in haar ogen, in de illusie dat ze haar tranen, net als haar stem, kon laten verdwijnen. Maar ze stroomden over haar wangen, alsof ze uit een kapotte kraan kwamen. June stond bij het raampje aan de passagierskant. Haar armen hingen slap langs haar lichaam, alsof ze niet wist wat ze er anders mee moest doen. Even later opende ze het portier, propte Alice' tas achter haar stoel en deed het portier zachtjes dicht. Vervolgens liep ze om de pick-up heen, klom op de bestuurdersstoel en startte de motor. Zwijgend zaten ze naast elkaar. Zelfs Harry, de kolossale hond, was stil.

'Laten we maar naar huis gaan, Alice,' zei June terwijl ze naar de tweede versnelling schakelde. 'We hebben een lange rit voor de boeg.'

Toen ze de parkeerplaats af reden, voelde Alice de vermoeidheid op haar oogleden drukken. Alles deed pijn. Harry probeerde een paar keer aan haar been te snuffelen, maar ze duwde zijn kop weg, keerde allebei haar reisgenoten de rug toe en kneep haar ogen dicht om haar nieuwe wereld buiten te sluiten.

Bij de lift drukte Brooke op de omlaagknop en rommelde in haar handtas totdat haar vingertoppen het pakje noodsigaretten voelden. Ze greep het vast. Toen het belletje klonk, stapte ze in de lift en ze drukte veel harder op de knop van de parkeergarage dan de bedoeling was. Weer zag ze het blije gezicht van Alice voor zich toen ze de doos met boeken kreeg; het licht dat in Alice' ogen had geschitterd rechtvaardigde de leugen die Brooke had verteld over waar ze vandaan kwamen. Alice was nu bij haar grootmoeder, hield ze zichzelf voor. Bij haar familie, en die had ze nu het meest nodig.

De nasleep van de gebeurtenissen op het terrein van de familie

Hart was iets wat Brooke in haar hele leven nog niet had meegemaakt. De politie beschouwde de omstandigheden ideaal voor een rampscenario: droge bliksemflitsen, een kind dat alleen thuis met lucifers was achtergelaten en een gezin dat gevangenzat in een cyclus van geweld, gepleegd door de man des huizes jegens vrouw en kind. Brooke was dichterbij gaan staan toen de politie de zaak uitlegde aan June: Clem had zijn dochter in haar slaapkamer bewusteloos geslagen en had haar, toen hij de brand zag, naar buiten gesleept. Daarna was hij naar binnen gegaan om Agnes te redden, maar toen de brandweer en de ambulance arriveerden, kon ze niet meer gereanimeerd worden, en Clem had zoveel rook binnengekregen dat hij even later ter plekke overleed. Op dat punt in het verhaal was June zo bleek geworden dat Brooke had ingegrepen en een pauze had voorgesteld.

Met een irritant vrolijk belletje arriveerde de lift bij de parkeergarage. Brooke haalde een paar keer heel diep adem en stelde het aansteken van haar sigaret nog even uit. Arme Agnes, dacht ze. Pas zesentwintig en zo bang voor haar man dat ze een testament had gemaakt om de voogdij voor haar kinderen, van wie een haar nooit zou kennen, vast te leggen. Bij de gedachte aan het kleine jongetje dat uit Agnes' stervende, mishandelde lichaam was getrokken, drukte Brooke een hand op haar maag en slikte een opkomende golf gal weg. Hoe kon een man zijn zwangere vrouw, zijn dochtertje en zijn ongeboren zoon zoiets aandoen? Wat moest er van Alice worden, de dochter die de brand had overleefd?

Ze werd overspoeld door beelden van Alice, bewusteloos, mishandeld, rook inademend. Ze gooide haar sigaret en aansteker in een afvalbak, stapte in haar auto en reed met piepende banden het ziekenhuisterrein af om maar zo veel mogelijk afstand te scheppen tussen haarzelf en Alice' lege ziekenhuiskamer.

Buiten begon het te schemeren. De zomerlucht was zwaar en geurig. In de dennen langs de boulevard krioelde het van de papegaaien, die krijsend als dronkaards hun zonsondergangslied zongen. Brooke zette de auto aan de kant en draaide het raampje open om de geur van zout, zeewier en frangipani op te snuiven. Alice had in haar nachtmerries onophoudelijk over bloemen gesproken. Bloemen, feniksen en vuur.

'Kom op,' mompelde Brooke in zichzelf. 'Pak jezelf bij elkaar.'

Ze wreef in haar ogen, snoot haar neus, startte de auto en scheurde weg van de zee om even later de lege straten van haar buurt in te rijden. Eenmaal thuis liep ze direct naar de telefoon en tilde de haak op om het gesprek te gaan voeren waar ze al de hele dag tegen opzag. Ze dwong zichzelf het laatste cijfer van Sally's nummer in te toetsen, dat ze al vanaf haar twaalfde uit haar hoofd kende.

Het bloed gonsde in haar oren toen de telefoon overging.

(...) Zij verdeelt haar licht
gelijk over de zoute zee
en de velden vol weelderige bloemen.

Sapfo

6

Gestreepte munt (striped mint bush)

Betekenis: **verzaakte liefde**

Prostanthera striatiflora | Centraal Australië

Komt voor in rotsige kloven en dagzomende aardlagen. Heeft een zeer sterke muntgeur. Smalle, leerachtige bladeren. De klokvormige witte bloemen hebben paarse strepen in de bloem en gele stippen in de keel. Niet om op te eten, want dat kan slapeloosheid of juist levendige dromen tot gevolg hebben.

Het was een lange, warme, stoffige rit. In de wind was geen spoor van de zee te ruiken. De lucht uit de autoventilator blies warm op Alice' gezicht, net als Toby's hijgende adem. Bij de gedachten aan zijn kop, zijn kwijlende, wolfachtige glimlach, beet ze op haar onderlip en staarde strak voor zich naar het onbekende landschap. Geen zilverkleurig zeegras of zoutpannen, geen heremietkreeften of getij den, geen ketting van zeewier voor om haar hals en geen luchten met spookachtige valstrepen die waarschuwden voor storm op zee.

Aan weerszijden van de vlakke snelweg was het land dorstig en droog als een gebarsten tong. Toch leek het overal te krioelen van leven. Het zoemde in Alice' oren: het gesjirp van krekels, het woeste gekakel van kookaburra's. Af en toe zag ze een kleurige veeg van wilde bloemen onder de gombomen, waarvan sommige stammen wit als sneeuw waren terwijl andere een glanzende okerkleur hadden, alsof ze net geverfd waren.

Alice kneep haar ogen dicht. Haar moeder. Haar ongeboren broertje of zusje. Al haar boeken. De tuin. Haar bureau. Toby. Haar vader. Ze wreef met de muis van haar hand over de linkerkant van haar borst. Opende haar ogen. In haar perifere blikveld zag ze dat June een hand naar haar uitstak, maar hem snel weer terug op het stuur legde toen ze niet wist waar ze hem zou laten rusten. Alice deed net of ze het niet had gezien. Dat leek haar de beste manier om met de situatie om te gaan. Ze wendde zich nog iets meer af van June. Vervolgens strekte ze haar arm naar achter uit, waar haar tas met boeken lag. Voor het gemak negeerde ze het feit dat ze de boeken van June had gekregen. In plaats daarvan prentte ze zich in dat ze altijd al van haar waren geweest. Ze trok het eerste het beste boek uit de tas en glimlachte bijna toen ze het zag. De volmaakte troost. Ze klampte het boek vast en ontleende steun aan de kloeke vorm, de keurig rechte snede, de geur van papier, het lonkende verhaal en het harde omslag met de afbeelding waar ze al talloze uren naar had gestaard, de afbeelding van een meisje, een naamgenote, die in een vreemd, wonderbaarlijk land terechtkomt maar toch de weg naar huis terugvindt.

Uit angst voor wat er zou gebeuren als ze opzijkeek of haar greep om het stuur verslapte, hield June haar blik strak op de weg gericht en haar handen stevig om het stuur. Haar ledematen bleven onbedaarlijk trillen. Om het te stoppen hoefde ze maar een slokje whisky uit de flacon in haar jaszak te nemen. Maar dat durfde ze niet. Niet vandaag. Niet met het kind in de auto, het kind dat zo dicht bij haar zat dat ze haar hand maar hoefde uit te steken om haar aan te raken. Alice. Haar kleindochter, die ze tot vandaag nooit had gezien. Af en toe keek ze opzij naar het meisje, dat haar boek tegen haar borst klemde alsof haar leven ervan afhing. Ze had ingestemd met de suggestie van de verpleegster om Alice te zeggen dat de doos met boeken van haar afkomstig was. Kennelijk was Alice er zo dol op dat dat de eenvoudigste manier was om een band tussen hen te smeden. *Het belangrijkste op dit moment is dat Alice aan geen enkele stress meer wordt blootgesteld*, had de verpleegster gezegd.

Terwijl ze een zijdelingse blik op haar kleindochter wierp, besefte ze hoe belachelijk het was om te denken dat een leugen haar verdriet zou kunnen verzachten. Hoe had ze zo dom kunnen zijn? Ze had gewoon naast het kind moeten gaan zitten en haar zonder omwegen de waarheid moeten vertellen. *Hallo Alice, ik ben June, je oma. Je vader is* – June schudde haar hoofd – *was mijn zoon, die ik al heel lang niet meer heb gezien. Ik neem je mee naar mijn huis, waar je je nooit meer onveilig hoeft te voelen.* Ze knipperde haar tranen weg. Misschien waren een paar woorden al genoeg geweest. *Het spijt me zo, Alice. Ik had een betere moeder moeten zijn. Het spijt me.*

Toen de plaatselijke politie bij haar in Thornfield aanklopte, had June zich in de kelderkast verstopt om een slok whisky te nemen voordat ze de deur openmaakte. Ze liet hen binnen, in de veronderstelling dat ze voor een van de Bloemen kwamen. In plaats daarvan zetten ze hun pet af en vertelden haar dat haar zoon, samen met zijn vrouw, bij een brand in zijn huis was omgekomen. De enige overlevenden waren hun negenjarige dochter en hun pasgeboren zoon. Allebei haar kleinkinderen waren opgenomen in een ziekenhuis, en zij, June, was de enige naaste familie. Wat ze ook moest weten was dat Clem verantwoordelijk was voor de ernstige mishandeling van zijn vrouw en dochter. Toen ze weggingen, haalde ze net op tijd het toilet en gaf over. Haar diepste angst, die ze jarenlang had weggestopt, was werkelijkheid geworden.

Toen ze naar Alice keek, voelde ze zich weer misselijk worden. Het meisje leek zoveel op Agnes. De wilde bos haren, de dikke wimpers, de volle lippen en de grote ogen, die verlangen en nieuwsgierigheid uitstraalden. Allebei droegen ze hun kwetsbaarheid als een vitaal orgaan buiten hun lichaam met zich mee. Als Alice qua uiterlijk op haar moeder leek, zou ze dan qua persoonlijkheid op Clem lijken? Zou ze het karakter van haar vader hebben? June kon het nu nog niet zeggen, maar Alice' zwijgzaamheid gaf haar een zeer ongemakkelijk gevoel. *Selectieve stomheid is normaal bij kinderen die een zwaar trauma doormaken*, had dokter Harris haar verzekerd. *Meestal is dat niet blijvend. Met de juiste steun en begeleiding zal Alice, zodra ze er klaar voor is, weer gaan spreken. Tot die tijd zullen we niet weten hoeveel ze zich herinnert.*

June greep het stuur steviger vast, haar armbanden rinkelden. Ze keek omlaag naar de in kunsthars gegoten gele bloemetjes, die als bedeltjes aan de zilveren armband hingen. Ze bevatten allemaal een bloem. Het was de bloem van de gele vlinderstruik, met de vijf onregelmatig gevormde blaadjes. Op het bovenste blaadje zat een rode vlek en in het midden van de bloem zaten drie meeldraden, waarvan de grootste de vorm van een raderboot had. June had de armbanden speciaal voor vandaag gemaakt. Telkens wanneer ze om haar pols rinkelden, herhaalden ze hun betekenis, als een geheim gebed. *Tweede kans, tweede kans, tweede kans.*

Alice slikte en vertrok haar gezicht in haar slaap. Haar hoofd lag in een ongemakkelijke knik naar achter. June overwoog om haar hand uit te steken en haar te verschikken, maar ineens begon Alice te hoesten en ging ze uit zichzelf anders zitten.

June richtte haar blik op de weg en trapte het gaspedaal harder in. Ze hoopte maar dat wanneer het kind dromen had, het zachte dromen zouden zijn.

Het licht van de namiddagzon stroomde de cabine in. Alice, die zonder dat ze het in de gaten had in slaap was gevallen, schrok er wakker van. In haar ooghoeken waren de tranen opgedroogd en in haar nek voelde ze een rare knik. Ze ging rechtop zitten en rekte zich uit. Harry likte haar hand. Ze liet hem begaan, ze was te moe om hem weer weg te duwen. Ze reden niet langer over de snelweg maar over een hobbelige zandweg. Op haar knie was een roze bloeduitstorting verschenen doordat ze er telkens mee tegen de deurklink botste wanneer de pick-up over de hobbels en kuilen denderde. Alice snakte naar de zilte zeelucht.

June had haar raampje omlaaggedraaid en leunde met een gebruinde arm naar buiten. De wind speelde zachtjes met haar grijze krullen. Alice wierp een onderzoekende blik op haar profiel. June leek in geen enkel opzicht op haar vader, maar toch maakte ze een vertrouwde indruk. Toen ze een krul achter haar oren streek, rinkelden de armbanden aan haar pols. Aan elke armband hing een hangertje waarin een gedroogde bloem was gevat. June keek Alice aan.

'Ben je wakker?'

Door haar wimpers zag Alice dat June glimlachte en haar armbanden liet rinkelen. 'Vind je ze mooi? Ik heb ze zelf gemaakt. Al die bloemen kweek ik zelf op de kwekerij.'

Alice wendde haar hoofd af en keek uit het raampje.

'Elke bloem heeft een eigen taal. Als ik een combinatie van bepaalde bloemen draag, is het alsof ik mijn eigen geheimtaal schrijf die, behalve degenen die mijn taal kennen, niemand anders begrijpt. Vandaag heb ik voor slechts één bloem gekozen.'

Er trilde een spiertje in Alice' kaak. June schakelde terug naar een lagere versnelling, haar armbanden rinkelden mee. 'Wil je weten wat ze betekenen? Dan vertel ik je het geheim.'

Alice negeerde haar en probeerde haar aandacht op de kurkdroge struiken te richten, die aan haar raampje voorbijgleden. Er ging een trilling door haar maag toen ze over een wildrooster reden. Het gesjirp van krekels overstemde haar gedachten. June was nog steeds aan het praten. '... Ik zou je die taal kunnen leren.' Toen Alice de vreemde vrouw naast haar boos aanstaarde, hield June op met praten. Alice sloot haar ogen. Ze wilde met rust gelaten worden.

'Je sliep toen we door de stad reden. Nou ja, dat geeft niet. We zullen er nog vaak genoeg komen.' June remde af, de motor gromde terwijl ze vaart minderde. 'We zijn er.'

Vanaf het zandpad sloegen ze een smallere, geasfalteerde oprit in. Het lawaai dat de pick-up vulde toen ze op de hobbelige zandweg reden, zwakte af tot zacht gebrom. De lucht veranderde. Hij werd zoet en groen in plaats van geel en stoffig. Aan weerszijden stonden bloeiende zilvereiken. Monarchvlinders fladderden over de wilde katoenplanten. Al Alice' zintuigen stonden op scherp. Ze móést gewoonweg overeind gaan zitten. Er klonk gezoem vanuit witte bijenkasten, die tussen enkele gombomen stonden. De gombomen wezen allemaal naar het grootste huis dat Alice ooit had gezien. Een huis dat ze, besefte ze een ogenblik later, wél eerder had gezien.

Op de foto die ze in haar vaders schuur had gevonden, samen met de blauwzwarte haarlok en het versleten lint, was het huis vager. Alice keek naar June's haar. Het was nu grijs, maar het zou ooit donkerder geweest kunnen zijn.

Toen ze aan het einde van de oprit kwamen, keerde June de pick-up en parkeerde hem voor een met dikke wingerd begroeide garage. Harry spitste zijn oren, zijn staart sloeg tegen Alice' zij, op het ritme van haar hart. Uit de bomen klonk vogelgezang. Thuis was dit ongeveer Alice' favoriete tijdstip, het schemeruur, waarin een blauw waas over de wereld viel en de lucht doordrongen was van alles wat de getijden met zich mee hadden gebracht. Hier was het anders. Droger en warmer. Geen spoor van de zee. Geen rondvliegende pelikanen, geen geroep van de klauwierkraaien. Alice drukte haar nagels in haar dijen om haar evenwicht te bewaren. Een monarchvlinder tikte tegen haar raam en voordat hij wegfladderde, bleef hij even zweven, alsof hij alle dingen kon horen die Alice niet kon zeggen.

'Welkom, Alice.' June was uit de auto gesprongen en stond met uitgestoken handen boven aan een kleine houten trap die naar de veranda leidde.

Alice bleef in de pick-up zitten, met Harry aan haar zijde. Haar vingers vonden zijn oren en krabden hem op de plek waar Toby altijd zo graag werd gekrabd. Hij gromde van tevredenheid. Niemand was haar komen opzoeken in het ziekenhuis. Behalve June, een wildvreemde vrouw aan wie ze als een zwerfhond was overgedragen. June's glimlach begon weg te trekken. Alice sloot haar ogen. Ze was moe, zo moe dat ze wel honderd jaar aan één stuk zou kunnen slapen. Ze woog de mogelijkheden tegen elkaar af en besloot naar binnen te gaan, alleen maar om te slapen.

June's blik ontwijkend stapte ze, gevolgd door Harry, uit. Ze haalde diep adem, rechtte haar schouders en sjokte de trap op.

Het huis was omringd met een houten veranda, die was verlicht met brandende petroleumlampen. Vogels en krekels zongen de zon onder. De wind ruiste door de bomen, waardoor de koele geur van eucalyptus vrijkwam. Alice volgde June over de veranda en bleef met Harry bij de hordeur staan. June verdween naar binnen.

'Alice!' June kwam terug naar de hordeur. 'Ik heb een kamer voor je klaargemaakt. Het is natuurlijk niet de kamer die je gewend was, maar je mag hem helemaal naar je eigen zin inrichten,' klonk haar stem vanachter het gaas.

Er hingen druppels aan Alice' neus, die ze met de rug van haar hand wegveegde.

June deed de deur open. 'Kom binnen. Dan kun je je opfrissen en even gaan liggen. Ik zal je iets te eten brengen.'

Alice kreeg een waas voor haar ogen.

'Wil je een nat washandje voor je gezicht? De badkamer is daarginds, aan het einde van de gang.' June kwam naar buiten.

Te moe om te protesteren liet Alice zich naar binnen leiden. Haar hoofd hing omlaag als een verwelkte bloem. Harry kuierde achter hen aan.

Toen ze zag hoe groot het huis was, viel haar mond open van verbazing. De lange gang, bleek als een schelp, werd verlicht door lampen in allerlei soorten en maten, die een zacht licht verspreidden. Op de vloer lag een loper. In elke nis stond een plant en in de kasten stonden rijen boeken, hier en daar onderbroken door potjes met witte stenen, vazen met veren en droogboeketten. Alice wilde alles aanraken.

June leidde haar een ruime, met hout en tegels beklede badkamer binnen. Ze liet de wastafel vollopen met warm water. Uit een spiegelkastje pakte ze een klein bruin flesje, schroefde de dop eraf en schudde een paar druppels in het water. Een warme, rustgevende geur steeg op uit de wastafel. Alice' oogleden werden zwaar. June dompelde een washandje in het water en gaf het aan Alice, die haar gezicht ermee bedekte en diep inademde. De hitte verdrong de stekende pijn achter haar ogen. Toen ze het washandje teruggaf, zag ze dat haar oma roerloos naast haar was blijven staan.

'Ik laat je niet alleen. Ik blijf bij je,' fluisterde June.

Toen ze klaar waren in de badkamer, liepen Alice en Harry achter June aan een wenteltrap op. Boven was een kleine deur. Alice deinsde achteruit toen June hem opende en volgde haar naar binnen. June knipte de lamp aan. Geschrokken van het felle licht sloeg Alice haar handen voor haar ogen. Haastig deed June de lamp weer uit.

'Wacht, laat me je helpen,' bood ze aan. Alice verstijfde toen June een arm om haar schouders sloeg en ze samen de kamer in liepen. Ze dribbelde van haar oma weg, klom op het zachte bed en trok in het donker de dekens over zich heen. Ze vielen als veren op haar huid neer. Ze hoopte dat June de kamer uit ging, maar in plaats daarvan voelde ze plotseling dat haar grootmoeder op de rand van het bed was gaan zitten.

'We pakken dit stap voor stap aan, Alice,' zei June kalm. 'Oké?'

Ze rolde zich zwijgend naar de andere kant, in de hoop June op die manier de deur uit te krijgen. Na een tijdje voelde ze dat ze opstond en hoorde ze de deur heel zachtjes in het slot vallen.

Alice haalde diep adem. Het laatste wat ze hoorde voor ze in slaap viel was het tikken van Harry's nagels op de vloer en uiteindelijk de plof waarmee hij aan het voeteneinde ging liggen.

Beneden in de gang zocht June met een hand steun bij de muur. Ze had de hele dag niet gedronken.

'Is ze er?' klonk het achter haar.

Ze schrok van Twigs stem. Ze draaide zich niet om. Knikte alleen maar.

'Is ze oké?'

Stilte.

'Ik weet het niet,' zei June ten slotte. Het gezang van krekels vulde de stilte tussen hen.

'June.'

Ze bleef waar ze was, haar hand nog steeds tegen de muur.

'Ze verdient evenveel als alle andere Bloemen. En dat weet jij ook,' zei Twig streng en vastberaden. 'Sterker, ze verdient meer. Van jou. Van ons. Van deze plek. Ze is je familie.'

'Ze is van hem,' reageerde June. 'Ze is van hem. Ze is mijn probleem niet.'

'Dat meen je niet, June,' zei Twig. Haar stem klonk iets milder. 'Je beeft helemaal.'

June knikte.

'Hoe voel jij je?'

June slaakte een diepe zucht.

'Heb je hem écht niet meegenomen?' vroeg Twig met trillende stem.

'Niet nu, Twig. Alsjeblieft. Zullen we het er morgen verder over hebben?' Ze draaide zich om, maar de gang was al leeg en de hordeur werd dichtgeslagen. June liet haar gaan. Als geen ander wist ze dat woorden soms meer kwaad dan goed konden doen.

Ze liep door het huis en deed overal de lampen uit. Ineens bedacht ze zich en liep terug om een lamp aan te laten voor het geval het kind 's nachts wakker zou worden. June bleef staan voor Candy's dichte slaapkamerdeur, maar er kwam geen licht door de kier aan de onderkant; misschien was ze aan de andere kant van het veld, in de slaapzaal bij de Bloemen. De geur van shag dreef door het huis. Twig zat zeker te roken op de veranda. June liep terug de gang in naar de zitkamer. Ze stak haar arm door het geopende raam en brak een bloesemtak van de lampenpoetserboom af. Terug in de gang stak ze de tak in het sleutelgat van Twigs slaapkamerdeur. *Erkentelijkheid.*

Eenmaal in de beslotenheid van haar eigen slaapkamer knipte ze een lamp aan en liet ze zich op haar bed vallen. Ze legde een arm over haar ogen en deed nog even alsof ze de verleiding van de volle flacon in haar zak niet voelde.

Nadat de achttienjarige Clem erachter was gekomen dat zijn moeder hem had onterfd, was hij in een vlaag van woede samen met Agnes van Thornfield weggegaan. Sindsdien had June slechts één keer van haar zoon gehoord. Negen jaar geleden – vermoedelijk was Alice toen net geboren – werd er een pakketje bij Thornfield bezorgd, geadresseerd aan June, met het handschrift van haar zoon. Destijds had ze hetzelfde gedaan als nu: ze had zich op haar slaapkamer teruggetrokken met haar whiskyfles.

June ging op de rand van haar bed zitten, haalde de fles uit haar zak, schroefde de dop eraf en nam een grote slok. Ze bleef drinken totdat haar ledematen niet meer trilden en de spanning in haar nek was weggeëbd. Ze bukte zich om vanonder haar bed een versleten, beduimelde doos tevoorschijn te halen. Ze tilde het deksel op, haalde verlangend het handgesneden houten beeldje uit de doos en wiegde het in haar armen. Een baby'tje, met dezelfde gewelfde mond en grote ogen als het kind dat in de kamer boven lag te slapen, in een bed van leerachtige blaadjes en klokvormige bloemen. Op elk blaadje zaten strepen en de keel van de bloem was bezaaid met gele stippen.

'Verzaakte liefde,' zei ze met tranen in haar ogen.

7

Gele trompet (yellow bells)

Betekenis: **welkom vreemdeling**

Geleznowia verrucosa | West-Australië

Een lage struik met mooie gele bloemen die van zon houden, tegen droogte kunnen en graag in goed gedraineerde grond staan. Gedijen bij een beetje schaduw, maar zonlicht gedurende het merendeel van de dag is essentieel. Geven prachtige snijbloemen, maar de plant is zeldzaam vanwege het grillige voortplantings- en zaadkiemingsgedrag.

Zodra het licht werd stond June op. Ze liet haar voeten in haar werkschoenen glijden en liep zachtjes naar de achterdeur. Buiten was de wereld fris en blauw. Ze bleef even staan, ademde diep in. Ze had niet goed geslapen, zelfs niet nadat ze de hele fles whisky had leeggedronken. Eerlijk gezegd sliep ze al tientallen jaren niet goed. Vooral niet nadat Clem was vertrokken. June's gezicht betrok. Ze geeuwde en bekeek de krassen en slijtplekken op haar schoenen. Ze had zichzelf geen dienst bewezen door het houten beeld van de baby en de gedroogde bloemen van de muntstruik op haar nachtkastje te laten staan. Alsof ze zichzelf wilde kwellen en voor straf een slapeloze nacht wilde bezorgen.

Terwijl het steeds lichter werd, liep June langs de zijkant van het huis naar de schuur, waar ze haar snoeischaar en een mand ophaalde en naar de broeikassen met inheemse bloemen liep. Om haar heen klonk het lage gezoem van bijen en af en toe het gezang van een ekster.

In de kas was de lucht zwaar en vochtig. June kon er vrijer ademhalen. Ze liep naar achter, waar de gele klokvormige bloemen al bloeiden, en haalde haar snoeischaar uit de zak van haar schort.

Thornfield was altijd een plek geweest waar bloemen en vrouwen tot bloei konden komen. Elke vrouw die naar Thornfield kwam, kreeg de kans om uit te stijgen boven alles wat haar in het leven had vertrapt. Na het vertrek van Clem had June al haar energie ingezet om van Thornfield een bloeiend bedrijf te maken, een plek waar schoonheid, rust en steun te vinden waren, een toevluchtsoord voor vrouwen. Alleen op die manier kon ze het besluit om haar explosieve zoon te onterven rechtvaardigen.

Twig was de eerste Bloem die kwam, een schim van een vrouw nadat de overheid haar kinderen van haar had afgepakt. *Iedereen heeft een plek nodig en mensen bij wie ze zich thuis voelt*, had June tegen haar gezegd op haar eerste avond op Thornfield. En sindsdien was Twig bij June gebleven en had ze haar door dik en dun gesteund. Zoals gisteravond, toen ze June eraan had herinnerd dat het vreemde, zwijgzame kind dat in de klokkenkamer lag te slapen evenveel verdiende als de vrouwen die in June's bloemenvelden werkten. Ook al was ze de dochter van Clem.

June wist dat Twig gelijk had. Maar angst hield haar in een wurggreep. Er waren dingen die ze niet kon onthullen. Dingen die ze liever liet etteren. Alleen al van het idee dat ze met Alice over haar vader moest praten schrompelde June ineen, alsof elk woord dat ze over hem wilde zeggen tot stof zou vergaan voordat ze het had uitgesproken. Het gevoel dat ze bij Alice op eieren moest lopen en haar angst om deze tweede kans te verpesten, waren nieuw voor June. Ze was gewend om de leiding te hebben. Zíj plantte de zaden, en ze bloeiden wanneer en zoals zíj dat van ze verwachtte. Haar leven bestond uit cycli van zaaien, groeien en oogsten, en dat ritme en die volgorde waren haar houvast. Dat er op dit moment, nu ze het kalmer aan wilde gaan doen en over haar pensionering nadacht, een kind in haar leven kwam, bracht haar zeer in de war. Maar toen ze haar kleindochter voor het eerst zag, wegkwijnend in haar ziekenhuisbed, had ze een hand op haar pijnlijke borst gelegd en zich gerealiseerd hoeveel ze nog te verliezen had.

Terwijl buiten het zonlicht krachtiger werd, liep June tussen de inheemse bloemen en plukte de bloeiende exemplaren. Ze wist misschien niet hoe ze met een kind moest praten, laat staan waar te beginnen, maar wat ze wel kon doen was haar de taal van de bloemen leren spreken.

Alice werd kokhalzend wakker. In haar hoofd echode het misselijkmakende gesis en geloei van vuur. Ze veegde het koude zweet van haar voorhoofd en probeerde overeind te gaan zitten. Haar onderbroek was nat en het doorweekte laken had zich, alsof het een levend wezen was, om haar benen gekronkeld. Ze schopte het los en ging op de rand van het bed zitten. Haar koortsachtige dromen ebden weg. Haar huid werd koeler. Naast haar blafte Toby. Alice schudde haar hoofd. Het was Toby niet. Hij was er niet. Haar moeder zou haar niet wakker komen maken. Haar stem zou nooit meer een verhaal vertellen. Haar vader was niet onder de vlammen bedolven. Hij zou nooit anders worden dan hij was. Ze zou de baby nooit te zien krijgen. Ze zou nooit meer naar huis gaan.

Alice deed niet langer moeite om haar tranen weg te vegen, ze liet ze gewoon stromen. Alles binnen in haar voelde net zo verschroeid als het helmgras in haar dromen.

Langzaam drong tot haar door dat ze niet alleen was in de kamer. Ze draaide zich om. Harry zat keurig aan het voeteneinde van het bed en keek haar aan. Bijna leek het of hij glimlachte. Hij kwam naar haar toe. Vanwege zijn omvang deed hij Alice meer denken aan een klein paard dan aan een hond. Hoe noemde June hem ook alweer? Een Bull- en nog wat? Harry legde zijn kop op haar schoot en trok zijn wenkbrauwen verwachtingsvol op. Hoewel ze niet bang voor hem was, aarzelde ze toch even voordat ze hem over zijn kop aaide. Hij zuchtte. Toen ze hem achter zijn oren krabde, ging hij zitten en gromde van plezier. Zo bleef hij een hele tijd zitten, met zijn staart kwispelend over de vloer.

Haar aankomst gisteravond leek heel ver weg, alsof die aan de ene kant van een lange, donkere tunnel had plaatsgevonden en zij zich aan de andere kant bevond. De momenten tikten tegen elkaar aan. Het geluid van June's armbanden. Haar eigen huid bedekt met geel stof.

Harry ging staan en liet een luide blaf horen. Alice trok haar hoofd tussen haar schouders. Weer blafte Harry. Ze keek hem boos aan. Hij blafte nog een keer. Harder. Ze kon niet stoppen met huilen, maar uiteindelijk bleven de tranen uit zichzelf weg. Harry kwispelde. Hoewel hij prima kon horen, stak Alice toch haar duim omhoog en bewoog hem heen en weer. Met zijn kop schuin keek hij haar afwachtend aan. Toen kwam hij naar haar toe en likte over haar pols. Alice aaide hem even en gaapte hartgrondig terwijl ze met halfslachtige interesse haar omgeving in zich opnam.

De kamer was zeshoekig. Aan twee muren hingen over de hele lengte planken, die uitpuilden van de boeken. Drie muren hadden ramen van de vloer tot het plafond, gestoffeerd met dunne gordijnen. Voor een van de ramen stond een bureau met een ingewikkeld houtsnijwerk en een stoel, die uitnodigend naar achter was geschoven. Ze draaide zich om naar de laatste muur achter haar. Haar bed was uitgeklapt als een bladzijde uit een reusachtig boek. Iemand had heel veel moeite gedaan om deze kamer in te richten. Zou June dat voor haar gedaan hebben? June, de grootmoeder van wier bestaan ze tot voor kort niets wist?

Met een zwaai zette ze haar voeten op de grond en duwde zichzelf omhoog. Harry draaide hijgend een rondje om haar heen, klaar om te gaan. Ineens werd ze duizelig en wankelde ze op haar benen. Ze sloot haar ogen en wachtte tot de lichtheid in haar hoofd was weggetrokken. Harry hield haar met zijn grote lijf staande. Toen ze voelde dat ze stevig op haar benen stond, liep ze naar het bureau en ging zitten. De stoel voelde alsof hij voor haar lichaam was gemaakt. Ze liet haar handen over het bureaublad glijden. Het hout was glad en zacht, maar de hoeken waren versierd met houtsnijwerk in de vorm van zonnetjes en maantjes, verbonden door vlindervleugels en stervormige bloemen. Met haar vingertoppen streek ze over de versieringen. Het bureau kwam haar vaag bekend voor, maar waarvan was alweer zo'n vraag waarop ze het antwoord niet wist. Op het bureau stond, naast potjes met pennen, kleurpotloden, krijtjes, tubes verf en kwasten, een inktpot. Ook zag ze een keurig stapeltje schriften liggen. Alice bekeek de potloden van dichtbij. Ze hadden alle kleuren van de regenboog. In een ander potje zat een vulpen. Ze draaide de dop eraf en trok een zwarte streep op de rug van haar hand, genietend van de glanzend natte inkt. Toen bladerde ze door de schriften. De ene na de andere blanco pagina lonkte naar haar.

'Dit was vroeger een klokkenkamer.'

Alice draaide zich met een ruk om.

'Sorry, ik wilde je niet laten schrikken.'

Harry begon te keffen toen hij June zag, die stijfjes in de deuropening stond met een bord met geroosterde boterhammen met honing en een glas melk. De boterig zoete geur vulde de kamer. Na de paar happen van een oude boterham met Vegemite bij een tankstation gisteren had Alice niets meer gegeten. June kwam de kamer binnen en zette het bord en het glas op het bureau. Haar handen trilden. Er stak een geel bloemblaadje in haar haar.

'Heel lang geleden, toen Thornfield nog een zuivelboerderij was, was dit een van de belangrijkste kamers van het huis. Het geluid van de klok die hier hing was over het hele terrein te horen en liet iedereen weten wanneer de werkdag begon, eindigde en wanneer het tijd was om te eten. De klok is er allang niet meer, maar soms, als de wind de juiste richting op waait, meen ik hem te kunnen horen.' June friemelde aan het bord en verschoof het telkens een stukje verder. 'Ik heb hier altijd het gevoel alsof ik in een muziekdoos zit.' Ze keek om zich heen en snoof. Toen liep ze naar het raam en trok de gordijnen open. 'Zo doe je de ramen open,' zei ze, wijzend op een klink waarmee het bovenste deel van het raam geopend kon worden.

Alice' wangen gloeiden. Ze wendde haar blik af toen June naar haar bed liep. Vanuit haar ooghoek zag ze hoe ze de lakens afhaalde, ze zonder omhaal onder haar arm propte en naar de deur liep. 'Als je klaar bent met eten, kun je me beneden vinden. Misschien is het een goed idee om een douche te nemen. Ik zal wat schone kleren voor je pakken. En lakens.' Ze knikte kort. Haar ogen hadden nog steeds een afwezige uitdrukking.

Alice haalde diep adem. Ze kreeg geen straf omdat ze in bed had geplast.

Toen June's voetstappen wegstierven, viel Alice aan op het blad met ontbijt. Terwijl ze op het brood kauwde, sloot ze haar ogen en genoot van de vette, zoete smaak. Ze opende een oog. Harry zat haar aan te kijken. Na even te hebben nagedacht scheurde ze een stuk van het brood af, een flink stuk met een dikke laag boter, en hield het hem voor. Een zoenoffer. Harry pakte het brood voorzichtig aan en begon te smakken. Samen verorberden ze de rest van het ontbijt.

Een zweem van iets zoets trok Alice' aandacht. Ze liep behoedzaam naar het raam dat June had geopend. Vanuit de hoge klokkenkamer kon ze helemaal rondom het huis kijken. Door het ene raam zag ze de zanderige oprit die van de veranda naar de gombomen liep. Door het volgende raam zag ze een grote houten schuur met een verroest golfplaten dak, waarvan een muur was bedekt met een dikke klimop. Tussen de schuur en het huis liep een pad. Bij het laatste raam begon haar hart sneller te kloppen. Achter het huis en de schuur lagen zover het oog reikte velden met rijen verschillende struiken en bloemen. Ze was omringd door een bloemenzee.

Alice maakte alle ramen open. De zoete geur die haar tegemoetkwam was doordringender dan die van de zee en scherper dan die van brandend suikerriet. Ze probeerde de geur thuis te brengen. Omgekeerde plaggen. Petroleum. Eucalyptusbladeren. Vochtige mest. En de onmiskenbare geur van rozen. Maar wat ze zich altijd zou blijven herinneren was het moment waarop ze de Bloemen voor het eerst zag.

In hun dikke katoenen werkhemden, broeken en zware laarzen zou je ze voor mannen kunnen aanzien, mannen zoals Alice' vader. Ze droegen hoeden met brede randen en handschoenen. In v-formatie kwamen ze, gewapend met emmers, snoeischaren, zakken mest, harken, scheppen en gieters, uit de schuur tevoorschijn en verspreidden zich tussen de bloemen. Sommigen knipten bloemen af en vulden er hun emmers mee, die ze terugbrachten naar de schuur om er weer met een lege emmer uit tevoorschijn te komen. Anderen duwden kruiwagens vol verse aarde langs de rijen en bleven af en toe staan om iets op de bloembedden te scheppen. Weer anderen besproeiden delen van de akkers en inspecteerden de bladeren en stelen. Af en toe lachten ze met elkaar, een geluid dat klonk als belgerinkel. Alice telde de vrouwen op haar vingers. In totaal waren het er twaalf.

Toen hoorde ze het gezang. Helemaal aan de zijkant, vlak bij de kassen, zat een vrouw in haar eentje een doos met kleine pakketjes uit te zoeken. Ze zong. Toen ze even stopte om haar hoed af te zetten en zich op het hoofd te krabben, viel Alice' mond open van verbazing bij het zien van het pastelblauwe haar dat over de rug van de vrouw golfde. Ze pakte het weer bij elkaar, stopte het onder haar hoed en zong verder. Alice drukte haar handen en neus tegen het glas. Met de blauwharige vrouw erbij waren het er dertien.

Die ochtend bleef Alice op haar kamer. Ze liep van raam naar raam, kijkend naar het ritme van de werkende vrouwen. Het water geven, het verzorgen, het planten en snijden van de bloemen. De emmers met felgekleurde bloemen, die bijna groter leken dan de vrouwen die ze van het veld naar de schuur brachten.

Haar moeder had een van deze vrouwen kunnen zijn. Hun gezichten gingen schuil achter hun grote hoeden en hun lichamen werden beschermd door hun zware werkkleding. Alice zag haar moeders profiel voor zich, met de hoed over haar voorhoofd, met armbanden van vuil rond haar polsen, zich vooroverbuigend naar de knop van een bloem.

Harry krabde jankend aan de deur. Dat deed Toby ook altijd als hij een plas moest doen. Alice probeerde hem te negeren. Ze wilde de hele dag bij het raam zitten. Maar toen hij met beide poten begon te krabben, was ze bang dat er iemand naar boven zou komen en bovendien wilde ze niet dat hij een plas in de kamer deed. Toen ze de deur opende, stoof hij blaffend naar beneden. Ze zag door het raam hoe hij naar buiten stormde, op de vrouwen af rende en dan weer ergens stond te snuffelen. Allemaal klopten ze hem liefdevol op zijn rug. Hij bleek helemaal niet te hoeven plassen. De verrader.

Weer telde Alice de vrouwen. Deze keer waren er nog maar negen buiten aan het werk. Ze zocht de blauwharige vrouw, maar ze was niet te onderscheiden van de anderen, dus gaf ze het op. Ze liep weg van het raam en ging op het bed zitten. De zon stond hoog aan de hemel en het was warm in de kamer. Hoe heerlijk zou het zijn als ze beneden was, buiten, en langs de rijen bloemen kon rennen en de emmers in de schuur kon zien staan. Haar benen bewogen nerveus heen en weer en ze trommelde met haar vingers op haar bovenbenen.

Een harde blaf voor haar deur deed haar opschrikken uit haar gedachten. Harry kwam naar haar toe en likte over haar hand. Hoewel ze hem negeerde, ging hij vlak bij haar zitten en keek haar aan. Hij hijgde niet, kwispelde niet. Hij keek alleen maar. Na een tijdje schudde ze haar hoofd. Harry ging staan en begon te blaffen. Met handgebaren probeerde ze hem te sussen, maar hij ging gewoon door. Pas toen ze opstond, stopte hij met blaffen, liep naar de deur en wachtte. Toen Alice hem volgde, ging hij de trap af. Aarzelend bleef ze op de bovenste tree staan. Een serie blaffen steeg op in het trappenhuis. Met een zucht van ergernis daalde ze de trap af.

Beneden was de gang leeg. Aan de ene kant lag de badkamer, waar ze gisteren haar gezicht had gewassen met June. Op haar tenen liep ze naar binnen en ze bleef stokstijf staan. Op een plank, naast de schone handdoeken, lag een stapeltje nieuwe kleren. Ondergoed, een kaki broek en een werkhemd, zoals de vrouwen buiten droegen. En een paar blauwe schoenen. Alice liet haar vingers langzaam over het glanzende lakleer glijden. Ze had nog nooit zulke mooie schoenen gehad. Ze hield het werkhemd omhoog. Het was haar maat. Ze drukte het tegen haar gezicht, de zuivere geur van het katoen opsnuivend. Haastig sloot ze de badkamerdeur, zette de douche aan en trok haar oude kleren uit.

Terug in de gang haalde ze haar vingers door haar natte haren. Ze rilde even. De nieuwe kleren gaven haar een licht, luchtig gevoel en het was fijn om schoon te zijn. Het douchewater had bruin gezien van het stof. Haar huid geurde naar zeep. Ze keek de gang door. Er was niemand te zien. Ze voelde zich niet op haar gemak en wist niet wat ze moest doen. Net toen ze snel de trap op wilde glippen, weerklonken er vrouwenstemmen en geluiden van bestek en borden. Ze drukte zich tegen de muur en liep in de richting waar het gebabbel en gelach vandaan kwamen. Aan het einde van de gang gaf een hordeur toegang tot de brede veranda. Veilig in de schaduw tuurde Alice door het gaas.

Op de veranda zaten groepjes vrouwen aan vier grote tafels. Sommigen zaten met hun rug naar Alice toe, van anderen kon ze het gezicht niet zien. Maar er waren er ook die ze recht in het gezicht kon kijken. Ze hadden verschillende leeftijden. De een had een sierlijke tatoeage van sialia's op haar keel, een ander droeg een bril met een flitsend zwart montuur. Weer een ander had gespikkelde veren door haar haar gevlochten. En nog een ander had haar lippen felrood gestift, ondanks haar vuile, bezwete gezicht.

Op de tafels lagen witte tafelkleden, waarop schalen met groene salades stonden, beslagen kannen met ijswater met daarin partjes citroen en limoen, borden met gegrilde groenten, ovenschalen met quiches en pasteien, kommetjes met stukjes avocado en schaaltjes met aardbeien. Harry's kwispelende staart stak tussen twee stoelen uit. Alice schoof een paar centimeter naar voren. In het midden van elke tafel stond een vaas, rijkelijk gevuld met bloemen. De vazen waren zo groot dat Alice betwijfelde of je je armen eromheen zou kunnen slaan. Haar moeder zou ze prachtig hebben gevonden.

'Daar ben je dan.'

Alice sprong op van schrik.

'Die nieuwe kleren staan je goed,' zei June, die achter haar in de gang stond.

Alice wist niet waar ze moest kijken, dus richtte ze haar blik op haar blauwe schoenen.

'Alice,' begon June. Ze stak haar hand uit, alsof ze haar wilde aanraken, maar toen Alice terugdeinsde, trok ze haar hand weer terug. Haar armbanden rinkelden.

Vanaf de veranda weerklonk gelach.

'Kom,' zei June met haar blik door de hordeur. 'Laten we gaan lunchen. De Bloemen willen je graag ontmoeten.'

8

Vanillelelie (vanilla lily)

Betekenis: **ambassadeur van de liefde**

Sowerbaea juncea | Oost-Australië

Overblijvende plant met eetbare wortels, voorkomend in eucalyptusbossen, bosrijke gebieden, heidegebieden en subalpine weilanden. Het grasachtige blad heeft een sterke vanillegeur. De bloem heeft een papierachtige structuur en de kleur varieert van lila-roze tot wit. Loopt na brand opnieuw uit.

June duwde de hordeur met een zwaai open. De vrouwen aan tafel vielen stil. June draaide zich om en gebaarde Alice om haar te volgen.

'Dit is Alice. Alice, dit zijn de Bloemen.'

Hun gemompelde groet dwarrelde over Alice' huid. Ze kneep in haar pols, in een poging zichzelf af te leiden van het onaangename gevoel in haar buik.

'Alice is mijn kleindochter,' zei June na een korte stilte. Hier en daar steeg gejuich op. June wachtte even. 'Ze komt bij ons op Thornfield wonen.'

Alice was benieuwd of de vrouw met het blauwe haar er ook bij was, maar ze was ook weer niet zo nieuwsgierig dat ze de vrouwen in de ogen durfde te kijken. Niemand zei iets. Harry liep op Alice af en ging aan haar voeten zitten, met zijn zware lijf tegen haar aan geleund. Dankbaar klopte ze hem op zijn rug.

'Oké,' verbrak June de stilte. 'Laten we gaan eten. O nee, wacht even. Wacht.' Ze speurde de tafels af. 'Twig, waar is Candy?'

'Ze moest nog iets afmaken. Ze zei dat we vast zonder haar konden gaan eten.'

Alice keek naar waar de stem vandaan kwam. Ze zag een slanke vrouw met een zuiver, open gezicht, omkranst met donker haar. Haar glimlach verwarmde Alice' huid, alsof ze in de volle zon stond.

'Dank je, Twig,' zei June met een knikje. 'Alice, dit is Twig. Zij zorgt voor de Bloemen en houdt heel Thornfield draaiend.'

Twig glimlachte en zwaaide. Alice probeerde terug te glimlachen.

June ging verder de tafel rond om alle Bloemen voor te stellen. De vrouw met het flitsende montuur heette Sophie. Amy was de vrouw met veren in haar haar. Robin droeg de rode lippenstift. En Myf was de vrouw met de vogeltatoeage op haar witte keel; toen ze naar Alice glimlachte en knikte, bewogen de vleugels. De namen van de andere Bloemen vloeiden over Alice heen. Van sommige – Vlinder, Tanmayi, Olga – had ze nog nooit gehoord. De rest – Francene, Rosella, Lauren, Carolina, Boo – was ze wel eens tegenkomen in verhalen. Boo was de oudste mens die Alice ooit had gezien. De huid van haar gezicht was gerimpeld en verkreukeld als een vleesgeworden bladzijde uit een boek.

Toen June klaar was met het voorstelrondje, bracht ze Alice naar haar stoel. Om haar bord lag een krans van gele bloemen; elke bloem leek op een kroontje.

'Gele trompetjes om een vreemdeling welkom te heten,' zei June stijfjes terwijl ze naast Alice plaatsnam. Haar handen bleven maar trillen. Alice zwaaide haar benen onder haar stoel. 'Val maar aan, Bloemen,' zei June. Ze zwaaide met haar hand, zodat haar armbanden rinkelden.

Op haar commando kwam de veranda tot leven. Schalen werden doorgegeven, ijsblokjes tinkelden in de glazen, en er klonk gekletter van de lepels waarmee sauzen werden opgeschept en van de tangen waarmee plakken aubergine werden opgepakt. Af en toe liet Harry een opgewonden blaf horen. Het volume van de vrouwenstemmen zwol eerst aan, om vervolgens tussen de happen door te verstommen. Alice moest denken aan een zwerm meeuwen die zich op nat zand tegoed deden aan een feestmaal van yabbie-kreeftjes. Ze hield haar kin omlaag, zich er vaag van bewust dat June tegen haar sprak terwijl ze van alles een klein beetje op haar bord schepte. Alice had echter geen belangstelling voor het eten. Haar aandacht werd in beslag genomen door de krans van gele trompetten. *Welkom vreemdeling*. June was haar grootmoeder en haar voogdes, maar ze was een vreemdeling. Even huiverde Alice, ondanks de hitte. Toen ze er zeker van was dat niemand keek, trok ze een paar bloemen uit de krans en stopte ze in de zak van haar broek.

Ze bekeek de vrouwen die om de tafels zaten. Sommigen hadden bedroefde ogen waarin tranen opwelden als ze glimlachten. Een paar vrouwen hadden, net als June, zilvergrijze strepen in hun haar. Zodra ze Alice' blik opvingen, zwaaiden ze opgetogen naar haar, alsof ze een verloren gewaand iemand was die weer was teruggevonden. Ze keek naar hoe ze met elkaar omgingen, volkomen in harmonie, alsof ze een dans uitvoerden die ze al duizend keer hadden gedaan. Alice moest denken aan een verhaal dat ze samen met haar moeder had gelezen, over twaalf dansende zussen die elke avond uit hun kasteel verdwenen om te gaan dansen. Zittend op de veranda, tussen deze vrouwen die allemaal iets droevigs uitstraalden, leek het of ze in slaap was gevallen en in een van haar moeders verhalen was wakker geworden.

Nadat de lunch was afgeruimd en de Bloemen weer aan het werk gingen, stonden June en Alice samen op de veranda aan de achterkant van het huis. In het zachte namiddaglicht rook het er naar zondoorstoofde aarde en kokoszonnebrandcrème. In de verte klonk het gezang van eksters en kookaburra's. Naast hen lag Harry languit, zijn buik vol van alle restjes.

'Kom, Alice,' zei June terwijl ze haar armen uitstrekte. 'Ik zal je rondleiden.'

Alice volgde haar de trap af naar de bloemenvelden. Op ooghoogte leken de bloemen veel groter dan van bovenaf gezien. Het deed haar zo sterk denken aan de hoge suikerrietstengels dat ze heel even in de war was en bleef staan.

'Dit zijn onze snijtuinen.' June wees voor zich uit. 'We kweken vooral inheemse bloemen. Daar staat Thornfield van oudsher om bekend, om de inheemse-bloemenhandel.' Haar stem klonk stijf en schril, alsof ze een schijfje citroen op haar tong had.

Ze liep naar de rand van het veld en wees op de tunnelkassen verderop en de werkplaats aan de overkant, waar de Bloemen 's middags werkten om de hitte te vermijden.

'Daarachter, tot aan de rivier, ligt een stuk wildernis. De rivier is...' June's stem stierf weg.

Alice keek op.

'De rivier... Dat is een heel ander verhaal. Dat vertel ik je nog wel een keer.' Ze draaide zich om en keek Alice aan, die even in verwarring was door de gedachte dat er vlakbij water was. 'Het hoort allemaal bij Thornfield en is al generaties lang in het bezit van mijn familie.' Ze zweeg even. 'Onze familie,' verbeterde ze zichzelf.

Op een warme middag, thuis in de keuken, had Alice met een sprookjesboek aan de voeten van haar moeder gezeten. Zij las terwijl Agnes stond te koken. De sprookjes hadden haar geleerd dat de dingen niet altijd waren wat ze leken als het om familie ging. Koningen en koninginnen raakten hun kinderen kwijt alsof het oude sokken waren, en vonden ze pas terug als ze heel oud waren, áls ze ze al vonden. Moeders konden doodgaan, vaders konden verdwijnen, en zeven broertjes konden zomaar in zeven zwanen veranderen. Familie riep bij Alice allerlei vragen op. Van boven haar hoofd dwarrelde de poederige bloem die haar moeder aan het zeven was op de bladzijden van haar geopende boek. Ze ving haar moeders blik. *Mama, waar is de rest van onze familie?*

Agnes' ogen werden groot. Ze liet zich op haar knieën zakken en legde haar vinger op Alice' lippen. Haar blik dwaalde af naar de zitkamer, waar Clem zachtjes zat te snurken. *We zijn maar met z'n drietjes, kleintje,* zei ze. *Zo is het altijd geweest. Oké?*

Haastig knikte Alice. Ze kende de uitdrukking op haar moeders gezicht maar al te goed om te weten dat ze niet moest doorvragen. Maar vanaf die dag fantaseerde ze, wanneer ze alleen op het strand was met de pelikanen en de meeuwen, hoe het zou zijn als een van de vogels plotseling haar verloren gewaande zus bleek te zijn. Of haar tante. Of grootmoeder.

'Zal ik je de werkplaats ook laten zien?' vroeg June. 'Dan kun je de Bloemen bezig zien.'

Ze liepen langs de bloemenvelden. Alice herkende er niet veel, maar ineens zag ze een rij kangoeroepoten en iets verderop de akkerwinde. Ze draaide zich om en tuurde de rijen af. Aan de rechterkant zag ze de pluizige gele bloemen van de citroenmirte. Ze kon de zoete geur bijna ruiken, de geur van rottend zeewier en groene suiker van de rietvelden. Ze herinnerde zich hoe het glanzende blad van haar bureautje onder haar vingertoppen voelde. De geur van boenwas en papier wanneer ze het deksel optilde waaronder de krijtjes, potloden en schriften opgeborgen lagen. Haar moeder die langs haar raam gleed terwijl ze haar handen over haar bloemen liet gaan en ze in haar geheimtaal toesprak. *In droevige nagedachtenis. Beantwoorde liefde. Plezierige herinneringen.*

Vragen verwarden zich met herinneringen. De angst, 's ochtends wanneer ze wakker werd en niet wist wie er samen met haar in huis was: haar levendige moeder vol met verhalen of het sombere hoopje mens dat niet uit bed kon komen. Die angst drukte net zo zwaar op haar als het moment waarop haar vader thuiskwam. Zijn gedrag was even onvoorspelbaar als een westerstorm. Ze zag Toby's vriendelijke kop weer voor zich. Zijn grote ogen, zijn zachte vacht en zijn rechtopstaande oren waarmee hij niet kon horen. Plotseling kwam er een vraag bij haar op die ze nog niet eerder had bedacht.

Was Toby dood?

Niemand had het over Toby gehad. Dokter Harris niet, June niet. Wat was er met Toby gebeurd? Waar was haar hond nu? Wat gebeurde er met overleden dieren? Was er iets over van alles wat ze zo had liefgehad? Was het haar schuld? Had zij die lamp in de schuur niet moeten aansteken?

'Alice?' riep June. Met haar hand schermde ze haar ogen af tegen het zonlicht.

Vliegen zwermden om Alice' gezicht en terwijl ze ze wegsloeg, staarde ze naar June, de grootmoeder over wie haar ouders haar nooit iets hadden verteld. June, haar voogdes, die haar had weggehaald van de zee en had meegenomen naar deze vreemde bloemenwereld.

June liep naar Alice toe en ging op haar hurken voor haar zitten. Boven hun hoofden krijste de rosékaketoe.

'Hé,' zei June. Haar stem klonk warm en lief. Ze was oprecht bezorgd.

Alice nam een paar happen lucht en probeerde normaal adem te halen. Haar hele lichaam deed pijn.

Toen June een arm naar haar uitstrekte, zette Alice zonder enige aarzeling een stap naar voren en liet zich omhelzen. June's armen waren sterk, en Alice legde haar hoofd in haar hals. Haar huid rook zilt, met een zweem van tabak en pepermunt. Vanuit haar binnenste, waar het donkerder en angstaanjagender was dan in de diepste zee, welden dikke tranen op, die over haar wangen rolden.

Terwijl June haar de trap naar de veranda op tilde, keek Alice over haar schouder. Vanaf het bloemenveld tot aan het huis lag een spoor van bloemen die uit haar zak waren gevallen.

De keuken in Thornfield was gevuld met schemerlicht en krekelgesjirp. Candy Baby hield op met afwassen en boog zich naar het geopende raam om de herfstlucht in te ademen, die de waterige geur had van mos en riet van de nabijgelegen rivier. Ze kreeg kippenvel. June had haar uitgelegd dat zij waarschijnlijk rond deze tijd van het jaar geboren moest zijn, maar waar en uit wie wist niemand. Haar verjaardag vierde ze op de datum dat June en Twig haar hadden gevonden, gewikkeld in een blauwe baljurk, achtergelaten in een mandje op het ondergelopen veld met vanillelelies tussen de rivier en de kwekerij. Ze waren binnen en wilden net de twee jaar oude Clem naar bed brengen toen ze haar hoorden huilen. De lichtbundel van June's zaklamp vond haar. Twig knielde bij haar neer terwijl Clem begon te kirren en in zijn handen klapte. Er hing zo'n zware geur van vanille dat ze haar Candy Baby noemden. En tegen de tijd dat June en Twig de voogdij over haar hadden gekregen, was die naam al helemaal ingeburgerd. Naarmate ze ouder werd, verbaasde het niemand dat ze een talent voor kokkerellen had.

Ze liet haar handen terug in het afwaswater glijden en staarde naar de indigo strepen in de lucht. In het hout- en metselwerk van Thornfield begonnen de leidingen te grommen. Iemand had de douche aangezet. Candy liet het afwaswater weglopen en droogde haar handen af aan een theedoek. Ze liep naar de keukendeur en tuurde door de gang. June zat tegen de gesloten badkamerdeur geleund te wachten, haar ogen waren gesloten en haar ineengevouwen handen rustten op haar knieën. In het lage bleke schijnsel van de lamp hadden haar wangen een zilverkleurige glans. Harry zat aan haar voeten, met een poot op haar voet, zoals hij wel vaker deed als ze van streek was.

Candy liep de keuken weer in. Ze wreef het aanrechtblad schoon totdat het glom. Terwijl de anderen buiten bezig waren met de bloemen, was de keuken háár tuin, waar feestelijke maaltijden en buffetten bloeiden. Ze was inmiddels zesentwintig en kon zich niets leukers voorstellen dan koken. Geen ingewikkelde dingen trouwens.

Geen witte borden met kleine liflafjes. Candy kookte om de ziel te voeden. Smaak en hoeveelheid waren even belangrijk. Nadat ze van school was gestuurd en June ervan had overtuigd dat ze met messen kon omgaan, was ze de vaste kok van Thornfield geworden. *Het zit je in het bloed*, zei Twig na een hap van haar eerste, ovenverse cassavetaart. *Dit is jouw talent*, zei June toen Candy haar haar eerste schaal met loempia's met mangochutney voorzette, gemaakt van groenten en kruiden uit de moestuin. Het was waar. Als ze stond te koken, leek het of haar handen, instinct en smaakpapillen werden overgenomen door een diepere verborgen kennis. In de keuken bloeide ze op, geïnspireerd door de gedachte dat haar moeder misschien chef-kok was of haar vader bakker. Koken verzachtte de scherpe pijn die ze telkens vanbinnen voelde wanneer ze eraan dacht dat ze dat nooit zou weten.

Het huis trilde toen de kraan werd dichtgedraaid. Candy stopte met poetsen en leunde tegen het aanrecht. Ze hoorde gescharrel in de gang en niet lang daarna het geluid van de badkamerdeur die werd geopend.

Het was altijd moeilijk als er een nieuweling kwam: weer iemand die een veilige slaapplek nodig had. Bij iedereen op Thornfield maakte dat herinneringen los. Maar dit was toch anders. Dit was het kind van Clem. Het kind dat weigerde te praten. Bovendien was het familie van June, terwijl het verhaal altijd was rondgegaan dat June helemaal geen familie had. Bloemen zijn mijn familie, hadden ze haar met een weids gebaar naar de velden horen zeggen.

Maar nu was de mythe rondom June's familie verschrompeld. Een kind was teruggekeerd.

Tot Alice' grote opluchting liet June haar alleen bij het douchen. Ze liet de straal over haar gezicht stromen, verlangend naar diepe wateren waarin ze zich kon onderdompelen, waar ze in en onder kon duiken, zout genoeg om haar lippen te doen branden en koud genoeg om haar ogen te verkoelen. Hier was geen zee om naartoe te rennen. Ze herinnerde zich de rivier. Ze wilde ernaartoe. Zo snel mogelijk. Iets, hoe klein ook, om naar uit te kijken.

Pas toen haar vingertoppen gerimpeld waren draaide ze de kraan dicht. Haar handdoek was dik en zacht. Ze trok de pyjama aan die June haar had gegeven en poetste haar tanden. Haar tandenborstel was roze met tekenfilmprinsesjes erop. In de tandpasta zaten glittertjes. Ze waren zo mooi dat Alice even bang was dat het speelgoed was in plaats van echte gebruiksvoorwerpen. Ze dacht aan haar eigen tandenborstel van doorzichtig plastic, met de versleten haren, naast die van haar moeder in het Vegemite-glas op het planchet in de badkamer. Diep in haar binnenste zwol de donkere plek weer op. Tranen sprongen in haar ogen. Hoe meer ze huilde, hoe meer ze geloofde dat een deel van de zee inderdaad binnen in haar huisde.

Toen ze klaar was in de badkamer, liep ze achter June aan de trap op. Harry rende voor hen uit.

'Hij lijkt misschien een beetje op een clown, maar vergis je niet in Harry,' zei June met een knipoog. 'Hij heeft een magische kracht. Hij kan verdriet ruiken.'

Alice bleef in de deuropening van haar slaapkamer staan en keek toe hoe Harry aan het voeteneinde van haar bed ging liggen.

'Iedereen werkt hier. Harry zorgt voor degenen die verdriet hebben. Dat is zíjn werk. Hij laat iedereen zich weer veilig voelen.' June's stem werd zachter. 'Harry heeft ook een geheimtaal, dus als hij om wat voor reden dan ook niet beseft dat je zijn hulp nodig hebt, kun je hem dat laten weten. Wil je weten hoe?'

Alice plukte aan een velletje van haar duimnagel. Knikte.

'Oké, prima. Dat wordt dan je eerste klusje hier. Harry's geheimtaal leren. Ik zal Twig of Candy vragen of ze het je willen uitleggen.'

Alice rechtte haar rug een heel klein beetje. Ze had werk.

June liep door haar kamer en sloot de gordijnen, die bol stonden als dansende rokjes.

'Wil je dat ik je instop?' vroeg June met een gebaar naar het bed. 'O!' riep ze ineens uit. Alice volgde haar blik.

Op haar kussen stond een rechthoekig dienblad met een glanzend witte cupcake, versierd met een lichtblauw gesuikerde bloem. Er hing een kaartje aan waarop EET MIJ stond, en ernaast lag een crèmekleurige envelop met Alice' naam.

Vanuit haar tenen, dwars door de wirwar van verdriet, rees een glimlach op naar haar gezicht, die haar wangen kleurde. Ze rende naar haar bed.

'Welterusten, Alice,' zei June bij de deur.

Alice wuifde even naar haar en zodra June weg was, scheurde ze de envelop open. Er zat een handgeschreven brief in van hetzelfde crèmekleurige papier.

Lieve Alice,

Er zijn drie dingen die ik zeker weet.
1. Toen ik werd geboren, heeft iemand – ik hoop mijn moeder – me in een blauwe baljurk gewikkeld.
2. Er bestaat een kleur die naar de dochter van een koning is genoemd, die altijd jurken droeg in precies dezelfde kleur blauw. Als ik aan de verhalen over haar denk, zou ik willen dat ze mijn vriendin was; ze rookte in het openbaar, iets wat vrouwen in die tijd niet deden; ze is ooit geheel gekleed in een zwembad gesprongen samen met de kapitein van een schip; ze droeg vaak een boa constrictor om haar hals en ze heeft ooit vanuit een rijdende trein op telegraafpalen geschoten.
3. Mijn favoriete verhaal gaat zo: ooit was er op een eiland niet ver hiervandaan een koningin die in een boom klom om uit te kijken naar haar man, die terug zou komen van het slagveld. Ze bond zichzelf vast aan een tak en zwoer daar te blijven zitten totdat hij terugkwam. Ze moest zo lang wachten dat ze langzaam in een orchidee veranderde, die een exacte replica was van het patroon op de blauwe jurk die ze droeg.
En dan nog iets wat ik zeker weet.

Op de dag dat June ons vertelde dat ze jou uit het ziekenhuis ging ophalen, was ik in de werkplaats de blauwe orchidee aan het drogen. Ik ben er altijd dol op geweest omdat het hart van deze bloem mijn favoriete kleur heeft: de kleur van de jurk waarin ik als baby gewikkeld was. De favoriete kleur van de eigenzinnige koningsdochter. Een kleur die Alice Blue wordt genoemd.

Slaap lekker, lieverdje. Tot morgen bij het ontbijt.
Liefs,
Candy Baby

Voor Alice' geestesoog verschenen pasgeboren baby's, wilde vrouwen en blauwe jurken die in bloemen veranderden. Plotseling voelde ze zich uitgehongerd en ze pakte de cupcake op. Ze trok het papier van de bakvorm en liet haar tanden in de vanillecake zakken.

Ze viel in slaap, met de kruimels nog op haar gezicht en de blauwe orchidee in haar handen.

Candy vulde een oud tomatenblik met water om de kruiden, die in een nis achter het aanrecht stonden, te begieten. De geur van verse koriander en basilicum verspreidde zich. Ze zette vier bekers klaar voor de volgende ochtend: June's oude soepkom, waar ze haar koffie het liefst uit dronk, een afgeschilferde emaillen kampeerbeker waaruit Twig het liefst haar thee dronk, en haar eigen porseleinen theekop met schotel, door Robin beschilderd met vanillelelies. Het vierde kopje was klein en gewoontjes. Bij de gedachte aan het door verdriet getekende kindergezichtje keek Candy naar het plafond en vroeg zich af of Alice haar cupcake al had gevonden.

Toen ze de theedoeken ophing, kwam June de keuken in. Het licht van de afzuigkap wierp donkere schaduwen over haar gezicht.

'Dank je, Candy, voor de cupcake. Ik heb haar voor het eerst zien glimlachen.' June wreef hardhandig over haar wangen. 'Het is bijna griezelig,' zei ze met een van tranen verstikte stem, 'hoezeer ze op hen allebei lijkt.'

Candy knikte. Juist om die reden had ze de kennismaking met Alice uitgesteld. 'Morgen is een nieuwe dag met nieuwe kansen. Dat zeg je tegen ons ook altijd, of niet?'

'Ja, maar zo eenvoudig is het niet,' mompelde June.

Terwijl Candy de keuken uit liep gaf ze een kneepje in June's arm, en toen ze in haar eigen slaapkamer was, hoorde ze de drankenkast piepend opengaan. Sinds de dag dat de politie aan de deur kwam met het nieuws over Clem en Agnes, was June veel meer gaan drinken. Mensen zochten hun toevlucht tot van alles en nog wat. June zocht haar toevlucht tot de whiskyfles. Haar eigen moeder, stelde Candy zich voor, had haar toevlucht gezocht tot een veld met wilde vanillelelies. En Candy was er door schade en schande achter gekomen dat de keuken van Thornfield háár toevluchtsoord was.

Ze sloot de deur en knipte het bedlampje aan, dat haar slaapkamer in een diffuus licht zette. Bijna alles waar ze van hield was hier. De stoel bij het grote raam, Twigs ingelijste botanische schetsen aan de muur, allemaal van de vanillelelie. Elke tekening was gedateerd; de eerste was gemaakt op de avond dat Twig en June haar hadden gevonden en mee naar huis hadden genomen. In een hoek stond haar bureau met al haar kookboeken. Haar eenpersoonsbed met een sprei van gombladeren, dat Ness, een voormalige Bloem, voor haar achttiende verjaardag had gehaakt. Een paar jaar geleden had Ness nog een ansichtkaart gestuurd vanaf een bananenplantage in een dorp in het noorden. Ze schreef dat ze daar een huis had gekocht. Sommige vrouwen, zoals Ness, verbleven een tijdje op Thornfield om op krachten te komen en vertrokken weer. Anderen, zoals Twig en Candy, wisten dat ze voor altijd zouden blijven.

Ze ging op bed zitten, opende het laatje van haar nachtkastje en haalde er de ketting uit, die ze altijd afdeed als ze kookte. Ze deed hem om en hield de hanger bij het licht. Een waaier van blaadjes van de vanillelelie, gegoten in kunsthars en gevat in echt zilver aan een schakelketting. June had het sieraad voor haar zestiende verjaardag laten maken, vlak voordat Candy in een maanloze nacht door haar slaapkamerraam naar buiten was geklommen en wilde weglopen voor een verlies dat haar tot in haar ziel had verwond.

June had haar zoon vernoemd naar de clematis, een klimplant met een vrolijke stervormige bloem, en dat was precies wat Clem voor Candy was toen ze opgroeide: verleidelijk als een ster. Ze was stapelgek op hem. Ze liep de hele dag achter hem aan, iets waar hij zich aan ergerde, maar toch keek hij telkens over zijn schouder om te zien of ze er wel was.

Candy liep naar het raam en liet haar blik rusten op het pad aan het einde van de velden, dat door de bush naar de rivier voerde. Ze was ongeveer zo oud als Alice nu toen June haar voor het eerst in haar eentje naar de rivier liet gaan. Ze dacht dat ze alleen was op het slingerende pad tussen de bomen, maar natuurlijk had ze kunnen weten dat Clem haar niet alleen op avontuur liet gaan. Toen ze bij de rivier aankwam, zwaaide hij een touw dat aan een gomboom vastzat door de lucht en liet zich met een luide kreet in het water vallen. Ze slaakte een gil. Toen ze van de schrik was bekomen, nam Clem haar mee naar een geheime hut, die hij naast de reusachtige gomboom van takken, stokken en bladeren had gebouwd. In de hut lagen een slaapzak, een lantaarn, een zakmes, een verzameling rivierstenen én zijn lievelingsboek. Samen gingen ze in de hut zitten, hun knieën raakten elkaar. Clem las haar voor, zijn vinger gleed langs de illustraties van Wendy die de schaduw van Peter Pan weer aan hem vastnaait.

Wij zitten op dezelfde manier aan elkaar vast, Candy, had hij gezegd. *Voor altijd. En we worden nooit volwassen.* Hij had zijn zakmes opengeknipt. *Zweer het.*

Ze bood hem het tere midden van haar handpalm aan. *Ik zweer het*, zei ze. De snelle, stekende pijn deed haar even naar adem happen.

Bloedbelofte, jubelde hij terwijl hij het mes in zijn eigen hand stak, zijn handpalm tegen die van Candy drukte en zijn vingers met de hare verstrengelde.

Candy wreef met haar vinger over het kleine vage litteken op haar handpalm.

Naarmate ze ouder werd, was Clem inderdaad de heldere rijzende ster in haar leven. Maar vanaf de dag dat Agnes Ivie door het Leger des Heils op Thornfield werd afgeleverd, veranderde alles. Candy was toen veertien, Clem zestien. Clem werd bleek en humeurig. Zijn aandacht was niet langer volledig op Candy gericht. Hij was gebiologeerd door Agnes. Die was even oud als Candy en ook wees. Ze leek sprekend op Alice in Wonderland, met de takjes acacia in haar haar en haar grote diepliggende ogen die je overal volgden, als een schilderij. June zette haar meteen aan het werk en Agnes wijdde zich aan haar taken alsof haar leven ervan afhing. Van 's ochtends vroeg tot 's avonds laat werkte ze op de bloemenvelden totdat de blaren op haar handen stonden en uiteindelijk openbarstten en bloedden. Ze zeulde emmers vers gesneden bloemen van het veld naar de werkplaats totdat ze geen kracht meer in haar magere armen had. Met een ernstig gezicht bestudeerde ze het Woordenboek van Thornfield. 's Avonds zong ze alles wat ze over de taal van de bloemen wist voor de maan. Candy begon Agnes te volgen, het meisje van wie Clem meer hield dan van haar. Ze hield haar in het oog terwijl ze werkte. Ze volgde haar naar de rivier, verstopte zich achter de struiken en keek toe hoe ze een pen pakte en verhalen op haar huid schreef, op haar onderarmen, haar benen, totdat ze zich uitkleedde en net zo lang in de groene rivier zwom tot ze helemaal schoon was. Ineens hoorde ze een tak kraken. Het was Clem. Ook hij had zich verstopt om Agnes te bespieden. Hij keek alsof hij een ster uit de hemel had zien vallen. Toen Candy zag dat hij zijn en Agnes' naam in de stam van een enorme gomboom kerfde, wist ze dat ze hem kwijt was. Het enige wat ze kon doen was machteloos toezien hoe iedereen op Thornfield, en vooral Clem, in de ban van Agnes raakte. Agnes leek iets in hem wakker te maken, iets bazigs, iets wreeds. Candy zag hij niet meer staan.

Clem en Agnes verlieten Thornfield. Het spoor van gewelddadige woede en zijn definitieve afwezigheid sloegen een gat in Candy's leven. Ze was zo boos en verdrietig dat ze Agnes' naam in de reusachtige gomboom had geprobeerd weg te krabben. Ze had er een maand lang splinters in haar handen van. Niets kon de pijn verzachten. Ook niet wanneer ze zelf Thornfield zou verlaten.

Ze kon haar herinneringen aan de nacht dat ze wegliep nog steeds lichamelijk navoelen: het brandende gevoel in haar benen terwijl ze in het maanlicht door de bush naar de weg rende, waar haar minnaar had beloofd haar op te wachten. Sinds die middag dat hij haar vanuit zijn auto had aangesproken terwijl ze van school naar huis liep, was ze regelmatig stiekem het huis uit geslopen om hem te ontmoeten. Hij gaf haar wodka en sigaretten. Vertelde haar verhalen over waar hij vandaan kwam, een paradijselijk oord aan de kust. Hij was onderweg ernaartoe een tijdje in de stad blijven hangen. Hij vroeg of ze zin had om mee te gaan. Hij zou haar leren zwemmen in de oceaan en een huisje voor hen kopen met een eigen tuin voor haar. Het gevoel van vrijheid dat ze had toen ze hem voor het eerst die middag ontmoette, werkte verslavend. Bij wijze van antwoord stapte ze in zijn auto en hij drukte op het gaspedaal. Samen reden ze de zilverkleurige nacht in, op weg naar een plek waar het constante verdriet om het vertrek van Clem haar niet kon vinden. Maar al na enkele maanden liep Candy weer over de oprit van Thornfield, met niet meer dan de katoenen jurk die ze aanhad en de hanger met de vanillelelie om haar hals. June en Twig zaten op dat moment op de veranda. Ze namen haar van top tot teen op, schoven er een stoel bij en zeiden geen woord. Haar slaapkamer zag er nog precies zo uit als hoe ze hem had achtergelaten. Het overdonderde haar dat ze er niets aan hadden veranderd. June en Twig wisten dat ze een domme fout had begaan en zou terugkomen. Het was een vergissing geweest om te denken dat ze weg kon lopen voor haar verdriet. Zij hadden dat eerder ingezien dan zijzelf.

Candy keek naar het plafond en dacht weer aan Alice, de stille dochter van Clem en Agnes, gevangen in haar eigen herinneringen, die ze een voor een aan het doorpluizen was om erachter te komen wat er in haar leven was gebeurd. Candy had June het verhaal aan Twig horen vertellen: Clem had Agnes bewusteloos geslagen en de kneuzingen op Agnes' zwangere lichaam waren daarvan het bewijs. Welke lafaard deed zoiets? Wat was hij voor beest geworden? En wat moest er nu gebeuren met Clems baby'tje, het broertje van Alice?

Ze verdrong al haar vragen. Streek met haar duim over de hanger aan haar ketting, zich concentrerend op de betekenis van de vanillelelie: *ambassadeur van de liefde*. Sinds June's overgrootmoeder, Ruth Stone, in de negentiende eeuw op de gortdroge akkers een bloemenkwekerij was begonnen, was het motto van Thornfield hetzelfde gebleven: *Waar wilde bloemen bloeien*. En dat was precies de ervaring die Candy en alle andere vrouwen hadden, die hun toevlucht tot June hadden gezocht.

Terwijl ze zich klaarmaakte voor de nacht vroeg Candy zich af of Alice enig idee had dat ze, waar ze ook vandaan kwam en wat haar ook was overkomen, was thuisgekomen.

9

Bitterzoet (violet nightshade)

Betekenis: **bekoring, tovenarij**

Solanum brownii | Binnenland van Australië

Familie van de nachtschade, vaak giftig. De plant wordt vaak geassocieerd met de dood en geesten. De Latijnse naam stamt af van 'solamen', wat troost en rust betekent, en verwijst naar de bedwelmende eigenschappen van sommige soorten. Wordt ook gebruikt als voedsel voor de larven van vlinders en motten.

Alice schoot kokhalzend overeind. Het koude zweet brak haar uit. In haar droom werd ze door brandende touwen gewurgd. Toen haar gezicht iets was afgekoeld, legde ze haar hoofd terug op het klamme kussen en stak haar hand uit naar het nachtkastje, waarop Candy's brief lag. Met haar vinger volgde ze het sierlijk gekrulde handschrift. De brand in haar droom was deze keer anders. Hij was blauw. De kleur van haar naam, van Candy's haar, van een jurk die van verdriet in een orchidee veranderde.

Ze probeerde haar tranen te bedwingen, maar tevergeefs, want ze stroomden over haar wangen, waardoor Harry opsprong alsof hij gefloten werd. Hij liep haar kamer in, zijn halsband rinkelde, en hij wreef zijn natte neus tegen haar blote knie. Alleen al door zijn reusachtige omvang voelde ze zich beter.

Ze sloot haar ogen en drukte haar vingers zo hard op haar oogleden dat het pijn deed. Toen ze ze weer opende, zag ze zwarte sterretjes, en toen die waren weggetrokken, zag ze dat er iemand in de kamer was geweest, kleren voor haar had klaargelegd en een blad met ontbijt op haar bureau had gezet. Harry likte over haar wang. Alice glimlachte en stond op.

Over de rug van de stoel hingen een schone korte broek en een T-shirt. Op haar bureau lagen een onderbroek en een paar sokken. Haar blauwe schoenen stonden keurig naast elkaar op de vloer. Vandaag lag er ook nog een breedgerande hoed bij, en hetzelfde schortje als de Bloemen droegen, met haar naam in azuurblauw garen geborduurd op de zak. Ze stelde zich voor dat de koninginnenjurk in Candy's lievelingssprookje dezelfde kleur blauw had. Het idee dat iemand zo lang moest wachten op de terugkeer van haar liefde dat ze in iets anders veranderde, bezorgde haar hoofdpijn.

Ze pakte een stukje perzik van het dienblad. Het was zoet en sappig. Ze veegde haar handen af aan haar pyjamabroek en pakte het T-shirt van de stoel. Het katoen voelde aan alsof het al duizend keer was gedragen. Haar moeder had precies zo'n shirt gehad. Alice had het altijd heerlijk gevonden om het in bed te dragen, omdat het zo naar haar moeder rook.

'Goedemorgen.'

June stond in de deuropening. Harry snoof gelukzalig. Alice' haar hing voor haar gezicht en terwijl June het bed afhaalde en zwijgend de kamer verliet, deed ze geen enkele poging om het achter haar oren te strijken. Even later kwam June weer de trap op, een beetje buiten adem, met een schone set lakens onder haar arm. Het schaamrood stond Alice op de kaken. Harry, die tegen haar zij geleund zat, likte de tranen van haar gezicht. June's knieën knakten toen ze naast Alice op haar hurken ging zitten.

'Het is nu nog allemaal vreemd hier, maar dat zal veranderen,' zei ze. 'Dat beloof ik je. Ik weet dat je verdriet hebt en alles nieuw en eng is. Maar als je er ook maar een klein beetje voor openstaat, zal deze plek goed voor je zorgen.'

Alice hief haar hoofd op en keek June aan. Voor het eerst hadden June's ogen niet die afwezige, op een verre horizon gerichte blik, maar keek ze Alice recht aan.

'Alles is nu nog nieuw voor je, maar dat wordt vanzelf anders. Hier ben je veilig. Oké? Er zullen geen nare dingen meer gebeuren.'

Hoe langer Alice June aankeek, hoe sneller haar hart in haar keel begon te bonzen. Ze kneep haar ogen dicht. Haar ademhaling werd moeizaam.

'Alice? Gaat het?' June's stem klonk steeds verder weg. Harry liep blaffend om hen heen.

Alice schudde haar hoofd. Binnen in haar vielen de herinneringen uiteen. Vóór Thornfield, vóór het ziekenhuis, vóór de rook en de as. En dáárvoor.

In haar vaders schuur.

De houten beelden van een vrouw en een meisje met bloemen.

June's lippen bewogen, maar Alice kon haar niet goed horen. Alles klonk alsof ze onder water was, tegelijkertijd zinkend en drijvend, opkijkend naar June door de filter van de zee. Haar gezicht zwom voor Alice' ogen, op één kort moment na, toen ze heel duidelijk zichtbaar was.

Eindelijk herkende Alice haar.

June. De uitdrukking van haar gezicht, haar haar, haar postuur, haar glimlach. Alice had dat allemaal eerder gezien.

Het kostte haar moeite adem te halen.

June was de vrouw die haar vader telkens weer in zijn schuur had uitgehakt.

June wipte haar Akubra van de kapstok bij de voordeur, zette hem op haar hoofd en griste haar sleutels van het dressoir. Ze rende naar buiten en liep over de verandatrap naar beneden, waar haar pick-up stond. Ze kneep haar ogen tot spleetjes tegen het felle ochtendlicht. Toen ze het portier opentrok, slaakte ze een gil van schrik. Harry zat in de auto terwijl hij daarnet nog boven bij Alice was. Daar zat hij dus, op de passagiersstoel, met zijn staart om zijn poten gekruld, en hij keek haar aan.

'Verdraaide boeienkoning die je bent,' mopperde June. 'Je blijft me telkens weer verbazen.' Ze aaide over zijn grote oren. Ze klom achter het stuur en terwijl ze terugdacht aan de blik in Alice' ogen, brak het koude zweet haar uit. De herkenning die diep in haar ogen te zien was. Met trillende handen probeerde June het sleuteltje in het contact te steken. Pas bij de derde keer lukte het. Ze voelde in haar zakken en haalde haar flacon tevoorschijn om een snelle slok te nemen.

'June,' riep Twig bij de voordeur.

Haastig liet ze de flacon terug in haar zak glijden. De whisky brandde in haar slokdarm.

Twig rende naar de pick-up en bleef voor het geopende raampje staan. Sinds de komst van Alice hadden ze niet meer dan een paar korte zinnetjes met elkaar gewisseld. June bereidde zich voor op een opflakkering van hun aanhoudende ruzie, die leek uit te groeien tot het soort conflict waardoor oude vriendschappen ofwel worden beeindigd ofwel sterker worden. Natuurlijk hadden ze de afgelopen decennia wel vaker een meningsverschil gehad, maar nu zaten ze er weer middenin en probeerden ze toch weer naar elkaar toe te trekken. Zoals familie hoort te doen.

Toen June het raampje omlaagdraaide deed Twig onmiddellijk een stap naar achter, June had spijt dat ze geen pepermuntjes bij zich had.

'Ze is oké,' zei Twig na een korte stilte. Haar stem klonk vlak. 'Ze zit in de woonkamer, samen met Candy.'

June knikte.

'Ik heb het ziekenhuis gebeld.'

'Ja, allicht,' zei June spottend.

Twig negeerde haar. 'De verpleegster, Brooke heet ze, zei dat het als een paniekaanval klonk. Alice heeft rust nodig, gezelschap en toezicht. Ze heeft ook therapie nodig, June.' Twig zette een stap naar voren en legde beide handen op de rand van het geopende raam. 'Ze moet met iemand praten.'

June schudde haar hoofd.

'Iedereen heeft een plek nodig en mensen bij wie hij zich thuis voelt, June.' Twigs stem was nauwelijks hoorbaar boven het geronk van de motor uit.

Twig wist heel goed wat ze deed. Ze had de woorden herhaald die June zelf tegen haar had uitgesproken, jaren geleden, toen Twig voor het eerst op Thornfield kwam. June liet zich echter niet manipuleren. Ze schakelde in de eerste versnelling. 'Ik ga haar inschrijven voor school,' snauwde ze. Geschrokken sprong Twig achteruit.

Terwijl ze wegreed, liet ze de betekenis van Twigs woorden op zich inwerken. Dacht ze soms dat ze iets te zeggen had over de dochter van haar zoon? Wie was ze eigenlijk, behalve 'naaste familie' op een formulier? In gedachten zag ze telkens de herkenning in Alice' ogen opflikkeren. Dezelfde vraag bleef aan haar knagen: waarvan kende Alice haar gezicht?

Alice lag op de bank bij het raam en luisterde naar het wegstervende geratel van June's pick-up. Intussen probeerde ze verband te leggen tussen de nieuwe brokjes informatie: de beelden in de schuur van haar vader waren van June. June was haar grootmoeder maar ook de moeder van haar vader. Waarom had ze haar oma nooit eerder ontmoet? Het kon toch niet zo zijn dat haar vader niet van zijn moeder hield? Waarom zou hij anders zoveel tijd in de schuur hebben doorgebracht om beelden van haar te maken? Alice slaakte een zucht en nestelde zich diep in de bank. Het gezang van een ekster dreef door het raam de kamer in. Ze sloot haar ogen en luisterde. Het tikken van de klok. Het trage kloppen van haar hart. Haar regelmatige ademhaling.

Nadat June haar naar beneden had gebracht en aan Twigs zorg had overgedragen, was ze het huis uit gegaan en niet meer teruggekomen. Twig had iets lekkers voor Alice klaargemaakt, iets zoets wat Alice het gevoel gaf alsof haar lichaam van gesmolten chocolade was gemaakt. Haar ogen vielen weer dicht en toen ze ze weer opende, was Twig verdwenen. Maar voor haar, in een stoel, zat Candy Baby, met haar lange blauwe haren die als strengen glanzende borduurzijde over haar schouders hingen.

'Dag, lieverdje,' zei Candy met een grijns.

Alice kon haar ogen niet van haar blauwe haren afhouden, noch van de glimmende gloss op haar lippen, de afgebladderde mint nagellak en de emaillen oorknopjes in de vorm van cupcakes.

'Je hebt weer wat kleur op je gezicht, kleine bloem. Fijn.' Candy pakte Alice' hand en kneep er even in. Niet wetend hoe ze moest reageren bleef Alice haar aanstaren. 'Ik ben koekjes aan het bakken,' vervolgde Candy. 'Ze zijn voor bij de ochtendkoffie, maar ik heb iemand nodig om ze te proeven voordat ik ermee rondga. Wil jij dat voor me doen?'

Alice knikte zo hevig dat Candy in de lach schoot, een lach die diep vanuit haar buik opborrelde.

'Ach, moet je toch zien,' zei Candy terwijl ze een lok van Alice' haar achter haar oor streek. 'De mooiste glimlach die ik ooit op Thornfield heb gezien.' Alleen Agnes, Alice' moeder, had ooit gezegd dat ze een mooie glimlach had.

Terwijl ze op de koekjes wachtte, trommelde Alice met haar vingers op haar buik. Het zonlicht viel in dikke lichtbundels door het lapjeswerk van reusachtige tropische bladeren bij het raam. De geur van tabak vermengde zich met de zoete walm uit de keuken. Af en toe zweefde het geneurie van Candy de kamer binnen.

Na enige tijd naderden er voetstappen vanuit de keuken die een siroopachtige geur meebrachten. Alice kwam moeizaam overeind.

'Nee, lieverdje, blijf maar liggen.' Candy sleepte een bijzettafeltje naar de bank en zette er een schaal Anzac-koekjes en een beker melk op. 'Je moet uitrusten, met iets lekkers erbij.' Alice pakte een koekje, nog warm van de oven. Ze drukte op de hoeken tussen haar duim en wijsvinger. Stevig. Op dezelfde manier drukte ze op het midden. Zacht. Ze keek Candy verbaasd aan.

'O, natuurlijk! Knapperig vanbuiten, kleverig vanbinnen. Zo moeten ze gegeten worden,' zei die met een knikje. Op dat moment hield Alice van haar. Ze nam een zo groot mogelijke hap.

Candy snoof. 'Je wangen puilen helemaal uit. Je lijkt wel een buidelrat.'

Ineens ging de hordeur open en vulde de gang zich met de geluiden van iemand die met zijn werkschoenen op de deurmat stampte en zijn voeten veegde. Even later kwam Twig de woonkamer binnen. Ze keek bezorgd. Toen ze Alice en Candy zag, ontspande haar gezicht.

'Perfect getimed, Twiggy.' Candy hield haar de schaal voor. Twig keek met een vragende blik naar Alice. Die knikte haar verlegen glimlachend toe.

'Wie ben ik om nee te zeggen als Alice het goedvindt?' Twig nam een koekje en kreunde toen ze er een hap van nam. 'Je bent een alchemist, Candy.'

Alchemist. Alice nam zich voor dat woord later op te zoeken in het woordenboek.

'Die kamillehoningthee heeft goed gewerkt, hè, Alice? Voel je je al iets beter?' Twig glimlachte Alice hartelijk toe.

Alice knikte. 'Mooi. Dat is heel mooi.'

'Waar is June heen?' vroeg Candy, en meteen keek ze alsof ze wilde dat ze die vraag niet had gesteld.

'June… eh… moest een paar boodschappen in de stad doen.' Twig wierp Candy een venijnige blik toe en veranderde haastig van onderwerp. 'Ben je klaar om de Bloemen te ontvangen voor de koffie?'

Candy knikte. 'De kopjes en koekjes staan al op de veranda. Laat ze maar komen.'

'Mooi. Ik zal…' Twig werd onderbroken door het getoeter van een auto en het geknerp van banden op de oprit. Ze strekte haar hals uit om naar buiten te kijken.

'Dat is Boryana. Ze komt haar loon ophalen. Mag ik een koekje voor haar meenemen?' Twig pikte twee koekjes uit de schaal, nam een derde en stak die glimlachend tussen haar tanden. Vervolgens verdween ze de gang in, om een ogenblik later met haar werkschoenen aan terug te komen. 'Wauw, ze zijn schandalig lekker, Candy. Ik zal de Bloemen zeggen dat de koffie klaar is, oké?' Candy knikte. Twig draaide zich om en wilde weggaan, maar ze bedacht zich. 'Hé, je zou Alice de werkplaats kunnen laten zien als ze dat al aankan. Als de Bloemen er niet zijn, is het er lekker rustig. Ik zie jullie straks weer.' Twig zwaaide en liep naar buiten.

'Boryana is ook een Bloem, de enige die hier niet woont,' legde Candy uit. 'Zij woont met haar zoon aan de andere kant van de stad. Bory komt elke week om Thornfield schoon en netjes te houden. Ze is een Bulgaarse en heel aardig.'

Alice vroeg zich af wat Bulgaarse was. Een soort bloem misschien?

'Luister, ik ga naar boven om je schoenen en kleren te halen en als je aangekleed bent, laat ik je de werkplaats zien, oké?' opperde Candy. 'En als je het aankunt stel ik je voor aan Boryana.'

Alice knikte. In het gezelschap van Candy Baby kon ze alles aan.

Terwijl Candy boven was, liep Alice naar het raam om te zien hoe een Bulgaarse eruitzag. Buiten stond Twig bij een oude gedeukte auto te praten met een vrouw met bruine gespierde armen, lang zwart haar en felrode lippenstift. Ze waren vrolijk aan het lachen. Niet de vrouw trok haar aandacht, maar de jongen die voor in de auto zat.

Alice had nog nooit een jongen van zo dichtbij gezien.

Ze kon alleen zijn profiel zien, waarvan het grootste deel schuilging achter wild, tarwekleurig haar dat voor zijn gezicht hing, net als haar eigen haar. Hij keek omlaag, naar iets in zijn handen. Ze vroeg zich af hoe zijn ogen eruit zouden zien. Hij verschoof een beetje op zijn stoel en tilde het boek op dat hij zat te lezen om het op de raamrand te leggen. Een boek!

Alsof hij haar hart kon horen bonzen keek de jongen op en staarde haar aan. Een vreemd gevoel flitste door haar lijf. Haar ledematen werkten niet meer, alsof ze ter plekke was bevroren. Vanachter het raam staarde ze terug. Langzaam stak hij zijn hand op. Zwaaide. Hij zwaaide. Verbijsterd zwaaide ze terug.

'Klaar?'

Alice draaide zich om. Candy hield haar kleren onder haar ene arm en met haar andere hield ze haar blauwe schoenen aan de veters vast. Alice schudde haar hoofd. Ze voelde zich niet goed, alsof haar ingewanden uit haar lichaam waren gehaald en op de verkeerde plek teruggelegd waren.

'Wat is er?' vroeg Candy. Ze kwam naast haar staan.

Alice draaide zich weer om naar het raam en wees, maar Boryana en de jongen reden net weg, een stofwolk achterlatend.

'O, maak je geen zorgen, lieverd. Je ontmoet haar wel een andere keer.'

Alice drukte haar handen tegen het glas en keek naar het neerdalende stof.

Alice volgde Candy langs de slaapzaal waar de Bloemen verbleven. Toen ze bij de werkplaats kwamen, bleven ze voor een met wingerd overwoekerde deur staan. Candy duwde de planten opzij, pakte de sleutels uit haar zak en stak er een in het sleutelgat.

'Klaar?' vroeg ze met een grijns. Met een zwaai opende ze de deur.

Samen bleven ze in de deuropening staan. Terwijl de ochtendzon op hun rug scheen, moest Alice huiveren van de airconditioning binnen. Ze wreef over haar armen en dacht terug aan de jongen die zijn hand had opgestoken en naar haar had gezwaaid.

'Dat was een diepe zucht.' Candy keek haar met opgetrokken wenkbrauwen aan. 'Gaat het?'

Alice had dolgraag iets willen zeggen, maar het enige wat ze kon uitbrengen was nóg een zucht.

'Soms worden woorden totaal overschat,' zei Candy terwijl ze Alice' handen in de hare nam. 'Vind je ook niet?'

Alice knikte, en Candy gaf een kneepje in haar hand voordat ze hem losliet.

'Kom.' Ze liep naar binnen. 'Laten we gaan rondkijken.'

De voorste helft van de ruimte werd in beslag genomen door werkbanken, stapels emmers en lange aanrechten. Tegen de muur bevond zich een rij koelcellen en kasten met gereedschap, rollen schaduwdoek en allerlei soorten flessen en sprays. Aan haken aan de muur hingen breedgerande hoeden, schorten en tuinhandschoenen, en daaronder, keurig in slagorde, stond een rij rubberlaarzen. Alice wendde zich naar de werkbanken. Eronder bevonden zich ook weer planken, waarop een veelvoud aan bakjes en potjes stond. De werkplaats rook naar volle aarde.

'Hier worden de bloemen gebracht nadat ze op het veld zijn geplukt. Elke bloem wordt grondig gecontroleerd voordat hij hier weggaat. Ze moeten allemaal perfect zijn. We krijgen bestellingen van heinde en ver. Onze bloemen worden over de hele wereld verscheept, naar bloemisterijen, supermarkten, tankstations en marktkramen. Ze worden gedragen door bruiden, weduwen en...' Candy's stem trilde even, 'jonge moeders.' Ze liet haar handen over een van de werkbanken glijden. 'Is het niet magisch, Alice? Als mensen niet tot spreken in staat zijn, spreken de bloemen die wij hier kweken. Bij bijna elke gelegenheid die je je kunt voorstellen.'

Alice deed Candy's bewegingen na en streek ook met haar handen over het werkblad. Wie waren de mensen die bloemen stuurden in plaats van woorden? Hoe kon een bloem in hemelsnaam hetzelfde zeggen als woorden? Hoe zou een van haar boeken eruitzien als er in plaats van duizenden woorden bloementaal in zou staan? Niemand had haar moeder ooit bloemen gestuurd.

Ze bukte zich om onder de werkbank de potjes met snijgereedschap, klosjes tuintouw en kleinere bakjes met stiften en pennen in allerlei kleuren te bekijken. Ze draaide de dop van een blauwe stift en rook eraan. Op de rug van haar hand tekende ze een *i* en een *k*.

Ik. Daarachter schreef ze: *ben hier*. Toen Candy op haar af kwam, veegde ze de woorden snel weg.

'Psst, Alice Blue.' Candy stak haar hoofd onder de werkbank waar Alice op haar hurken naast zat. 'Kom met me mee.'

Ze slingerden via de werkbanken, de wasbakken en de koelcellen naar het achterste deel van de ruimte, dat was ingericht als atelier. De tafels waren bedekt met wit schilderslinnen, waarop blikken verf en potten met kwasten stonden. In een hoek stonden een ezel, krukken en een kist gevuld met tubes verf. Op een andere tafel lagen spiralen van koperfolie, stukken gekleurd glas en een heleboel verschillend gereedschap. Tegen de tijd dat Alice het afgesloten deel van het atelier had bereikt, was de jongen helemaal uit haar gedachten verdwenen. Net als June en de beelden van haar vader. Al haar aandacht werd opgeslokt door wat ze voor zich zag.

'We zijn er,' zei Candy lachend.

Aan een raamwerk boven haar hoofd hingen tientallen bloemen in diverse stadia van verdroging. Langs de geïmproviseerde muur stond een lange werkbank waarop gereedschap en lappen lagen, allemaal zwart door het gebruik. Ook lagen er, overal verspreid, gedroogde bloemblaadjes, als achtergelaten kleren op het strand. Alice drukte haar handen op het houten werkblad en dacht aan haar moeders handen, die over de kopjes van de bloemen in haar tuin gleden.

Over het uiteinde van de werkbank lag een fluwelen kleed gespreid, waarop armbanden, halskettingen, oorbellen en ringen lagen, allemaal gedecoreerd met gedroogde bloemen in kunsthars.

'Dit is June's plek,' zei Candy. 'Wat hier gebeurt, is pure magie. June maakt de mooiste dingen, geïnspireerd door de verhalen van Thornfield.'

Magie. Alice bleef voor het kleed staan. Elk sieraad weerkaatste licht.

'June kweekt alle soorten bloemen.' Candy pakte een halsketting op; de hanger bevatte een perzikkleurig blaadje. Ze hield het tegen het licht. 'Elke bloem wordt gedroogd, in transparante kunsthars gegoten en in zilver gevat.' Candy legde de hanger terug op de werkbank. Alice bekeek de bloemen, die alle kleuren van de regenboog hadden, geperst in hangertjes, oorbellen en ringen. Elke bloem was voor eeuwig opgeborgen, bevroren in de tijd, maar nog steeds gekleurd door het leven. Ze zouden nooit bruin worden of vergaan. Ze zouden nooit verwelken of doodgaan.

Candy kwam naast haar staan. 'In de tijd van koningin Victoria werd er in Europa in bloementaal gesproken. Echt waar. June's voorouders – en dus ook die van jou, Alice – brachten die taal van generatie op generatie vanuit Engeland over zee hiernaartoe, totdat Ruth Stone zich met die kennis op Thornfield vestigde. Er wordt gezegd dat zij de taal lange tijd niet sprak. Pas toen ze verliefd werd begon ze de taal der bloemen te spreken. Maar anders dan de taal die ze uit Engeland had meegenomen, gebruikte ze alleen de bloemen die haar geliefde haar bracht...' Candy zweeg even. Haar wangen kleurden rood. 'Nou ja...' Haar stem stierf weg.

Ruth Stone. Haar voorouder. Alice' wangen begonnen te tintelen van nieuwsgierigheid. Ze had het liefst een ring aan elke vinger geschoven, de koele zilveren hangers tegen haar warme huid willen drukken, de armbanden om haar polsen willen doen en de oorbellen bij haar niet-gepiercete oren gehouden. Ze wilde deze geheime bloementaal dragen, om al die dingen te zeggen die haar stem niet kon uitbrengen.

Aan de andere kant van de tafel lag een klein handgemaakt boekje. Alice liep ernaartoe. De gebarsten rug was vele malen gerepareerd en werd bijeengehouden door rode linten. De titel op het omslag was met de hand in vage goudkleurige kalligrafische letters geschreven, met een illustratie van rode bloemen die eruitzagen als spinnewielen. *Thornfield – de taal van Australische inheemse bloemen.*

'Ruth Stone was je betovergrootmoeder,' zei Candy. 'Dit was haar woordenboek. Door de jaren heen hebben de vrouwen die van Ruth afstammen de taal verder ontwikkeld, zoals ze ook de bloemen hier hebben gekweekt.' Ze wreef met haar duim over de hoeken van de dikke muffe bladzijden. 'Dit boek is al generaties lang in June's familie. In jouw familie, dus,' verbeterde ze zichzelf.

Alice liet haar vinger boven het omslag zweven. Ze wilde niets liever dan het boek openslaan, maar ze wist niet of dat mocht. De bladzijden waren vergeeld en de randen waren geribbeld. In de marges was met de hand commentaar geschreven. Toen ze haar hoofd opzijhield, kon ze een paar woorden lezen. *Donkere takken. Gewond. Geurend. Vlinders. Toevluchtsoord.* Het was het mooiste boek dat ze ooit had gezien.

'Alice,' zei Candy. Ze bukte zich zodat ze haar in de ogen kon kijken. 'Heb je dit verhaal al eens gehoord? Over Ruth Stone?'

Alice schudde haar hoofd.

'Wat weet je eigenlijk van je familie, lieverd?' vroeg Candy vriendelijk. Ineens leek ze zich te schamen en wendde haar hoofd af. Alice begreep niet waarom en schudde haar hoofd. 'Nou, dan bof je,' antwoordde Candy met een droevige glimlach.

Alice keek haar verward aan. Met de rug van haar hand veegde ze haar neus af.

'Weet je nog wat ik in mijn brief schreef? Over die vrouw, Alice Blue, de dochter een koning?'

Alice knikte.

'Ook haar moeder stierf toen ze nog heel jong was.' Candy pakte haar bij de hand. 'Ze was diepbedroefd en werd naar haar tante gestuurd om in haar met boeken gevulde paleis te gaan wonen. Later, toen ze volwassen was, zei Alice Blue dat de verhalen die ze in die boeken had gelezen en die haar tante haar had verteld, haar redding waren geweest.'

Alice stelde zich Alice Blue voor, een jonge vrouw in een opvallend gekleurde jurk, lezend in het vale licht dat door het raam op haar boek schijnt.

'Ja, jij boft maar dat je deze plek hebt gevonden, en daarmee jouw geschiedenis. Je krijgt hier de kans om te leren waar je vandaan komt en bij wie je hoort.' Candy wendde haar gezicht af en veegde met haar hand over haar wangen. De airconditioning zoemde op de achtergrond. Alice bekeek het oude boek, dromend van vrouwen die er door de jaren heen in gelezen hadden of misschien met een bloem in hun hand geklemd een nieuw woord aan hun geheime taal hadden toegevoegd.

Ze kreeg pijn in haar benen van het stilstaan. Candy draaide zich om en stelde een vraag die Alice' lichaam van verlangen vervulde.

'Wil je dat ik je de rivier laat zien?'

10

Australische sleedoorn (thorn box)

Betekenis: **meisjesjaren**

Bursaria spinosa | Oost-Australië

Een kleine boom of struik met een gerimpelde donkergrijze bast. De gladde takken zijn uitgerust met doornen. De bladeren geven, wanneer je ze kneust, een dennengeur af. De zoetgeurende stervormige bloem kan elk moment bloeien, maar bloeit vooral in de zomer. Geeft nectar aan vlinders, met name de vuurvlinder, en verschaft kleine vogels bescherming tegen roofdieren. Vanwege de ingenieuze structuur van de doornen een gezochte plek voor veel soorten spinnen om hun web in te bouwen.

Alice schermde haar ogen af tegen de zon. Hoewel de herfst de nachten had afgekoeld, was het overdag nog steeds snikheet. Candy tilde de wingerd op, sloot de deur van de werkplaats en liet de wingerd weer voor de deur terugvallen. Op de achterveranda waren de Bloemen klaar met koffiedrinken en ze droegen hun kopjes en borden van de tafels naar de keuken. Candy riep Myf, de vrouw met de vogeltatoeage op haar keel, en vroeg hoe laat het was. Na het antwoord draaide Candy zich met een verschrikt gezicht om naar Alice, die het ergste vreesde.

'Ach lieverd, het spijt me zo. Het is veel later dan ik dacht. Ik ben bang dat ik met de lunch moet beginnen, want anders krijgen we, in alle opzichten, met verwaarloosde Bloemen te maken. Ik neem je een andere keer mee naar de rivier, oké?'

Alice keek haar vragend aan.

'Kijk niet zo, alsjeblieft. Nee, ik kan je echt niet alleen laten gaan.'

Alice bleef haar vragend aankijken.

'Verdomme,' mompelde Candy. 'Luister, je mag gaan, maar beloof me dat je heel voorzichtig zult zijn. Héél voorzichtig.' Ze fronste haar wenkbrauwen. 'En beloof me ook dat je meteen terugkomt als je de rivier hebt gezien. Metéén. Oké?'

Alice knikte heftig.

'En nog iets... Dit is de eerste keer dat ik op jou moet letten, dus je mag niet tegen June en Twig zeggen dat ik je naar de rivier heb laten gaan.'

Alice trok haar wenkbrauwen op.

'Ach ja, dat kan niet eens.' Candy kruiste haar armen voor haar borst. 'Oké, Alice Blue.' Ze lachte toegeeflijk. 'Je mag alleen naar de rivier. Maar stel me niet teleur. Een tweede kans krijg je hier niet makkelijk.'

Alice rende naar Candy toe en sloeg haar armen om haar middel. *Ik vertrouw je.*

De daaropvolgende tien minuten vertelde Candy haar de route naar de rivier: neem het pad aan het einde van de bloemenvelden, volg dat door de bush naar de rivier. Ga niet van het pad af. Ga niet het water in. Probeer zeker niet de rivier over te steken. Je hoeft alleen maar het pad te volgen, oké?

Pas toen Alice bij elk woord drie keer had geknikt, was Candy tevreden.

'Oké,' zei ze. 'Ik ga de lunch voorbereiden. Tot straks, lieverd.'

Alice aarzelde. Ze kon bijna niet geloven dat ze alleen weg mocht gaan. Bij de trap naar de veranda draaide Candy zich om. *Ga maar*, mimede ze, en met haar armen maakte ze een soort wegjagend gebaar.

Terwijl Candy's instructies in haar oren nagalmden ging Alice op weg. Zonder te stoppen, achterom te kijken of te aarzelen. Als haar stem had gefunctioneerd, had ze haar hoofd in haar nek geworpen en het uitgeschreeuwd van plezier. Haar blik was strak gericht op het krijtachtige pad dat om de bloemenvelden heen naar de bush leidde. *Naar de rivier*, zong ze in zichzelf. Naar de rivier.

Zodra ze door de bush werd ingesloten, vertraagde ze haar pas. De zon scheen door het bladerdak en het licht vormde spikkels op het pad. Krekels en klokvogels zongen, af en toe bijgevallen door het gekwaak van een boomkikker. Ze keek omhoog naar de knoestige gombomen, waarvan de takken en bladeren heen en weer deinden op de wind. Boven de wilde katoenplanten fladderden monarchvlinders. Even bleef ze staan om de met mos bedekte stenen, de gekrulde harige knoppen van de boomvarens en de zoetgeurende wilde bloemen in zich op te nemen. De lucht rook zwaar naar droge aarde vermengd met vanille en eucalyptus. Bijna was ze vergeten waarom ze hier was, toen ze het hoorde. Ze bleef staan en luisterde. Daar was het, ver weg maar onmiskenbaar; de roep van het water klonk net zo helder als de stem van haar moeder. Alice begon te rennen, haar haren wapperden achter haar aan.

Ze volgde het pad tot aan een open plek langs de oever van een brede groene rivier. Anders dan de zee golfde en bulderde het water niet. Het was één kalm stromend, constant lied. Alice werd ernaartoe getrokken, zoals naar alles om haar heen. Drie wortels strekten zich uit in de rivier, net zoals de lange slierten mos die zich aan de half ondergedompelde stenen hadden gehecht.

Ga niet het water in.

Terwijl ze haar schoenen uitschopte, mompelde ze in gedachten een excuus aan Candy. Net toen ze haar sokken had uitgetrokken, zag ze een smal paadje langs de oever.

Ze tuurde voor zich uit om te zien waar het naartoe leidde. Candy had niet over een tweede pad gesproken. *Een tweede kans krijg je hier niet makkelijk. Ik vertrouw je.*

Alice liep in de richting van het pad. Ze wilde alleen even kijken. Maar tot haar teleurstelling leidde het nergens heen. Het eindigde voordat het goed en wel was begonnen, in een ronde schaduwrijke inham, groot genoeg voor misschien twee mensen. Alice slaakte een zucht van teleurstelling. Maar toen ze zich omdraaide om terug naar de rivier te gaan, viel haar iets op. Iets met een vergulde rand, iets wat groot genoeg was om de zon te blokkeren. Haar wenkbrauwen schoten omhoog toen ze zag wat het was. De reusachtige gomboom in de rivier was breder dan zij lang was. Ze keek omhoog, in de armen van de boom. Hij was zo hoog dat ze de top niet kon zien. Bij de gedachte dat ze erin zou moeten klimmen, werden haar handen klam. De takken waren zwaar van bloeiende bloesem en lange geurige sikkelvormige bladeren. De wortels kronkelden zodanig de rivier in dat er holtes waren ontstaan die zich hadden gevuld met gomnoten, bladeren en bloemen. Het was een reus van een boom. Maar wat Alice het meest fascineerde waren de namen die in de dikke stam waren gegraveerd.

Ze bevonden zich boven ooghoogte, maar als ze op haar tenen ging staan en haar hoofd naar achter boog, kon ze ze allemaal lezen. Ze las de naam van Ruth Stone. De andere kende ze niet, totdat ze de laatste twee namen zag.

June Hart.

Naast June's naam was een diepe snee gekerfd. Alice vermoedde dat daar ooit een andere naam had gestaan. Onder June's naam stond haar vaders naam: Clem Hart. En daarnaast, waar ook een andere naam had moeten staan, was weer een snee gekerfd. Twee namen uit het hout gegutst.

Alice probeerde tevergeefs wijs te worden uit de namen. Misschien was het geheimtaal, net als de bloemen. Tevergeefs. *Ruth Stone, Jacob Wyld, Wattle Hart, Lucas Hart, June Hart, Clem Hart.*

De luide schreeuw van een kaketoe deed haar opspringen van schrik. Er was iets met de namen en de beslotenheid van de plek wat op haar zenuwen werkte.

Toen de kaketoe opnieuw schreeuwde, haastte Alice zich terug naar de open plek bij de rivier. Daar bleef ze hijgend staan, wensend dat haar hart langzamer ging kloppen.

De rustige, regelmatige stroming van de rivier kalmeerde haar. De benauwde middaghitte maakte haar huid klam. Een zweetdruppel rolde over haar ruggengraat. *Beloof me dat je meteen terugkomt als je de rivier hebt gezien. Metéén.*

Maar Alice was nog niet zover. Ze trok haar T-shirt en short uit, liet ze achter bij haar reeds uitgetrokken schoenen en liep naar de zanderige oever. Toen ze het koele water over haar voeten voelde kabbelen, gaf haar dat zo'n vertrouwd gevoel dat ze ervan huiverde. De laatste keer dat ze had gezwommen leek heel lang geleden. Ze kon zich de smaak van het zilte water nauwelijks herinneren. Ze liep tot haar knieën het zacht stromende water in, iets verder nog, tot haar middel, terwijl ze met haar geopende handen door het water wapperde. Haar schouders ontspanden zich. Het bos om haar heen ritselde en zoemde.

Ze keek naar de gomboom en dacht aan de namen die in de stam waren gekerfd. *De rivier... Dat is een heel ander verhaal*, had June gezegd toen ze samen in het bloemenveld waren. *Hij is al generatieslang in het bezit van mijn familie. Onze familie.* Alice keek door het water heen naar haar voeten op de zanderige bodem. Kon je een rivier bezitten? Was dat niet net zoiets als wanneer iemand zei dat hij de zee bezat? Ze wist wel dat als je in de zee was, de zee jou bezat. Maar het idee dat ze op een of andere manier deel uitmaakte van deze plek gaf haar een warm gevoel. Boven haar ratelde een kookaburra. Alice knikte. Genoeg gemijmerd. Ze zette een stap naar voren, liet zich in het kolkende groene water zakken en liet al haar onbeantwoorde vragen op het wateroppervlak achter.

Ze schrok van de totale afwezigheid van zout. Haar ogen prikten niet. Ze ademde belletjes uit. Ze zag ze opstijgen en uit elkaar spatten. Het hart van de rivier bonsde in haar oren. Haar vader had haar ooit verteld dat al het water uiteindelijk naar een en dezelfde bron stroomde. Een nieuwe vraag stak de kop op: zou ze stroomopwaarts de hele rivier af kunnen zwemmen, door de tijd heen, helemaal naar huis?

Alice dacht onder water zo lang over die vraag na dat haar longen pijn begonnen te doen. Ze zette zich met haar voeten af van de bodem en duwde zich omhoog. Sputterend kwam ze boven. Sinds de brand had ze niet meer zo'n pijn in haar longen gevoeld. Plotseling was het licht in de bush niet meer zo uitnodigend en voelde het water niet meer zo aangenaam. Ze strompelde hoestend naar de oever en bleef maar hoesten, voorovergebogen met haar handen op haar knieën.

'Gaat het?' klonk een stem achter haar.

Met een ruk draaide Alice zich om.

Daar stond hij. Aan de overkant van de rivier. De jongen uit de auto.

Alice boog zich weer kuchend voorover. Het water liep uit haar ogen en neus. Hoe meer ze probeerde het tegen te houden, hoe harder ze moest hoesten. Toen ze begon te huilen, veranderde het hoesten in kokhalzen. Achter haar klonk een plons en even later voelde ze waterdruppels op haar voeten neervallen. De jongen stond naast haar, doorweekt.

'Adem in, denk in, adem uit, denk uit.' Hij legde zijn hand tussen haar schouderbladen. Terwijl ze zijn instructies opvolgde, keek ze hem aan.

In. Uit.

In. Uit.

Langzaam nam het hoesten af.

Toen ze rechtop ging staan, besefte ze pas dat ze alleen maar haar onderbroek aanhad. Met rode wangen pakte ze haar short en T-shirt en voordat ze hem weer aan durfde te kijken, liep ze weg over het pad.

'Hé!' riep hij haar na, maar ze keek niet meer om.

Pas toen ze vanuit de bush de rand van de bloemenvelden had bereikt, bleef ze staan om haar kleren aan te trekken. Ook drong toen pas tot haar door dat ze op blote voeten had gelopen en dat haar schoenen nog bij de rivier stonden.

De middagzon brandde op haar huid terwijl ze langs het veld naar huis rende. Ze had geen idee wat ze met haar schoenen moest doen. Misschien ging ze later nog een keer terug om ze te halen.

Uit de werkplaats klonk het gezoem van de airconditioning. De Bloemen waren binnen bezig met de oogst van die ochtend. Alice klom met verende passen de trap op naar de veranda. De tafels waren afgeruimd, de stoelen netjes aangeschoven. Ze wist niet hoelang ze was weg geweest. Had ze de lunch gemist? Bij wijze van antwoord begon haar maag te knorren. Op haar tenen liep ze naar de hordeur.

Ze zag niemand binnen. Misschien waren Twig en Candy in de werkplaats. Alice ontspande zich. Ze liep naar de keuken, op zoek naar iets te eten, en vond brood, boter en een potje Vegemite. Ze maakte twee boterhammen klaar.

'Nou, je hebt vandaag net zoveel eetlust als Harry, zie ik.'

Alice verstijfde. Toen ze zich omdraaide en Twig in de deuropening zag staan, glimlachte ze geforceerd.

'Candy zei dat je na die vermoeiende ochtend al op je kamer had geluncht. Ze zei dat je je bord in no time leeg had.'

Alice knikte, niet wetend hoe ze anders moest reageren. Ze had de lunch dus gemist. Kennelijk was ze veel langer weg geweest dan ze had gedacht, en ze werd misselijk bij het idee dat ze er last mee zou krijgen of, erger, dat Candy er last mee zou krijgen. Maar Candy had haar wel een alibi gegeven, en daar moest ze oprecht om glimlachen.

'Ik zeg altijd: een goede eetlust is net zo belangrijk als goed gedrag,' zei Twig terwijl ze door de gang wegliep. 'Trouwens, over Harry gesproken, als je je boterhammen ophebt kom dan even naar de woonkamer, oké?'

Alice blies de adem uit die ze had ingehouden. Twig leek haar vuile blote voeten noch haar natte haren te hebben opgemerkt.

Terwijl ze in de keuken op haar brood stond te kauwen, kon ze alleen maar glimlachen. Ze had nu iets, iets op Thornfield wat van haarzelf was. Haar eerste bezoek aan de rivier was van háár alleen. Behalve de jongen natuurlijk. Bij de gedachte aan hem begonnen haar wangen weer te gloeien. Ze legde haar boterham neer. Ineens smaakte hij niet meer.

In de woonkamer was het fris. De middagzon scheen volop naar binnen. Twig zat op de bank met Harry aan haar voeten, die af en toe een zucht slaakte wanneer ze hem achter zijn oren krabde. Alice ging naast haar zitten, op dezelfde plek als waar ze die ochtend had gezeten nadat June haar naar beneden had gedragen en was verdwenen. Het leek dagen geleden. Door het raam zag ze dat June's pick-up voor de werkplaats geparkeerd stond. Zou ze ook komen? Die gedachte maakte haar nerveus. Ze wreef in haar ogen, die ineens heel zwaar aanvoelden.

'Volgens mij heeft June je al verteld dat onze Harry speciale gaven heeft,' zei Twig.

Alice knikte, geeuwend.

'Misschien is het handig voor je om te weten hoe wij met Harry praten als we hem nodig hebben.'

Bij het horen van zijn naam spitste Harry halfslachtig zijn oren onder Twigs masserende vingers. Hij lag tegen haar benen aan, met hangende lippen en af en toe kwijlend. Niet echt een superhond, dacht Alice.

'Harry is een zogenaamde hulphond. Heb je daar wel eens van gehoord, Alice?'

Ze schudde haar hoofd. Behalve Harry was Toby de enige hond die ze ooit had gekend, en hij was geen hulphond. Hij was haar beste vriend.

'Hulphonden worden speciaal opgeleid om mensen te helpen als ze angstig zijn. Honden als Harry zijn in staat emoties van mensen op te pikken. Ze kunnen troost en afleiding bieden wanneer iemand verdrietig, bang of boos is.' Twig glimlachte toen Harry een lik over haar hand gaf. 'Misschien heeft Harry jou sinds je hier bent al een beetje troost en afleiding gegeven?' Ze keek Alice aan.

Alice dacht aan Harry, zoals hij naast haar in de pick-up had gezeten toen June en zij bij Thornfield aankwamen, zoals hij er was geweest toen ze wakker werd uit een nachtmerrie en zoals hij er gisteren voor had gezorgd dat ze naar beneden was gegaan. Ze keek naar zijn vriendelijke kop, zijn zwartgepunte oren en zijn goudkleurige vacht. Hij was Toby niet, maar Twig had gelijk: Harry had iets waardoor ze zich beter ging voelen.

'Harry's hulp is meestal nodig wanneer iemand voor het eerst op Thornfield aankomt. Dus als je hem nodig hebt, als je boos, bang of in paniek bent, dan is Harry er voor je. Net zoals wij allemaal.' Twig glimlachte. Ze streek Harry's oren plat en klopte hem op zijn flank. 'We gebruiken niet alleen stemcommando's, maar ook visuele commando's. Die zal ik je leren, oké?'

De rest van de middag leerde Alice hoe ze met Harry moest communiceren. Ze had het snel onder de knie. Als ze met haar vingers voor haar lichaam klikte, moest Harry voor haar gaan staan. Klikte ze achter zich met haar vingers, dan moest Harry achter haar gaan staan. Klapte ze in haar handen, dan moest hij de kamer binnenkomen en het licht aandoen, zodat ze niet in het donker naar binnen hoefde. Dat was haar favoriete commando. Als Harry de kamer in draafde en met zijn poot de knop van de vloerlamp indrukte, moest ze lachen.

'Hij kent alle kamers op het terrein, Alice. Hij weet precies waar de lichtschakelaars zitten,' zei Twig met een ernstig knikje, maar haar ogen lachten.

Het laatste commando was met een geopende handpalm van links naar rechts over het voorhoofd strijken. Dan moest Harry een ruimte binnengaan en die doorzoeken op indringers. Als er iemand was, moest hij blaffen. Dit was een commando dat Alice liever niet wilde gebruiken.

'Goed zo, Alice. Je bent een snelle leerling. Als je weer eens alleen bent en je niet lekker voelt, zoals vanochtend, dan kun je Harry altijd om hulp vragen.'

Tegen de tijd dat de deur van de werkplaats openging en het

stemgeluid van de Bloemen door het raam naar binnen dwarrelde, had Alice alle commmando's onder de knie. Ze liet zich op de bank neervallen, te moe om nog langer te oefenen.

'June zal zo thuiskomen om te eten,' zei Twig. 'Wil jij van tevoren nog even in bad? En dan vroeg naar bed? Het is een lange dag voor je geweest.'

Alice knikte. Eigenlijk wilde ze liever niet in bad, maar Twigs vriendelijke stem maakte dat alles wat ze zei volstrekt redelijk klonk. Terwijl ze haar door de gang naar de badkamer volgde, klikte Alice met haar vingers achter zich. Het was niet nodig, want Harry liep al achter haar aan.

Twig duwde de hordeur open, ging in de laatste zonnestralen op de trap van de achterveranda zitten en rolde een sigaret. Toen ze hem had aangestoken, inhaleerde ze diep en terwijl de rook haar longen vulde, luisterde ze naar het geknetter van de brandende tabak. Ze blies een rookpluim uit naar de eerste sterren.

Tegenover de bloemenvelden scheen geel licht vanuit de ramen van de werkplaats. June was nog steeds daarbinnen, al sinds ze die middag was thuisgekomen. Twig was in het kantoor met de administratie bezig geweest, wachtend tot Alice terug zou komen van de rivier, toen ze June's vermoeide voetstappen de trap op had horen komen. Ze had haar in de gang willen verwelkomen, maar June had protesterend haar hand opgestoken.

'Twig,' had ze gezegd voor Twig de kans kreeg iets te zeggen. Haar ogen waren roodomrand. Harry sprong tussen hen in heen en weer en duwde hen bijna omver.

'Ze is bij de rivier,' had Twig gezegd. 'Als ze terugkomt ga ik Harry's basiscommando's met haar doornemen.' Ze aaide de hond over zijn kop. 'Ze heeft iets nodig waar ze van op aan kan als ze weer een paniekaanval krijgt.'

'Ik hoop niet dat dat weer gebeurt,' had June verzucht. 'Ik heb haar ingeschreven op een school. Ze begint volgende week. Ik zal het haar vanavond vertellen.'

Twig balde haar vuisten. In de opvoeding van Candy Baby was June nooit zo onbuigzaam geweest. Maar Twig wist ook waar dat aan lag: Candy was een godsgeschenk, Alice was familie.

'Heeft die inschrijving de hele ochtend gekost?' Twig keek door de hordeur naar de pick-up en zag vanonder het zeil over de laadbak de hoek van een hazelaren kist piepen. Ze trok haar wenkbrauwen op. Ze wist heel goed waar June was geweest. Ze was naar haar opslagruimte in de stad gegaan om oude geesten op te graven.

'Rustig maar, Twig. Het is niet wat je denkt. Tjonge, wat een dag is het geweest.'

'Ja, inderdaad,' had Twig haar toegesist. 'Vooral voor je kleindochter, en wat dacht je van je kleinzoon, die je hebt achtergelaten als een stuk onkruid?'

De woorden spatten als splinters uit elkaar voor hun voeten. Toen Twig naar June's gezicht keek, had ze ze willen opvegen en met hun ruwe uiteinden een voor een willen inslikken. June was het huis uit gestormd, had de deur achter zich dichtgesmeten en was naar de werkplaats gelopen. Sindsdien was ze niet meer tevoorschijn gekomen.

Twig stak nog een sigaret op. Ze was dankbaar dat June zo fatsoenlijk was geweest om haar niet haar eigen verdriet onder de neus te wrijven. Ze was niet alleen maar boos omdat June de kinderen van Clem had gescheiden. Natuurlijk niet. Het ging om haar eigen kinderen. Het ging om die dag, dertig jaar geleden, toen de medewerkers van jeugdzorg in hun glanzende Holden voor haar deur parkeerden en haar huis binnenkwamen met een gerechtelijk bevel. Ze beschuldigden haar van kinderverwaarlozing. Omdat ze geen man had. Omdat ze Nina en Johnny wel eens naar haar zus Eunice bracht terwijl zij op zoek naar werk ging. Omdat ze arm was. Omdat bureau Jeugdzorg vond dat haar kinderen alleen maar in een echt Australisch gezin tot goede Australiërs konden opgroeien. Een blánk Australisch gezin. Een van hen had Twig vastgehouden terwijl de andere Nina en Johnny uit haar armen trok. De kinderen schreeuwden. Twig begon te zingen om ze te kalmeren, maar ze waren ontroostbaar. Ze rukten handenvol margrieten uit de voortuin, alleen maar om zich ergens aan vast te kunnen klampen terwijl ze werden afgevoerd. Twig stortte in toen ze naar de uitgetrokken bloemen keek die in de zon lagen te verwelken; het was het laatste wat haar kinderen hadden aangeraakt. In gedachten was ze daar weer, in die voortuin, zingend in de gure noordwestenwind, hopend dat ze de dode bloemen opnieuw zou kunnen planten. Twig had geprobeerd door te gaan met haar leven, ervan overtuigd dat Nina en Johnny ooit naar haar terug zouden keren, maar nadat Eunice een paar jaar later vermist raakte, was ze op de vlucht geslagen. Ze had langs de kust gezworven, was toen landinwaarts gegaan, liftend van de ene stad naar de andere. Tot de dag dat ze ergens langs de weg liep en door nieuwsgierigheid gedreven de oprit van Thornfield op liep, en toen... het geluid van een huilende baby.

Haar gedachten werden verstoord door luid gelach uit de slaapzaal. Twig veegde haar ogen af aan haar shirt. Ze had Candy gevraagd het eten voor de Bloemen in de slaapzaal te serveren. Als June aan Alice ging vertellen dat ze naar school moest, hadden ze privacy nodig. Tenminste, als June ooit nog van plan was uit de werkplaats te komen.

Precies op dat moment ging de deur van de werkplaats open. Twig verborg het brandende uiteinde van haar sigaret achter haar hand en bleef doodstil in het donker zitten toen June zich naar de voorkant van het huis begaf. Als ze Twig had gezien, liet ze dat niet merken. De deur ging open en dicht. De scharnieren van de servieskast piepten terwijl June de tafel dekte. Verderop in de gang klonk het gorgelende geluid van een bad dat leegliep. De badkamerdeur ging open. Ze hoorde lichte voetstappen van de gang naar de keuken gaan. De zucht van de oven die werd uitgezet. June's mompelende stem. Stoelen die over de houten vloer van de eetkamer werden geschoven toen June en Alice gingen zitten. Het gekletter en geschraap van metaal op aardewerk terwijl ze aten.

Na haar wandeling naar de rivier en terug moest Alice wel uitgehongerd zijn. Twig wist precies waar ze was geweest toen ze haar eerder die middag in de keuken tegenkwam. Haar shirt was verkeerd dichtgeknoopt, haar natte haren zaten vol bladeren en haar voeten waren bedekt met zand. Maar de twinkeling in haar ogen en de kleur op haar wangen hadden Twig doen zwijgen. Als geen ander wist ze dat Thornfield op allerlei verschillende manieren heilzaam kon zijn voor de gebroken zielen die er een thuis hadden gevonden. Voor Alice was het vooralsnog de rivier die haar op de been zou houden. Twig zelf had vanaf het eerste moment dat ze op Thornfield was haar heil bij June gezocht.

Alice lag in bed, nog duizelig van het nieuws dat June haar tijdens de maaltijd had verteld. Ze was ingeschreven op de plaatselijke school. Volgende week was haar eerste schooldag.

'Ik heb het schoolhoofd vandaag persoonlijk gesproken,' had June gezegd. 'Hij stelde voor dat Harry met je mee naar school gaat, zodat je vanaf het begin een vriendje hebt.'

School. Ze had er wel eens over gelezen. Leraren, klassen, lessenaars, potloden en boeken. Kinderen, speelplaatsen, broodtrommeltjes, lezen, schrijven en huiswerk. En ze mocht Harry meenemen.

Alice rolde op haar zij, schudde de gedachte aan school van zich af en probeerde zich op de rivier te concentreren. Hoe hij had geklonken onder het wateroppervlak en het vreemde gevoel toen de jongen zijn hand op haar rug legde om haar ademhaling weer regelmatig te krijgen.

Een briesje streek langs haar kin. Ze ging overeind zitten. Een van de witte gordijnen in haar kamer bewoog in het donker. Ze kon zich niet herinneren dat er een raam openstond. Ze knipte het lampje naast haar aan en knipperde met haar ogen tegen het licht.

Op de vloer bij haar bed stonden haar blauwe schoenen. En ernaast lag een naar vanille geurend veldboeket.

Twig was net weer een sigaret aan het rollen toen ze een bons hoorde aan de zijkant van het huis. Ze hield haar adem in om beter te kunnen luisteren. Voetstappen knarsten op het zandpad. Ineens kwam er een jongen in het zicht. Twig kneep haar ogen tot spleetjes. Langzaam blies ze haar adem uit. Ze hield haar nog niet aangestoken sjekkie in de ene en een aansteker in de andere hand en wachtte af tot hij zou omkijken. Vlak voordat het pad in het bos verdween, viel het maanlicht op zijn gezicht.

Daar stond hij, de zoon van Boryana. Zijn blik was zo strak gericht op het verlichte raam van Alice' slaapkamer dat Twig betwijfelde of hij haar op de trap van de achterveranda had zien zitten, zelfs al had er een schijnwerper op haar gestaan.

Toen hij in het bos verdween, stak Twig haar sigaret aan. Om te kalmeren inhaleerde ze diep. Ze had dit allemaal al eens eerder zien gebeuren. Toen Agnes Ivie het kind in de klokkenkamer was en Clem Hart stiekem door het raam naar binnen kwam om haar bloemen te brengen.

11

Moeraslelie (river lily)

Betekenis: verborgen liefde

Crinum pedunculatum | Oost-Australië

Zeer grote winterharde plant die veelal voorkomt aan bosranden, maar ook op hoogwaterniveau vlak bij mangroven. Geurige, slanke, stervormige bloemen, wit van kleur. Soms ontkiemen de zaden al terwijl ze nog aan de moederplant vastzitten. Het sap wordt gebruikt bij de behandeling van beten van de kubuskwal.

De rest van de week liep Alice achter de Bloemen aan terwijl ze op het terrein aan het werk waren. 's Ochtends zat ze met Boo aan het ontbijt en maakten ze samen de kruiswoordpuzzel in de krant. Boo kende heel veel woorden. Daarna verzamelde ze samen met Robin de honing in de bijenkorven. Soms liet Robin haar wat lippenstift opdoen, die ze in de zak van haar schort bewaarde, en soms liet ze haar zien hoe je verse honing van de raat kon eten. Ze liep achter Olga, Myf én Sophie aan, die heen en weer over de velden liepen om de ontluikende bloemen te snijden. Ze hielp Tanmayi bij het maken van rozenwater van verse rozenblaadjes. Ze genoot van haar verhalen over Sita, de prinses die zich van het leven beroofde nadat ze van hekserij werd beschuldigd, en over Draupadi, de prinses die over honderd mannen een vloek afriep omdat ze haar hadden mishandeld.

Alice hing rond bij de werkbanken in de werkplaats en maakte kettingen van bloemblaadjes, stengels, bladeren en touw. Om haar heen waren Francene, Lauren, Caroline en Amy bezig met het klaarmaken van bestellingen en werd het ene na het andere boeket in bruin papier en twijndraad gewikkeld. Ze neuriede mee met

Rosella in de kas met zaailingen en hielp Vlinder met het begieten van de wilde katoenstruiken; monarchvlinders, die de kas in vlogen om zich te voeden, fladderden om hen heen.

Op vrijdag voegde Alice zich bij Twig en Candy en de twaalf vrouwen op de achterveranda. Ze hadden allemaal hun schort losgeknoopt en hun grote strohoeden afgezet om zich er koelte mee toe te wuiven. June kwam met een koelbox naar buiten en deelde gekoelde flesjes gemberbier uit alsof het amberkleurige juwelen waren. De Bloemen zaten op hun stoelen met hun hoofd achterover en hun ogen geloken. Het schemerlicht wierp een sprookjesachtig licht over de rijen bloeiende bloemen, de tunnelkassen, de witte bijenkorven en de dichte zilvergroene bush in de verte.

Terwijl Alice van haar koude drankje nipte, wierp ze steelse blikken op hun gezichten. Meestal waren de Bloemen vrolijke, hardwerkende vrouwen, maar op vrijdagmiddag waren ze anders. Iedereen zweeg, en bij de ondergaande zon, in de beschutting van de veranda, leken alle levensverhalen van de Bloemen zich een weg naar buiten te zoeken. De vrouwen lieten hun schouders hangen en als er iemand begon te huilen, troostten ze elkaar. En in het midden zat June, kalm en rechtop.

Alice besefte inmiddels dat ze niet zo anders was dan de Bloemen. En zelfs niet veel anders dan June. Soms had iedereen behoefte aan stilte. En dat was de magische eigenschap van Thornfield: een plek waar het mogelijk was het onuitspreekbare uit te spreken. Op haar eigen manier begon Alice de kracht van de bloementaal te begrijpen. Sinds ze naar de rivier was gegaan, lag er elke avond wanneer ze naar haar kamer ging een verse bloem in de blauwe schoen aan het voeteneinde van haar bed.

June zat met een kop sterke zwarte koffie op de achterveranda en keek hoe de zon opkwam boven de kwekerij. Ze blies de damp boven haar koffie weg. Het was een tintelend frisse ochtend, het eerste zweempje winter. Ze nam de flacon uit haar zak en deed een scheut in haar kopje, zette de rand tegen haar lippen en nam, genietend van de warmte, een paar kleine slokjes.

Terwijl de bloemenvelden het daglicht absorbeerden, bedacht June dat het net zo goed tachtig jaar geleden kon zijn, want ook toen al beleefde Thornfield elke dag zo'n mooie zonsopgang. Ruth zou elk moment in de werkplaats kunnen opduiken, met haar handen diep weggestoken in haar zakken en nog zonder zorgrimpels om haar ogen.

June dronk haar koffie op, pakte haar tuinhandschoenen en propte ze in de zakken van haar vest. Ze liep door de heldere ochtend door de velden naar de tunnelkassen die haar moeder had gebouwd. Soms was het verlangen naar nog één gesprek met haar moeder zo sterk dat ze het gevoel had dat ze uit elkaar zou barsten. Het besef dat Alice net zo hevig naar Agnes moest verlangen deed haar pijn. De geschiedenis had de wrede neiging zich te herhalen.

In de kassen met zaailingen was de lucht zwaar van belofte, een nieuw begin. Even sloot June haar ogen. Ze had er uren met haar moeder doorgebracht, samen hadden ze verlangens van mensenharten bijeengebracht in handenvol scheuten en zaden, terwijl haar moeder de verhalen van Thornfield vertelde. *Goed opletten, Junie,* zei Wattle Stone altijd. *Dit zijn geschenken van Ruth. Zo hebben we het overleefd.*

Als kind was June helemaal in de ban van de verhalen over haar grootmoeder. Ze bracht uren bij de rivier door en streek met haar vingers over Ruth's naam in de bast van de reusachtige gomboom, en over de naam Jacob Wyld ernaast.

Toen ze voor het eerst in de stad kwam, gingen er vele geruchten rond over Ruth Stone. Sommigen beweerden dat ze afstamde van een vrouw die op het laatste schip met veroordeelden naar Australië was gestuurd. Anderen zeiden dat ze afstamde van een heks uit Pendle Hill, die aan haar lot was ontsnapt en wier enige bezit een schriftje was, volgeschreven in een vreemde taal. Men beweerde dat het een toverboek was, gevuld met bloemen. Het enige waar men het over eens was, was dat Ruth Stone was verhandeld door een bordeelhoudster genaamd Madam Beaumont, in ruil voor de laatste melkkoeien van Thornfield, destijds een vervallen boerderij buiten de stad. Na de ergste droogte in de geschiedenis van de streek had de eigenaar, de teruggetrokken Wade Thornton, zijn boerderij teloor zien gaan en moest hij zijn melkkoeien verkopen. Ook over hem werd stevig geroddeld. Er werd gezegd dat hij zijn demonen met rum probeerde te bezweren, maar vanaf de dag dat Ruth bij hem op de boerderij kwam, werd de rum vervangen door haar lichaam.

Het duurde niet lang voordat Ruth wist op welk moment ze moest vluchten. Nadat Wade de smakeloze brij had opgegeten die ze hem bij wijze van maaltijd had voorgezet en zijn vierde borrel had ingeschonken, glipte ze vaak de deur uit om nog wat kachelhout te halen. Maar in plaats daarvan rende ze naar de bijna drooggevallen rivier. Daar vond ze een plekje om zich te verstoppen totdat Wade zichzelf weer eens bewusteloos had gedronken. Ruth zat dan tegen de reusachtige gomboom te huilen en te zingen. Door te lezen en te zingen hield ze zich op de been. Ze zong de verhalen die haar moeder haar had verteld, over bloemen die meer konden zeggen dan woorden. Terwijl ze bij de gomboom zat te zingen, kwam er een werkloze veedrijver over de drooggevallen rivierbedding aangelopen, alsof ze hem met haar gezang naar zich toe had gelokt. Zijn enige bezit waren wat zaden in zijn zakken. Er werd beweerd dat hij, toen hij Ruth zingend en huilend in het maanlicht zag, zwijgend was neergeknield en de zaden aan haar voeten tussen de wortels van de gomboom had geplant. Wat daar, op de plek waar Ruth's tranen op de grond vielen, uit voortkwam was een veld wilde vanillelelies en een even bedwelmende liefdesverhouding tussen Ruth en Jacob.

Elk moment dat Ruth kon ontsnappen, zagen ze elkaar bij de rivier. Hij bracht bloemzaden voor haar mee en zij nam elk schamel restje eten dat ze uit het huis kon smokkelen voor hem mee.

Algauw had Ruth genoeg zaden om vlak bij het huis een klein schaduwrijk stukje grond te bebouwen, waar alleen nog een bijna dode, eenzame acacia stond. De grond was zo droog dat het haar een maand kostte om die zacht te maken met de beetjes water die ze van de rivier meebracht. Uiteindelijk kwam de acacia tot bloei: een winterse explosie van zoetgeurend geel. Toen ze het zag, viel ze op haar knieën neer. De geur dreef helemaal naar de stad. Bijen zoemden om de boom, dronken van de nectar. Onder de acacia groeiden groene scheuten. Ruth maakte er tekeningen van in haar schriftje. Toen deze bloemen, die heel anders waren dan de sneeuwklokjes en het vingerhoedskruid uit de liedjes van haar moeder, gingen bloeien, schreef Ruth op wat ze voor haar betekenden, in de stijl van de victoriaanse bloementaal. Ze was betoverd door de mooie inheemse bloemen, die zelfs onder de meest barre omstandigheden bloeiden. Vooral door de dieppaarse bloemen met een hart zo rood als het donkerste bloed. *Betekenis*, schreef Ruth in haar schrift, *wees dapper, houd moed.*

De extreme droogte zorgde ervoor dat er niets meer groeide op de akkers. Boerenbedrijven gingen failliet en toen de stad van de aardbodem leek weg te schroeien, begon Ruth een kwekerij voor inheemse bloemen.

Het nieuws verspreidde zich snel en de mensen kwamen naar de kwekerij om met eigen ogen de kleurenpracht tussen het stof en de koeienbeenderen te zien. Algauw kwamen ze terug met bloemen uit hun eigen verdorde tuinen. Ruth plantte ze allemaal, en onder haar toezicht tierden ze welig. Wade Thornton begon minder te drinken. Hij opende de deuren naar Thornfield en liet bezoekers binnen. Ze brachten hun schoffels, zaden en watertonnen mee. Ruth vertelde hun waar ze wat moesten planten. Ze bouwden kassen en werkten van 's ochtends vroeg tot 's avonds laat, verzorgden de nieuwe scheuten. De lucht was vol van de groene geur van beloften. Thornfield kwam tot bloei, en de mensen kwamen naar Ruth om bloemen te oogsten, boeketten te maken, en in de koelte van de nacht naar de grootste bloemenmarkten in het land te rijden. Aan elke bos hing een handgeschreven kaartje waarop Ruth's betekenis van de bloemen werd toegelicht. Ze waren voor de lunch uitverkocht. En ze kwamen naar Thornfield terug met meer bestellingen voor inheemse bloemen die de taal van Ruth's hart spraken. De bewoners van de stad kregen weer hoop.

De dagen verstreken. De winterbloemen kwamen tot bloei. Er werden plannen gemaakt voor meer tripjes naar de bloemenmarkt. Terwijl Wade Thornton in de schaduw van zijn huis naar Ruth's lachende, blozende gezicht tussen de plaatselijke bewoners stond te kijken, begon er iets bitters te groeien in hem.

Op een avond, niet lang na Ruth's eerste oogst, dronk Wade voldoende rum om Ruth ervan te overtuigen dat hij lam was en wachtte hij totdat hij het geluid van haar voetstappen buiten op het zandpad hoorde wegsterven. Toen volgde hij haar zachtjes onder de heldere sterrenhemel over het pad naar de rivier, dat hij zelf had vrijgemaakt. Daar, achter de struiken, wachtte hij af. Toen hij zag hoe Ruth aan de oever door een man werd omhelsd, kwam er een rood waas voor zijn ogen. Telkens wanneer hij zich aan Ruth opdrong, moest hij spuug op zijn vingers doen om bij haar binnen te dringen en lag ze met een afgewend gezicht en een lege blik in haar ogen onder hem, als een levenloze pop. Maar in de armen van deze man zag hij haar tot leven komen. Ze straalde een zilverkleurig licht uit. In het bleke, winterse maanlicht drukte Ruth de hand van de man op haar buik. Ze glimlachte. Haar ogen glansden. Met een schreeuw stoof Wade Thornton vanachter de struiken vandaan en sloeg Jacob Wyld met een steen bewusteloos. Hij kokhalsde en bond Ruth aan een boom vast. Hij dwong haar toe te kijken hoe hij haar minnaar verdronk met zijn blote handen.

In de klamme broeikas huiverde June en wreef over haar armen. De last van Thornfields erfenis drukte nog even zwaar op haar als toen ze een tiener was en het verhaal over haar grootmoeder voor het eerst hoorde. *Goed opletten, Junie*, zei haar moeder wanneer ze haar de taal van de bloemen leerde. *Dit zijn geschenken van Ruth. Zo hebben we het overleefd.*

Wat zou haar moeder nu tegen haar zeggen, vroeg June zich af terwijl ze de nieuwe zaailingen verspeende. Wattle Stone zou zeggen: *Junie, ook Alice heeft recht op Thornfield. Jij moet haar daar alles over vertellen.*

'Kom, Alice, we moeten gaan.' June's stem kringelde via de trap omhoog.

Alice zat op haar bed in haar stugge, gesteven uniform. Harry likte over haar knie. Ze slaakte een zucht, pakte haar nieuwe schooltas van het bed en sjokte de trap af.

'Kop op,' zei June terwijl ze Alice haar lunchtrommel aanreikte. 'Het wordt vast heel leuk. Je zult nieuwe vriendinnen krijgen.'

Buiten opende June het portier van de pick-up. Harry sprong erin. Alice stond nog op de veranda. Haar voeten weigerden dienst.

'Harry gaat met je mee,' riep June terwijl ze een wenkend gebaar maakte. Om van het gezeur af te zijn kwam Alice de trap af. June hielp haar in de auto. Harry blafte. Alice snoof. Toen June het portier dichtsloeg, rinkelden haar armbanden. Ze rende om de pick-up heen en klom achter het stuur.

'Daar gaan we,' zei ze terwijl ze de auto draaide en met een sukkelgang over de oprit wegreed, achtervolgd door luid geschreeuw en geloei. Toen Alice omkeek, zag ze de Bloemen achter hen aan rennen terwijl ze rolletjes serpentine uitgooiden en confettikanonnen afschoten, als vuurwerk van papier.

'Het wordt vast leuk, Alice!'

'Doe je best, Alice!'

'Veel plezier op je eerste schooldag, Alice!'

Alice leunde wild zwaaiend uit het raampje en terwijl ze uit het zicht verdwenen, drukte June nog een paar keer op de claxon. Alice zag dat ze de tranen uit haar ogen veegde.

Toen ze de weg naar de stad naderden, trapte June het gaspedaal verder in. Even tolden de wielen in het zand totdat ze grip kregen op het asfalt.

Alice klemde Harry's halsband zo stevig vast dat haar vingers pijn deden.

De basisschool in de stad bestond uit een aantal kleine, verweerde huisjes, overkapt door gombomen. De bladeren en gomnoten knarsten onder June's en Alice' schoenen, waardoor er een citroenachtige geur vrijkwam. Harry, die overal wilde snuffelen, rukte aan zijn riem en trok Alice bijna omver. Buiten het hoofdgebouw ging June op haar hurken voor Alice zitten om haar kraag goed te doen. Haar adem rook naar pepermunt. Alice keek naar haar gezicht vlak bij het hare. June had precies dezelfde ogen als haar vader.

'Kom mee. Je kunt het,' zei June terwijl ze opstond en haar schouders rechtte.

Terwijl ze de ontvangstruimte binnenliepen wist Alice niet tegen wie van hen beiden June het had.

Nadat June de inschrijvingsformulieren had ingevuld, namen ze plaats op een bank. De receptioniste had gezegd dat Alice' onderwijzer haar in de kleine pauze zou komen ophalen. June knaagde verwoed op haar kauwgom, als een koe die aan het herkauwen was, en wiebelde non-stop met haar been. Alice hield Harry bij zijn halsband vast en aaide over zijn gladde flanken. June keek op haar horloge.

Het schelle geluid van de schoolbel weerklonk.

'Hij zal nu zo komen, Alice,' mompelde June. Harry kwam naar haar toe en likte over haar hand. June streek over zijn oren. Hij kromde zijn rug om zich uit te rekken en liet een lange harde wind. June kuchte, maar verder vertrok ze geen spier. Alice kreeg een kleur. De receptioniste schraapte haar keel. Pas toen de stank zich verspreidde, begon June te giechelen. De tranen stonden in haar ogen en ze kuchte weer, alsof ze daarmee de geur kon camoufleren. Toen stond ze op en tastte naar de klink van het raam. Terwijl Alice haar probeerde te helpen, keek Harry met de tong uit zijn bek glimlachend toe.

'Het spijt me,' zei June met schorre stem tegen de receptioniste. 'Het spijt me heel erg.'

De vrouw knikte. Ze hield een zakdoek tegen haar neus.

Toen ze het raam open hadden gekregen, slaakten ze een zucht van opluchting. Alice keek naar buiten. Ze zag kinderen van allerlei leeftijden uit de lokalen stromen. Toen draaide ze zich om en ging weer op de bank zitten. Ze stelde zich voor dat Harry in de klas een wind zou laten. Na enige tijd boog ze zich naar hem toe, knuffelde hem stevig en gaf de riem aan June.

June keek ernaar, en toen naar Alice. Haar ogen kregen een zachte uitdrukking. 'Je kunt het, Alice. Ook in je eentje,' zei ze glimlachend. Alice knikte.

Een deur ging open. Een jonge man met een krijtveeg op zijn wang kwam de hal in.

'Alice Hart?'

Toen hij dichterbij kwam, trok hij zijn neus op en snoof een paar keer. Toen zag hij Harry.

June stond op om hem te begroeten, maar Alice bleef in elkaar gedoken zitten. Een van de kniekousen van de man was afgezakt. Zijn benen waren bedekt met fijne blonde haartjes, geen donkere zoals haar vader had gehad.

'Zo, Alice,' zei hij vriendelijk. 'Ik ben meneer Chandler, je nieuwe onderwijzer.'

Hij veegde zijn hand aan zijn short af en stak hem naar haar uit. Alice keek June aan, die haar bemoedigend toeknikte. Meneer Chandlers uitgestoken hand zweefde in de lucht. June mompelde iets naar hem wat Alice niet kon horen, waarop hij zijn hand liet zakken. Hij wreef over zijn kin, net zoals Alice Twig wel eens had zien doen als ze diep in gedachten was.

'Vertel me eens, Alice, hou je toevallig van boeken? Ik heb iemand nodig die me in de klassenbibliotheek kan helpen. Volgens mij ben je precies op het juiste moment gekomen.'

Na een korte stilte stak Alice hem haar hand toe.

De uren tot het drie uur was, kropen voorbij.

'Tot morgen allemaal,' riep meneer Chandler toen Alice' klasgenootjes naar buiten renden.

Langzaam pakte Alice haar schooltas.

'Hoe vond je je eerste schooldag, Alice? Beviel het een beetje?'

Alice keek omlaag en knikte. Ze had geen vriendjes gemaakt. Omdat ze niet sprak. Omdat iedereen deed alsof ze net zo stonk als Harry. Ze had hem achteraf toch beter wel mee kunnen nemen. Dan had ze tenminste één vriend gehad.

'Word je opgehaald?' vroeg meneer Chandler.

'Ik kom haar ophalen.' Kauwend op roze kauwgom stond Candy Baby in de deuropening, even misplaatst als een voorjaarsbloem hartje winter. Harry stond kwispelend naast haar. Alice begon te stralen toen ze hem zag.

Onderweg naar de parkeerplaats, terwijl Candy Alice naar haar dag vroeg en Harry in haar gezicht likte, passeerden ze een groep meisjes die Alice herkende uit haar klas.

'Daar is ze. De Spast.'

'Hé, wat was dat?' vroeg Candy.

Maar Alice wilde naar huis, naar haar kamer met haar boeken

met uitzicht op de Bloemen. Terwijl ze met de rits van haar schooltas klungelde, klonk er achter hen opeens zacht gejammer. Alice bleef staan. Daar was het weer, hetzelfde gejammer. Ze liep weg van Candy en Harry, in de richting waar het geluid vandaan kwam. Achter het schoolgebouw, in een veld met spinifex, lag de jongen van de rivier. Hij had een bloeduitstorting op zijn wang en zijn lip bloedde. Zijn benen waren bedekt met fijne bloedende schrammetjes.

'Alice?' riep Candy verschrikt, en 'Oggi!' toen ze dichterbij kwam. 'Oggi, wat is er gebeurd?'

'Het gaat wel,' zei de jongen terwijl ze hem rechtop lieten zitten. Hij keek Alice aan. 'Je bent niet de enige die gepest wordt omdat hij anders is.'

'De Spasten hebben elkaar gevonden!' klonk het giechelend vanuit nabijgelegen struiken. Candy vloog erop af en schudde aan de takken, waarna de schoolkinderen uit elkaar stoven. Alice' boosheid verdween als sneeuw voor de zon. Wie Oggi ook was, het kon haar niets schelen dat iedereen vond dat ze hetzelfde waren.

Hij kromp ineen toen Alice hem verder overeind hielp. Ze pakte zijn schooltas en hing hem over haar schouder. Oggi was ongeveer even groot als zij en gelukkig niet zo zwaar. Samen strompelden ze door de poort naar de parkeerplaats. Candy opende het portier van de pick-up, zette hun schooltassen bij Harry in de laadbak en hielp Alice en Oggi in de passagiersstoel.

'Laten we maar gauw naar huis gaan. Dan kunnen we een beetje calendula op die schrammen en blauwe plekken smeren. Daar zal het snel beter van worden. En dat kan ik niet zeggen van degene die jou dit heeft aangedaan. Als Boryana erachter komt, dan zwaait er wat.'

'Zullen we het dus maar niet tegen haar zeggen?' vroeg Oggi smekend.

Candy schudde haar hoofd terwijl ze de pick-up in z'n achteruit zette. Zwijgend reden ze naar huis. Harry liep heen en weer in de laadbak. Af en toe stak hij zijn snuit in de wind. Toen ze door Main

Street reden, kon Alice haar ogen niet afhouden van de pastelkleurige winkelgevels. Ze zag weer voor zich hoe ze vanuit het suikerriet ineens midden in het dorp had gestaan, met aan de overkant een modezaak, een café met op elke terrastafel een gele bloem, en de bibliotheek, waar de bibliothecaresse met haar vriendelijke lach haar een boek over selkies had gegeven. Sally. Alice probeerde het beeld van Sally scherper te krijgen, maar haar gezicht dreef steeds verder weg.

Iets voorbij het bordje EINDE BEBOUWDE KOM draaide Candy een zandweg in.

'Wat zijn ze mooi, die oude reuzen,' zei ze, zich over het stuur buigend om omhoog te kijken. Ook Alice bewonderde de witte, zilverachtige bomen en dacht terug aan de verhalen van haar moeder over besneeuwde landschappen waar alles wit was en waar de grond, de bomen en de lucht in elkaar overliepen. 'We zijn er.' Candy stopte bij een open plek langs de rivier. Alice keek naar het stromende water. Dus zo had hij haar gevonden. De rivier had Oggi naar haar toe gebracht.

Oggi stapte voorzichtig uit en hinkte naar een klein houten huisje met een brede lage veranda en rode gordijnen. De voordeur stond open.

'Oggi?' klonk een stem vanuit het huis. De zwartharige vrouw met de rode lippenstift verscheen in de deuropening. 'Wat is er aan de hand?'

'Oggs heeft een akkefietje gehad op school,' zei Candy terwijl ze uitstapte.

Uit Boryana's mond stroomden woorden in een taal die Alice niet kende. Ze bekommerde zich om Oggi's blauwe plekken en schrammen. Die hield zijn handen omhoog alsof hij zich overgaf, en antwoordde in dezelfde sprankelende taal als zijn moeder. Vanuit de laadbak liet Harry een blaf horen. Candy maakte hem los, waarna hij uit de laadbak sprong en naar Boryana rende, keffend naar haar druk gebarende handen.

'Sorry, sorry, Harry,' zei ze terwijl ze hem geruststellend over zijn kop aaide. 'Het is goed, jongen. Ognian hier is een grote jongen die kennelijk voor zichzelf kan zorgen en me niet wil vertellen wie dit heeft gedaan.' Boryana kruiste haar armen voor haar borst.

'Nou, ik laat het verder aan jullie over, Bory, want wij moeten gaan,' zei Candy knikkend. 'Kom, Harry.'

'Wat? Nee! Jullie moeten binnenkomen. Even een kopje thee drinken. June vindt het vast niet erg.'

'Ik denk van wel,' zei Candy. 'Het was namelijk de eerste schooldag van deze dame hier' – Candy legde haar arm om Alice' schouder – 'en June wil er natuurlijk alles over weten. Bory, dit is Alice, de kleindochter van June. Onze nieuwste Bloem.'

Alice glimlachte verlegen, maar intussen kon ze haar ogen niet van Oggi afhouden.

'Wat leuk je te ontmoeten.' Boryana's woorden hadden een volle, vette klank. Ze pakte Alice' hand en pompte hem op en neer.

'Zijn mijn Oggi en jij bevriend?'

'We zitten bij elkaar op school.' Oggi zette een stap naar voren.

Boryana knikte. 'Mooi.' Ze wierp een blik op Candy. 'Wil je echt niet heel even een kopje thee drinken? Volgens mij hebben we heel wat bij te praten.' Ze trok een wenkbrauw op en Alice keek Candy smekend aan.

'Oké, oké. Heel snel dan,' gaf ze toe.

Gearmd liepen Candy en Boryana het huis in, hun hoofden dicht bij elkaar, zachtjes roddelend. Oggi en Alice bleven ongemakkelijk staan.

'Zal ik je even rondleiden?' vroeg Oggi met een gebaar naar de rivier. Alice knikte. Ze klikte achter zich met haar vingers. Harry likte haar pols en liep achter haar aan.

Achter het huis lag een kleine, goed onderhouden rozentuin, waar een ren stond met drie dikke kippen. Terwijl Oggi de ren opende om de dieren los te laten, ging Alice onder een papierboom zitten. Harry snuffelde even aan een van de kippen, waarna hij aan haar voeten ging liggen.

'Dit is Pet, mijn lievelingskip.' Oggi wees naar een zwarte, pluizige kip, ineenkrimpend toen hij zijn gewonde arm te ver strekte. Alice kneep haar ogen dicht, maar het beeld van haar moeders lichaam bedekt met bloeduitstortingen liet zich niet verjagen.

'Gaat het wel, Alice?'

Ze haalde haar schouders op. Oggi ging naar zijn moeders rozentuin en verzamelde wat gevallen blaadjes. Toen hij zijn handen vol had, bracht hij ze naar Alice en legde ze om haar heen in het zand. Zo liep hij nog een paar keer heen en weer tussen de rozentuin en Alice, totdat zijn cirkel rond was. Hij sprong erin en ging naast haar zitten.

'Dit deed ik altijd na de dood van mijn vader. Om me beter te voelen.' Oggi sloeg zijn armen om zijn knieën. 'Ik zei tegen mezelf dat ik binnen de cirkel beschermd was tegen verdriet. Ik maakte de cirkel zo groot of klein als ik wilde. Op een dag toen mijn moeder niet kon stoppen met huilen, maakte ik een cirkel om het hele huis. Daar had ik wel alle blaadjes van haar rozen voor nodig, dus ze reageerde heel anders dan ik had verwacht.'

Gele vlinders fladderden boven de rozen. Terwijl Alice naar hun vleugels keek – kleine citroenkleurige vlammetjes – herinnerde ze zich hoe ze in de zomer boven de zee vlogen, hoe ze zonnebaadden in de kasuarbomen en hoe ze 's nachts tegen haar slaapkamerraam tikten.

'De mijn waar mijn vader werkte stortte in. Daarna zat mama een hele tijd elke dag te wachten tot hij thuiskwam. Altijd met een roos.'

Net als de koningin die zo lang op haar geliefde moest wachten dat ze in een orchidee veranderde. Alice huiverde en wreef over haar armen.

'Heb je het koud?' vroeg Oggi. Alice schudde haar hoofd. Allebei staarden ze naar de rivier.

'Daarom pluk ik bloemen voor je en zet ik ze elke avond in je schoen,' zei Oggi kalm.

Alice liet haar haar voor haar gezicht vallen.

‘Ik weet hoe het voelt. Om verdrietig te zijn, en eenzaam.’ Oggi draaide een rozenblaadje om en om in zijn hand. ‘We zouden hier maar een tijdje blijven. Totdat papa genoeg geld had verdiend om verder te trekken, maar sinds hij dood is kunnen we niet anders dan hier blijven. Mama heeft de papieren niet om weg te gaan.’

Alice hield haar hoofd een beetje schuin.

‘Wij zijn niet Australisch,’ legde hij uit. ‘Mama is hier niet geboren. Officieel mogen we hier niet zijn. Als we de stad uit zouden gaan of ergens anders naartoe zouden gaan, kunnen we gearresteerd worden en uit elkaar worden gehaald. En dat wil mama niet, want dit... dit was papa’s land. Daarom bemoeien we ons met niemand, werkt mama niet veel buitenshuis en mag ik geen vriendjes maken op school. Trouwens, niemand wil vrienden met me zijn. Ze schelden mama uit voor heks. Ze schelden alle vrouwen op Thornfield uit voor heks.’

Alice sperde haar ogen open.

‘Nee, nee, maak je geen zorgen,’ zei hij. ‘Dat is niet waar.’

Ze slaakte een zucht van opluchting.

Oggi pakte een steen van de grond. ‘Mama droomt ervan om ooit terug te gaan naar Bulgarije. Dus als ik groot ben, zorg ik dat ik genoeg geld verdien om haar mee terug te nemen naar de Vallei van de Rozen.’

Alice hield een rozenblaadje bij haar neus. De geur deed haar denken aan haar dromen over vuur.

‘Daar ben ik volgens mama geboren. In de Vallei van de Rozen, in Bulgarije. Niet dat het een plaats is, het is meer een gevoel, zegt mama. Maar ik weet eigenlijk niet wat dat betekent. Ik weet wel dat daar koningen begraven liggen en dat de rozen er heel zoet geuren omdat er goud bij hun botten begraven ligt.’

Alice keek hem vragend aan.

‘Oké, dat laatste, over die botten en dat goud, heb ik verzonnen. Maar het zou wel heel cool zijn, hè, als er botten van koningen en schatten begraven liggen in de Vallei van de Rozen?’

Achter hen klonken voetstappen.

'We moeten gaan, lieverdje,' zei Candy met een glimlach.

Alice en Oggi stapten uit de cirkel van rozenblaadjes en volgden Candy naar de voordeur van het huis, waar Boryana op hen wachtte.

'Hier, Alice, een klein welkomstcadeautje.' Boryana gaf haar een glazen potje met een met stof beklede deksel en een lint eromheen. Achter het glas glinsterde jam. 'Het is gemaakt van rozen,' zei ze. 'Heerlijk op de boterham.'

'Dag Alice,' riep Oggi. 'Tot morgen op school.'

Morgen. Terwijl Candy langzaam wegreed, zwaaide Alice terug naar hem. Morgen zou ze hem weer zien.

Onderweg naar huis beroerde ze haar gloeiende wangen met haar vingertoppen. Zonnestralen, zo stelde ze zich voor, straalden van haar gezicht.

12

Gouden mimosa (cootamundra wattle)

Betekenis: **ik verwond om te genezen**

Acacia baileyana | Nieuw-Zuid-Wales

Sierlijke boom met varenachtig blad en goudgele, bolvormige bloemen. Makkelijke, sterke, groenblijvende boom. Bloeit weelderig in de winter en verspreidt een zware, zoete geur. Hoog pollengehalte, wat weer gunstig is voor de bijen en de productie van honing.

In het donker scharrelde June door de gang en knipte een paar lampen aan. De staande klok sloeg twee uur. Zodra de zon opkwam, zou ze op pad gaan. Ze had een lange rit naar de bloemenmarkten in de stad voor de boeg. Maar dat duurde nog een paar uur. Een klein slokje maar.

Gedurende enkele weken leken de nachten langer dan anders. Ze voelde zich leeg en rusteloos. Aan het voeteinde van haar bed zaten te veel geesten met bloeiende acaciatakken. De winter was altijd een zware periode. De orders voor bloemen liepen terug en vanonder de vroeg bevroren aarde woelden oude verhalen zich naar boven. Bovendien was Alice deze winter thuisgekomen.

Hoewel ze nog steeds niet sprak, lachte ze wel wat vaker. Iets op school leek haar wakker te hebben geschud, haar uit het verlammende verdriet te hebben getrokken. Ze had weken niet meer in haar bed geplast. Wel had ze nog een paniekaanval gehad. Twig had niet langer aangedrongen op therapie. Alice had altijd een opengeslagen boek op haar schoot liggen, met een gedroogde bloem tussen de bladzijden. Of ze was bij Candy in de keuken of in de kruidentuin om samen met haar een nieuw recept te bedenken. Of in de werkplaats, waar ze op haar blauwe schoenen als een tweede schaduw achter Twig aan sjouwde.

Ook al deed June haar uiterste best om haar in het oog te houden, toch slaagde Alice erin om, zelfs nu het kouder werd, af en toe te verdwijnen en met natte haren thuis te komen. June wist dat ze de rivier had ontdekt. En de gomboom waarschijnlijk ook. Maar June was nog niet in staat haar de verhalen over Thornfield te vertellen, de verhalen over de vrouwen van wie ze een afstammeling was. Zodra June de naam van Ruth zou laten vallen, kon het verhaal maar één kant op gaan, namelijk naar Wattle, en dan naar haarzelf, en dan naar Clem, Agnes en ten slotte naar de keuzes die June had gemaakt.

June stond met een geopende whiskyfles aan het aanrecht en schonk nog een glas in. Ze was moe. Moe van de last van het verleden dat te pijnlijk was om aan terug te denken. Moe van de bloemen die dingen konden zeggen die mensen niet konden uitspreken. Moe van verdriet, uitsluiting en geesten. Van niet begrepen worden. Enerzijds wilde ze Alice de waarheid over haar familie vertellen, maar tegelijkertijd was ze bang dat ze zich nog schuldiger zou gaan voelen over de geheimen die tussen de bloemen in Thornfield groeiden. Er moest een andere manier zijn om dit kind te laten helen dan haar lastig te vallen met de waarheid over haar familie, waarvan ze op dit moment – daarvan was June zo goed als zeker – niet op de hoogte was. Ook al leek het die ene ochtend of Alice haar herkende. Niets wees erop dat ze wist waarom haar vader Agnes van Thornfield had meegenomen en of June haar nog van gedachten had kunnen laten veranderen. Misschien had ze haar kunnen redden. Ze had haar zoon echter laten gaan, en hij had Agnes meegenomen. Omdat June weigerde te zwichten voor zijn woede. Omdat Agnes te veel van hem hield terwijl ze niet eens wist hoe ze van zichzelf moest houden.

June nam de whisky mee naar de woonkamer. Ze dronk rechtstreeks uit de fles. Toen Alice zich de eerste dag dat ze op Thornfield was in June's armen had genesteld en haar gezicht in de welving van haar hals had gevlijd, had June het gevoel alsof haar hele lichaam volstroomde met liefde, het soort liefde waaraan ze al heel lang niet meer had durven terugdenken. Dat gevoel wilde ze niet meer kwijtraken. Ze zou het niet kunnen verdragen als Alice slecht over haar dacht. Maar terwijl de dagen verstreken, bleven de verhalen onuitgesproken. Ze bleef het moment maar uitstellen; als Alice met school begint, zal ik het haar vertellen; als Alice glimlacht, zal ik het haar vertellen. Als Alice ernaar vraagt, zal ik het haar vertellen. *Wees voorzichtig, June*, had Twig haar gewaarschuwd. *Verhalen uit het verleden kunnen op een heel gekke manier nieuwe scheuten voortbrengen. Als je niet goed voor ze zorgt, kunnen ze zichzelf uitzaaien.*

June liet zich op de bank ploffen, de whiskyfles losjes in haar hand. Het verleden drong zich aan alle kanten aan haar op. De verhalen van Thornfield waren nooit echt uit haar gedachten.

De moord op Jacob Wyld had Ruth's geest gebroken. Ze beviel in haar eentje bij de rivier van haar baby en vernoemde het kind naar de *wattle*, een Australische acacia die tijdens de droogte als eerste tot bloei was gekomen. Het was alles wat over was van Ruth's tuin en alles wat ze haar dochter te bieden had, een naam die haar de moed zou kunnen geven om een leven met de gewelddadige Wade Thornton te overleven. *Ik was vastbesloten om mijn geest niet door hem te laten breken, zoals hij bij mijn moeder had gedaan. Haar blik was zo leeg als de huls van een cicade in het droge zand, waar haar bloemen ooit bloeiden, Junie*, zei Wattle altijd.

De mensen uit de stad keerden Thornfield de rug toe nadat Ruth was gestopt met de verkoop van bloemen en ze de velden had laten verwilderen. Wanneer ze Wade in de stad zagen, hield niemand hem staande om hem over de geruchten over geweld aan te spreken. En meestal keurden ze ook Wattle geen blik waardig, het meisje dat volgens sommigen eerder door de vogels dan door haar eigen moeder was grootgebracht. Dat gold echter niet voor Lucas Hart, die

Wattle voor het eerst zag toen hij als jongen alleen langs de rivier liep. Hij dacht eerst dat ze een soort zeemeermin was. Haar huid leek wel groen onder het water en in haar warrige, lange, zwarte haar zaten bladeren en bloemen. Hij had haar nog nooit op school gezien, laat staan in de winkels of in de kerk, maar ze fascineerde hem onmiddellijk. Telkens wanneer hij naar de rivier ging, hoopte hij haar te zien zwemmen. En telkens viel het hem dan op hoe krachtig haar gespierde ledematen het water doorkliefden, alsof ze een oude rekening te vereffenen had. Samen groeiden ze op. Zij werd een teruggetrokken vrouw die zich zelden in de stad liet zien. Hij vertrok om zijn studie geneeskunde af te maken. Maar het leven als student noch zijn studie bood hem voldoende afleiding; gedachten aan Wattle bleven koortsachtig door zijn aderen stromen. Hij keerde terug en nam de plaatselijke huisartsenpraktijk over. Elke avond liep hij over het pad naar de rivier. Hij had de geruchten gehoord over Wade Thornton. Niemand leek echter te willen ingrijpen. Het werd beschouwd als een privézaak tussen een man en zijn vrouw. Maar, had Lucas dan altijd willen zeggen, Ruth Stone was nooit uit vrije wil Wade's vrouw geweest, en bovendien was hij, zo ging het gerucht, niet de biologische vader van Wattle Stone. Elke avond dat Lucas langs de rivier liep, nam hij zich voor om naar Thornfield te gaan, aan te kloppen en zich voor te stellen. Maar elke avond had hij zich al omgedraaid vlak voor het terrein van Thornfield begon. Tot die avond waarop hij een vrouw hoorde schreeuwen, gevolgd door een geweerschot. Daarna was het stil.

Lucas rende over het rivierpad naar het erf van Thornfield, waar hij Wattle Stone zag staan met een geweer in haar hand. Ze stond gebogen over het lichaam van Wade Thornton, dat was gedrenkt in bloed dat zo rood als inkt was. *Ben je gewond?* riep Lucas ongerust. *Bloed je, Wattle? Ben je gewond?* Wattle ging zitten, haar gezicht stond strak en ze was doodsbleek. Haar ogen waren even donker als het bloed bij haar voeten. *Wattle?* riep Lucas angstig. Langzaam schudde ze haar hoofd. *Ik heb het niet gedaan*, fluisterde ze. Het geweer trilde in haar hand. Hun blikken zochten elkaar, een stilzwijgende belofte was gedaan.

Toen het nieuws van Wade Thorntons dood bekend werd, werd er in de stad onmiddellijk druk gespeculeerd. Men beweerde dat Ruth hem had behekst en tot zelfmoord had gedreven. Of dat Ruth's dochter hem had vermoord. De Stone-vrouwen en hun bloemen zouden ongeluk brengen, ze waren een vloek voor de stad, vooral sinds Ruth de bloemenvelden had laten verwilderen en daardoor de mensen in de stad hun inkomen, en hun hoop, had afgenomen. Vissers die vaak op de rivier waren, zeiden dat ze Ruth 's nachts met iemand hadden zien praten. Toen er vervolgens een zaagbaars, de Koning van de Rivier, was gespot, liepen de gemoederen nog hoger op. Dit dier was nog nooit zo noordelijk gesignaleerd. Ruth Stone had het ongeluk over zichzelf afgeroepen. Dat ze met haar kwekerij ooit de stad van de droogte had gered was iedereen vergeten.

De roddels hielden aan totdat dokter Lucas Hart een openbare verklaring aflegde: hij had Wade Thornton stomdronken met zijn jachtgeweren over zijn erf zien strompelen. Kennelijk wilde hij ze schoonmaken, maar had hij per ongeluk een aantal schoten gelost, waarvan één hem fataal was geworden. Toen de politie het incident afdeed als een ongeluk, keurde iedereen in de stad hun geen blik meer waardig. Wattle Stone trouwde met Lucas Hart. Terwijl ze de kerk in liep, droeg ze een boeketje wattle. Ze gingen op Thornfield wonen, samen met Ruth.

En toen kwam jij, Junie, zei haar moeder op dat punt in het verhaal. Ze keek June met betraande ogen aan. *En de mensen gingen weer aardig tegen elkaar doen. Jij hebt de vloek van Thornfield gebroken.*

Met June in haar wiegje naast zich blies Wattle het stof van Ruth's schrift. Terwijl Lucas in zijn praktijk aan het werk was, leende ze het ene na het andere boek uit de bibliotheek en las ze ze thuis hardop voor, terwijl June tevreden lag te kraaien. Ze voorzag de schetsen van Ruth van namen en maakte een lijst van de zaden die ze in de stad zou moeten bestellen. Na ruim twaalf seizoenen was Wattle erin geslaagd de bloementuin van haar moeder weer tot leven te wekken. De mensen knikten goedkeurend toen ze de boeketten zagen die weer op de markt te koop waren. *Terugkeer naar geluk*, sprak een boeket van waratahs, waarvan elke bloem de vorm van een menselijk hart had. *Toewijding*, zei de rode boronia, een geurende komvormige bloem. Algauw waren de emmers leeg. Opnieuw waren de bloemen van Thornfield in trek.

Ofschoon Wattle haar moeders geliefde tuin tot leven wist te wekken, lukte het haar niet de waanzin in Ruth's geest tot bedaren te brengen. Wattle was dol op haar moeder, even dol als op haar kind, en ze deed alles om haar gelukkig te maken, maar toch sloop Ruth elke nacht het huis uit. Wattle lag wakker en luisterde naar het gekraak van de houten vloer. Op een heldere avond, toen ze met June tegen haar borst aan genesteld in bed lag, besloot ze haar moeder te volgen naar de rivier. Daar zag ze Ruth, voortdurend in zichzelf pratend, bloemen in het water leggen.

Mama. Wattle zette een stap naar voren op de zanderige oever. Haar moeders ogen stonden helder. *Tegen wie praat je, mama*?

Tegen je vader, liefje, had Ruth simpelweg geantwoord. *De Koning van de Rivier.*

In het water verschenen belletjes. Een bloem werd omlaaggetrokken. Waardoor kon Wattle niet zien. Ze draaide zich om en rende terug naar huis, naar haar man en haar warme bed.

June was nog maar drie jaar oud toen Ruth in haar slaap overleed. Wattle vond haar. Haar haren waren nog nat van de rivier en er staken gombladeren en vanillelelies uit.

Ze liet per testament al haar bezittingen na aan Wattle. Ze vroeg maar één ding aan haar dochter: ervoor te zorgen dat Thornfield nooit zou worden nagelaten aan iemand die het niet waard was. En dat was niet gebeurd. Tot Clems onuitsprekelijke woede. *Goed opletten, Junie*, hoorde ze de stem van haar moeder in haar hoofd. *Dit zijn geschenken van Ruth. Zo hebben we het overleefd.*

June slaakte een diepe zucht. Buiten begon het al licht te worden.

Ze stond op van de bank en strompelde naar haar slaapkamer. Het laatste restje whisky klotste in de fles.

Op de eerste dag van de wintervakantie stond Alice bij het raam van haar slaapkamer en keek naar het kalkwitte pad dat door de bush naar de rivier liep. Ze had met Oggi afgesproken om elkaar morgenochtend, op haar tiende verjaardag, bij de rivier te ontmoeten. Hij was de beste vriend die Alice ooit had gehad, en daar deed ze niemand mee tekort, want Toby was een hond en Candy was veel ouder, en Harry was ook een hond, en een boek kon je moeilijk een mens noemen.

Ze draaide zich weg van het raam en keek naar haar boeken, die over de vloer verspreid lagen. Harry begon te kwispelen toen ze op de grond ging zitten. Ze had nog wat huiswerk in de vakantie te doen: een boekbespreking, waarin ze moest vertellen welk boek haar het dierbaarst was en waarom. Het voelde niet als huiswerk. Terwijl de andere kinderen kreunden, had zij het opdrachtformulier opgewonden in ontvangst genomen. Ze wist meteen over welk boek ze het zou gaan hebben. Het selkie-boek, dat Sally voor haar in de bibliotheek had uitgekozen en dat June haar vlak voor hun eerste ontmoeting in het ziekenhuis had laten bezorgen.

Ze liep naar haar boekenkast en liet haar vingers langs de ruggen glijden totdat ze het boek had gevonden. Toen ze het van de plank pakte, viel er een ander boek. Alice raapte het op van de vloer. Het was in linnen gebonden met vergulde letters en een vervaagde illustratie op de voorkant. Het was het boek over het meisje met háár naam en de wonderlijke wereld waarin ze terechtkwam.

Alice sloeg het boek open. Toen ze de inscriptie las, kreeg ze het ijskoud.

'Hé liefje, ik heb een beker warme chocolademelk voor je.' Candy stond in de deuropening met een dampende beker. 'Alice, wat is er?'

Ze zette de beker neer. 'Laat me eens kijken.' Candy griste het boek uit haar handen en las de inscriptie. 'O, Alice...' Haar stem stierf weg.

Woede zette Alice aan tot actie. Ze duwde Candy de kamer uit en sloeg de deur achter haar dicht. Harry kwam blaffend naast haar staan, waarop ze de deur weer opende en ook hem de kamer uit duwde.

De rest van de dag kwam ze niet meer beneden. Candy bracht haar nog een bord warm eten, dat ze onaangeroerd liet. Na een poging om door de slaapkamerdeur met haar te praten, gaf Twig het op en ging naar de achterveranda, waar ze de ene sigaret met de andere aanstak.

Het was al bijna donker toen de koplampen van June's pick-up heen en weer bewogen op de oprit. Alice zat op haar bed, met het boek in haar handen geklemd. Beneden ging de voordeur open. June's sleutels vielen in de glazen schaal op de haltafel. Vermoeide voetstappen klonken van de gang naar de keuken, gevolgd door het geluid van de keukenkraan die werd open- en dichtgedraaid. Gerinkel van armbanden. Het geborrel van de fluitketel op het vuur, gevolgd door gefluit en de zucht van stomend water op een theezakje. Het geklingel van een theelepeltje tegen de rand van een kopje. Een korte stilte, gevolgd door June's voetstappen door de gang naar de trap.

'June.' Twigs stem in de gang.

'Wacht even, Twig.'

'June, ik...'

'Even wachten, Twig.'

Haar voetstappen op de trap. Hoger. Hoger. Een klop op de deur.

'Hé Alice.' June opende de deur. Harry sprong blaffend achter haar aan naar binnen. Alice keek niet op. Ze schopte keihard met haar voeten tegen de rand van het bed. 'Hoe was je dag?'

Met één hand in haar zak en de andere om haar theekopje liep June de kamer rond. Ze stapte over Alice' huiswerk heen en ging voor de boekenkast staan.

Alice keek naar June's schoenen, maar toen die zich omdraaide keek ze haastig weg. Nog steeds had ze het boek in haar handen, opengeslagen op de bladzijde met de opdracht, waar haar moeder haar naam had opgeschreven, telkens weer, met een hartje waar de a moest staan.

Agnes Hart. Mevrouw A. Hart. De heer en mevrouw C & A Hart, mevrouw Hart, mevrouw Agnes Hart.

En daaronder, in haar vaders handschrift:

Lieve Agnes,

Ik heb dit boek in de stad gevonden en dacht meteen aan jou. Het was het enige wat je bij je had toen je op Thornfield aankwam, en ik hoop dat je het niet erg vindt om een tweede exemplaar te hebben.
Voordat ik het voor je kocht, kende ik het verhaal nog niet, maar nu ik het heb gelezen, doet het me heel erg aan jou denken. En aan hoe ik me voel als ik bij je ben, een gevoel alsof ik val, maar dan wel op een heerlijke manier. Alsof ik in een doolhof ben waar ik helemaal niet uit wil. Sinds ik jou ken, heb ik me niet eerder zo in de war gevoeld. Je bent mooier dan alle bloemen die op Thornfield bloeien. Ik denk dat mama daarom ook zo dol op je is. Jij bent de dochter die ze nooit heeft gehad.
Ik wil je heel graag bedanken voor de verhalen over de zee die je me hebt verteld. Ik heb de zee nog nooit gezien, maar als je naar me kijkt, kan ik me een heel klein beetje voorstellen wat je bedoelt. De woeste schoonheid van de zee. Misschien komt er een dag dat we er samen naartoe gaan. Misschien komt er een dag dat we samen in de zee zullen zwemmen.

Liefs,
Clem Hart

June wreef hardhandig over haar voorhoofd. Harry hijgde, zijn staart zwiepte angstig heen en weer.

'Alice,' begon June.

Alice keek haar aan. Ze had het gevoel dat ze uit zichzelf was getreden, net als in het ziekenhuis toen ze de vuurslangen om haar lichaam zag kronkelen, die haar in iets veranderden wat ze niet herkende. Ze stond op van haar bed, haalde haar arm naar achter en gooide het boek met al haar kracht naar June. Het kwam recht in haar gezicht terecht en viel op de grond. De rug barstte open.

June vertrok geen spier. Op haar kaak begon een boze bloeduitstorting op te zwellen. Alice keek haar grootmoeder woedend aan. Waarom zei ze niets? Waarom was ze niet boos? Waarom deed ze niets terug? Alice had een waas voor haar ogen. Ze trok aan haar haren, wilde het uitschreeuwen. Wanneer was haar moeder op Thornfield geweest? Waarom had niemand haar verteld dat ze hier was geweest? Waarom had niemand haar verteld dat haar ouders elkaar hier hadden ontmoet? Was er nog meer wat ze niet wist? Waarom mocht ze dit allemaal niet weten? Waarom waren haar ouders hier weggegaan? Haar hoofd deed er pijn van.

June kwam naar haar toe, maar Alice schopte haar weg. Harry liep grommend heen en weer, maar ze negeerde hem. Hier kon hij haar niet tegen beschermen.

'O Alice, het spijt me. Ik weet dat het je verdriet doet. Ik weet het. Het spijt me zo.'

Hoe meer June haar probeerde te troosten, hoe bozer Alice werd. Ze schopte en krabde naar June's handen. Ze vocht hard tegen June's sterke lijf, tegen haar leven op Thornfield, tegen het gemis van de zee. Ze vocht tegen de pestkoppen op school, die het nog steeds op haar en Oggi gemunt hadden. Ze schopte en schreeuwde tegen het feit dat mensen zomaar doodgingen, dat ze Harry's hulp nodig had, dat ze verdriet proefde in Candy's kookkunst en tranen hoorde in Twigs lach.

Het enige wat ze wilde was ontsnappen en naar de rivier rennen, het water in duiken en heel ver weg zwemmen, helemaal terug naar de baai, naar huis, naar haar moeder. Naar Toby's warme adem op haar wang. Naar haar bureautje. Waar ze thuishoorde.

Toen ze moe begon te worden in June's armen, barstte ze in huilen uit. Ze wou dat ze nooit naar Thornfield was gekomen, waar niets was wat het leek. En ze wou dat ze nooit haar vaders schuur was binnengegaan.

13

koperkopjes (copper-cups)

Betekenis: **mijn overgave**

Pileanthus vernicosus | West-Australië

Slanke, houtachtige struik die voorkomt op heidevelden langs de kust, op zandduinen en prairies. De weelderige bloemen variëren in kleur van rood tot oranje en geel. Bloeitijd in het voorjaar. De dunne twijgen zijn bedekt met kleine harde blaadjes. De prille knoppen hebben een glanzende, olieachtige deklaag.

Het laatste wat June had verwacht was dat Alice door haar ouders zelf op de hoogte gebracht zou worden van hun geschiedenis op Thornfield. Toch was het zo. Daar lagen hun handgeschreven brieven, waarin Agnes haar toekomstige naam had geoefend en Clem had gedroomd van wat er nog ging komen. June dacht dat ze, voordat Alice kwam, alle spullen van Clem en Agnes in dozen had opgeborgen en naar een gehuurde opslagruimte in de stad had gebracht. Het was geen seconde in haar opgekomen om de boeken in de klokkenkamer uit te kammen.

Toen Alice zichzelf compleet had uitgeput, droeg June haar naar de badkamer beneden, waar Twig het bad al had laten vollopen. June probeerde Twigs blik te ontwijken. Ze zou de woorden nooit hardop zeggen, dat was Twigs stijl niet, maar June hoorde ze niettemin. *Verhalen uit het verleden kunnen op een heel gekke manier nieuwe scheuten voortbrengen.*

June haastte zich langs de keuken, waar Candy aan het fornuis stond om voor Alice melk op te warmen, en liep zwijgend door naar haar slaapkamer. Ze sloot de deur achter zich. De hazelaren kist stond op haar bed, waar ze hem had achtergelaten. Ze wierp er een vermoeide blik op.

De ochtend waarop Alice een paniekaanval kreeg en June in haar pick-up was weggereden, was ze inderdaad naar de school gegaan om Alice in te schrijven. Maar het grootste deel van de ochtend had ze doorgebracht in de opslagruimte, troost puttend uit de herinneringen aan haar verleden. En toen ze naar huis ging had ze de hazelaren kist meegenomen, zichzelf voorhoudend dat er iets in zat wat ze nodig had voor Alice' verjaardag.

Voorzichtig ging ze naast de kist zitten en liet haar blik over het fijne houtsnijwerk glijden, waar Clem uren aan gewerkt moest hebben. Behalve het bureautje dat hij voor Agnes had gemaakt en dat bij Alice in de klokkenkamer stond, was de hazelaren kist zijn pronkstuk. Clem was heel goed met zaden en bloemen, maar nog veel beter in het transformeren van gevelde bomen tot juwelen van werkstukken. De kist was af vlak voor zijn achttiende verjaardag, een moment waarop een jongen zijn ziel in hazelaarhout denkt te kunnen uitsnijden, waarna hij een man wordt.

Op de ene rand van het deksel stond Ruth, met haar handen vol zaden. Aan haar voeten bloeiden bloemen. Een zijaanzicht van haar gezwollen buik, en later, toen ze veel ouder was, een gebogen figuurtje met een serene uitdrukking op haar gerimpelde gezicht, zittend bij de rivier, met haar armen vol bloemen en een vage schaduw van een reusachtige kabeljauw in het water naast haar. Op de andere rand stond Wattle, met baby June in haar armen, een bloemenkrans in het haar en achter haar het huis en de bloemenvelden. In het midden van het deksel had Clem zichzelf uitgesneden, met achter hem een man zonder gezicht. Naast hem stond aan de ene kant June, glimlachend en vol in beeld, en aan de andere kant stond een meisje met een bos acaciatakken.

Zo zag Clem zichzelf, als het middelpunt van de geschiedenis van Thornfield. En dat was de reden, zo hield June zich voor, dat hij had gedaan wat hij had gedaan: met Agnes weggaan van de kwekerij nadat hij June had horen zeggen dat ze Thornfield niet aan hem zou nalaten. Oftewel: haar zoon had zijn moeder tegen het meisje van wie hij hield horen zeggen dat hij Thornfield niet verdiende.

June haalde haar flacon tevoorschijn en nam een flinke slok. En nog een. En nog een. Het gebons in haar hoofd stopte.

Toen ze naar het door haar zoon uitgesneden gezicht van Agnes keek, moest ze met tegenzin toegeven dat Alice veel op haar moeder leek. Dezelfde lichte tred, hetzelfde grote hart. Het minste wat June kon doen was Alice iets geven wat van haar moeder was geweest. Ze tilde de koperen haak van de grendel en maakte de kist open. Nog voor ze het in de gaten had werd ze overspoeld door herinneringen. De honingachtige geur in de winter bij de rivier. De bittere geheimen.

June was achttien toen ze naast haar moeder stond terwijl ze de as van haar vader rondom de acaciaboom uitstrooide. Daarna, tijdens de condoleance in hun huis, toen iedereen het had over de baby's die haar vader ter wereld had geholpen, was June naar de rivier gevlucht. Ze had sinds haar kindertijd niet vaak meer over het kalkachtige pad gelopen. Ze kende immers de verhalen over het ongeluk dat de vrouwen in haar familie op dat pad was overkomen. Ze had een hekel aan de gomboom, waarin haar moeder en grootmoeder hun namen hadden gekerfd. De liefde was voor hen allebei een zegen en een vloek geweest, en dat was precies waar de boom June aan herinnerde. Maar die dag, haar lichaam pijnlijk door verdriet, bleef de gedachte aan het water aan haar trekken.

Toen ze met een betraand gezicht en kousen vol gaten bij de rivier aankwam, trof ze daar een jongeman die naakt in het theegroene water aan het zwemmen was. Hij lag op zijn rug en staarde naar de lucht.

Haastig veegde June haar wangen af en raapte zichzelf bij elkaar. *Dit is privéterrein*, zei ze zo arrogant als ze maar kon.

Zijn kalme reactie ontwapende haar. Alsof hij haar had verwacht. Hij had donker haar en lichte ogen, stoppels op zijn kin.

Kom er ook in, zei hij. Zijn blik bleef rusten op haar zwarte kleding. *In het water voel je geen pijn.*

Ze probeerde hem te negeren. Maar toen ze zag hoe hij haar aankeek, verspreidde zich een warm gevoel over haar huid; de opluchting om iets anders te voelen dan dood en verdriet was zoeter dan de honing uit haar vaders bijenkorven.

Ze begon haar jurk los te knopen, eerst langzaam, totdat ze al haar zwarte rouwkleding uitgetrokken had en ze met haar bleke lichaam in het water sprong. Ze zonk naar de bodem, de lucht in haar longen langzaam uitblazend. Zand en kiezels schuurden tussen haar tenen. Rivierwater vulde haar oren, neus en ogen.

Hij had gelijk. Hier voelde ze geen pijn.

Toen de druk in haar longen pijn begon te doen, kwam ze boven water, snakkend naar zuurstof. Hij bleef van een afstand naar haar kijken. Voordat ze besefte wat ze deed, zwom ze rechtstreeks op hem af.

Later die middag lagen ze tegen elkaar aan op de oever van de rivier. In een zandkuil brandde een klein vuurtje. Haar lichaam brandde van pijn en genot. Ze had eerder wel eens met jongens gerommeld achter de struiken op school, maar ze had het nog nooit echt gedaan. En dit was een man, geen jongen. Ze streek met haar vinger over een grillig litteken op zijn borst. Op zijn rug, op dezelfde hoogte, zat er nog een. June kuste beide kanten van zijn lichaam en proefde het zoete rivierwater op zijn huid.

Waar woon je? vroeg ze.

Hij maakte zich los uit hun verstrengeling.

Overal, antwoordde hij.

Terwijl ze toekeek hoe hij zijn laarzen aantrok, drong het tot haar door. Het besef lag als een steen op haar maag. Hij ging weg.

Ze verzamelde haar kleren en drukte ze tegen zich aan. *Zie ik je nog een keer?*

Elk jaar in de winter, antwoordde hij. *Als de acacia bloeit.*

June werd verliefd, en haar liefde was even gestaag, onveranderlijk en oprecht als een rivier. Ze hield zichzelf voor dat deze liefde heel anders was dan de noodlottige affaire die haar grootmoeder met de Koning van de Rivier had gehad, en dan het veilige huwelijk van haar ouders. June zag het zo: ze koos zelf wie ze liefhad in plaats van andersom. Als bewijs van haar liefde zou ze nooit haar naam in een boom kerven. Dat was niet nodig. Hij zou terugkomen. Als de acacia bloeide. En de acacia kwam altijd weer in bloei.

De maanden na haar vaders dood kropen voorbij. Het was een zware tijd. Wattle Hart kwam haar bed amper nog uit. Het huis rook naar verwelkte bloemen. June ging weer aan het werk in de kwekerij. Ze maakte lange dagen. Ze verzorgde de bloemen en bracht de bestellingen rond in de omringende plaatsen. 's Avonds maakte ze het eten klaar, waarvan Wattle nauwelijks iets at. Daarna sloot ze zich op in de werkplaats, waar ze zichzelf leerde om gedroogde bloemen in kunsthars te gieten. Vaak ging ze net zo lang door tot ze wazig begon te zien. Soms viel ze in slaap achter de werkbank en werd ze wakker met een stijve nek en bloemblaadjes op haar wang gekleefd. Als het maar even kon, ontweek ze haar moeders verdriet. Ze kon het niet aanzien hoeveel ellende de liefde kon aanrichten.

Toen het mei werd, hield June de bloesem goed in de gaten. Bij de eerste knoppen in de acacia rende ze met ingehouden adem naar de rivier. *Ik adem pas uit als ik hem zie. Ik adem pas uit als ik hem zie.*

Ze ging elke dag kijken. Het einde van de winter kwam in zicht. De acaciabloesem was uitgebloeid. June's kleren zakten van haar heupen en haar sleutelbeen. Onder haar ogen verschenen paarse wallen. Terwijl haar huid koortsachtig gloeide en haar vingers vuil waren van het zand, bloeiden de bloemenvelden als nooit tevoren. Op een middag aan het einde van augustus, toen ze over de open plek langs de rivier wandelde, zag ze een klein vuurtje branden waarboven een pannetje thee kookte. Met zijn lichte ogen keek hij haar aan, zijn blik drong door tot de kern van haar wezen.

Waar was je? vroeg ze.

Hij wendde zijn blik af. *Ik ben er nu toch*, zei hij.

Onder zijn rechteroog zat een nieuw litteken, grillig en blauw. June viel voor hem neer, nam hem in haar armen en voelde zijn hartslag door de flanellen stof van zijn overhemd. Met haar lippen beroerde ze het nieuwe litteken terwijl ze hem zonder woorden probeerde aan te sporen zijn verhaal te vertellen, hem smeekte om te blijven. Ze bleef drie dagen weg van huis en kampeerde met hem bij de rivier. Ze aten ham met erwtenstoof uit blik en ongezuurd brood, en bedreven de liefde in de zon tussen de madeliefjes. Hij zei niet waar hij was geweest. Zij zei niet hoe graag ze wilde dat hij bleef.

Een paar maanden later verschenen er artikelen in de krant over een serie bankovervallen in een stad ver weg. De daders waren vermoedelijk veteranen die uit de oorlog waren teruggekomen. Er ging een waarschuwing uit naar de dorpen op het platteland om vooral waakzaam te zijn. *Deze criminelen zijn gevaarlijk. Ze zijn bewapend en op zoek naar een schuilplaats.*

Gedurende de lente, de zomer en de herfst was Thornfield een zee van bloesem, het resultaat van June's niet-aflatende inzet. Ze was zo verbeten bezig om haar verdriet in bloemen om te zetten dat ze niet zag hoe slecht haar moeder eraan toe was, totdat ze nog maar een schim was van de vrouw die ze was geweest.

Goed opletten, Junie, luidden Wattles laatste, waarschuwende woorden aan haar dochter. *Dit zijn geschenken van Ruth. Zo hebben we het overleefd.*

Zonder dat het June was opgevallen, was wat er over was van haar moeders hart door ziekte weggevreten. Voor de begrafenis kapte June alle bloeiende acacia's op Thornfield.

Hun derde winter bij de rivier verliep bijna geheel in stilzwijgen. Hij vroeg haar niet waarom ze huilde. Zij vroeg hem niet waar de littekens op zijn knokkels vandaan kwamen. Net als hij wilde ze het antwoord niet horen.

Toen het voorjaar aanbrak, wist June dat ze zwanger was. Ze beviel in haar eentje op een stormachtige herfstdag en noemde haar zoon Clematis, naar een felgekleurde stervormige klimplant. Toen de acacia weer in bloei stond, wist June nog voor ze met de ingebakerde baby bij de rivier stond dat hij er niet zou zijn. En dat hij nooit meer zou komen.

Thuis, alleen met haar nieuwe baby, huilde June haar kussen nat. Ze voelde zich schuldig en was bang dat haar onachtzaamheid tot de dood van haar moeder had geleid en dat haar zoon het harde karakter van zijn vader zou hebben. Zo ging het elke nacht, tot die warme dag, toen een onverwachte vriendschap de oprit op wandelde.

June doorzocht de inhoud van de hazelaren kist tot ze het had gevonden: een bos gedroogde madeliefjes met lange twijgen. Ze legde ze in haar handen en draaide ze om en om.

Het was een heldere voorjaarsochtend toen Tamara North met slechts één klein tasje en een pot bloeiende madeliefjes op Thornfield aankwam. Na een klop op de deur deed June open. Ongewassen, stinkend naar zure melk, met een schreeuwende Clem op haar arm en velden vol stervende bloemen achter zich bood ze Tamara meteen een baan aan. Wat voor baan precies wist ze nog niet. Ze kon wel wat extra hulp in de kwekerij gebruiken, én een vriendin. Tamara zette haar tas en de plant neer en nam Clem over uit June's armen.

Zet een jengelende baby in het water, zei ze. *Water kalmeert.*

Zelfverzekerd liep Tamara naar de badkamer, alsof ze precies wist waar ze was en wat ze deed. June bleef verward achter in de gang, luisterend naar het geluid van stromend water, Tamara's sussende stem en Clems gejengel, dat steeds zachter klonk.

De eerste avond op Thornfield bracht Tamara Clem naar bed en installeerde ze zich in haar nieuwe slaapkamer. June knipte een bosje madeliefjes van haar plant en hing het ondersteboven voor haar raam te drogen. Ook legde ze er een paar in het Woordenboek van Thornfield en schreef er een nieuw lemma naast:

Olearia ramulosa (Australisch madeliefje): *Jouw aanwezigheid verzacht mijn pijn.*

Tamara liet zich voortaan Twig noemen, naar de twijgen van de madeliefjes, en had vanaf de eerste dag June's pijn verzacht. Ook wanneer die niet wilde luisteren.

Ze legde de droogbloemen terug in de kist. Liet haar vingers over de sierlijke krullen glijden. De kist was het laatste wat Clem haar had gegeven voordat hij erachter kwam dat Thornfield hem nooit zou toebehoren; voordat de drift die al toen hij een baby was vlak onder zijn huid sudderde onherroepelijk tot uitbarsting kwam. *Ik wou dat jij degene was die ik nooit heb gekend en dat ik door mijn vader was grootgebracht*, had hij haar toegeschreeuwd. Daarna had hij Agnes beetgepakt en was hij met haar in zijn pick-up weggereden. Ze was zijn hese stem en lijkbleke gezicht nooit vergeten, noch de lege blik in Agnes' ogen achter het passagiersraampje.

June's maag kromp ineen bij de gedachte dat haar zoon misschien met opzet voor hazelaarhout had gekozen, hoewel hij onmogelijk had kunnen weten dat de betekenis van de hazelaar haar in de komende jaren zou blijven achtervolgen: *verzoening*. Ze slikte haar tranen weg en zocht haastig verder in de kist, totdat ze had gevonden wat ze nodig had voor het verjaardagscadeautje voor Alice.

Ze veegde haar ogen af, liet het deksel dichtvallen en stak een bevende hand uit naar haar flacon. Na een paar grote slokken verliet ze haar kamer en liep door het huis naar buiten, naar de werkplaats.

Toen iedereen allang lag te slapen, zat June achter haar werkbank onder de juwelierslamp te werken tot haar ogen brandden en de flacon leeg was. Ze schreef een brief aan Alice en toen hij klaar was en het cadeautje was ingepakt, knipte ze het licht uit. Ze strompelde door het donker naar het huis en klom de trap op naar Alice' kamer.

Alice bewoog in haar slaap. Ze schoot overeind. In het bleke maanlicht dat door haar raam naar binnen scheen, zag ze June aan haar bureautje zitten, maar ze kon haar ogen niet openhouden, zakte terug op haar kussen en viel weer in slaap. Toen ze wakker werd was het licht. Haar tiende verjaardag. Toen ze zich het visioen van die nacht herinnerde, sprong ze op. Op haar bureau lagen een brief en een cadeau.

Ze scheurde het papier los en opende het sieradendoosje. Haar mond viel open van verbazing. Ze zag een groot zilveren medaillon aan een zilveren ketting. Het in kunsthars gegoten klepje bevatte een aantal gedroogde rode bloemblaadjes. Alice' vinger gleed naar de zijkant, waar ze het klepje kon openmaken. Achter een dun glasplaatje bevond zich een zwart-witfoto van haar moeder. De tranen rolden over haar wangen. Ze deed de ketting om haar hals en pakte de brief.

Lieve Alice,

Sommige dingen zijn te moeilijk om over te praten. Jij begrijpt dat beter dan wie ook.
Toen ik zo oud was als jij maakte ik kennis met de taal van de bloemen. Mijn moeder, jouw grootmoeder, leerde mij die taal, en zij had hem weer van háár moeder geleerd. Daarbij gebruikte ze de bloemen van dit land, ons thuis. Ze helpen ons te zeggen wat woorden soms niet kunnen zeggen.
Ik vind het heel verdrietig dat ik niet kan goedmaken wat jou is afgenomen. Ik zou je eigenlijk iets over je ouders moeten vertellen, maar wat dat betreft ben ik, net zoals jij, mijn stem kwijt. En dat is niet goed. Dat weet ik. Jij hebt antwoord op je vragen nodig. Ik werk eraan, en ik weet dat jij er ook aan werkt. Zodra ik het ontbrekende deel van mijn stem terug heb, zal ik al je vragen beantwoorden. Daar kun je op vertrouwen. Misschien vinden we samen onze stem terug.
Ik ben je grootmoeder. Ik heb veel van je ouders gehouden. En ik hou van jou. Ik zal altijd van je houden. We zijn elkaars familie nu. En dat zal ik altijd blijven, en Twig en Candy ook.
Dit is de enige foto die ik van je moeder heb. Nu is hij van jou. Ik heb dit medaillon gemaakt met gedroogde blaadjes van de swainsona formosa.

Voor de vrouwen in onze familie betekenen ze moed. Wees dapper, houd moed.
Thornfield is het thuis van je moeder, je grootmoeder, je overgrootmoeder en je betovergrootmoeder. Het kan ook jouw thuis worden. Het zal zijn verhalen aan je onthullen, net als dit medaillon. Als je ervoor openstaat.

Je liefhebbende grootmoeder,
June

Alice vouwde de brief op en liet haar vinger over de rand glijden. Toen stopte ze hem in haar zak en maakte het medaillon weer open. Ze staarde naar de foto van haar moeders gezicht. Misschien had June gelijk. Sommige dingen waren te moeilijk om over te praten. Sommige dingen waren te moeilijk om je te herinneren. En sommige dingen waren gewoon te moeilijk om te weten. Maar als ze haar stem had teruggevonden, zou June haar vragen beantwoorden. Dat had ze beloofd. Ze trok haar blauwe schoenen aan en sloop het huis uit, de koele lila ochtend tegemoet.

Beneden in het kantoor hoorde Twig de kiestoon. Haar hart bonsde. Het was te eenvoudig: de overheidsdienst voor adoptie stond gewoon in de gouden gids. Ze hoefde alleen maar het nummer te draaien en te zeggen dat ze June Hart was en informatie wilde over de adoptie van haar kleinzoon. Per adres aan Tamara North, kwekerijmanager, Thornfield. Ze kreeg te horen dat ze de benodigde formulieren binnen zeven tot tien werkdagen zou ontvangen. Het had maar vijf minuten gekost. Toen werd de verbinding verbroken. En nu zat ze daar, met de kiestoon nog in haar oor, het geluid dat betekende dat het lot in beweging was gezet, een geluid dat ze, ondanks haar pogingen om haar eigen kinderen te vinden, nooit had gehoord. Op papier was er geen enkel bewijs van het bestaan van

Nina en Johnny. Maar elk jaar markeerde Twig hun verjaardagen door een nieuwe zaailing te planten. Inmiddels stonden er al zo'n zestig planten en bomen rondom Thornfield.

Buiten scheen de zon op de Bloemen, die druk bezig waren de takken van de bloeiende acacia te knippen en ze in emmers te verzamelen. Een van hen zong een oude psalm. Even overwoog Twig mee te neuriën, maar ze deed het niet. Ze ging al jaren niet meer naar de kerk.

Uit June's slaapkamer kwamen nog geen geluiden. Twig wist dat ze tot heel laat was doorgegaan om tot rust te komen op de enige manier die ze kende: door middel van bloemen. Maar schuldgevoel was een vreemd zaadje: hoe dieper je het in de grond stopte, hoe meer het zijn best deed om te groeien. Als June Alice niets over de baby wilde vertellen, was Twig bereid het te doen. En dat betekende dat ze informatie nodig had.

Toen ze zich vooroverboog om de haak terug op de telefoon te leggen, zag ze buiten iets glinsteren in de zon. Twig kneep haar ogen tot spleetjes en volgde het licht dat door Alice' nieuwe ketting werd weerkaatst. Ze zag haar op haar tenen langs de Bloemen lopen en in de bush verdwijnen. Twig wist wie Alice bij de rivier zou ontmoeten, maar ze vond niet dat ze haar moest tegenhouden. Het kind had alle troost en steun nodig die ze kon krijgen.

Alice holde door de bloemenvelden. Het dode wintergras knerpte onder haar voeten en de koude lucht brandde in haar longen. Aan de rand van de velden stonden de acacia's in uitbundig geel te bloeien en te geuren. De Bloemen waren al aan het werk. Alice probeerde ongezien het pad naar de bush te bereiken. Ze rende op het stuiterende ritme van het medaillon tegen haar borst.

Wees dapper-houd moed. Wees dapper-houd moed.

Bij de rivier aangekomen bleef ze staan om op adem te komen.

Het groene water gutste over de stenen en boomwortels. Ze bleef een tijdje staan kijken en dacht terug aan de zee. Hij leek zo ver weg, bijna alsof hij niet echt was, bijna alsof hij een droom was. Ze haatte de gedachte dat haar leven bij de zee en alles waarvan ze daar had gehouden, in haar herinnering altijd gekoppeld zou zijn aan het vuur waar ze in haar slaap tegen vocht. Dat Toby, met zijn poot op haar been als ze hem voorlas, ook al hoorde hij niets, niet meer was dan een opflikkering in een droom over vlammen. Of dat haar moeder met haar zachte handen, op blote voeten in de tuin, niet meer dan een rooksliert was. Was haar moeder bij deze rivier geweest? Had ze op dezelfde plek gestaan waar zij nu stond, kijkend naar het water dat over de stenen en de wortels gutste? Stond haar naam tussen de andere namen in de gomboom? Ze kon haar moeders huid bijna voelen, de warmte van haar armen.

Alice haalde de brief van June uit haar zak en vouwde hem open. Het papier trilde in haar hand. *Zodra ik het ontbrekende deel van mijn stem terug heb, zal ik al je vragen beantwoorden. Daar kun je op vertrouwen. Misschien vinden we samen onze stem terug.*

Ze stopte de brief terug in haar zak. Het zweet parelde op haar voorhoofd terwijl haar gedachten teruggingen naar haar vader. Ze herinnerde zich hoe hij uit de schuur kwam met haar nieuwe bureau. Zijn armen trilden onder het gewicht en in zijn ogen lag een hoopvolle blik. En hoe die blik omsloeg en donker werd wanneer hij door het huis stormde, haar moeder tegen de muur smakte en zich ziedend naar haar kamertje begaf.

Ze kneep haar ogen dicht en balde haar vuisten langs haar zij. Toen haalde ze diep adem en slaakte een kreet. Dat voelde zo goed dat ze nog een kreet slaakte, zich voorstellend dat haar stem tot aan de zee werd meegenomen door de rivier en dat ze zichzelf, haar moeder, de ongeboren baby en Toby naar huis zong. Helemaal naar huis, waar ze uit haar vuurrode dromen zouden verrijzen en elkaar zouden beschermen.

Toen haar keel pijn begon te doen, stopte Alice met schreeuwen.

Ze trok haar schoenen en kleren uit. Bang om het medaillon te beschadigen maakte ze de ketting los en stopte hem in een van haar schoenen. Het donkere, groene water raasde voorbij. Ze stak haar teen erin en rilde van de kou. *Een, twee drie*, telde ze hardop en ze sprong in de rivier. Ze schrok zo van het koude water dat ze meteen proestend bovenkwam. Tot haar verbazing hoestte ze oranjerode rozenblaadjes op. Ze keek omlaag. Aan haar huid kleefde nog een blaadje. En nog een. En nog een. Ze keek stroomopwaarts. Aan de oever zat Oggi op zijn hurken blaadjes in het water te gooien. Naast hem lagen een dikke deken en een rugzak. Lachend spetterde ze naar hem.

'Hallo Alice.'

Ze zwaaide en klauterde over de stenen.

'Hier.' Hij ging staan om haar met afgewend hoofd de deken aan te bieden. 'Het is ijskoud vandaag, maar toch had ik al zo'n gevoel dat je zou gaan zwemmen.' Rillend nam ze de deken aan en wikkelde hem om zich heen. 'Gefeliciteerd met je verjaardag,' zei hij glimlachend.

Zijn heldere lach verwarmde haar. Ze liepen samen terug naar haar schoenen en kleren. Hij ging zitten en pakte zijn rugzak uit. 'Wist je dat je in Bulgarije twee keer viert wie je bent? Op je verjaardag en op je naamdag. Op je naamdag viert iedereen met dezelfde naam feest. Ik weet niet of er een naamdag voor Alice is. Nou ja, het is dan traditie dat iedereen onuitgenodigd langskomt en dat het feestvarken voor eten en drinken zorgt.'

Alice fronste haar voorhoofd.

'Maar dat heb ik nooit een goed idee gevonden, dus ik heb zelf een traktatie meegebracht.'

Alice begon te stralen en ging naast hem zitten. Vanachter zijn rug toverde Oggi een pakje tevoorschijn. Het was in een doek met een rozenpatroon gewikkeld waarvan alle vier de punten bij elkaar geknoopt waren. Hij gebaarde naar Alice dat ze het moest openmaken. Toen de doek weggleed, zag ze een pot felrode jam en een plat, rechthoekig pakje. Ze glimlachte. Oggi haalde een doos met beboterde boterhammen, een mes en een kleine gedeukte fles uit zijn rugzak.

'Je weet vast niet dat in Bulgarije jouw verjaardag aan het einde van het rozenplukseizoen valt.' Hij pakte een handvol rozenblaadjes en begon ze in een cirkel om hen heen te leggen. 'De rozenpluk duurt van mei tot juni. Zo lang is de Vallei van de Rozen bedekt met rozen in allerlei kleuren.' Toen hij klaar was, zaten ze precies midden in een volmaakte cirkel van vuurrode blaadjes. 'De rozen worden een voor een geplukt, in rieten mandjes gelegd en naar de distilleerderij gebracht. Daar worden ze tot van alles verwerkt. Jam. Olie. Zeep. Parfum.'

Alice draaide de jampot om en om in haar handen. Hij glinsterde in het koele licht. Oggi draaide de dop van de thermosfles, die hij als kopje gebruikte.

'Dit drinken we als er iets te vieren is.' Oggi schonk het kopje vol met een heldere vloeistof. 'Het heet rakija.' Hij hield het haar voor. '*Nazdrave*, zeggen we dan.'

Alice knikte en volgde zijn voorbeeld. Ze zette het kopje aan haar mond en nam een slok. Allebei begonnen ze te hoesten en te proesten. Alice spuugde op de grond en veegde haar tong een paar keer af aan de deken.

'Het is smerig, ik weet het, maar grote mensen vinden het lekker,' zei Oggi met schorre stem. Alice trok een vies gezicht en gaf het kopje aan hem terug, dat hij lachend weer op de fles schroefde. 'Maak je cadeautje eens open.'

Alice begon in een hoekje te peuteren, maar toen ze zag dat het een boek was, scheurde ze haastig het bruine papier eraf. Het boek had een gebarsten rug en vergeelde bladzijden, en het rook net zoals het Woordenboek van Thornfield. Alice liet haar vingers over de letters op de rug glijden.

'Ik dacht dat je dat wel leuk zou vinden. Een van de verhalen gaat over een meisje van de zee dat haar stem kwijtraakt.'

Alice keek Oggi aan.

'En over hoe ze hem terugvindt,' zei hij.

Zonder na te denken boog ze zich naar voren en kuste Oggi op zijn wang. Toen ze weer rechtop zat, besefte ze pas wat ze had gedaan. Oggi's vingers schoten naar de plek waar haar lippen zijn wang hadden geraakt. Wanhopig op zoek naar afleiding pakte Alice de schoen waarin ze het medaillon had gestopt. Ze legde het in haar handpalm en hield het aan de ketting omhoog.

'Wauw,' zei hij, zijn hand uitstekend om het aan te raken. Alice knipte het medaillon open. Oggi bekeek de foto van haar moeder.

'Oggi, dit is mijn moeder,' zei ze, de woorden langzaam uitsprekend.

Oggi liet het medaillon zakken en schoot naar achter alsof ze hem had geknepen. 'Verdom...' Zijn gezicht verstijfde van verrassing. 'Alice, je zei iets. Je hebt gepraat. Wat? Kun je praten?'

Alice giechelde. Ze was vergeten hoe fijn het was om te lachen.

'Ze praat!' Oggi stond op en rende rondjes om haar heen. Alice sloot het medaillon en deed de ketting om haar hals.

Oggi bleef staan, boog zich voorover en legde zijn handen op zijn knieën. 'Ben je klaar voor het verjaardagsontbijt?' vroeg hij buiten adem.

'Ja, graag,' zei ze verlegen.

'Ze zei "ja graag"!' zei Oggi lachend. 'De mensen gaan uit hun dak!' Hij legde zijn handen om zijn mond en riep: 'Alice, dit is de mooiste verjaardag van mijn leven en ik ben zelf niet eens jarig.'

'Dank je wel voor de cadeautjes,' zei ze langzaam, iets meer gewend aan het vormen van woorden. Ze hield het boek met beide handen vast.

'Graag gedaan.' Oggi glimlachte en draaide het deksel van de jampot. 'Mama heeft dit speciaal voor jouw verjaardag gemaakt.' Hij stak het mes in de pot en smeerde een dikke laag jam op een boterham. 'Uit haar tuin, gemaakt van de rozen die naar mij zijn genoemd.'

'Hoe bedoel je?' Alice pakte het brood aan dat hij haar voorhield.

'O, dat zegt iets over de kleur van de bloem,' legde Oggi uit terwijl hij een boterham voor zichzelf smeerde.

'Is Ognian een kleur?' vroeg Alice verbaasd. Haar eigen naam was ook een kleur.

'Ja, het kan een kleur betekenen,' antwoordde Oggi. Hij nam een grote hap van zijn boterham. 'He-beten-tuur,' zei hij.

'Pardon?'

Oggi lachte en slikte. 'Ognian betekent "vuur".'

'O,' zei Alice. Het geruis van de rivier vermengde zich met de roep van een klokvogel. Door de bomen brak winterlicht.

'Zeg eens iets anders,' zei Oggi na een tijdje.

'Iets anders,' zei Alice, en toen hij in de lach schoot gloeiden haar wangen van blijdschap.

Toen Alice thuiskwam, trof ze June in de keuken terwijl ze een pan met sissende olie in de gaten hield. Candy en Twig zaten aan tafel te lezen. Harry zat aan Twigs voeten. Toen hij Alice zag, bewoog zijn staart heen en weer. De drie vrouwen keken op. Niemand zei iets over Alice' natte haar of haar vuile voeten.

'Gefeliciteerd met je verjaardag,' zei June, met haar blik op het medaillon gericht.

'Proficiat, lieverdje.' Candy sloeg haar kookboek dicht.

'Hoi, Alice. Hartelijk gefeliciteerd.' Twig vouwde haar krant op.

June stond gebogen tegen het aanrecht. Candy's gezicht was bleek. Twigs bewegingen waren traag en zwaar. Alle drie probeerden ze te glimlachen, maar geen van drieën keek echt blij.

'Ik ben verjaardagspannenkoeken aan het bakken. Wil je er eentje?' June's stem trilde.

Alice wierp haar oma haar vriendelijkste blik toe.

'Hij komt er zo aan.' June schonk wat beslag in de pan.

Alice ging op een van de stoelen zitten.

'Wat dacht je van appelsap met bubbeltjes?' vroeg Twig terwijl ze haar stoel achteruitschoof. Alice knikte. Twig liep naar de kast en pakte een champagneglas. Onderweg gaf ze June's hand een kneepje. Harry plofte aan haar voeten neer. Alice keek naar de vrouwen. Naar de altijd een beetje trillende schouders van June. Naar de droevige ogen van Twig. Naar Candy's blauwe haar dat, hoe vrolijk het er ook uitzag, haar verdriet niet kon verhullen. Alice was niet de enige die verdrietig was en haar dierbaren miste.

June diende de pannenkoek met boter en siroop op. Twig zette een flûte gevuld met appelsap en bruiswater voor haar neer.

'Bedankt, June. Dank je, Twig,' zei Alice.

June liet de lepel met beslag op de grond vallen. Twigs mond viel open. Candy slaakte een kreet. Harry wist niet of hij het beslag van de grond moest likken of rondjes van blijdschap moest lopen, en deed het toen maar allebei.

De vrouwen doken op Alice af en omhelsden haar.

'Zeg nog eens wat, Alice! Zeg nog eens wat!'

'Alice, zeg "Candy Baby"!'

'Nee, Alice, zeg maar "Twig".'

Alice keek op. Hun gezichten bevonden zich dicht bij elkaar, als blaadjes in een prille knop. Hoewel het háár verjaardag was, was het horen van haar stem voor hen alle drie een cadeau.

Ze glimlachte in zichzelf toen de vrouwen om haar heen begonnen te dansen. Ze had haar stem terug. Nu moest June zich aan haar belofte houden om Alice' vragen te beantwoorden.

O, wat verlang ik, wat snak ik naar de tijd
dat de bloemen weer gaan bloeien

Emily Brontë

14

Riviereucalyptus (red river gum)

Betekenis: **betovering**

Eucalyptus camaldulensis | Alle staten en territoria

Iconische Australische boom. De gladde schors laat in lange repen los. Heeft een grote, dichte bladerkroon. Om te overleven hebben de zaden regelmatige springvloeden nodig. Bloeitijd loopt van het late voorjaar tot halverwege de zomer. Draagt de onheilspellende bijnaam 'weduwemaker', omdat er vaak zomaar ineens een tak (half zo groot als de diameter van de stam) omlaag kan vallen.

Alice klemde haar handen om het stuur en hield haar blik strak op de verkeerslichten, wachtend tot het groen werd. Ze hield de koppeling zo hard ingetrapt dat haar been ervan trilde.

'Oké, Alice, we rijden door tot aan het einde van Main Street en daar keer je op de weg.' De brigadier had zijn hoofd gebogen en krabbelde iets op het klembord op zijn schoot. Het was vroeg, het uur voor de schoolspits en voordat de winkels hun deuren openden. In het ochtendlicht had het asfalt, dat nog nat was van de nachtelijke voorjaarsbuien, iets kwikzilverigs. Alice kneep haar ogen tot spleetjes. Het licht sprong op groen.

Ze liet de koppeling langzaam opkomen. *Wacht tot je voelt dat de auto wil gaan rijden*, had Oggi haar tientallen keren gezegd terwijl hij naast haar in de oude pick-up zat. De gedachte aan hem kalmeerde haar. Toen ze het aangrijpingspunt had bereikt, drukte ze haar rechtervoet op het gaspedaal. Niet meer dan één kangoeroesprong. Ze ademde uit, en in zichzelf glimlachend klemde ze het stuur weer vast. Ze keek naar de brigadier. Zijn gezicht verried geen enkele emotie.

Alice reed Main Street door, zich keurig aan de snelheidslimiet houdend. De weg strekte zich tot voorbij de bebouwde kom als een lint voor hen uit. Daarna liep hij met een bocht de bossen in. Alice richtte haar blik precies op het punt waar de weg tussen de schriele gombomen verdween. Ze had hem het liefst helemaal gevolgd. Waar zou hij naartoe leiden? Ze werd al duizelig bij de gedachte aan alle mogelijkheden.

'Keer daar op de weg, dan rijden we terug naar het bureau.'

Alice knikte. Ze remde af en gaf richting aan. Toen ze de dubbele streep in het midden van de weg zag, zette ze de richtingaanwijzer weer uit en reed door.

'Alice?'

Ze bleef voor zich uit kijken. 'Dubbele streep. Dan mag je niet keren.' Alice dwong zichzelf kalm te blijven. 'Ik ga bij Fatty Patty wel linksaf en dan gaan we zo naar het bureau.'

De brigadier probeerde zijn gezicht in de plooi te houden, maar Alice zag een zweem van een glimlach om zijn lippen spelen. Ze sloeg links af bij de fish-and-chipszaak en reed over rustige straten terug naar het bureau.

Daar stonden June en Harry haar op de parkeerplaats op te wachten. Alice toeterde een paar keer toen ze aan kwam rijden.

'Goed gedaan, meid!' June klapte in haar handen en Harry, een oude hond inmiddels, liet een hese blaf horen.

'Ík rij naar huis!' schreeuwde Alice. Ze stak haar vuisten in de lucht terwijl ze achter de brigadier het politiebureau in liep. Even later kwam ze met haar rijbewijs op zak naar buiten. Hoe vaak de brigadier ook had gezegd dat ze een serieus gezicht moest trekken, de foto op haar rijbewijs liet een brede grijns zien.

Alice draaide de pick-up de oprit van Thornfield op. Voorzichtig keerde ze voor het huis, ze trok de handrem aan maar liet de motor draaien.

'Moet je nog ergens naartoe?' vroeg June terwijl ze de gordel losmaakte. Harry's ogen schoten van de een naar de ander. 'Iedereen wil je graag zien nu.'

'Dat weet ik. Ik ga alleen even Oggi ophalen,' zei Alice stralend. 'Om te zeggen dat ik geslaagd ben en zo.'

Heel even gleed er een schaduw over June's gezicht. 'Natuurlijk. Er zijn genoeg pannenkoeken voor iedereen.' Ze glimlachte, maar in haar ogen lag een kille blik.

Alice reed door de stad en ademde diep in en uit totdat ze alles wat ze tegen June had kunnen zeggen niet langer binnenin voelde branden. Naast haar zat Harry met de tong uit zijn bek. Hoe groter de afstand tussen haar en Thornfield, hoe rustiger ze werd. En hoe dichter ze bij Oggi kwam, hoe blijer ze werd. Zo was het al sinds haar negende.

Toen ze vlak voor de bebouwde kom de laatste afslag naar links had genomen, begon Harry te blaffen.

'We zijn er bijna,' zei Alice lachend. Soms leek het of Harry nog meer van Oggi hield dan zij.

Voor Oggi's huis remde ze af. Hij stond al op de veranda op haar te wachten. Er gingen zoveel heftige gevoelens door haar heen dat ze het niet gek zou hebben gevonden als er vonkjes van haar vingers waren gesprongen toen ze de klink van het portier vastpakte.

'Ik ben geslaagd,' riep ze. Ze sprong uit de pick-up en hield haar rijbewijs grijnzend omhoog. Harry volgde haar.

Oggi's gezicht lichtte op toen hij haar zag. Alice had de stralende blik in zijn ogen het liefst in zich op willen zuigen, want die zei haar dat hij van haar hield.

'Ik had niet anders verwacht,' zei hij. Hij legde zijn handen om haar gezicht en kuste haar intens. Alice streek zijn haar uit zijn ogen, de armbanden om haar pols rinkelden. Ze had ze expres vandaag omgedaan. *Riviereucalyptus. Betovering.*

'Wil je een eindje met me rijden?' vroeg ze met een ondeugende glimlach.

'Jazeker,' antwoordde hij, en weer kuste hij haar. 'Maar eerst wil ik je iets geven.'

Toen ze hem nieuwsgierig aankeek, legde hij zijn ene hand over haar ogen en de andere op haar onderrug.

'Klaar?' Zijn lippen streken langs haar oor.

'Wat ben je van plan?' Ze drukte zich tegen hem aan en liet zich van de verandatrap leiden.

'Oké, kijk maar.' Oggi haalde zijn hand weg. Alice' mond viel open van verbazing.

Voor haar stond een afgebladderde, mintgroene Volkswagen Kever. De motorkap was verroest en er ontbrak een wieldop. Aan de achteruitkijkspiegel hing een slinger van felgekleurde bloemblaadjes.

'Oggi!' riep Alice uit. 'Hoe kom je hieraan?' Ze trok het portier open, ging op de sponsachtige zitting zitten en liet haar handen over het grote, ranke stuur glijden.

'Ik heb extra diensten gedraaid op de stapelplaats.' Hij haalde zijn schouders op. 'En... ik heb hem in het café voor een goede prijs op de kop kunnen tikken.'

Ze barstte in lachen uit. Eerder dat jaar was Oggi in de avonduren in het plaatselijke café gaan werken. 'Je hebt speciaal voor mij een dronkenlap een auto ontfutseld?'

'Dat is wel het minste wat ik kon doen,' antwoordde Oggi.

Alice hield haar ogen open toen ze hem kuste, ze wilde zich alles van dit moment kunnen herinneren, het voor altijd in zijn volledigheid bij zich dragen; het heldere licht, het gezang van de klauwier en de groene rivier die achter hen stroomde. In haar lichaam verspreidde zich een warm gevoel van verlangen naar deze jongen, van wie ze in haar wereld het meest hield.

Alice reed in haar nieuwe kever naar huis. Oggi en Harry reden in de pick-up achter haar aan. Ze kon niet geloven dat Oggi een auto voor haar had gekocht. Hij was geweldig; de afgebladderde mintgroene verf, de vette smak waarmee het portier in het slot viel, het grote stuur, de soepele stoeltjes en de veerkrachtige pedalen. Maar vooral was ze dol op het gepruttel en getril van de motor. Hij maakte zoveel geluid dat ze de radio niet kon horen. Ze dacht aan al die uren die hij had gewerkt om, alleen voor haar, genoeg geld bij elkaar te krijgen. Een gevoel van opwinding golfde door haar lichaam als ze terugdacht aan het uur dat ze daarnet bij de rivier hadden doorgebracht. Ze kon geen genoeg van hem krijgen.

Toen ze voor Thornfield parkeerde, toeterde ze. Ze schoot in de lach toen ze de vrolijke piep hoorde die de kever produceerde. Oggi parkeerde naast haar. De Bloemen kwamen aangesneld over het pad tussen het huis en de werkplaats.

'Je hebt het gehaald, lieverd!' gilde Candy met een veeg beslag op haar kin. Ze pakte haar vast in een naar kaneel ruikende omhelzing. De anderen kwamen om hen heen staan om met Oggi te kletsen en de kever te bewonderen.

Twig kwam er ook bij staan. Terwijl ze Alice begroette, wierp ze een blik over haar schouder. 'Zo, het is je dus gelukt,' zei ze met een geforceerde glimlach. 'Gefeliciteerd, Alice.' Ze kuste haar op haar wang.

'Dank je,' zei Alice onzeker. Ze probeerde Twigs blik te doorgronden. 'Wat is er, Twig?'

Twig keek naar Oggi en toen weer naar Alice. 'June heeft… eh… Ze…'

Ze werd onderbroken door het geluid van een knallende uitlaat.

June kwam met haar Morris Minor pick-up vanachter het huis gereden. De auto was helemaal opgeknapt. Hij was glanzend knalgeel geverfd en had witte banden met glanzende velgen. Toen June de auto draaide om te parkeren, zag Alice de belettering op het portier.

Alice Hart, Floragraaf

Kwekerij Thornfield, waar wilde bloemen bloeien

De moed zonk haar in de schoenen. Toen Alice zeventien werd en bijna van school was, was June begonnen haar voor te bereiden op een rol als manager op de kwekerij. Het idee schrok haar niet eens af, maar wel het feit dat June nooit vroeg of ze dat zelf wel wilde. En ook raakte het haar dat June Oggi negeerde als ze het over de toekomst had.

'Een cadeau van ons allemaal,' zei June terwijl ze uitstapte. 'Iedereen heeft eraan bijgedragen.'

'O... wat...' stamelde Alice. 'Wat geweldig, June. Iedereen. Heel erg bedankt allemaal.'

June keek haar aan. 'En wat is dit?' Ze wees naar de kever.

'Je z-zult h-het niet geloven,' hakkelde Alice. 'Oggi heeft hem van zijn spaargeld voor me gekocht.'

June bleef glimlachen. 'Oggi,' sneerde ze. 'Wat een opmerkelijk cadeau om Alice te geven terwijl je je zelf geen auto kunt permitteren. En ook grappig dat we hetzelfde idee hadden. Nu kan Alice de Morris hebben en jij, Oggi, de Volkswagen. Een win-winsituatie.' Ze klapte in haar handen. 'Nou, Candy is de hele ochtend bezig geweest met het voorbereiden van een waar feestmaal...'

'Ja,' zei Twig iets te hard. Ze haastte zich naar voren. 'Ja, laten we maar gaan eten.'

Terwijl de groep zich naar het pad begaf, kwam Twig naast Alice lopen. 'Laat haar maar even,' waarschuwde ze. 'Ze is een halfjaar bezig geweest met die verrassing. Ze is een beetje geschrokken, denk ik.'

Alice dwong zichzelf te knikken. *Maar waarom gaat het altijd om haar?* Het liefst had ze het heel hard uitgeschreeuwd.

Toen Oggi op haar af kwam, durfde ze hem bijna niet aan te kijken. Hij pakte haar hand en kneep erin. Bleef knijpen tot ze naar hem opkeek. Ondanks de vernedering die hij ongetwijfeld moest voelen knipoogde hij naar haar. Toen gaf ze op haar beurt zijn hand een kneepje.

Na een gespannen brunch glipten Oggi en Alice het huis uit en renden naar de rivier. Ze gingen aan de oever zitten, waar zij een krans van veldbloemen maakte en hij de witte rivierstenen met zijn shirt oppoetste tot ze glansden en ze vervolgens over het water keilde. Ze voelde de intensiteit van zijn zijdelingse blikken, maar ze kon het niet opbrengen iets te zeggen. Ze wist niet wat. Hoe kon ze zich verontschuldigen voor June's gedrag? Hoe kon ze zich verontschuldigen voor het feit dat ze niet voor hem en zijn schitterende cadeau was opgekomen? Dat ze niet voor zichzélf was opgekomen? Uiteindelijk verbrak hij de stilte.

'Daar komt ze echt niet mee weg, hoor, zoals ze jou behandelt. Alsof je een bloem in haar tuin bent en zij beslist of en wanneer je moet bloeien.' Oggi keek haar niet aan.

Alice knoopte de madeliefstengels aan elkaar. 'Zo voelt het soms wel,' zei ze. 'Alsof ik een van haar zaailingen in de kas ben. Alsof ik nooit door haar beschermende plafond heen kan. Alsof mijn toekomst al vastligt.'

'Hoe bedoel je?'

'Alsof mijn lot al is bezegeld. Snap je? Dat het is zoals het is. Dat ik hier altijd zal blijven.'

'Wil je dat?' Hij keek haar onderzoekend aan.

Ze snoof. 'Jij weet wel beter.'

Na een lange stilte schraapte hij zijn keel. 'Nou, ik heb nog een verrassing voor je.'

Oggi stak zijn hand in zijn zak, haalde er een vervaagde ansichtkaart met ezelsoren uit en gaf hem aan Alice. Ze herkende de foto van zijn verhalen. De Vallei van de Rozen.

'Tegen de tijd dat jij achttien bent volgend jaar hebben we genoeg gespaard voor de tickets.' Hij wreef met zijn duim over haar ringvinger. Een warm gevoel stroomde van haar onderarm naar haar hart. 'We zouden naar Duitsland kunnen vliegen en daar de trein naar Sofia kunnen nemen. We zouden onder de sterren kunnen kamperen. Rakija drinken om ons warm te houden en stoofperen maken van de boom in mijn oma's tuin. Ik zou rozen kunnen kweken, die jij op de markt zou kunnen verkopen. We zouden andere mensen kunnen zijn, andere levens kunnen leiden. We zouden samen kunnen zijn, alleen wij tweetjes.' Hij hield haar beide handen vast. 'Alice.' Hij probeerde het antwoord van haar gezicht af te lezen.

Alice' longen barstten bijna uit elkaar van verlangen naar een met sneeuw bedekt landschap, naar steden met straten die met kinderkopjes waren geplaveid, en rozentuinen die groeiden uit de botten van de koning. Ze begreep niet waarom Oggi moest lachen, totdat ze besefte dat ze aan het knikken was.

'Ja,' zei ze, en hij trok haar naar zich toe. 'Ja,' lachte ze in zijn oor. Hij sloeg, licht bevend, zijn armen om haar heen. De zon bespikkelde Alice' gezicht met warm licht. Oggi kuste haar voorhoofd, haar wangen en haar lippen. Hij noemde nog meer plaatsen waar ze naartoe zouden gaan en meer dingen die ze in hun nieuwe leven zouden gaan doen. Samen.

Toen Candy de laatste borden van de brunch had opgeruimd, maakte ze een kop zwarte koffie voor zichzelf klaar en dronk die op terwijl ze naar de Bloemen keek die op de velden rondliepen en de bloemen op nieuwe knoppen controleerden. Ze kletsten en lachten minder dan anders. Er was iets ijzigs op Thornfield neergedaald. Na de brunch waren Oggi en Alice weggeglipt, in de veronderstelling dat niemand dat had gezien. June was naar haar werkplaats gesjokt en had de deur met een klap achter zich dichtgeslagen. Twig was naar de kas gegaan om voor haar bakjes met woestijnerwten te zorgen. En Candy had met staalwol de borden geschrobd totdat haar knokkels rood waren.

Het viel niet langer te ontkennen. De dagen van Alice' jeugd waren voorbij. Twig noch Candy noch June sprak over hoe ondraaglijk het was om Agnes' hoop en Clems drift in de diepte van Alice' ogen te zien. Soms wanneer ze Alice over de velden of door het huis zag lopen, keek Candy instinctief naar de lucht of er rook was, want ze zou kunnen zweren dat ze vuur rook.

Hoewel ze nooit meer iets van Clem had gehoord na zijn vertrek met Agnes, had Candy hun belofte nooit verbroken. Ze was gebleven; haar leven was vervlochten met het zijne, alleen nu via zijn dochter, die snel een volwassen vrouw werd met haar eigen opvattingen. Een vrouw die de boze geesten van Clem niet leek te hebben geërfd, die zich leek los te maken van de geschiedenis van Thornfield, iets wat haar, Candy, nooit was gelukt.

Ze dronk het laatste slokje koffie en trok een vies gezicht toen ze het bittere maalsel doorslikte. Ze mocht dan vierendertig zijn, eigenlijk was ze nog steeds negen, een meisje in een knus huisje van luciferstokjes, gebonden aan een schaduw die nooit thuis zou komen.

Toen de schaduwen langer werden, rende Alice van de rivier naar huis. Hoe zou ze deze dag beschrijven? Alles gaf licht: de gele vleugels van de cleopatra's die boven de struiken en bloemen fladderden; de citroenachtige geur die vrijkwam wanneer ze met haar schoenen over de gombladeren liep. Oggi's stem klonk in haar oren. *We zouden andere mensen kunnen zijn, andere levens kunnen leiden.*

Al rennend zag ze het gezicht van June voor zich. Hoe zou zij reageren als ze Thornfield verliet? Een schuldgevoel drukte op Alice' borst.

Om op adem te komen ging ze wat langzamer lopen. Ze probeerde het beeld van June's gezicht weg te duwen. Toen ze weer tempo begon te maken, klonken haar hartslag en voetstappen weer synchroon.

15

Blauwe orchidee (blue lady orchid)

Betekenis: **verteerd door liefde**

Thelymitra crinita | West-Australië

Overblijvende orchidee die in het voorjaar bloeit. De bloemen hebben een diepblauwe kleur en een sierlijke, sterachtige vorm. Heeft geen bosbranden nodig om de bloei te stimuleren. De plant kan wel door andere vegetatie worden gesmoord en daarom kan een periodieke brand helpen voorkomen dat de struiken eromheen te hoog worden.

Het jaar voorafgaand aan Alice' achttiende verjaardag zag Twig iets wat niemand anders op Thornfield zag. Elke avond hoorde ze de hordeur opengaan en zag ze Alice met haar lange wapperende haren over de veranda sluipen, de trap af gaan en in het maanlicht in de bloeiende bloemenvelden verdwijnen. Nadat Twig haar zilverkleurige silhouet in de bush had zien verdwijnen, bleef ze vaak nog lang zitten roken. June wilde dat Alice anders was, dat ze immuun was, maar op het pad dat naar de rivier leidde, was de waarheid voor iedereen duidelijk: Alice was hevig en hartstochtelijk verliefd.

Op de avond van haar achttiende verjaardag, na het heerlijke braadstuk en een tweede bord laagjestaart met vanillelelie die Candy had gebakken, ging iedereen naar bed, een beetje aangeschoten van de krat Moët die June speciaal had besteld. Twig zat op de achterveranda een sigaret te rollen, blij met de stilte onder de wintersterren. Er was verandering op til. Je kon het ruiken, net als een nieuw seizoen. Alice was onrustig. Twig ook, vanwege de leugens die ze Alice vertelde elke keer als die iets over haar familie wilde weten. Hoewel ze zich verzette tegen June's leugenachtigheid was Twig medeplichtig; ze bewaarde bijna net zo lang als June geheimen voor Alice.

Het formulier dat Twig had ingevuld en teruggestuurd naar de overheidsdienst voor adoptie had nergens toe geleid. Ze had meteen de gouden gids geraadpleegd en de telefoon gepakt. De eerste de beste privédetective die ze aan de lijn kreeg, gaf ze de naam van de vrouw die Agnes in haar testament had genoemd en de naam van de plaats waar Alice was opgegroeid. Er gingen een paar maanden voorbij. Vlak voordat Alice naar school ging kwam het rapport van de detective per post binnen. Om te kalmeren was Twig helemaal naar de rivier gelopen. Daar kon ze pas de moed opbrengen om het verslag te lezen. Alice' broertje was gezond en wel, hij werd grootgebracht door de vrouw die Agnes als voogdes had aangesteld voor het geval June, om wat voor reden dan ook, niet in staat was om voor haar kinderen te zorgen.

Alice en haar broertje wisten niet van elkaars bestaan af. Zou dat ook voor Nina en Johnny gelden? Anders dan alom werd aangenomen wist Twig dat zelfs Thornfield een vrouw niet van haar verleden kon bevrijden. Ze had hier een goed leven opgebouwd. Ze had Candy grootgebracht en haar best gedaan met Clem. Ze had voor Agnes en de rest van de Bloemen gezorgd. Ze had de kwekerij gerund en er een goedlopend bedrijf van gemaakt. Maar hoeveel tweede kansen je ook kreeg, ook Thornfield kon je verleden niet veranderen, hoe graag June dat ook wilde.

Sinds de dag dat June met alleen Alice in de pick-up was thuisgekomen, was hun relatie nooit meer als vanouds geworden. *Ik ben de executeur-testamentair, Twig*, had ze haar meer dan eens in een dronken bui toegesist. *Ik heb in ieders belang een heel zware keuze moeten maken.* Twig verborg het verslag van de detective en maakte in de kas stiekem een kopie van Agnes' testament. Ze zou nog negen jaar wachten op het juiste moment om de papieren aan Alice te geven. Voorlopig lagen ze nog steeds tussen de zaailingen van de woestijnerwten verstopt.

Toen de hordeur weer openging, kroop Twig weg in het donker en zag Alice de bloemenvelden in glippen, een zweem van champagnegeur achterlatend. Bij het eten had Alice de ene na de andere flûte gedronken. Twig voelde dat er iets speelde in haar leven. Om er zeker van te zijn dat Alice haar voetstappen niet hoorde, telde ze in stilte tot zestig. Toen liep ze achter haar aan over het pad naar de rivier.

Op de oever zat Oggi te wachten. Vlak voor de reusachtige gomboom had hij een vuurtje gemaakt. Bij het eten was hij opvallend stil geweest. Twig dook achter een groepje magere gombomen en zag hoe Alice zich op hem stortte alsof ze hem jaren niet had gezien. Het vuur wierp een bronzen gloed op hun huid. Ze kusten elkaar teder. Van de uitdrukking op Oggi's gezicht toen hij Alice zag, kreeg Twig tranen in haar ogen. Zelf had ze ooit ook zoveel van iemand gehouden. Ze herinnerde zich hoe het voelde om door iemand echt gezien te worden, om je heel te voelen.

'Vertel nog eens over het plan.' Alice wiegde heen en weer in zijn armen.

'Morgen spreken we hier om middernacht af. We nemen allebei één koffer mee, meer niet. We hebben niet veel nodig.' Hij kuste haar voorhoofd. 'We nemen de eerste bus naar het vliegveld in de stad en halen onze tickets op. Dan gaan we zo lang vliegen dat het lijkt of we nooit zullen landen, maar we landen wél, in Sofia, en daar gaan we naar het huis van mijn grootouders, we drinken rakija en eten shopska-salade. We slapen onze jetlag eruit en als we wakker zijn, gaan we met de kabelbaan de Vitosha op, we lopen over de stenen rivier en kijken uit over de hele wereld. 's Ochtends hoeden we de geiten. De belletjes om hun nek rinkelen mooier dan kerstklokjes. In de weekends nemen we de pick-up van mijn grootvader en rijden we naar de Griekse grens. Daar zwemmen we in de zee en eten olijven en gegrilde kaas.'

'Oggi,' fluisterde Alice dromerig terwijl ze haar armen om zijn hals sloeg. 'Heb je je zakmes bij je?'

Toen kerfden ze hun namen in de stam van de gomboom. Ze drukten zich vervolgens dicht tegen elkaar aan en kusten elkaar met een verlangen dat alleen adolescenten kunnen voelen. Nooit eerder had Twig het stille, getraumatiseerde meisje dat jaren geleden op Thornfield was aangekomen, zo vol temperament gezien.

Twig ging rechtop staan en schudde de kramp uit haar benen. Toen sloop ze terug over het pad naar huis. In de kas groef ze de plastic zak met Alice' documenten op. Ze nam ze mee naar huis, waar ze wachtte tot Alice thuiskwam.

Ze zat op de bank. Overwoog koffie te zetten. Sloot heel even haar ogen.

Van dat laatste had Twig tot op de dag van vandaag spijt, want ze was in een zo diepe slaap gevallen dat ze de vloer niet had horen kraken toen Alice binnenkwam.

Toen June de volgende ochtend beneden kwam, was Alice al op weg naar de stad om bestellingen af te leveren. Twig stond in de keuken thee in te schenken. Ze draaide zich om en wilde June ook een kopje aanbieden, maar de vraag stierf op haar lippen. In de deuropening stond June, met Alice' geopende dagboek in haar hand.

'June?' bracht Twig moeizaam uit. Ze keek naar het dagboek, waarvan de bladzijden waren gevuld met de sierlijke lussen en krullen van Alice' handschrift.

June liep langzaam naar de achterveranda. Even bleef ze daar zitten, starend naar de bloemenvelden. Twig zette het kopje thee voor haar neer. Kaketoes krijsten boven haar hoofd. June zweeg.

De rest van de ochtend bemoeide Twig zich met de Bloemen en zorgde ervoor dat ze uit de buurt van June bleven. Zelfs Harry liep met een boog om haar heen. Af en toe wierp ze een blik op de achterveranda, waar June nog steeds zat. Of ze zich er nu mee verzoend had of niet, June was veranderd sinds Alice als kind naar Thornfield was gekomen. En nu was Alice volwassen, bijna zelfstandig en bovendien verliefd. Zoals June zelf ook wel wist, was niets zo bedreigend als een vrouw die precies weet wat ze wil.

Halverwege de middag kwam er beweging in June. Twig bleef een beetje in de buurt rondhangen, in de veronderstelling dat ze naar de werkplaats zou gaan of in de pick-up zou stappen. Maar in plaats daarvan ging ze naar binnen, naar haar studeerkamer, waar ze de deur achter zich sloot. Twig drukte haar oor tegen de deur, maar ze kon niet horen wat June zei. Na enige tijd klopte ze op de deur. En nog eens, harder. Ze duwde de klink omlaag en de deur ging open. June legde de telefoon net neer. Toen Twig haar gezicht zag, bleef ze na een paar stappen stokstijf staan.

'Wat heb je gedaan?' vroeg ze effen.

June draaide zich om en keek uit het raam. Alice' pick-up kwam pruttelend de oprit op.

'Wat ik moest doen,' antwoordde June. Een traan rolde over haar wang.

Het was jaren geleden dat Twig June had zien huilen. En het feit dat de kamer niet naar whisky rook, verontrustte haar nog meer.

June veegde hardhandig over haar wangen en stond op. 'Wat ik moest doen,' herhaalde ze. 'Oké, Twig?' Ze ging voor haar bureau staan alsof ze iets aan Twigs zicht wilde onttrekken.

'Wat is er?' Twig deed een stap naar voren.

Met een nerveus gebaar probeerde June de stapel brieven op haar bureau in een la te vegen, maar ze vielen allemaal op de grond. Ze vloekte binnensmonds. Twig bukte zich om de ene brief na de andere en de ene foto na de andere – allemaal van hetzelfde jongetje – op te rapen. Ze draaide zich om en keek June aan. 'Hoe kon je die voor haar weghouden?' fluisterde ze.

'Omdat ik weet wat het beste voor haar is,' snauwde June. 'Ik ben haar grootmoeder, Twig. Oké?'

Twig keek haar woedend aan, de brieven trilden in haar vuisten. Zonder nog iets te zeggen smeet ze ze naar June, liep de kamer uit en gooide de deur achter zich dicht. Buiten was het winderig. Twig leunde tegen de veranda en haalde een paar keer diep adem. Alice en Oggi lummelden rond bij de werkplaats.

Ze keek toe hoe ze elkaar een beetje plaagden, en kruiste haar armen voor haar borst, precies op de plek waar de wind haar kleren binnendrong. Er kwam een noordwestenwind aan, ze kon het in haar botten voelen.

Alice legde haar oor tegen de deur van haar slaapkamer. Zachtjes deed ze de deur open en ze bleef boven aan de wenteltrap staan luisteren. De enige geluiden in huis waren het ritmische getik van de staande klok en het gedempte gesnurk uit June's slaapkamer. Ineens drukte er iets zwaars op haar. Ze dacht terug aan de avond dat ze op Thornfield aankwam. Ze had niet kunnen praten en ging zo gebukt onder de last van haar verdriet dat ze haar hoofd nauwelijks rechtop kon houden. June had haar gezicht gewassen met een warme flanellen doek. *Ik ga nergens naartoe*, had ze gezegd. En dat was ook zo. Ze was altijd bij haar gebleven. Aan het einde van een schooldag, bij de bloemen in de tuin, aan het hoofd van de eettafel, in de werkplaats waar ze Alice' boeketten inspecteerde. Alice dacht aan June's handen, met het ruwe eelt, waarmee ze het stuur vasthield en haar bij de poort uitzwaaide, waarmee ze Harry's oren streelde en Alice stevig vasthield. Te stevig.

Na een laatste blik op haar kamer pakte ze haar koffer en sloop geruisloos de trap af, alsof ze van dezelfde griezelige damp was gemaakt als het verleden van Thornfield, waarvan ze zich zo wanhopig wilde losmaken.

Op haar tenen liep ze door de gang naar de woonkamer. Harry bewoog in zijn mand, zijn halsband rinkelde. Ze knielde bij hem neer en kuste hem op zijn kop. Zelfs in zijn slaap waren haar geheimen veilig bij hem.

Haar handen trilden toen ze de hordeur openduwde. Ze snoof de frisse avondlucht op. De geur van de nacht hing in de lucht. Zodra ze van de verandatrap in het zand stapte, zette ze het op een lopen.

Ondergroei schramde haar blote enkels terwijl ze in het donker door de bush rende. Ze bleef rennen, hoewel de tranen in haar ogen brandden. Het was een koude, droge nacht. De krekels zongen en de maan zette de wereld in een melkachtig licht. In de verte lonkte een gouden toekomst, als een gloeiend kooltje dat tot leven moest worden geblazen. Bij de rivier aangekomen zette Alice haar koffer neer en veegde de tranen uit haar ogen. In het donker bekeek ze de namen van de vrouwen uit haar familie die in de gomboom waren gekerfd. Ook zij hadden hier bij de rivier zitten dromen over de toekomst. Ze liet haar vingers over de namen glijden en dacht terug aan de dag waarop ze als kind voor het eerst naar de rivier was gegaan en had gedacht dat ze helemaal terug naar huis zou kunnen zwemmen. In plaats daarvan had de rivier haar met Oggi in contact gebracht. Hij was nu haar thuis. Hij was haar leven.

Ze installeerde zich op de gladde grijze steen onder aan de gomboom en wachtte het geluid van Oggi's voetstappen af. Ze haalde het medaillon onder haar blouse vandaan. 'Ik ben hier,' fluisterde ze, kijkend naar haar moeders gezicht. Ze wikkelde haar sjaal om haar lichaam en leunde tegen de stam van de gomboom.

Ze hief haar hoofd op om te zien of er vallende sterren waren.

Ze wachtte.

Ze schrok wakker van het gekrijs van rosékaketoes. Ze had pijn in haar nek en haar huid voelde klam en koud aan. Huiverend kwam ze overeind. In het kille ochtendlicht kolkte de rivier langs haar heen.

Zijn naam ontsnapte aan haar lippen. Ze klauterde over de grijze stenen en boomwortels. Er zat nergens een briefje tussen de stenen, er hing niets in de laaghangende takken. Misschien stond hij bij de kwekerij op haar te wachten. Hoog in de boom klonk het ochtendgezang van de kookaburra. Alice liet haar koffer staan en begon te rennen, steeds harder, alsof ze de angst die ze diep vanbinnen voelde ontkiemen vóór wilde blijven.

Toen ze terug op Thornfield was, hadden de Bloemen zich al over de velden verspreid. Alice begon te huilen. Ze klom de trap van de achterveranda op en liep de keuken in. June stond met de rug naar haar toe.

'Goedemorgen, meisje. Waar heb je zin in? Een kopje thee? Een boterhammetje?'

'Is hij hier?' vroeg ze schor.

'Wie?' June draaide zich om. Haar gezicht was onbewogen.

'Je weet heel goed wie,' zei Alice geïrriteerd.

'Oggi?' June zette haar beker neer en fronste haar wenkbrauwen. 'Alice,' zei ze terwijl ze vanachter het aanrecht naar haar toe liep en haar omhelsde. 'Alice, wat is er?'

'Waar is hij?' riep Alice.

'Thuis, denk ik. Zich aan het klaarmaken om naar zijn werk te gaan, net als jij zou moeten doen.' June keek naar Alice' gekreukelde jurk. 'Wat is er aan de hand?'

Alice wurmde zich uit June's omhelzing, griste haar sleutels van de muur en rende naar haar pick-up.

Met een gevoel van paniek in haar lijf scheurde ze door de stad. Ter hoogte van Oggi's oprit nam ze een scherpe bocht naar links. De pick-up slingerde over het losse zand totdat ze vlak voor zijn huis op de rem trapte.

Op de veranda stonden twee stoelen aan weerszijden van een tafeltje, waarop een vaas met een verse roos was neergezet, alsof Boryana elk moment met een pot thee in de deuropening kon verschijnen.

Alice rende naar de voordeur. Ze verwachtte dat hij op slot zou zijn, maar hij ging zonder enige moeite open. Binnen was alles zoals altijd. Geen sporen van problemen. Geen teken van chaos, ruzie of iets anders wat hem zou kunnen hebben weerhouden om haar bij de rivier te treffen. Ze liep door het huis. Het oogde bewoond, gezellig, maar toch klopte er iets niet. Het was te netjes. Of misschien wilde ze de diepere waarheid, de meest voor de hand liggende verklaring, niet inzien. Dat hij van gedachten was veranderd en Boryana mee naar Bulgarije had genomen.

Achter het huis lag de rozentuin er weelderig bij. Ze dacht aan de Vallei van de Rozen, waar de rozen bloeien op de botten en het goud van koningen die in de grond begraven liggen, een zee van rozenblaadjes in de kleur van vuur. Ze trok de rozen van hun stelen en scheurde ze doormidden. De blaadjes dwarrelden om haar voeten heen.

Hij was zonder haar vertrokken.

Terwijl Alice daar tussen de afgerukte rozen stond, kwam June de oprit op rijden. Alice had niet in de gaten dat ze wankelde. Dat begreep ze pas achteraf, toen ze op de grond lag en door June werd opgetild. De geur van June's huid, de geur van verse aarde, whisky en pepermunt.

'Je bent flauwgevallen, Alice. Maar nu is het weer goed. Ik heb je vast,' suste June.

'Hij is zonder mij gegaan.' Alice begon te snikken.

June drukte haar dichter tegen zich aan en wiegde haar heen en weer.

Zo bleven ze een hele tijd staan, totdat Alice bedaarde en alleen maar wat nahikte.

'Laten we naar huis gaan.' June wreef zachtjes over Alice' arm. Alice knikte.

Ze hielpen elkaar overeind, veegden het zand van hun kleren en liepen om het huis heen, elk naar haar eigen pick-up.

Langzaam reed Alice terug naar Thornfield. June reed vlak achter haar.

Toen ze thuiskwamen rende Alice meteen naar haar kamer. June liet haar begaan. Ze verdrong de gedachte dat Alice de hele nacht op Oggi had gewacht. Ze had gedaan wat ze moest doen, om haar kleindochter te beschermen. Het was voor haar bestwil. *Het was voor haar bestwil*, herhaalde ze nog eens in zichzelf. Ze opende de hordeur en liet hem achter zich dichtvallen. Het was voorbij. Alice was hier. Ze had verdriet, maar ze was jong genoeg om dit soort verdriet te overleven. Ze was veilig. Ze was dichtbij, zo dichtbij dat June haar in de gaten kon houden.

Ze liep naar de koelkast en schonk een glas koud mineraalwater voor zichzelf in. Ze pakte een citroen uit de groentelade en sneed hem in vier partjes, waarvan ze er twee in het beslagen glas liet vallen. Haastig liep ze naar de drankenkast, pakte de fles whisky en schroefde de dop eraf. Nadat ze een flinke scheut in haar glas had gedaan, roerde ze er met haar pink in en ging bij het aanrecht staan, waar ze kleine slokjes van haar drankje nam.

Het beheer van Thornfield zou spoedig op Alice neerkomen. Dat was de volgende stap. Een meisje met een gebroken hart was even kwetsbaar als een houten huis zonder brandgang in het bosbrandseizoen: elk vonkje kon haar doen ontbranden. Precies zoals June Agnes, het weeskind, door Clem verteerd had zien worden. En nu Alice, het product van deze twee mensen. Soms zag ze een bepaalde uitdrukking op Alice' gezicht en kon ze niet anders dan naar de fles grijpen, ook al was het nog voor het ontbijt. Dan weer deed haar zachte, grillige aard haar zo aan Agnes denken dat het leek of ze weer opnieuw op Thornfield was aangekomen.

June kon het niet verdragen. Ze zou niet weer dezelfde fout maken; ze wilde haar familie niet opnieuw kwijtraken. Om dat te voorkomen had ze gedaan wat ze moest doen. Wat Alice op dit moment nodig had was afleiding en onafhankelijkheid. Een gevoel van eigenwaarde, doelgerichtheid en vrijheid. En dat was precies wat June van plan was haar te geven.

Alice krabde en sneed in de stam van de riviereucalyptus tot haar pols er pijn van deed. De afgelopen week was ze elke avond naar de rivier gegaan. Hoe meer dagen er verstreken zonder verklaring of zonder dat Oggi opdook om uitleg te geven, hoe meer ze zich vervloekt voelde door de rivier en al haar geheime verhalen. Te beginnen met de naam boven aan de lijst op de boomstam: Ruth Stone.

In de loop der jaren was ze niet meer over Ruth te weten gekomen dan wat Candy haar op haar negende had verteld: Ruth Stone had de taal der bloemen op Thornfield geïntroduceerd en ze had die verder ontwikkeld door inheemse bloemen te kweken uit zaden die haar geliefde voor haar meebracht. Telkens wanneer ze er meer over wilde weten, zeiden Twig en Candy dat ze dat maar aan June moest vragen, maar als ze dat dan deed, gaf June ontwijkende antwoorden. *Dankzij Ruth Stone heeft Thornfield het overleefd*, zei ze vaak, of iets anders raadselachtigs, zoals: *Dankzij Ruth zal deze grond jou ooit toebehoren.* Alice had dan altijd de neiging om te zeggen hoe belachelijk ze het vond dat iemand meende grond, bomen, bloemen of een rivier te kunnen bezitten. Maar telkens bleef er één vraag aan haar knagen. *Hoe zit het met mijn vader?* Ze had June die vraag één keer gesteld. *Had hij Thornfield niet van jou over moeten nemen?* Maar daarop had June geen antwoord gegeven.

In de brief die Alice op haar tiende verjaardag van June had gekregen, stond dat al haar vragen beantwoord zouden worden zodra ze haar stem had teruggevonden. Toch was ze sindsdien nooit over Clem begonnen. Laat staan over Agnes, of hoe die twee elkaar hadden gevonden en waarom ze waren vertrokken. Alles wat Alice met heel veel gepuzzel te weten was gekomen over haar ouders en over wat er tussen June en haar vader was voorgevallen, berustte op halve waarheden. De geschiedenis van haar familie lag begraven in dezelfde grond als waarop June bloemen kweekte; bloemen die dingen konden zeggen die te moeilijk waren om te benoemen. Alice had echter geen idee waar ze moest graven. Alleen door eindeloos aan te dringen bij de Bloemen was ze achter één simpel feit gekomen: zelfs June was niet immuun als het om het leven en het noodlot ging. Beide hadden grote happen uit haar leven genomen en de resten uitgespuugd die haar hadden gemaakt tot de vrouw die ze nu was. June's vader was overleden toen ze nog heel klein was, en zowel haar geliefde als haar zoon hadden haar verlaten. Telkens wanneer June van een man begon te houden, werd haar hart gebroken. Alice en June hadden niet alleen een bloedband, ze deelden ook een bepaald soort verdriet: allebei hadden ze in een belofte geloofd, die echter door de rivier gebroken zou worden. Met haar zakmes hakte Alice in de boomstam om Oggi's naam uit de bast te wissen. Ze sneed in de letters van zijn naam, in zijn glimlach, in zijn goede hart en in zijn vriendelijke aard. Toen ze klaar was, gooide ze het mes en elke steen die ze kon vinden in de rivier.

Ze liet zich op de grond vallen en rolde zich snikkend op tot een balletje. Nooit meer zou ze zich door de liefde zo voor de gek laten houden.

June zag Alice door het raam terugkomen van de rivier. Ze liep moeizaam, alsof ze haar verdriet moest dragen, en haar gezicht zag er net zo verwilderd uit als toen June haar vanuit het ziekenhuis naar Thornfield had gebracht. Maar ze wás er in elk geval nog. June was haar nog niet kwijt.

Terwijl ze in de weer was met de thee, kwam Alice door de achterdeur binnen.

'June,' begon ze.

June draaide zich om. Ze spreidde haar armen uit. Alice keek haar aan alsof ze een afweging maakte en liet zich vervolgens omhelzen.

Terwijl June haar kleindochter in haar armen hield, dacht ze aan haar dierbaarste woorden in het Woordenboek van Thornfield: *swainsona formosa, woestijnerwt. Wees dapper, houd moed*, geschreven in de hanenpoten van Ruth Stone. Dankzij haar moeder en haar boeken wist June alles van de swainsona formosa. Hoe kwetsbaar de plant was en hoe moeilijk hij zich liet telen, ondanks het feit dat hij in de onherbergzaamste streken van Australië in het wild voorkwam. Maar ook hoe hij onder de juiste omstandigheden altijd weer uitbundig tot bloei kwam.

Waar je opgroeit, is bepalend

Alice Hoffman

16

Bittere gaspeldoorn (gorse bitter pea)

Betekenis: **kwaadaardige schoonheid**

Daviesia ulicifolia | Alle staten

Doornachtige struik met prachtige gele en rode peulachtige bloemen. Na insnijding is het zaad gemakkelijk op te kweken en blijft het jarenlang levensvatbaar. Niet populair bij tuiniers vanwege de doornen, maar zeer geliefd bij kleine vogels omdat ze zich er goed in kunnen verstoppen voor roofdieren.

Alice stond op de achterveranda en zag de middaglucht boven de bloemenvelden donker worden. Ze begroef haar gezicht in de plooien van haar sjaal. Op haar zesentwintigste was ze nog net zo bang voor noodweer als toen ze negen was.

Februari was een gekke maand voor iedereen op Thornfield. Vanuit het noordwesten staken hete zomerstormen op, die een ravage veroorzaakten en de bloemenvelden, tunnelkassen en moestuin dreigden te vernielen. Dagen van droge hitte en felle stormen regen zich aaneen. Het was bijna ondraaglijk. Het extreme weer blies het stof en de as van dingen die allang vergeten waren, en rakelde oud verdriet en niet-vertelde verhalen op, die in vergeten hoekjes, dromen en ongelezen boeken lagen te sluimeren. In de broeierige nachten kwamen angstdromen opzetten en halverwege de maand was er geen vrouw op Thornfield die er niet onder leed.

Het ergste vond Alice de wind die over de bloemenvelden raasde en haar naam riep. Het grillige weer deed haar altijd terugdenken aan de noodlottige dag dat ze haar vaders schuur was binnengeglipt.

Ze haalde het medaillon vanonder haar werkshirt tevoorschijn.

Haar moeders ogen keken haar op de korrelige zwart-witfoto aan. Alice kon zich de kleur nog goed herinneren, hoe ze in het licht van tint veranderden, hoe ze oplichtten wanneer ze verhalen vertelde en hoe afwezig ze stonden wanneer ze in haar tuin was en haar zakken vulde met bloemen en hun geheime taal.

Terwijl de zijwinden over de velden raasden, schopte Alice met haar ene schoen tegen de andere. Ze hield zich voor dat ze Thornfield nooit had kunnen verlaten, de plek waar haar moeder veiligheid en steun had gevonden en de taal der bloemen had leren spreken, de plek waar haar ouders elkaar hadden ontmoet en, zoals Alice graag wilde geloven, enige tijd van elkaar hadden gehouden, zoals zij van Oggi had gehouden.

Instinctief verdrong ze de gedachte aan Oggi. Ze stond zichzelf niet toe om 'wat als' te denken. Wat als ze achter hem aan was gegaan nadat hij die avond niet was komen opdagen bij de rivier? Wat als ze op eigen houtje naar de Vallei van de Rozen was gegaan? Wat als ze hem gevonden had en ze nieuwe plannen hadden gemaakt? Wat als ze aan een overzeese universiteit was gaan studeren, in Oxford bijvoorbeeld, in plaats van schriftelijk onderwijs te volgen aan June's keukentafel? Wat als ze op haar achttiende had geweigerd Thornfield over te nemen? Wat als ze nooit haar vaders schuur was binnengegaan? Wat als haar moeder gewoon haar vader had verlaten en haar op Thornfield had grootgebracht, met Candy, Twig en June. Met Alice' jongere broertje of zusje.

Wat als, wat als, wat als?

Ze keek op haar horloge. June was sinds gisteren met een paar Bloemen naar de bloemenmarkten in de stad en ze zouden die middag terugkomen, maar als Alice nog langer op hen bleef wachten, zou ze te laat zijn voor de laatste lichting op het postkantoor. Na de kerst gingen de zaken weer beter en er lag een hele vracht orders klaar om verstuurd te worden. De kwekerij draaide bijna volledig op de opbrengsten van de onlineverkoop van June's sieraden.

Ze liep door het huis en bleef bij de voordeur staan om haar Akubra op te zetten. Een trechter van okerkleurig stof dwarrelde neer op de onderste treden van de verandatrap. Langzaam duwde ze de hordeur open.

'Een zandhoos,' fluisterde ze.

De trechter met het formaat van een volwassen man wankelde even, stoof uiteen en verspreidde zich. Alice haalde hortend adem. Het was februari, hield ze zichzelf voor, de periode waarin de geesten van het verleden overal rondwaarden.

Ze stapte in haar pick-up, blij met de stilte in de cabine. Ze keek naar de passagiersstoel, verlangend naar Harry's gezelschap. Terwijl zij nog steeds moest wennen aan de immense leegte die hij had achtergelaten, had June na zijn dood openlijk en zonder enige terughoudendheid troost in de whiskyfles gezocht.

De laatste tijd begon er iets te veranderen. Naarmate June ouder werd, wond ze zich steeds sneller op. Ze was door het minste of geringste uit haar doen; óf door de post die werd bezorgd, óf door de westerstorm die opstak, óf door de gouden mimosa die in bloei stond. Soms, wanneer ze sieraden zat te maken, hoorde Alice haar Clems naam mompelen. En steeds vaker was June's blik gericht op iets ver weg, iets wat Alice niet kon zien. Wat herinnerde ze zich? Kon ze eindelijk rouwen om haar zoon? Telkens wanneer Alice overwoog er iets over te vragen, was zwijgen toch makkelijker. Zwijgen. En bloemen. Soms liet ze een paar bloemen achter op June's werktafel, een bosje zachtpaarse feeënbloemen: *Ik voel jouw goedheid.* June reageerde altijd door een paar bloemen op Alice' kussen te leggen, een bosje zachtpaarse campanula's: *Jij bent lief voor iedereen.*

Alice keek vanuit de pick-up naar de gevlekte gombomen, het huis, de met wingerd overwoekerde werkplaats, het tarweveld, de veldbloemen die in de spleten tussen de stenen groeiden. Thornfield was haar leven geworden. Spreken door middel van bloemen was de taal geworden waarop ze het meest vertrouwde.

Ze slaakte een diepe zucht en stak het sleuteltje in het contact. Het werd donkerder. Terwijl ze wegreed, zag ze Thornfield in de achteruitkijkspiegel steeds kleiner worden.

Er klonk gerommel in de lucht toen Alice haar auto bij het postkantoor parkeerde. Ze laadde de kratten met orders uit, bood ze aan ter verzending en haalde haar eigen post op. Buiten scheen een griezelig groen licht en toen een bliksemflits de hemel doorkliefde, klom ze haastig achter het stuur. Ze startte de motor en om haar zenuwen onder controle te houden, bladerde ze de stapel post door. Bankafschriften, telefoonrekeningen, facturen en reclamefolders. Plus een handgeschreven envelop, aan haar persoonlijk geadresseerd. Alice draaide hem om en om. Het adres van de afzender was Bulgaars.

Haastig scheurde ze de envelop open. Ze scande de inktzwarte hanenpoten te snel, waardoor ze slechts elk derde of vierde woord in zich opnam. Onderaan stond zijn naam, in zijn eigen handschrift. *Oggi.*

Ze begon weer bovenaan, dwong zichzelf rustig te lezen, elk woord in zich op te nemen.

Zdravey Alice,

Je zult nooit weten hoe vaak ik heb geprobeerd deze brief aan jou te schrijven. Ik ben de tel kwijt en zou waarschijnlijk een doos kunnen vullen met al mijn pogingen, brieven vol met dingen die ik je niet durf te vertellen. Maar het cliché is waar: tijd heelt alle wonden. Er zijn inmiddels zoveel jaren verstreken dat ik je nu een brief schrijf die ik ook werkelijk zal versturen.
Eerlijk gezegd ben je sinds de nacht dat we elkaar bij de rivier zouden treffen altijd in mijn gedachten geweest. Op het internet las ik dat je het beheer van Thornfield op je genomen hebt en dat de zaken onder jouw leiding floreren. In de loop der jaren heb ik je profielfoto af en toe bekeken.
In je ogen zag ik het meisje dat ik me herinner.
Maar dat was lang geleden. We zijn andere mensen nu. We leiden andere levens.

Ik woon en werk in Sofia. Ik ben getrouwd met Lilia. Vijf jaar geleden hebben we een dochter gekregen, Iva. Ze lijkt veel op jou toen we nog kinderen waren. Ze is wild en avontuurlijk, dromerig en gevoelig, en ze is dol op boeken. Vooral op sprookjes. Haar favoriet is een beroemd Bulgaars sprookje over een goede, naïeve wolf en een slimme, ondeugende vos. De moraal van het verhaal is dat listige mensen altijd misbruik zullen maken van andermans zwakte. Iva kan er geen genoeg van krijgen. Ik lees het haar vaak voor, zo vaak als ik het kan verdragen. Iva moet altijd huilen om de wolf. Ze vraagt altijd waarom de wolf niet ziet hoe slim de vos is, maar daar kan ik haar geen antwoord op geven.
Na al die jaren schrijf ik je deze brief om de wond voorgoed te laten helen. Ik wil dat je gelukkig bent. Na alles wat er is gebeurd wens ik je het allerbeste toe.
Zorg goed voor jezelf. Zorg voor Thornfield.
Vsichko nai-hubavo, Alice. Het ga je goed.

Oggi

Alice barstte in huilen uit en liet de brief uit haar handen vallen. Ze boog zich over het stuur heen, kijkend naar de bliksemschichten die door de onweerswolken schoten. Vanuit de zilvergroene kruin van een gomboom klonk het gekrijs van een zwerm rosékaketoes. De weg voor haar lonkte. Waarheen zou hij leiden? Dat wilde ze graag weten. Stel je voor dat ze de weg zou volgen en niet meer zou omkeren. Het gewicht van haar onverwezenlijkte dromen drukte zwaar op haar borst. Ze stelde zich die dromen voor als gedroogde bloemen die in volle bloei waren geplet, als een aandenken aan wat had kunnen zijn. Ze sloeg het portier met een klap dicht, veegde haar tranen af en gaf gas. Het was allemaal haar eigen schuld. Ze was niet achter Oggi aan gegaan. Ze was niet weggegaan toen de kans zich voordeed. Waarom was ze gebleven? Ze had hier een leven opgebouwd dat bestond uit de exploitatie van een stuk grond waarop zowel bloemen als geheimen werden gekweekt. Een stuk grond dat op een dag haar eigendom zou zijn. Een stuk grond waarvan ze nog geen vierkante centimeter wilde hebben.

Ze pakte zijn brief weer op, liet haar ogen over de regels glijden en begon weer te snikken.

In je ogen zag ik het meisje dat ik me herinner.

Maar dat was lang geleden. We zijn andere mensen nu. We leiden andere levens.

Voordat ze in de gaten had wat ze deed trapte Alice het gaspedaal in. De banden piepten. In plaats van naar huis te rijden besloot ze de andere kant op te gaan, naar Main Street. Ze maakte een scherpe bocht naar links en reed een bijna geheel overwoekerd zandpad op. Ze reed door tot de door gombomen geflankeerde laan die naar Oggi's oude huis leidde. Ze was er acht jaar geleden voor het laatst geweest.

Toen ze op de open plek voor het huis parkeerde, viel haar mond open van verbazing. Ze sprong uit de auto. Er was nog steeds storm op til. Het huis was voor het merendeel overwoekerd door Ognianrozen. Ze groeiden tegen de zijkant omhoog, bedekten de muren en het grootste deel van het dak. Overal waar ze keek zag ze wilde rozenstruiken in volle bloei, een huis gesmoord door een vuur van rozen, die een bedwelmende geur verspreidden.

Alice slaakte een kreet. Ze riep luidkeels zijn naam, naar niemand. De wind prikte in haar gezicht. Ze liep heen en weer. Acht jaar lang had hij geweten waar ze was en wat ze deed. Acht jaar had het hem gekost haar een brief te schrijven. Maar nog steeds had hij geen verklaring gegeven. Waarom was hij die nacht niet naar de rivier gekomen? Wat was er met hem gebeurd? Waarom had het zo lang geduurd voordat hij contact met haar had gezocht? Waarom had hij haar niet durven schrijven? Hoe kon hij met een andere vrouw het leven leiden dat hij met haar had gepland? Waarom schreef hij zo uitgebreid over het favoriete sprookje van zijn dochter? Hij had aldoor geweten waar ze was terwijl zij niets over hem wist, niet eens hoe het met hem ging. Natuurlijk had ze de afgelopen jaren zijn naam op het internet gezocht, maar ze had niets gevonden. Voor haar was Oggi iemand uit een droom.

De wind rukte de rozen van hun stelen, die voor haar voeten neervielen. Ze raapte een handvol blaadjes op en scheurde ze aan stukken. Ze liep naar het met rozen overgroeide huis, trok aan de stengels en sneed zich aan de doornen. Toch bleef ze trekken en rukken, huilend, meegesleurd door een golf van woede, verdriet en vernedering.

Haar hysterie werd verbroken door een ijskoude slagregen. Ze bleef stokstijf staan en kwam tot bedaren. Toen rende ze terug naar de pick-up. Ze was doorweekt. De regen kletterde tegen de voorruit en terwijl ze op adem kwam, keek ze tussen de ruitenwissers door naar het huis.

Een bliksemschicht raakte een van de gombomen. Met een enorme klap brak er een tak af en viel op de grond. Alice slaakte een kreet van schrik, draaide de pick-up om en reed door de hevige regen weg. Aan haar natte huid kleefden rozenblaadjes.

Terug op Thornfield was iedereen in rep en roer. Alles wat loszat aan het huis, de slaapzaal en de werkplaats werd naar binnen gedragen of met touwen vastgemaakt. De regen was opgehouden, maar de storm was nog niet gaan liggen. Vechtend tegen de wind liep Alice de trap naar de veranda op.

'Wat is er aan de hand?' vroeg ze aan June. Ze hield haar hand voor haar opgezwollen ogen.

'Storm,' riep June. 'We zijn hem de hele weg vanuit de stad voorgebleven. Er worden overstromingen voorspeld.'

'Wat?' Alice wierp een angstige blik op de bloemenvelden.

'Dat zegt het weerbericht. Alles moet weg, Alice. Nu.'

Het begon weer te regenen, steeds harder. Ze probeerden de kwekerij zo veel mogelijk veilig te stellen, maar de bloembedden waren overgeleverd aan de wind en de regen, die gestaag bleef vallen. Vlak na zonsondergang viel de stroom uit. Achter de ramen van de slaapzaal brandden lantarens en kaarslicht, net zoals in de eetkamer van het huis. Candy, Twig, June en Alice zaten aan tafel en aten het restant van de cassavecurry, die Candy op het campinggasstelletje had opgewarmd.

'Gaat het wel, lieverd?' vroeg Candy terwijl ze Alice een kommetje versgehakte koriander voorhield. 'Je bent zo stil.'

Alice maakte een wegwuivend gebaar met haar vork. 'Dat komt door de storm.' Oggi's woorden spookten rond in haar hoofd. Er was iets met dat sprookje waar zijn dochter zo dol op was. Het knaagde aan haar. Gefrustreerd gooide ze haar bestek op tafel, harder dan ze had bedoeld. 'Sorry,' zei ze terwijl ze haar vingers op haar slapen drukte. De wind gierde onder de deur door en deed het glas in de ramen rinkelen. De storm trok aan. Was Thornfield in gevaar? 'God, ik heb het gevoel alsof ik stik.' Alice duwde haar stoel naar achter, stond op en ijsbeerde door de kamer.

'Alice?' vroeg June bezorgd. 'Wat is er?'

'Niets,' antwoordde ze op scherpe toon, June's ongerustheid wegwuivend. Ze kneep haar ogen dicht voordat de tranen konden opwellen. Probeerde het beeld van de vuurrode rozen die Oggi's huis smoorden te verdringen.

'Het is niet de storm en het is niet niets, Alice. Vertel me wat er aan de hand is,' zei Twig.

Het geluid van de vallende tak bij Oggi's huis echode na in haar hoofd. 'Wat houden jullie voor me achter?' barstte ze uit. 'Wat weet ik allemaal niet?'

'Wat?' June werd bleek.

'Ik weet het niet. Ik denk soms... Ik...' Alice schudde haar hoofd. 'Het spijt me.' Ze haalde diep adem en sloot even haar ogen. 'Ik kreeg vandaag vanuit het niets een brief van Oggi en nu ben ik helemaal van slag.' Ze keek op.

Candy's blik ging van Twig naar June en terug. Twig keek Alice kalm aan. June's gezicht vertoonde geen enkele uitdrukking.

'Wat schreef hij?' Twig legde haar vork neer.

'Niet veel.' Alice schudde haar hoofd. 'Alleen maar dat hij oude wonden wil laten helen. Dat hij getrouwd is en een dochtertje heeft. Dat hij me een gelukkig leven toewenst.' Alice' stem brak. 'Maar hij zei niets over waarom hij me hier heeft achtergelaten, hoe het zover heeft kunnen komen in mijn leven.' Ze haalde hortend adem. 'Ik weet niet wie ik ben of waar ik thuishoor...' Haar stem stierf weg. 'En nu dreigen er ook nog overstromingen... Ik ben bang. Ik weet niet wie ik ben zonder deze plek. Wat gaat er gebeuren als we de bloemen kwijtraken? Waarom praten we niet vaker met elkaar? Over alles? Ik ben het zo beu dat we het nooit ergens over hebben. Ik wil alles weten,' riep ze uit. 'Ik wil een gewoon gesprek kunnen voeren in plaats van een bos bloemen te krijgen telkens wanneer ik een pijnlijk onderwerp aansnijd. Ik wil het weten, June,' zei ze smekend. Ze keek haar grootmoeder aan. 'Ik wil het van jou horen. Alles. Over mijn ouders. Waar ik vandaan kom. Ik heb altijd en eeuwig het gevoel dat ik...' Haar stem stierf weg en ze gebaarde met haar handen. '... aan het wachten ben. Op iets wat nooit zal komen. Als ik mijn stem had teruggevonden, zou je me antwoord geven op mijn vragen. Dat heb je me ooit beloofd...' Ze liet haar schouders zakken.

Er gleed een donkere schaduw over June's gezicht. 'Alice,' zei ze. Ze stond op en zette een stap naar haar toe. Alice keek haar onderzoekend aan, hoopvol. Buiten regende het pijpenstelen. 'Ik ga nergens naartoe. Ik ben er voor je,' zei ze met een klein stemmetje.

Diepe teleurstelling maakte zich van Alice meester. 'Dat is je standaardantwoord, geloof ik,' zei ze bitter. 'Alles onder het tapijt vegen, want je bent er toch voor me.' Toen ze zag hoe haar scherpe toon bij June binnenkwam, kromp ze ineen. 'Het spijt me,' zei ze terwijl ze zich probeerde te vermannen. 'Het spijt me, June.'

'Nee,' mompelde June. 'Nee, ik snap heel goed dat je boos bent.' Ze vouwde haar servet op en verliet de kamer. Even later schoof Twig haar stoel naar achter en volgde haar.

Alice steunde met haar hoofd op haar handen. June had alleen maar geprobeerd goed voor haar te zorgen. Waarom liet ze haar niet met rust? Waarom liet ze haar niet begaan? Maar meteen kwam er een andere vraag naar boven. Waarom kon June haar niet gewoon vertellen wat ze wilde weten? En trouwens, waarom kon Oggi dat niet? Als hij de moeite nam om haar na acht jaar een brief te schrijven en als hij zelf zijn leven op orde had en een gezin had gesticht, waarom hield hij dan nog steeds iets voor haar achter?

Candy begon de tafel af te ruimen.

'Het spijt me,' zei Alice weer.

Candy knikte. 'Niemand valt iets te verwijten, lieverd. Iedereen heeft zijn eigen verdriet. Zeker hier op Thornfield. Zo is het altijd geweest. Daar groeien bloemen op.' Ze friemelde wat aan het bestek. 'June draagt een warboel aan verhalen met zich mee. Ik denk dat ze niet eens weet waar ze moet beginnen.'

Alice gromde. 'Met iets heel simpels, lijkt me. Ze zou bijvoorbeeld kunnen beginnen met: "Alice, ik zal je vertellen hoe je ouders elkaar hebben ontmoet," of: "Alice, ik zal je vertellen waarom je vader is weggegaan." Of: "Alice, ik zal je vertellen wat je grootvader voor man was."

'Ja, zo simpel kan het zijn, maar als ze één verhaal vertelt, is ze vast bang dat ze nog tien andere moet vertellen omdat ze allemaal verband met elkaar houden. Als je één wortel uittrekt, trek je vaak een hele plant mee. Die gedachte boezemt haar angst in. Kun je je dat voorstellen? Voor iemand die zo graag alles onder controle heeft, is de confrontatie met zoveel onzekerheden heel lastig.' Candy bleef in de deuropening staan met een bosje vorken in de ene en een petroleumlamp in de andere hand. 'Het moet vreselijk voor haar zijn, want aan de ene kant wil ze je graag alles vertellen, maar aan de andere kant is ze doodsbang om heel diep te graven. Het is een verhaal dat niet meer herschreven kan worden.'

'En ik dan? Het enige familielid dat ik nog heb wil me niets over mijn familie vertellen. Alles wat ik weet heb ik van horen zeggen, en hoezeer ik ook waardeer wat jij, Twig of Oggi me over deze plek en mijn ouders heeft verteld, toch is het niet hetzelfde als wanneer ik het uit June's mond zou horen. Jullie weten niet wat zij weet.'

'Nee, dat klopt,' zei Candy. 'Maar lieverd, zoals ik je altijd al heb gezegd, je hébt tenminste een verhaal. Je weet in elk geval waar je vandaan komt. Dat moet je niet over het hoofd zien...'

'Dat doe ik ook niet,' onderbrak Alice haar. Ze moest haar best doen om kalm te blijven. 'Ik weet dat je het goed bedoelt, maar ik ben het helemaal beu om te worden afgepoeierd met het advies om dankbaar te zijn voor het verhaal dat ik wél heb. Alsof ik daarom de andere verhalen niet hoef te weten. De verhalen die June me, toen ik nog klein was, heeft beloofd te vertellen. Die belofte heeft ze nog steeds niet waargemaakt.'

De kamer vulde zich met het geluid van zware slagregens. Na een tijdje schraapte Candy haar keel. 'Het spijt me heel erg van Oggi.'

Alice reageerde niet.

Toen Candy de kamer uit liep, nam ze bijna al het kaarslicht met zich mee.

Die nacht lag Alice, geplaagd door hevige nachtmerries, te woelen in haar bed. Telkens weer schreeuwde ze naar haar moeder, die haar kleren op het strand had achtergelaten. Een wolf en een vos zaten elkaar door de verschroeide duinen achterna, met brandende staarten. In de branding liet een jongetje een papieren bootje varen waarvan de randen verkoold waren. Toen ze badend in het zweet wakker schoot, besloot Alice op te staan. Haar slapen bonsden van angst en uitputting. Ze knipte haar zaklamp aan en ging naar beneden om thee te zetten.

In de gang bleef ze staan. Uit de keuken klonken stemmen en de zware geur van whisky kwam haar tegemoet. Alice schoof iets dichter naar de keukendeur.

'Als je zo doorgaat, raak je haar kwijt, June,' hoorde ze Twig sissen. 'Wil je dat? Je moet haar de waarheid vertellen. Er zit niets anders op.'

'Hou juh mondd, Dwig,' lalde June.

Alice schoof verder langs de muur.

'Je dendaje alless weet, maaje weet helemaanikss. Je dendaje alle vurhalen kend en daje weet wad hedbeste iss.'

'Zo kan ik niet met je praten. Je kunt beter gaan slapen.'

'Ikssie heusswel hoeveel juh van haar houdd. Voor jou is se het kinddat juh zelf niet heb kunne opvoede.'

'Let op je woorden, June.'

'Ooo, lettop je woorde June,' hikte June.

Op dat moment stond Alice ter hoogte van de deuropening.

'Ik heb dat meisje gered,' siste June, die zichzelf weer een beetje onder controle leek te hebben. 'Ik heb haar gered. Oggi zou haar toekomst hebben verpest en haar hart hebben gebroken. We hebben dit allemaal al eens meegemaakt, Twig. Dat zul je niet kunnen ontkennen. Dat ik die dag de immigratiedienst heb gebeld is het beste wat ik ooit voor haar heb gedaan.'

June's verraad was als een klap in Alice' gezicht die nog lang zou blijven nadreunen. Later zou ze zich deze nacht herinneren alsof ze door een raam naar het leven van iemand anders keek in plaats van naar dat van haarzelf. Ze stormde de keuken binnen, haar ogen vlamden en haar handen trilden. De ontzetting en de angst in Twigs ogen toen ze besefte dat Alice hen had afgeluisterd. June's dronken grijns terwijl ze zichzelf bij elkaar probeerde te rapen. Alice' geschreeuw. Twigs pogingen om haar te troosten. June's gehuil. Het intense verdriet in Twigs ogen toen ze Alice de waarheid vertelde.

'Hij is het land uit gezet,' zei ze met onvaste stem. 'Hij is samen met Boryana terug naar Bulgarije gestuurd.'

Ziedend van woede wendde Alice zich tot June. 'Heb jij hem aangegeven?' riep ze.

June hief haar kin op, maar haar blik zwalkte alle kanten op.

'Wat is hier gaande?' vroeg Candy, die met een slaperig gezicht de keuken binnenkwam.

Een stoot adrenaline zette Alice aan tot actie. Ze vloog de keuken uit en rende de trap op naar haar kamer. Ze trok een tas uit de kast, propte hem vol met alles wat ze kon vinden waaraan ze gehecht was. Vervolgens stommelde ze de trap af, passeerde de vrouwen, die in de gang stonden, en pakte haar jas en sleutels van de haak. Toen ze de voordeur opentrok, duwden de wind en de regen haar bijna omver. Terwijl ze op haar benen probeerde te blijven staan, smeekten Twig en Candy haar niet weg te gaan. Ze draaide zich om. Later zou deze scène zich nog vaak in haar gedachten afspelen, langzaam en vervormd: hun bezorgde gezichten, en achter hen, in het donker, June, zwaaiend op haar benen.

Alice staarde de drie vrouwen furieus aan. Toen draaide ze zich om, duwde zichzelf de storm in en trok de deur achter zich dicht.

De ruitenwissers konden de slagregens niet bijhouden. Terwijl ze over de modderige, overstroomde weg reed, klemde ze het stuur zo stevig vast dat haar armen er pijn van deden. Ze hield haar voet op het gaspedaal, bang dat ze vast zou komen te zitten als ze hem losliet, of erger, zich zou bedenken en om zou draaien.

Ze was van plan de stad achter zich te laten. Voorbij het bordje bebouwde kom reed ze in oostelijke richting de bush in. Maar al na een paar kilometer trapte ze op de rem: in het schijnsel van haar koplampen zag ze dat een ondiepe kuil in de weg was volgelopen met water. De rivier was buiten haar oevers getreden. Alice liet haar hoofd hangen. De bloemenvelden zouden onderlopen, alle zaden zouden worden weggespoeld.

Ze keek in haar achteruitkijkspiegel naar de duisternis. Wat als ze in plaats van naar de oostelijk gelegen kust in de richting van het binnenland zou rijden? Weg van het water? Ze liet de koppeling opkomen. Er gingen enkele seconden voorbij. Ze gaf een ruk aan het stuur, keerde de pick-up om en reed terug naar waar ze vandaan was gekomen. Bij de afslag naar Thornfield aarzelde ze even, drukte het gaspedaal verder in en reed in volle vaart de duisternis in.

Hoe Candy en Twig ook huilden en smeekten, June weigerde binnen te komen. Ze bleef buiten staan, wankelend, terwijl de regen op haar neerstriemde. Alice zou terugkomen. June keek strak voor zich uit. Ze wilde als eerste de koplampen zien wanneer ze over de oprit zou komen aanrijden. Alice zou terugkomen. En dan kon June haar alles uitleggen.

De whisky in haar bloed werd dunner, ze begon de tintelende kou te voelen. Toen een nieuwe regenvlaag op haar neerkletterde, liet ze zich op haar knieën vallen. De voordeur ging open. Twig kwam naar buiten met een jas.

'Sta op, June!' schreeuwde ze boven de wind uit. 'Doe niet zo zielig en kom naar binnen!' Ze legde de jas om haar schouders en hielp haar overeind.

'Nee!' gilde June. 'Ze komt terug en ik wil hier zijn als ze eraan komt.' Ze wankelde op haar benen. 'Alice komt terug. Ik zal haar alles uitleggen.'

Twig keek haar zo vernietigend aan dat June zich al voorbereidde op een misprijzende opmerking.

Een tijdje bleven ze zo staan, dicht bij elkaar, maar toch met enige afstand tussen hen, totdat Twig een arm om June heen legde en ze allebei hun gezicht naar de striemende regen ophieven.

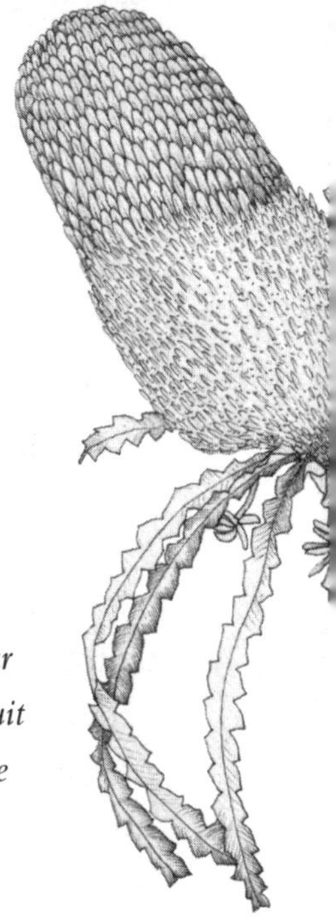

17

Fraaie banksia (showy banksia)

Betekenis: **ik ben je gevangene**

Banksia speciosa | West- en Zuid-Australië

Kleine boom met smalle, sterk getande bladeren. De crèmekleurige en gele bloemkolven bloeien het hele jaar door. De kolven huisvesten de zaden, die alleen bij vuur uit hun omhulsel springen. De bloemen trekken nectar etende vogels aan, vooral honingzuigers.

De rest van de nacht reed Alice door de storm. Toen het licht begon te worden, stopte ze net over de staatsgrens bij een wegrestaurant, om te tanken. Vervolgens parkeerde ze onder een gomboom en vlijde haar hoofd tegen het raampje om een dutje te doen. Uren later werd ze wakker van de zon die op haar gezicht brandde, en van een pijnlijke knik in haar nek. Ze ging rechtop zitten, stapte uit de auto en liep naar het wegrestaurant, om tien minuten later naar buiten te komen met een kartonnen beker koffie, een oudbakken broodje met een roze glazuurlaag en een wegenkaart. Na een paar happen gooide ze het broodje in de afvalbak. De wielen draaiden op het grind toen ze terug naar de snelweg reed en met de kaart op de stoel naast haar de borden richting het westen volgde. Gedachten die niets te maken hadden met de weg voor haar probeerde ze te verdringen. Ze had altijd bij de zee of de rivier gewoond en nu wilde ze zo ver mogelijk van het water weg. Dat was het enige waar ze zich op wilde concentreren.

Hoe verder ze het binnenland in reed, hoe droger en vreemder het landschap werd. Uitgestrekte vlakten met geel gras, hier en daar onderbroken door een rotsachtige uitstulping, een roestkleurig golfplaten dak van een boerderij, zilverkleurige watertanks en knarsende windmolens; dat alles onder de omgekeerde schaal van een eindeloze blauwe lucht.

Op de eerste dag was de batterij van haar telefoon al leeg. Ze nam de moeite niet om de oplader uit haar tas te vissen. Als ze moe werd stopte ze, waar ze ook was, aan de kant van de weg, deed de portieren op slot en sliep. Diep en droomloos. Soms verrees er ineens, als een zaailing na een regenbui, een dorpje dat slechts uit één straat bestond. Dan stopte ze om te tanken en een broodje gezond te kopen, of een blik perziken, die ze met haar vingers opat. Soms kocht ze een beker thee met melk, die ze opdronk terwijl ze de kaart bestudeerde. Ergens bij een wegrestaurant kocht ze een sprayfles, die ze met water vulde en tijdens de volgende etappe door een droog, bruin landschap gebruikte om haar gezicht af te koelen. De felle zon scheen genadeloos op haar neer.

Tijdens de derde nacht zag ze aan de rand van een mijnstadje een neonbord flikkeren. Hoewel de zon allang onder was, liep het zweet nog steeds over haar rug. Ze reed de parkeerplaats van het motel op en betaalde een toeslag voor een kamer met airconditioning en een kitchenette. In de nabijgelegen avondwinkel kocht ze kant-en-klare pannenkoekenmix, boter en een fles suikerstroop. In haar kitchenette begon ze, nog voor ze haar schoenen had uitgetrokken, een stapel pannenkoeken te bakken. Even later ging ze in haar onderbroek op de gebloemde polyester sprei liggen, trok een pannenkoek aan repen en haalde die door de boter en de stroop. Ondertussen blies de ratelende airco koude, muffe lucht uit. Dankzij de filmzender die 24/7 uitzond, viel ze opnieuw in een droomloze slaap.

De volgende ochtend gaf ze de sleutel van haar kamer bij de balie af en sloot de deur van het motel achter zich. De zon was net op, maar het was al verzengend heet. De vorige avond had ze in het donker niet kunnen zien dat de kleur van de aarde was veranderd. Hoewel ze wel eens had gehoord van het Rode Centrum, had ze het nog nooit met eigen ogen gezien. Ze schrok ervan en bleef even stokstijf staan. Het was niet het soort rood dat ze had verwacht, het neigde meer naar oranje. Roest. Vuur.

Ze sloot haar ogen en luisterde naar de geluiden. Vogelgezang, het gezoem van de airco's achter haar, de woestijnwind: haar nieuwe leven. Ze opende haar ogen, rechtte haar rug en liep naar de pick-up. Halverwege de parkeerplaats hoorde ze ineens een kort kefje.

Vlak bij haar zat een puppy. Hij had een bruine vacht met een witte vlek op zijn rug. Alice keek om zich heen. Er waren geen andere auto's op de parkeerplaats, en op de weg was aan weerszijden ook geen auto te zien. Weer kefte het hondje. Hij had geen halsband om. Op zijn flanken had hij een paar kale plekken. Toen Alice de vacht van dichtbij bekeek, zag ze er vlooien op rondkruipen. Het beest was van niemand, en als dat wel zo was, was het van iemand die er niet goed voor zorgde. Alice tilde de staart op. Het was een vrouwtje. Ze nam de hond onder haar ene arm, opende het portier met haar andere en zette het beest op de passagiersstoel. Even keken ze elkaar aan.

'Wat dacht je van Pippin?' vroeg Alice. De pup hijgde. 'Te stijfjes?' Alice startte de pick-up en reed de weg op. Haar bestemming was nog steeds de eerste plaats op de kaart waar haar oog op was gevallen nadat ze uit Thornfield was vertrokken.

'Kom maar mee dan, Pip,' zei ze. 'Nog minder dan een halve dag rijden voor de boeg.'

De plaats Agnes Bluff lag aan de voet van de hoge rode rotsformatie waarnaar hij was genoemd. Langs Main Street stonden gevlekte gombomen. De victoriaanse gevels hadden de kleur van gesuikerde amandelen. Ze zag een kiosk, een paar galeries met woestijnkunst, een bibliotheek, een paar cafés, een kruidenier en een tankstation.

Alice wilde net gaan tanken toen Pip begon te janken en een plas deed op de passagiersstoel. Er zat bloed in haar urine.

'O Pip,' zei Alice. Weer jankte het hondje.

Alice rende het tankstation binnen en kwam even later naar buiten met een stuk papier waarop een routebeschrijving was gekrabbeld. Ze scheurde het terrein af en bad dat ze genoeg benzine had om bij de dichtstbijzijnde dierenarts te komen.

Met Pip jankend in haar armen bonsde ze op de deur van de kliniek. Ze legde haar handen om haar ogen en tuurde naar binnen. Een klok op de muur wees drie minuten over één aan. Op de deur hing een vel papier waarop stond dat de kliniek op zaterdag gesloten was. Was het zaterdag? Ze had geen flauw idee. Ze bleef op de deur bonzen totdat er een man van haar leeftijd met een stethoscoop om zijn nek achter de ontvangstbalie verscheen. Hij deed de deur van het slot en maakte hem open.

'Kan ik je helpen?'

'Heel graag,' zei Alice smekend.

Ze volgde hem naar de behandelkamer. Hij trok handschoenen aan en nam Pip over uit haar armen. Hij boog zich over de kale plek op haar vacht, scheen met een lampje in haar ogen en haar bek. Toen hij klaar was en overeind kwam, was de warme blik in zijn ogen verdwenen.

'Je hondje heeft schurft.'

'Maar ze is niet van mij. Ik bedoel... eh... nu wel, maar ik heb haar vanochtend gevonden. Ik bedoel... eh... we hebben elkaar gevonden. Bij een motel.'

Even keek hij haar onderzoekend aan. 'Je kunt maar beter even je handen wassen,' zei hij iets vriendelijker nu. Hij knikte naar een wastafel in de hoek. Alice waste haar handen met warm water.

'Daar komt die stank dus vandaan,' zei hij.

Terwijl ze haar handen afdroogde aan een papieren handdoek, keek ze hem vragend aan.

'Ruik je dat niet?'

Ze stak haar handen in haar zakken. 'Het was me niet opgevallen.'

'Daarom kan ze niet ophouden met krabben.'

Hij had gelijk, dacht Alice. Sinds ze de pup had gevonden, had ze zich aan één stuk door gekrabd. 'Ik zag ook bloed bij haar urine.' Haar stem stierf weg.

'Ze heeft een akelige urineweginfectie. Vandaar dat bloed. Hoge koorts heeft ze ook, waarschijnlijk door ondervoeding.' Hij trok zijn handschoenen uit en gooide ze in de afvalemmer. 'Dat hebben zwerfhonden in deze omgeving helaas wel vaker.'

De arts tilde Pip op en zette haar in een lege kooi. Meteen begon ze te janken.

'Hé,' zei Alice. Ze zette een stap naar voren.

'Ze heeft nu medische zorg nodig,' zei hij. 'Ik wil haar alleen maar helpen.'

Alice deinsde achteruit. Pip kroop met de staart tussen haar poten in een hoekje van de kooi.

Bij de balie vroeg de arts naar haar gegevens.

'Ik heb... eh... Ik...' begon ze.

'Ben je hier net aangekomen?'

Ze knikte.

'Echt?'

'Ja.'

'Ben je een FIFO-werknemer?'

Ze fronste haar voorhoofd.

'*Fly in, fly out.*'

Ze schudde haar hoofd.

'Heb je een overnachtingsadres?'

Alice gaf geen antwoord. Hij schreef iets op een blocnote en scheurde het vel los.

'Ga naar de Bluff Pub en vraag naar Merle. Zeg dat ik je heb gestuurd.' Hij gaf het papier aan haar.

'Dank je.' Alice keek naar het briefhoofd. *Moss Fletcher. Agnes Buff.*

Dierenarts. Moss. Ze herinnerde zich een bladzijde uit het Woordenboek van Thornfield. *Moss. Liefde zonder uitzondering.* Ze mompelde een paar woorden ten afscheid en vertrok zo snel als ze kon.

Toen Alice naar buiten liep, sloeg de droge hitte haar tegemoet alsof ze tegen een onzichtbare muur op liep. Niets aan deze plek was vertrouwd. De vaalblauwe lucht was leeg en strekte zich eindeloos uit. Nergens water. Nergens de geur van bloemen. Ze werd er duizelig van.

Toen ze naar haar pick-up liep, begon haar hart ineens heel snel te kloppen. Ze wilde de klink van het portier vastpakken, maar kreeg haar hand er niet omheen. Haar vingers klauwden naar binnen. Herinneringen kwamen bovendrijven; ze kon het gebulder van de zee en het vuur niet uit elkaar houden.

Ze probeerde haar ogen te sluiten, de paniekaanval weg te ademen. Ze probeerde zichzelf te beschermen voordat alles donker werd.

Moss liep nog een laatste ronde langs de dieren en sloot de kliniek af. Alice' pup had medicijnen gekregen en sliep. Hij liep de snikhete middag in. Het rook buiten zwaar naar uitlaatgassen en gebraden kip van het naastgelegen fastfoodrestaurant. De geur deed hem denken aan wat hem te wachten stond: alweer een avond alleen thuis.

Toen hij de parkeerplaats overstak naar zijn busje, viel zijn oog op een felgele pick-up. *Alice Hart, Floragraaf Kwekerij Thornfield, waar wilde bloemen bloeien.* Er zat niemand in de auto. Toen hij eromheen liep, zag hij Alice in elkaar gezakt op het asfalt liggen. Er kwam bloed uit haar neus.

Moss knielde bij haar neer en riep haar naam. Ze bewoog niet. Haar huid was griezelig wit. Hij nam haar polsslag op en controleerde haar ademhaling. Toen haalde hij zijn telefoon tevoorschijn en toetste het alarmnummer in. Hij kreeg een arts aan de lijn en terwijl zijn hart als een razende tekeerging, beantwoordde hij de vragen als een robot.

Alsjeblieft, niet weer.

Het was geen zee van vuur, ze dreef op een rivier; een rivier van sterren die haar huid zilvergroen verfden. Ze lag op haar rug en zag ze omlaagvallen. Sommige bleven hangen in de hoogste takken van de gombomen, waarvan het silhouet zich aftekende tegen de donkere lucht. Andere kwamen in haar wimpers terecht en tussen haar tenen. Ze slikte er een paar in. Ze smaakten zoet en fris. Ze verzamelde een armvol sterren, verbaasde zich over hun lichtheid. Voorzichtig legde ze ze om zich heen. Een cirkel van sterren, waarbinnen geen verdriet bestond.

Alice kwam hoestend en proestend bij bewustzijn, in de veronderstelling dat ze sterren uitspuwde.

'Oggi,' brabbelde ze.

'Oké, Alice. Je voelt je waarschijnlijk een beetje groggy. Doe maar rustig aan.'

Ze opende haar ogen. Een vrouw keek haar glimlachend aan. Ze scheen met een lampje in Alice' ogen. Dat riep een herinnering op: ze lag in een ziekenhuisbed in een witte kamer. In haar arm stak een naald. Ze kromp ineen en wendde haar hoofd af. In de stoel naast haar zat een man stijf rechtop. Hij staarde haar aan en hief zijn hand op. Alice stak haar vingers op om terug te zwaaien. De dierenarts. Het was de dierenarts. Moss. Of zoiets. *Liefde zonder uitzondering.*

'Je zit aan een infuus met een zoutoplossing, Alice. Je was behoorlijk uitgedroogd. Dat zien we vaak bij toeristen die niet gewend zijn aan de hitte in de woestijn. Daardoor ben je waarschijnlijk flauwgevallen.' Ze droeg een witte jas. DOKTER KIRA HENDRIX was op het borstzakje van haar jas genaaid. 'Nog een paar routinevragen. Is uw familie bekend met lage bloeddruk?'

Alice schudde haar hoofd. Ze had geen idee.

'Hoe zit het met angsten, paniekaanvallen?'

'Sinds mijn kindertijd niet meer,' antwoordde ze kalm.

'En wat was de oorzaak?'

De wind die waaide? Het zien van een bloem? Een droom die bleef nazeuren?

'Ik weet het niet,' antwoordde ze.

'Gebruikt u medicijnen?'

Weer schudde ze haar hoofd.

'Gelukkig is uw neus niet gebroken en zal hij gauw genezen. Nu moet u even rustig aan doen. En veel drinken. Als u zich ergens ongerust over maakt, kom dan terug. Moss vertelde dat u hier net bent aangekomen?'

Alice knikte.

'Waar verblijft u?'

Alice keek naar Moss. Hij ving haar blik en bleef haar even aankijken.

'In een pub, dokter. Een kamer boven een pub.'

'Hm,' zei de dokter. Ze klopte op Alice' schouder en keek Moss vervolgens met opgetrokken wenkbrauwen aan. 'Kan ik je even spreken?'

Samen liepen ze naar een hoek van de kamer. Alice keek hen zijdelings aan. Dokter Kira keek ernstig terwijl Moss nogal van zijn stuk gebracht leek.

'Mooi,' besloot dokter Kira opgewekt het onderonsje. Ze ging terug naar het bed waar Alice lag. 'We gaan nu eerst dat infuus verwijderen, Alice, en dan kun je wat mij betreft gaan. Eet lichte maaltijden en neem genoeg rust.'

Alice knikte met neergeslagen ogen.

Moss maakte het portier aan de passagierskant open en sloot het weer nadat Alice lusteloos was ingestapt. Het interieur was smetteloos. Aan de achteruitkijkspiegel hing een kartonnen boompje dat een imitatie-eucalyptusgeur verspreidde.

Ze zwegen een tijdje tot Moss een paar keer zijn keel schraapte.

'Toen ik... eh... de kliniek had afgesloten, zag ik je ineens op de parkeerplaats liggen,' zei hij zonder haar aan te kijken. 'Ik heb je laten liggen en meteen dokter Kira gebeld. Zij heeft ervoor gezorgd dat er een ambulance kwam. Ik ben er in mijn busje achteraan gereden.'

Alice keek strak voor zich uit terwijl ze zich probeerde voor te stellen hoe hij haar had aangetroffen. Ze schaamde zich diep en voelde de tranen in haar ogen branden. *Je gaat hier nu niet huilen.*

'We zijn er,' zei Moss toen hij voor de dierenkliniek parkeerde. Hij stak zijn hand in zijn zak en haalde er de sleutels van haar pick-up uit. 'Deze had je in je hand toen ik je vond.' Het klonk als een verontschuldiging, alsof hij verantwoordelijk was voor haar blackout.

'Dank je,' zei ze kalm. 'Voor alles.' Ze pakte de sleutels aan en zag zijn gezicht vertrekken toen een scherp randje langs zijn knokkels schraapte. 'Sorry,' mompelde ze terwijl ze haar handen voor haar gezicht sloeg. Toen zuchtte ze diep en schudde haar hoofd. 'Dank je,' zei ze weer. Ze stapte uit en liep naar haar pick-up, maar toen ze de belettering op het portier zag, bleef ze stokstijf staan. Daar stond het, open en bloot, alles wat ze probeerde achter zich te laten.

Alice Hart, Floragraaf. Kwekerij Thornfield, waar wilde bloemen bloeien.

'Zeg... eh... Alice...'

Ze draaide zich om en probeerde het portier aan Moss' zicht te onttrekken.

'Gaat het nu wel, denk je?'

Ze knikte. 'Ja, hoor. Dank je. Ik neem een kamer in de pub.'

Hij keek even opzij en toen weer naar haar. 'Dokter Kira vroeg of ik de komende vierentwintig uur een paar keer bij je langs kan gaan om te zien hoe je het maakt.' Hij schraapte zijn keel. 'Vind je dat goed?'

Alice forceerde een glimlach. 'Rust nemen, goed drinken en goed eten. Ik denk dat dat wel gaat lukken.' Het liefst wilde ze in bed kruipen, de dekens over haar hoofd trekken en er nooit meer uit hoeven te komen. 'Toch bedankt.'

'Oké.' Weer viel er een stilte. 'Nou, Merle heeft mijn nummer, dus als je iets nodig hebt...' Hij startte de motor van zijn bus. Alice knikte, blij toen ze hem de parkeerplaats af zag rijden.

Ze liep naar haar pick-up, stapte in en reed rechtstreeks naar het tankstation. Toen ze klaar was met tanken, speurde ze in de tankshop de rekken af tot ze retoucheerverf had gevonden. De enige kleur die ze hadden was turkoois. Ze nam het potje en een kwast mee naar de kassa. Daar viel haar blik op een vel vrolijk gekleurde plakplaatjes. Ze nam er twee, betaalde en verliet de winkel.

Op de parkeerplaats van de pub nam ze de pick-up flink onder handen met de verf en de kwast. Het was haar eerste dag in de woestijn en terwijl het langzaam begon te schemeren, kwastte ze turkooizen verf over elke verwijzing naar wie ze was geweest en waar ze vandaan kwam.

Merle was niet in de pub toen Alice aankwam. Een jong meisje met een vet accent checkte haar in en gaf enthousiast toelichting op het menu. Alice deed alsof ze luisterde. Het meisje had een wereldkaart op haar onderarm getatoeëerd. Op de kaart stonden kleine sterretjes. Alice vroeg zich af hoe het voelde om uit vrije wil ver weg te gaan van al het vertrouwde, naar een bestemming waar je bewust voor gekozen hebt. Hoe zou het voelen om geen ander doel te hebben dan te reizen en ervaringen te verzamelen die zo belangrijk en betekenisvol zijn dat je ze voor eeuwig op je huid laat vastleggen? Het was alsof elk sterretje Alice uitdaagde. Daar ben ik nog nooit geweest. Daar ben ik nog nooit geweest. Daar ben ik nog nooit geweest.

'Mevrouw?' Het meisje zwaaide met het menu voor Alice' gezicht. Ze glimlachte vrolijk.

'Sorry.' Ze schudde haar hoofd. 'Kan ik ook iets naar mijn kamer laten brengen?'

'Voor een extra fooi wel.'

Nadat ze had besteld, ging ze met haar rugzak naar boven. Ze opende de deur naar haar kamer, ging naar binnen en sloot hem meteen weer af.

Ze ging op bed zitten, maakte de veters van haar schoenen los, ging op haar zij op bed liggen en liet een snik horen die al dagen tegen haar ribben had gedrukt.

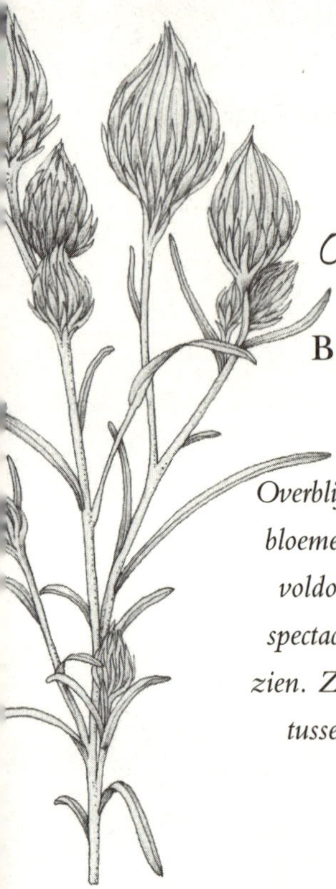

18

Oranje immortelle (orange immortelle)

Betekenis: **in de sterren geschreven**

Waitzia acuminata | West-Australië

Overblijvende bloem met lange, smalle bladeren en papierachtige bloemen in de kleuren oranje, geel en wit. Als er in de winter voldoende regen valt, bloeien ze in het voorjaar. Het is een spectaculair gezicht om van deze bloemen een heel veld vol te zien. Ze zijn met miljoenen tegelijk aangetroffen in het westen, tussen de struiken en in de woestijn. Veel mensen hebben er een lange reis voor over om ze te zien.

Alice werd wakker door de opkomende zon. Ze schopte het bezwete laken van haar benen, ging overeind zitten en veegde het zoute slaapzand uit haar ogen. De kamer baadde in een oranje gloed. Ze liep naar het raam en schoof de gordijnen open. Het licht, dat nu ongehinderd naar binnen kon stromen, weerkaatste van de Bluff, die boven de stoffige stad uittorende. Ze keek over de huizen en straten heen naar de golvende rode zandduinen en de met spinifex en woestijneiken begroeide hellingen, die zich tot in het oneindige leken uit te strekken. Ze dacht aan de heremietkreeften, de zeewind, het groene suikerriet, het zilveren rivierwater en de velden vol bloeiende bloemen. De lucht in de woestijn was zo droog en dor dat het zweet op haar huid al was verdampt voordat het een druppel kon vormen. Ze was verder weg van alles en iedereen dan ze ooit was geweest.

'Ik ben hier,' fluisterde ze hardop.

Na een kop koffie en een vruchtenmuffin aan de bar liep Alice de pub uit naar haar pick-up. Ze controleerde of de turkooizen verf op de portieren droog was en haalde vervolgens de plakplaatjes uit het handschoenenvakje. Nadat ze beide portieren had volgeplakt, kruiste ze haar armen voor haar borst en bekeek het resultaat. Ze had nooit gedacht dat een laagje verf en een paar vlinderstickers genoeg waren om anoniem te worden.

Later vond ze een kruidenier, waar ze waterijsjes met citroensmaak kocht die ze in het vriesvakje van haar minibar stopte. Ze at er drie achter elkaar en ging op bed liggen, terwijl ze door het raam zag hoe de middagzon de bomen bleekte. Toen het in de namiddag iets begon af te koelen, verliet ze haar kamer om rond te wandelen in het vreemde rode landschap.

Ze liep aan de voet van de rots, bekeek het lage knoestige struikgewas, de bosjes stekelige spinifex en de stakerige woestijneiken. Tussen de rotsen groeiden wilde bloemen, waarvan ze er een paar plukte en in haar zakken stopte. Boven haar hoofd vloog een zwerm vinken. Even moest ze slikken. Het bovennatuurlijke woestijnlandschap betoverde haar zintuigen.

De dagen verstreken. De snee in haar neus genas. Als er af en toe een herinnering boven kwam drijven, liet ze haar toe. Alleen wanneer ze terugdacht aan de nacht waarop ze Thornfield had verlaten, probeerde ze uit alle macht afleiding te vinden. Ze wilde niet denken aan het immense verraad van June, laat staan aan wat er met Oggi en Boryana was gebeurd. Waren ze gearresteerd? Waren ze bang geweest? Wisten ze dat June hen had aangegeven? Ze had inmiddels geleerd om dat soort vragen te verdringen.

Om haar dagen structuur te geven ontwikkelde ze een routine rondom de woestijnzon. Ze kon geen genoeg krijgen van het woestijnlicht. Elke ochtend zat ze op de vensterbank boven het golfplaten dak van de pub. De opkomende zon verfde de rotspartijen in kleuren variërend van bordeauxrood en okergeel tot brons- en butterscotch-bruin. Terwijl ze naar de ogenschijnlijk eindeloze hemel keek, probeerde ze dieper in te ademen, alsof ze zichzelf kon vullen met de ruimte, alsof ze dezelfde uitgestrektheid in zichzelf kon creëren.

Na zonsopgang maakte ze een wandeling. De stad lag aan een oude drooggevallen rivierbedding bedekt met wit kiezelzand waarop gevlekte gombomen groeiden. Af en toe bleef ze staan om een lichtgrijze steen of een gevallen gomnoot te bekijken. Het was moeilijk voor te stellen dat hier ooit water had gestroomd, alsof de rivier niet meer dan folklore was, iets wat lang geleden op de vleugels van de zwarte kaketoes was weggevlogen.

's Middags, op het heetst van de dag, bleef Alice in haar kamer met de airco op de hoogste stand en zapte ze langs de televisiezenders. Als het iets koeler werd, maakte ze nog een wandeling. 's Avonds na het eten zocht ze haar toevlucht in de duisternis en staarde naar de sterren.

Zo gingen er twee weken voorbij. Alice ging niet meer terug naar de dierenarts. Ze checkte haar e-mail niet. Ze had haar simkaart uit haar telefoon gehaald en weggegooid.

Tot haar verbazing gaven bepaalde aspecten van de woestijn haar zoveel troost dat er bijna een medicinale werking van uit leek te gaan. De vurige kleur van het zand dat poederzacht aanvoelde wanneer ze er een handjevol van oppakte. Het melodieuze gezang van de vogels. Het licht aan het begin en einde van de dag. De warme wind, het zilverachtige blauwgroen van de bladeren van de gomboom, de eindeloze, met wolken dooraderde lucht, maar vooral de wilde bloemen die tussen de stenen en wortels in de rivierbedding bloeiden. Ze was ze gaan verzamelen en drogen, zonder aan zichzelf toe te geven dat juist het vertrouwde van de bloemen haar de meeste troost gaf.

Op een ochtend ontdekte ze dat ze al een heel schrift vol had. Na het ontbijt in de pub ging ze de stad in om een nieuw schrift te kopen. In een rustige straat bij de rivierbedding bevond zich de bibliotheek. Op de gevel prijkte een vale muurschildering die het kleine vierkante gebouw op een stapel boeken moest doen lijken. Binnen was het aangenaam koel.

Alice liep opgetogen langs de kasten met boeken. Ze herinnerde zich de bibliotheek uit haar jeugd, gevuld met pastelkleurig licht en glas-in-loodramen die verhalen vertelden.

'Sally,' mompelde ze.

'Kan ik u helpen?' vroeg de bibliothecaresse die bij de volgende kast stond.

'Waar staan de sprookjes?' vroeg Alice.

'Helemaal achterin.'

Alice liet haar vingers langs de ruggen van de sprookjesboeken glijden die ze nog van vroeger kende. Ze dacht aan haar bureautje, haar bibliotheektas, haar moeders varens. Ze zocht naar een bepaald boek en toen ze het had gevonden, slaakte ze een kreetje.

Nadat ze zich had ingeschreven en haar bibliotheekkaart in haar zak had gestoken, leende ze het maximale aantal boeken en sleepte ze mee terug naar haar kamer. De hele middag was ze bezig de boeken door te bladeren. Af en toe liet ze haar vingertoppen over een losse zin glijden. Dan weer stopte ze met lezen om een opengeslagen boek tegen haar borst te drukken terwijl ze naar de kantachtige patronen keek die het zonlicht door de bladeren van de gomboom op haar muur wierp. Die avond kocht ze een Thaise afhaalmaaltijd en een sixpack bier. Ze ging op bed liggen onder de airconditioner en las het boek waarvan ze als kind zo had gehouden, vol met verhalen over vrouwen die hun zeehondenhuid afwierpen, die op het strand achterlieten en in de zee verdwenen, alles uit liefde voor een man.

Op een middag toen Alice met een bos wilde bloemen van de rivierbedding kwam, ving Merle, de eigenaresse van de pub, haar op bij de bar.

'Alice Hart,' zei ze. 'Er is telefoon voor je.'

Het toestel lag op de bar. Alice wachtte tot Merle weg was, veegde haar klamme handen aan haar short af en nam op.

'Hallo?' zei ze. Ze drukte haar andere hand tegen haar oor om het geroezemoes in het café te dempen.

'Ik dacht dat je misschien wilde weten dat je hondje beter is,' zei Moss aan de andere kant van de lijn.

Alice haalde diep adem.

'Hallo?'

'Hoi!' riep ze, duizelig van blijdschap.

'Ha!' Moss grinnikte.

'Sorry.' Inwendig kon Alice zichzelf wel slaan. 'Bedankt voor het bericht. Dit is echt geweldig nieuws.'

'Dat dacht ik al. Wanneer kun je haar komen ophalen? Ze is mollig en blij, en pluiziger dan Merle's permanentje.'

Alice schoot in de lach, en dat verraste haar. Net zoals de warme klank van zijn stem.

'Morgen,' hoorde ze zichzelf zeggen.

'Prima.' Even was het stil. 'En hoe gaat het met jou?'

'Goed,' zei Alice, friemelend aan de bloemen die ze had geplukt. 'Sorry dat ik niet...'

'Geeft niks. Je hebt het vast druk gehad. Bovendien moest je uitrusten. En de hele collectie van de plaatselijke bibliotheek uitlezen.'

'Hè?'

'Klein stadje,' zei Moss lachend. 'Het is moeilijk om hier iets geheim te houden. Dus jij houdt van lezen?'

Achter de deur schraapte Merle haar keel.

'Sorry, ik moet ophangen,' zei Alice.

'Ik zie je morgen.'

'Waar?' vroeg Alice.

'Bean Café in Main Street. Schikt elf uur?'

'Oké.' Alice hing op. 'Sorry,' mompelde ze tegen Merle toen ze de deur naar het kantoortje opende.

'Geen probleem.' Merle glimlachte en keek haar met opgetrokken wenkbrauwen aan. 'Heb je zin in een biertje, meid? Het is happy hour.'

'Kan ik het meenemen naar mijn ka...'

'Nope,' onderbrak Merle haar met opgeheven hand. 'Niemand drinkt alleen als ik dienst heb. Kom gezellig aan de bar zitten. Vertel me wat je hier doet in mijn pension, helemaal alleen in de middle of nowhere. Ik ben dol op mooie verhalen.'

Alice werd misselijk bij het idee dat ze iemand iets moest vertellen over het leven dat ze had geleid voordat ze Agnes Bluff binnenreed. De woorden van Moss galmden na in haar oren. *Het is moeilijk om hier iets geheim te houden.*

Moss hing op en staarde naar zijn telefoon alsof die hem antwoord kon geven op zijn vragen over Alice Hart. Vragen die hem al dagen achtervolgden. Hij had gewacht tot ze haar puppy kwam halen, maar dat gebeurde niet. Af en toe sprak hij Merle, die hem op de hoogte hield. Ze was er nog steeds. Het ging goed met haar. Voor zover ze wist was ze niet meer flauwgevallen. *Waarom maak je je zo druk om haar?* had Merle hem gevraagd. *Uitgerekend jij moet toch weten dat je niet elke zwerfkat kunt redden.* Moss was snel van onderwerp veranderd. Hij kon Merle niet vertellen dat sinds hij vijf jaar geleden in dit stadje was neergestreken, Alice de eerste was bij wie hij het gevoel had dat hij iets te bieden had, iets te geven. Na het verlies van Clara en Patrick had hij niet verwacht dat hij zich weer zo zou kunnen voelen. Dus wel. Want daar was ze, Alice Hart. Een vrouw die wist hoe je bloemen kon laten spreken.

Hij liep naar de koelkast, pakte een biertje en ging weer achter zijn bureau zitten. Eén beweging van de muis bracht zijn computerscherm tot leven. Moss' hart begon sneller te kloppen toen hij weer naar de foto keek die hij al eerder had gevonden. Hij was als eerste zoekresultaat tevoorschijn gekomen. *Alice Hart. Floragraaf. Thornfield.* Haar profiel stond op de *About Us*-pagina. Ze stond midden in een veld met bloemen, omgeven door knoestige gombomen, met in haar armen een boeket inheemse bloemen dat zo groot was dat ze er bijna achter verdween. Ze keek zijdelings in de lens. Een flauw glimlachje. Een heldere oogopslag. Haar haren hoog opgestoken op haar hoofd, bijeengehouden door een reusachtige hartvormige bloem.

Alice Hart woont al heel lang op Thornfield en groeide op met de taal van inheemse bloemen. Ze is een zeer bedreven floragraaf en kan u helpen bij het samenstellen van het perfecte boeket waarmee u uw hart kunt laten spreken. Alleen op afspraak.

Toen googelde hij *floragraaf*: iemand die de taal der bloemen spreekt, een verschijnsel dat zeer populair was in de victoriaanse tijd. Hij had gehoopt dat door haar te googelen zijn fascinatie voor haar zou afnemen, maar door haar mysterieuze achtergrond werd die alleen maar aangewakkerd.

Moss leunde achterover in zijn stoel en las de contactgegevens van Thornfield. Hij nam een slok bier, pakte de telefoon en legde hem weer neer. Leunde achterover. Boog zich voorover, pakte de telefoon, toetste het nummer in dat op het scherm stond. Pakte zijn bierflesje terwijl de telefoon overging.

Net toen hij wilde ophangen, kreeg hij een vrouw aan de lijn. Haar stem was verstikt door tranen.

Alice installeerde zich aan de bar. De zonsondergang vulde de ruimte met een caleidoscoop aan kleuren.

Merle legde een vers viltje neer waarop ze even later een ijskoud biertje zette. ‘Proost.’ Merle hield haar glas whisky omhoog. ‘Nou, Alice Hart, vertel me eens wat je hier komt doen, helemaal in je eentje? Waar kom je vandaan? Waar ga je naartoe?’

Alice legde haar handen om haar glas.

'Nu niet dichtklappen. Iedereen hier heeft een verhaal. Je denkt zeker dat je de enige blanke bent die de woestijn in trekt om iemand anders te worden? Sorry, lieverd, maar zo bijzonder ben je niet.' Merle tikte met haar kunstnagels op de bar. Vanuit de biertuin klonk een luide kreet. 'Hé daar. Hou daar eens mee op!' brulde ze zo hard dat Alice ervan schrok. 'Niet weggaan, lieverd. Ik moet daar even de boel gaan sussen.'

Alice slaakte een zucht van opluchting. De pub liep langzaam vol en om haar heen nam het geroezemoes toe. Met haar glas en haar bos veldbloemen schoof ze van haar barkruk en baande zich een weg naar buiten, de koele blauwe schemer in. Ze nam een slok bier en opende haar vuist. De bloemen waren geplet. Terwijl ze ze van dichtbij bekeek, voelde ze dat er iemand achter haar stond.

'Sorry, ik wilde je niet laten schrikken,' zei een vrouw. Ter verklaring hield ze een pakje shag omhoog. Ze had een vriendelijke stem. Alice knikte en klemde haar glas steviger vast. De vrouw rolde een sigaret en hield er een brandende lucifer bij. Ze droeg een uniform, maar in het halfduister was het insigne niet te lezen. Ze inhaleerde, blies de rook uit en wuifde die voor Alice' gezicht weg.

'Dit is de enige kroeg in een straal van honderd kilometer. Het kan hier dus aardig druk worden.'

'Ik weet het,' zei Alice. 'Ik logeer hier.'

'Oké. Ben je al lang in de stad?' vroeg de vrouw.

'Vandaag precies een maand.'

'Hoelang ben je al in het Territorium?'

'Vandaag precies een maand,' zei Alice, onwillekeurig glimlachend.

'Aha. Dus je hebt nog twee maanden te gaan.'

'Hoezo?'

'Totdat je eindelijk het gevoel hebt dat je niet op een andere planeet bent. Kom je van de kust of uit de stad? Dan ben je een echte nieuwkomer in de woestijn. Ik kon het meteen aan je zien. Je hebt die typische blik van een hert dat in de koplampen kijkt.'

Alice wendde haar gezicht af. 'Hoe weet je dat dat niet mijn gewone blik is?' hoorde ze zichzelf vragen.

De vrouw zweeg even en begon toen te lachen. 'Je hebt helemaal gelijk. Sorry. Dat was heel onbeleefd van me.'

Alice keek naar haar schuimende bier.

'Ik woon iets verderop. Ik ben opgegroeid in het rode zand,' vervolgde de vrouw glimlachend. 'Dat is misschien een verklaring voor mijn hoogontwikkelde sociale vaardigheden.'

Alice kon niet anders dan haar glimlach beantwoorden.

'Trouwens, ik ben Sarah.'

'Alice.'

Ze schudden elkaar de hand.

'Wat doe jij hier, Sarah?' Alice gebaarde naar haar uniform.

'Ik beheer het park,' antwoordde ze. Ze stak haar duim in een onduidelijke richting over haar schouder.

'Het park?'

'Kililpitjara. Het nationale park. Ben je er nog niet geweest?'

Alice schudde haar hoofd.

'Daar moet je echt een keer naartoe. Het is een heel bijzondere plek.' Sarah trapte haar peuk uit. 'En jij? Wat doe jij?'

'Ik... eh...' Alice' stem stierf weg. 'Sorry,' zei ze, over haar voorhoofd wrijvend. 'Ik werk in de communicatie.'

'Communicatie?' herhaalde Sarah.

Alice knikte. 'Ik heb aan de open universiteit bedrijfscommunicatie gestudeerd. Ik heb een...' Ze stopte. Probeerde het opnieuw. 'Ik heb vroeger een bloemenkwekerij gerund. Maar dat doe ik nu niet meer.' Als Sarah haar gehakkel al in de gaten had, liet ze dat niet merken.

'Tjongejonge. Ongelooflijk zoals het hier altijd gaat.' Sarah lachte en schudde haar hoofd. Alice, die niet begreep wat ze bedoelde, keek naar de pub. 'Nee, nee,' zei Sarah. 'Niet de pub. De woestijn. En de mensen die erdoorheen waaien. Het verbaast me telkens weer.'

Alice glimlachte beleefd.

'We hebben toevallig net een vacature voor een opzichter annex medewerker bezoekersservice. Daarom ben ik nu in de stad. Ik wil een aantal mensen spreken die misschien geschikt zijn voor die baan.' Ze keek Alice grijnzend aan. 'Het is lastig, want we zoeken iemand die met zijn handen kan werken maar ook een achtergrond in de communicatie heeft.'

Alice knikte langzaam. Er begon haar iets te dagen.

'Je verdient goed. En voor huisvesting wordt gezorgd,' zei Sarah. 'Hier heb je mijn kaartje. Stuur me een mailtje als je belangstelling hebt, dan geef ik je extra informatie.'

Alice' handen waren klam. Het was lang geleden dat ze een sprankje hoop had gevoeld. 'Dat zou geweldig zijn,' zei ze terwijl ze iets onzichtbaars van haar armen streek.

Toen Sarah een kaartje uit haar borstzak trok en dat aan Alice overhandigde, kon ze de insignes op haar shirt beter lezen. KILILPITJARA NATIONAL PARK stond erop, en een aangepaste versie van de Inheemse Australische vlag: de bovenste helft was zwart met een gele cirkel in het midden, en de onderste helft was rood. In het midden van de gele cirkel waren een paar woestijnerwten afgebeeld.

'Dank je,' zei Alice terwijl ze het kaartje aannam.

Sarah keek op haar horloge. 'Ik moet gaan, maar ik vond het leuk je te ontmoeten, Alice. Ik wacht je mailtje af.'

Bij wijze van afscheid zwaaide Alice met het kaartje terwijl Sarah in de menigte verdween. Toen hield ze het tegen het licht. Er stond hetzelfde embleem op als op Sarah's shirt. Alice had er het Woordenboek van Thornfield niet voor nodig. Ze had de betekenis van de woestijnerwt onthouden vanaf de dag van haar tiende verjaardag, toen ze het medaillon van June openmaakte en haar brief las.

Wees dapper, houd moed.

De volgende ochtend stond Alice voor de bibliotheek te wachten tot de deur om negen uur openging. Ze haastte zich naar de computers.

In haar hand had ze Sarah's kaartje, dat al ezelsoren had. Ze voerde de naam van het park in en wachtte tot de website geladen was. Ze keek op de klok. Over twee uur had ze die afspraak met Moss.

Traag verscheen de homepage van het park op het scherm. Het was een foto van een landschap. Alice boog zich naar voren, alsof ze op die manier het laden kon versnellen.

Een zachtpaarse lucht. Een paar wolkenslierten. Een veeg abrikooskleurig licht boven de lila streep van de horizon. Een luchtfoto van groen gebladerte tegen helderrood zand.

Het duurde even voordat ze besefte dat ze van bovenaf in een krater keek, en pas toen de hele foto was geladen zag ze hoe groot het gebied was: een smal lint van rood zand was de weg en de witte stipjes waren auto's. Haar blik werd getrokken naar het midden van de krater, dat was bedekt met wilde bloemen. Ze tikte met haar vingers op de tafel terwijl een detailfoto van de bloemen werd geladen. Toen stopte ze met tikken. Het hart van de krater werd gevormd door een cirkel bloedrode woestijnerwten.

Ze klemde haar medaillon vast en las verder:

Hoewel de Kililpitjara of de Earnshaw Crater pas in de vroege jaren vijftig door uitheemse mensen werd ontdekt, vormt hij al duizenden jaren een levend cultuurlandschap voor de Aṉangu. Geologisch gezien is de krater het resultaat van de inslag van een ijzermeteoriet die honderdduizenden jaren geleden plaatsvond. In de cultuur van de Aṉangu is de krater veroorzaakt door een grote klap, eveneens vanuit de lucht, maar niet van een ijzermeteoriet; de krater is ontstaan op de plek waar het hart van een rouwende moeder ter aarde stortte. Heel lang geleden leefde Ngunytju in de sterren. Op een avond, toen ze niet goed oplette, stortte haar baby vanuit zijn wieg in de lucht op de Aarde neer. Toen ze besefte wat er was gebeurd, was Ngunytju ontroostbaar. Ze rukte haar hart uit haar goddelijke lichaam en wierp het omlaag, zodat ze op Aarde bij haar gevallen kind kon zijn.

Alice stopte met lezen en liet de beelden van het ontstaan van de krater op zich inwerken. Daarna las ze verder.

In het midden van Kililpitjara groeit een wilde, concentrische cirkel woestijnerwten, die negen maanden per jaar bloeien. Van over de hele wereld komen toeristen hiernaartoe om het hart van Ngunytju te zien bloeien. Voor de Aṉangu-vrouwen is het een heilige plaats met een diepe spirituele en culturele betekenis. Ze heten u van harte welkom en willen u graag de geschiedenis van deze streek vertellen. Als u in de krater loopt, wordt u vriendelijk verzocht geen bloemen te plukken.

Alice scrolde omhoog naar de foto. Haastig opende ze nog een tabblad. Ze maakte een nieuw e-mailadres aan en was blij toen ze de nieuwe, lege inbox zag. Ze typte een mailtje aan Sarah, vulde haar adres in en voordat ze zich kon bedenken klikte ze op 'Verzenden'. De computer antwoordde met een vrolijke ping.

Verzonden.

Alice zakte onderuit in haar stoel en staarde naar de goddelijke krater. Haar blik viel op het kopje.

In de Pitjantjatjara-taal betekent Kililpitjara 'toebehorend aan de sterren'.

19

Blauwe ganzenvoet (pearl saltbush)

Betekenis: **mijn verborgen waarde**

Maireana sedifolia | Zuid-Australië en het Noordelijk Territorium

Deze lage struik komt veel voor in woestijnen en op zoute bodems en produceert een fascinerend ecosysteem van bijna verborgen schatten: gekko's, elfjes, fungi en korstmossen. De struik kan goed tegen droogte. Het zilvergrijze winterharde blad vormt een dichte bodembedekker die brandvertragend werkt.

Alice haastte zich door Main Street, met haar hoofd vol botsende sterren en bloedrode bloemen met donkerrode harten. Ze controleerde het adres dat ze, inclusief de instructies van Merle, op de rug van haar hand had geschreven. Main Street helemaal door, dan linksaf. Let op planten en een wirwar van tafels en stoelen. Ze was een kwartier te laat.

Bean Café bevond zich in een smalle steeg. Op de stoep stonden her en der bontgekleurde stoelen en met verf bespikkelde tafeltjes. Tussen de tafels stond een kleine jungle aan potplanten. Het was een groene oase in de woestijn.

Moss zat aan een tafeltje onder een magnoliaboom die in een pot stond. Zijn vingers gleden over het ijzeren rasterwerk van een draagbare kooi.

'Goeiemorgen,' zei Alice. Ze keek Moss aan. Hij rechtte zijn rug, zijn gezicht straalde opluchting uit. Pip sprong kwispelend tegen het rasterwerk op toen ze haar zag. Ze zag er stevig uit. Haar vacht glansde en haar ogen stonden helder. Ineens voelde Alice een brok in haar keel.

'Ik wist niet zeker of je zou komen,' zei hij.

Een meisje met dreadlocks kwam in een wolk van patchoeli aan hun tafeltje staan. 'Koffie?'

'Flat white, alsjeblieft,' zei Moss. De serveerster knikte en keek toen Alice aan.

'Hetzelfde voor mij,' zei Alice. Het meisje nam de menukaart mee en verdween in het café.

'En?' vroeg Moss. Alice boog zich over de kooi om Pip te bekijken. 'Hoe gaat het nu?'

Alice perste haar lippen op elkaar en knikte als een dashboardpoppetje. 'Goed,' zei ze. Pip knabbelde aan haar vingers.

'Niet meer flauwgevallen?'

Ze ging zitten en leunde achterover in haar stoel. Ze zag dat hij oprecht bezorgd was. Ze schudde haar hoofd. De serveerster kwam terug met de koffie.

Moss glimlachte en gooide het over een andere boeg. 'Pip is weer helemaal de oude. Ik heb haar behoorlijk zware antibiotica gegeven.'

Alice knikte. 'Dank je.'

'Wil je haar vasthouden?' vroeg hij.

'Heel graag.' Ze straalde.

Hij opende de kooi en Alice slaakte een gil toen de pup in haar armen sprong, over haar kin likte en aan haar oren snuffelde.

'Als jij haar niet had meegenomen, had ze het niet gered,' zei Moss. 'Soms hebben dieren hetzelfde nodig als wij mensen. Liefde en aandacht werken als een medicijn.'

Voor ze ze kon tegenhouden verschenen er beelden voor Alice' geestesoog: Candy's ondeugende glimlach, Twigs kalme, afgemeten tred, June's trillende handen.

'Die warme, droge lucht hier is verschrikkelijk,' mompelde ze terwijl ze de tranen uit haar ogen streek. Even sloot ze ze en probeerde ze zichzelf voor te stellen op een luchtfoto: een nauwelijks te onderscheiden stipje in een onmetelijke woestijn.

'Alice?' Moss leunde naar voren en raakte haar arm even aan. Geschrokken drukte Alice Pip tegen zich aan. Ze was niet zwak. Ze had geen hulp nodig.

'Ik hoef niet gered te worden,' zei ze kalm.

Er gleed een eigenaardige uitdrukking over Moss' gezicht. Hij keek langs haar heen Main Street in, waar in de schaduw van de bomen marktkraampjes werden opgebouwd.

'Dat dacht ik ook niet,' zei Moss langzaam. 'Maar ik weet wat het is om hier in je eentje te belanden.' Hij vouwde zijn handen ineen. 'Ik weet niet of je het al hebt gehoord, maar er is hier een uitdrukking die luidt: er zijn twee redenen waarom blanken hiernaartoe komen: óf ze zijn op de vlucht voor justitie óf voor zichzelf. Voor mij was dat in elk geval...'

'Ik ben niet op de vlucht,' onderbrak ze hem. Op haar wangen verscheen een blos van verontwaardiging. 'Nergens voor.' Ze moest haar best doen om te voorkomen dat haar kin begon te trillen. Ze wilde niet dat hij haar zag huilen. 'Je kent me helemaal niet, Moss. Ik heb geen bescherming nodig. Ik heb...' Ze zweeg net voordat ze June's naam had uitgesproken. 'Ik heb geen hulp nodig,' zei ze.

Moss hief zijn handen op. 'Als jij het zegt.' Zijn ogen stonden mat. Waarom sprak hij haar niet tegen? Waarom ging hij de discussie niet aan? Zij was er klaar voor.

'Ik heb niet om hulp gevraagd,' zei ze met verstikte stem. Toen Pip begon te janken in haar armen besefte ze pas hoe stevig ze haar vasthield.

'Ik snap niet waar je me van beschuldigt, laat staan waarom je zo boos bent. Je staat ineens voor de deur van mijn kliniek en vervolgens val je flauw op de parkeerplaats. Wie zou je níét geholpen hebben?'

Alice liet met een diepe zucht haar opgekropte emoties los. Uitgeput volgde ze met een vinger de patronen op het formica tafelblad, van het gemarmerde wit naar het blauw, elk riviertje als een golf. Een herinnering: haar vader, zigzaggend op zijn surfplank naar de horizon.

Zonder een woord te zeggen legde Moss een briefje van tien op tafel en schoof zijn stoel naar achter. Alice keek niet op toen hij wegliep, maar toen hij bijna aan het einde van de steeg was, kon ze zichzelf niet meer bedwingen en riep zijn naam. Hij draaide zich om.

'En wat was het voor jou?' vroeg ze. 'Justitie of jezelf?'

Moss keek even omlaag, zijn handen diep in zijn zakken. Toen hij opkeek had zijn gezicht zo'n intens droevige uitdrukking, dat Alice zich diep geraakt voelde. Hij wierp haar een halfhartige glimlach toe en liep zonder antwoord te geven weg.

Alice bleef waar ze was en staarde naar de lege plek die Moss had achtergelaten. Pas toen Pip aan haar vinger begon te knagen, drong het tot haar door dat hij niets had gerekend voor zijn medische hulp.

Die middag, tijdens zijn hardlooprondje, beulde Moss zich net zo lang af totdat hij helemaal leeg was. Pas bij het pad dat over de rug van de Bluff liep, vertraagde hij zijn pas.

Hij was vastbesloten geweest het haar te vertellen, om zijn belofte aan Twig na te komen. Maar toen ze bij het café aankwam, aarzelend en kwetsbaar, had hij het niet over zijn hart kunnen verkrijgen. Hij wilde niet zijn zoals die dokter die naar hem toe was gekomen in de wachtkamer van het ziekenhuis en de woorden had uitgesproken die Moss op zijn benen hadden doen wankelen. Hij wilde niet door Alice herinnerd worden als degene die haar had verteld dat haar laatste familielid was overleden.

Hij dacht terug aan Twigs woorden. *June's eigen hart is haar fataal geworden. Het was een zwaar infarct na de overstromingen.* Hoewel hij June niet kende, hadden Twigs woorden hem geraakt. *June en Alice hadden een moeizame relatie, maar ze waren elkaars enige familie.* Twigs stem brak. *Is Alice oké?* Moss verzekerde Twig ervan dat Alice het goed maakte. En ja, gezien de omstandigheden zou hij haar uiteraard vragen of ze wilde bellen. Natuurlijk zou hij doorgeven dat Twig graag wilde dat ze weer thuiskwam.

Op de top bleef Moss staan, snakkend naar adem. Hij keek omlaag naar de stad. Wat had hij met zijn telefoontje naar Thornfield in gang gezet? Waarom had hij zich bemoeid met het leven van iemand die hij helemaal niet kende?

Hij boog zich voorover en probeerde door zijn mond te ademen, zoals de therapeut van het ziekenhuis hem jaren geleden had aangeraden. Het was hun eerste gezinsvakantie. Patrick zat in zijn autostoeltje, met zijn emmer en schepje vastgeklemd in zijn handjes. Clara droeg een nieuwe vrolijke zomerjurk. Gedurende een paar seconden had Moss niet op de weg voor hem gekeken. Niet meer dan enkele seconden. De wielen draaiden het losse grind in, en door de snelheid waarmee hij reed sloeg de fourwheeldrive over de kop. Zelf kwam hij er met een paar hechtingen en een nekbrace van af. *U hebt heel veel geluk gehad*, had de dokter gezegd. *Hoe is het met Clara en Patrick?* had Moss uitgeschreeuwd totdat hij een medicijn kreeg toegediend waardoor hij in een diepe slaap viel.

Of het juist was of niet, in het leven van Alice wilde Moss niet de brenger van dat soort nieuws zijn.

Het telefoontje kwam twee dagen later.

'Telefoon voor je,' zei Merle, leunend tegen de deurpost van Alice' kamer.

'Wie is het?' Alice zette een stap achteruit.

'Meid, ik bekleed hier vele functies, maar niet die van privésecretaresse.'

'Oké,' zei Alice. 'Sorry.' Ze sloot Pip op in haar kamer en volgde Merle naar beneden.

'Hé Merle, nog bedankt dat ik Pip op mijn kamer mag houden,' zei ze terwijl ze het kantoortje binnenliepen.

'Geen dank. Moss maakt het wel een keer goed met me,' zei Merle. Ze knikte naar haar bureau. Zodra Merle de kamer uit was, pakte Alice de telefoon van het bureau.

'Hallo?' zei ze nerveus.

'Alice, met Sarah Covington. Ik heb je sollicitatiebrief voor de baan van opzichter gekregen. Bedankt.'

Alice slaakte een zucht, opgelucht dat het Thornfield niet was.

'Alice?'

'Ja, sorry. Ik ben er nog.'

'Mooi. Nou, ik vond je brief indrukwekkend. Een bloemenkwekerij runnen is geen kleinigheid. Omdat het hier een tijdelijk contract betreft, is een sollicitatiegesprek niet nodig, en dat betekent dat ik je deze baan graag wil aanbieden.'

Alice' gezicht brak open in een brede glimlach.

'Hallo?'

'Sorry, sorry, Sarah, maar ik sta te knikken. Ja. Dank je. Ja!' zei ze dolblij.

'Fijn. Wanneer kun je beginnen?'

'Wat voor dag is het vandaag?'

'Vrijdag.'

'Maandag?'

'Weet je het zeker? Heb je niet nog wat tijd nodig om je spullen te pakken en je te installeren?'

'Nee.'

'Oké, maandag dan. Ik zie je bij het hoofdkantoor als je aankomt. Ik zorg dat de toegangspost me informeert wanneer je door de poort bent. Dan weet ik dat je eraan komt.'

'Toegangspost?'

'Als je het ziet, snap je wat het is.'

'Oké. Toegangspost. Hoofdkantoor van het nationaal park. Maandag. Tot dan.'

'Ik kijk ernaar uit, Alice.'
De verbinding werd verbroken. Alice hing op.
Deze keer wilde ze niet dat haar hart langzamer ging kloppen.

Die maandagochtend was het helder en heet. Voor de laatste keer wandelde Alice met Pip langs de rivierbedding. Onderweg stopte ze blaadjes van de koraalboom in haar zakken. *Middel tegen hartzeer*, zou ze later uit haar hoofd in haar schrift schrijven toen ze op één na alle bladeren had ingeplakt. Ze stopte de weinige spullen die ze had in haar tas en verliet na een vluchtige blik de kamer die tijdelijk haar thuis was geweest.

'Zien we je nog een keer?' vroeg Merle terwijl Alice stond te pinnen. Ze trok het bonnetje uit het apparaat en gaf het aan Alice, die het met een knikje aannam en in haar zak stopte. Ze had nooit gedacht dat ze het geld dat ze had gespaard om samen met Oggi de wereld over te trekken, uiteindelijk zou gebruiken om in haar eentje in de woestijn een nieuw leven op te bouwen.

'Wie weet?' zei Alice, en zonder om te kijken liep ze de deur uit naar de parkeerplaats.

Ze legde haar spullen in de laadbak, opende het portier, floot Pip en zette haar op de passagiersstoel. Zelf nam ze achter het stuur plaats. Uit haar zak pakte ze het laatste blad van de koraalboom en stak het achter de achteruitkijkspiegel. *Middel tegen hartzeer.* Toen ze wegreden, zat Pip keurig rechtop en blafte naar de lege weg voor haar. Dat bracht haar op een idee. Bij de volgende verkeerslichten sloeg ze de weg in waar de dierenkliniek zich bevond, maar toen ze zijn busje in het vizier kreeg, durfde ze niet en reed door.

In de buitenwijken van de stad glinsterde het asfalt in de ochtendzon. Achter haar werd de Bluff steeds kleiner. Bij de volgende kruising sloeg ze in westelijke richting af, verder de woestijn in. Ze draaide haar raampje open, legde haar elleboog op de rand en leunde met haar hoofd naar achter. Ze stelde zich voor dat de hitte haar herinneringen zou kunnen bleken, net zoals de zon van Centraal Australië met de karkassen van het vee had gedaan die in het dorre land verspreid lagen en waarvan alleen maar witte botten en wat stof overbleef.

Na drie uur door het lege woestijnlandschap te hebben gereden, stopte Alice bij een wegrestaurant. Ze vulde haar tank met benzine en gaf Pip een bak water. Een verzameling campers, fourwheeldrives en toeristenbussen reed voorbij. Alice dacht terug aan haar gesprek met Moss. Blanke mensen die de woestijn in trekken zijn op de vlucht, óf voor justitie óf voor zichzelf. Ze zette Pip terug in de pick-up. Hoewel ze geen misdrijf had begaan, was ze evenmin een uitzondering op die regel.

Ze keek om zich heen en vroeg zich af wat iemand die haar kant op keek, zou zien. Een meisje in een pick-up met een hond dat wist waar ze naartoe ging? Ze hoopte dat niemand kon zien dat ze eigenlijk geen idee had. Ze hoopte dat niemand kon zien dat ze zichzelf wijsmaakte dat ze overal aan kon ontsnappen zolang haar verlangen om het achter zich te laten maar sterk genoeg was.

Terwijl ze rondhing tussen de gezinnen, backpackers en groepen toeristen, voelde ze ineens een sprankje hoop opflikkeren. Hoop voor de toekomst, hoop voor wat ze van plan was en hoe ze zich zou ontwikkelen. Als er een plek was waar bloemen konden bloeien na een inslag van een rouwende ster, viel er van haar eigen leven misschien ook nog iets moois te maken.

Geleidelijk veranderde het rode rotsachtige landschap in sierlijk glooiende zandduinen. Nog geen honderd kilometer te gaan voordat ze Kililpitjara had bereikt. Ter afleiding bestudeerde ze de ongerepte patronen op de duinen. Met haar T-shirt veegde ze het zweet van haar gezicht. Haar benen plakten aan het skai van de zitting. De zon stond loodrecht aan de hemel, als een witgloeiende bal. Pip sprong op de vloer en ging in de schaduw liggen. Alice drukte het gaspedaal iets dieper in.

'Nog even, Pip.'

Nadat de weg licht begon te stijgen, doemde er ver weg aan de horizon een paarse schaduw op. Alice moest een paar keer met haar ogen knipperen om zich ervan te verzekeren dat het geen luchtspiegeling was. Toen ze dichterbij kwam, boog ze zich naar voren, haar dijen lieten los van de stoel. Achter de golvende duinen verschenen de daken van gebouwen. Een paar witte zeilen. Touringcars. Een afslag van de snelweg, met aan weerszijden hetzelfde bord. WELKOM BIJ HET EARNSHAW CRATER RESORT. Ze reed door tot de toegangspost van het park in zicht kwam. Toen remde ze af. Naast de slagbomen stond een stenen gebouwtje met een golfplaten dak. Achter het raam stak een vrouw in hetzelfde uniform als dat van Sarah haar hand op.

'Hallo.' Ze boog zich naar de intercom in het raam. 'Mijn naam is Alice Hart.'

De vrouw liet haar vinger over een klembord glijden en keek vervolgens glimlachend op. 'Rij maar door, Alice. Sarah wacht op je in het hoofdkantoor,' kraakte haar stem door de intercom terwijl ze met een knop de slagboom omhoogdeed.

Alice reed door, gebiologeerd door de krater die voor haar lag. Het was net een droom. Bij elke bocht in de weg veranderde hij van vorm. Hij had een vreemde, bedrieglijke schoonheid, opdoemend als een schilderij in oker en rood tegen de blauwe lucht. De zandduinen, begroeid met spinifex, acacia's en woestijneiken, leken zich eindeloos uit te strekken. Na weken in de woestijn was Alice het op prijs gaan stellen dat ze zich nietig en misplaatst voelde, alsof ze zonder dat iemand het in de gaten had zichzelf elk moment kon herscheppen. Ze kon zijn wie ze wilde zijn.

Twintig minuten later stopte ze voor een houten gebouwtje dat één geheel vormde met de omringende bomen en struiken; het stond in de schaduw van de onmiskenbaar aanwezige krater. Ze zette de motor uit en luisterde hoe hij tikte en afkoelde. Weer veegde ze met haar T-shirt het zweet van haar gezicht; ze maakte Pip vast aan de riem en stapte uit om haar te laten drinken. Daartoe knoopte ze de riem losjes om de kraan. Achter haar werd een hordeur geopend. Alice draaide zich om en zag Sarah glimlachend naar buiten komen.

'Alice Hart. Welkom.'

'Dank je,' zei ze. Ineens bedacht ze dat het hebben van een hond in een nationaal park misschien een probleem kon zijn. 'Sarah, had ik je gezegd dat ik een hond heb?'

'Er zijn hier meer opzichters die een hond hebben. Je hebt een omheinde tuin hier.' Sarah knikte. 'Kom binnen. Contract tekenen, uniform passen, enzovoorts. Daarna zal ik je je huis laten zien.'

Toen Alice achter haar aan naar binnen liep, werd haar tred lichter. Misschien was het soms echt zo simpel: gewoon alles achter je laten en opnieuw beginnen.

Met een stapel groene opzichtersuniformen op de stoel naast zich reed Alice achter Sarah van de parkeerplaats naar de rondweg die om de krater heen liep. De buitenmuur leek eerder op de flank van een berg met een rij pieken. Er was iets aan die krater wat Alice deed huiveren: zijn omvang, zijn leeftijd en de impact van de inslag van de meteoor op de aarde. Pip geeuwde op de stoel naast haar.

'Je hebt gelijk, Pip,' mompelde ze. Ze was geestelijk te moe en het was te warm om zich bezig te houden met de geologie van de hemellichamen.

Op de rondweg nam Sarah de afslag naar een kleinere, ongemarkeerde weg die zich dwars door de acacia's slingerde. Tussen de bomen door zag Alice een paar gebouwen en een sportveld. Bij een rotonde met drie afslagen namen ze de eerste, waarna ze langzaam langs een omheind terrein reden waarop een grote, aluminium schuur stond. Alice zag ook een aantal tankwagens en afsluitbare kooien, waarin allerlei machines en voertuigen met het logo van het park waren opgeslagen. Terwijl ze passeerde, zag ze twee opzichters over het terrein rijden. De ene droeg een slappe hoed en een zonnebril en riep iets vanuit zijn pick-up naar de andere. Hoewel ze zijn ogen niet kon zien, voelde ze hoe zijn blik haar volgde.

Ze reden over een zandduin en na een bocht stopten ze voor een vierkant, witgeverfd huisje met een stalen kooi bij wijze van garage en een met een hangslot vergrendeld hek. Alice vroeg zich af waarvoor al dat hekwerk en die beveiliging nodig waren. Sarah stapte uit en gebaarde naar Alice dat ze de lege garage in moest rijden.

'Is dit alles wat je bij je hebt?' vroeg ze toen ze Alice' plunjezak en de doos met boeken naar het huis droeg. Pip rende al vooruit.

'Achterin liggen mijn nieuwe lakens en keukenspullen. Ik heb nog even gewinkeld voordat ik de Bluff verliet.'

Sarah pakte een sleutel van de hanger die aan haar broekriem hing en maakte de voordeur open. Pip sprong als eerste naar binnen.

Het huis rook naar schoonmaakmiddel en baadde in het licht. Alice zette haar spullen op de eettafel en bewonderde het uitzicht door de glazen pui aan de achterkant. Die keek uit op een achtertuin vol met wilde acacia's, spinifex en thryptomenestruiken.

'Op het aanrecht vind je een fluitketel en thee, in de koelkast staat houdbare melk,' zei Sarah. 'Het belangrijkste om te weten is waar de noodaccu en de knop van de airco is.' Ze wees naar een knop bij de voordeur en knipte hem aan. Een laag gezoem klonk door het huis, waarna er koele lucht uit de ventilator aan het plafond stroomde. 'Het huis heeft een verdampingssysteem, dus de lucht wordt gekoeld door de verdamping van water. Dat betekent dat het nooit koeler dan vijfentwintig graden wordt, maar het werkt wel.'

Alice knikte.

'De accu staat buiten bij de watertank, dus als er kortsluiting is, moet je de boel daar resetten. En daar stop je ook je stroompasje in. Om je alvast op gang te helpen staat er nu vijf dollar op. In de winkel in Parksville kun je hem opladen.'

'Parksville?'

'Daar zijn we nu.' Sarah grijnsde. 'Het personeelsdorp.' Ze gebaarde om hen heen. 'Aan deze kant van het duin...' ze wees naar het rode zandduin dat achter de schutting van Alice' tuin oprees, 'woont het personeel. Aan de andere kant vind je een kleine kruidenierswinkel, een sportveld, een gemeenschapshuis en een logeerhuis. Iets verderop ligt het resort, waar de toeristen verblijven. Daar vind je ook een supermarkt, postkantoor, tankstation en een paar cafés en restaurants.'

Weer knikte Alice.

Ineens keek Sarah haar vol medelijden aan. 'Ach, ik vergeet helemaal hoe het is voor iemand die hier niet vandaan komt. Neem het maar rustig in je op. Het went snel. Over een tijdje weet je niet beter. Ik heb geregeld dat een van de opzichters vanmiddag bij je langskomt om je een rondleiding te geven.'

'Dank je,' zei Alice.

'Nou, ga jij je maar installeren. Dan zie ik je morgenochtend wel verschijnen.'

'Dank je,' zei Alice weer. 'Voor alles.'

Terwijl Sarah's pick-up in de verte verdween, ging Alice met haar rug tegen de deur staan en sloot haar ogen. Het huis vulde zich met een stilte die haar slapen deed bonzen. *Ik-ben-hier.* Ze ademde in. En uit. *Ik-ben-hier.*

Toen Pip over haar enkel likte, opende Alice één oog en staarde haar puppy aan. Pip hield haar kop scheef. Alice knikte ten teken dat ze haar nieuwe huis had geaccepteerd.

Tegen de muur stond een hoge boekenkast en ernaast een groot grijs bureau met een stoel. Alice ging zitten, spreidde haar handen uit op het blad en dacht aan haar bloemenschriften. Ze keek de tuin in, troost puttend uit de wilde inheemse planten. Hier moet ik gaan schrijven, dacht ze. Tot in haar vingertoppen herinnerde ze zich hoe ze als klein meisje aan haar bureautje had gezeten. Het koele, zachte hout. De geur van potloden, slijpsel en papier. De fluweelachtig groene varens in haar moeders tuin. Ze schudde haar hoofd en concentreerde zich weer op het bureau voor haar en het uitzicht. Rood zand en groene struiken onder een strakblauwe lucht.

Naast het bureau was een gewelfachtige doorgang die naar de grootste slaapkamer leidde. Alice liet haar nieuwe bureau achter en ging haar nieuwe bed opmaken.

Even later stond ze voor haar slaapkamerraam. In de verte glinsterde de rode stenen muur van de krater in de zon, als een vurige droom.

20

Honinggrevillea (honey grevillea)

Betekenis: **vooruitziendheid**

Grevillea eriostachya | Binnenland van Australië

Kaliny-kalinypa (Pit.) is een wilde struik met lang, smal, zilverkleurig blad. Hij produceert felgroene, gele en oranje bloemen. Groeit voornamelijk op rode zandheuvels en duinen. De bloemen bevatten een dikke, honingachtige nectar, die kan worden opgezogen; de Aṉangu-kinderen zijn er dol op.

Om vijf uur die middag werd er buiten getoeterd. Alice tuurde door het keukenraam en zag het profiel van een vrouw die in een pick-up met het logo van het park zat. Ze zette een bak vers water voor Pip neer, krabde haar even achter de oren, pakte haar huissleutels en liep de voordeur uit. In het late middaglicht stoven kleine wolkjes stof op van haar sandalen.

'Alice!' De vrouw zette haar zonnebril af en begroette haar als een oude vriendin. 'Ik ben Lulu.' Haar ogen hadden de kleur van eucalyptusblad: lichtgroen met hazelnootbruin. Om haar hals hing een stervormige zilveren hanger aan een dunne leren veter.

'Hallo,' zei Alice verlegen terwijl ze instapte.

'Kom, we gaan samen de zonsondergang bekijken,' zei Lulu op een toon alsof ze elkaar al jaren kenden. Ze zette haar voet op het gaspedaal, waarop de pick-up stuiterend wegreed over de hellende zandweg. Boven hun hoofd vlogen grijze en roze kakatoes.

'Waar kom je vandaan, Alice?'

Voor hen doemde de krater op, de randen hadden een gouden gloed.

'Eh… van de oostkust, en later van het binnenland. Overal zo'n beetje. Ik woonde op een kwekerij.' Ze slikte. 'En jij?'

'Ik kom uit het zuiden. De kust, niet de stad.' Lulu keek haar glimlachend aan. 'Dus we zijn allebei meisjes van de zee.'

Alice knikte zwijgend. In een waas zag ze de duinen en geulen van rood zand en de bruingroene struiken aan zich voorbijglijden. Rood zand zat vastgekoekt aan de zijspiegel van de auto. Op de een of andere manier gaf het haar rust, die verschroeiende kleur van het zand en zoals het overal aan bleef plakken. Ze draaide haar handpalmen naar boven. De dunne lijnen waren ermee gevuld. Ze vouwde ze ineen op haar schoot.

Lulu reed de rondweg op. 'Sarah stelde voor dat ik je zou aanwijzen wie waar woont, maar dat heeft eigenlijk geen zin, want je kent nog niemand. Dus ik rij nu meteen maar naar het uitzichtpunt voor de zonsondergang.' Ze keek omhoog naar de paarse randen van een paar losse wolken. 'Het belooft een mooie te worden.'

In de verte doemde de rode muur van de krater op. Erboven klonk het geronk van een helikopter. Cameraflitsen schoten door de lucht.

'Toeristenvlucht,' legde Lulu uit. 'De zonsondergangskermis, chica.'

Alice keek naar de cirkelende helikopter. 'De zonsondergangskermis,' herhaalde ze verwonderd.

De parkeerplaats stond vol bussen, huurauto's, campers en fourwheeldrives, en overal klonken het geroezemoes van toeristen, het geklik van camera's, het gezoem van de generator van de touringcars en het open- en dichtslaan van portieren. Lulu parkeerde naast een andere pick-up van het park en zette het knipperlicht aan.

'Welkom bij je eerste zonsondergang bij de Kililpitjara.' Lulu floot terwijl ze uitstapte. Alice duwde het portier aan haar kant open, maar bleef zitten toen ze Lulu zag praten met de opzichter met de slappe hoed en de zonnebril.

Alice' katoenen jurkje leek ineens heel dun. Ze sloeg haar armen voor haar borst. Had ze maar alvast het neutrale parkuniform aan en de stevige werkschoenen. Ondanks de hitte huiverde ze. Ze probeerde uit alle macht haar ogen van hem af te houden totdat Lulu haar geen andere keus liet.

'Alice, dit is Dylan Rivers. Alice Hart. Onze nieuwe collega.'

Ze dwong zichzelf naar hem op te kijken. De spiegelglazen van zijn zonnebril weerkaatsten een kleinere versie van haarzelf.

'Hallo.' Hij knikte en raakte even zijn hoed aan. 'Welkom in Wonderland.'

Een gevoel van opwinding golfde door haar lijf en ze probeerde uit alle macht rustig te blijven. 'Dank je.'

'Ben je voor het eerst in dit konijnenhol?' Dylan gebaarde naar de toeristen.

'Ja. Ik begin morgen.'

'Laat de vuurdoop maar beginnen,' zei Lulu.

Alice trok haar wenkbrauwen op.

Lulu lachte. 'Maak je geen zorgen, chica, het komt allemaal goed. We moeten er allemaal doorheen. Zo gaat het hier nu eenmaal.'

Dylan wilde net reageren toen zijn aandacht naar de toeristen werd getrokken.

'Ik moet u verzoeken achter de hekken te blijven staan.' Hij dreef een groep mensen achter het hek waar ze overheen waren gesprongen. Ze hadden de planten en wilde bloemen vertrapt, alleen maar om een foto te kunnen maken met de krater. Toen hij terugkwam, ging hij zo dicht bij Alice staan dat ze zijn aftershave kon ruiken.

'Gaat het elke dag zo?' vroeg ze.

Dylan knikte. 'Zonsopgang en zonsondergang. Twee jaar geleden is deze plek in de reisgidsen opgenomen als "iets wat je voor je doodgaat gezien moet hebben". Sindsdien zijn de bezoekersaantallen verdubbeld.' Ineens wendde hij zich tot Lulu. 'Hé, heeft Aiden je nog iets over gisteravond verteld?'

Lulu rechtte haar rug, alsof ze op wacht stond, en schudde haar hoofd. 'Ik heb hem nog niet gesproken. Gisteravond had hij avonddienst en vanochtend had ik ochtenddienst.' Ze wierp een snelle blik op Alice. 'Aiden is mijn vriend,' legde ze uit. Alice knikte. Lulu's stem klonk een beetje gespannen, vond ze.

'Hoe dan ook,' vervolgde Dylan, 'ik hoorde van Ruby dat gistermiddag aan het einde van haar dienst een stel minga van het pad af was gegaan. Ze stonden in de Kuṯuṯu Kaana. Uiteraard vroeg ze hun of ze niet over de woestijnerwten wilden lopen, en toen barstte de eeuwenoude discussie weer los. "Wij hebben evenveel recht op deze bloemen als ieder ander. Ik ben een Australiër, deze plek is net zo goed van mij. U kunt ons niet tegenhouden." Elke keer hetzelfde verhaal. Ze heeft Aiden opgeroepen om te komen assisteren.' Dylan schudde zijn hoofd. 'Toen ik vanochtend aan het werk ging, hoorde ik Ruby vreselijk tekeergaan in het kantoor van Sarah. En Sarah zei zoiets als dat ze het zou rapporteren en een extra vergadering zou beleggen, maar dat ze verder machteloos was.'

'Jeetje,' mompelde Lulu. 'Heb je Ruby vandaag nog gezien?'

Hij haalde zijn schouders op. 'Ze zal wel ergens op haar geboortegrond zijn.'

Lulu knikte. 'Dat denk ik ook.'

Alice probeerde het gesprek te volgen. Minga? Geboortegrond? Dylan en Lulu keken haar aan.

'Sorry,' zei hij. 'Je snapt er natuurlijk helemaal niks van.'

'Dat komt vanzelf wel,' zei Lulu resoluut.

'Geen probleem.' Alice glimlachte. 'Hoe heette die ene plek ook weer?' vroeg ze.

'Kuṯuṯu Kaana. De cirkel van woestijnerwten in de krater. Het betekent Harttuin,' lichtte Lulu toe.

'Harttuin,' mompelde Alice.

Lulu knikte. 'De wandelroute vormt een probleem. Hij loopt langs de buitenste rand van de krater en vervolgens via de muur omhoog naar een bezoekersplatform. Dat platform is gebouwd na Handback, toen deze plek officieel werd erkend als het land van de Aboriginals.

Vanaf het platform loopt de route naar de krater en om de woestijnerwten heen. Dat pad bestaat al duizenden jaren. Het is van oudsher een ceremoniële wandelroute voor vrouwen. Er wordt al jaren gevraagd om het park te sluiten voor toeristen. Een tijdje is er sprake van sluiting geweest, maar sinds de opkomst van het toerisme in de staat wordt er niet meer over gerept.'

'Waarom niet?' vroeg Alice.

'Toeristen brengen geld in het laatje. Ze betalen parkeergeld om dicht bij de woestijnerwten te komen. Daarom blijft het pad naar de krater en Kuṯuṯu Kaana open. De woestijnerwten worden uiteraard door de toeristen geplukt om als souvenir mee naar huis te nemen. Voor mensen zoals Ruby, wier voorouders hier altijd hebben gewoond, is dat een klap in hun gezicht. Elke bloem is een stukje van Ngunytju's hart.'

'Oeng-joe?' herhaalde Alice.

'Ngunytju betekent "moeder",' zei Lulu.

Een moederhart. Alice' maag kromp ineen.

'Toeristen vormen een bedreiging voor de woestijnerwten. Dat is onze grootste zorg. Als ze niet stoppen met het plukken van de bloemen, kan er grote schade aan de wortels ontstaan. Wortelschade betekent dat de bloemen, die letterlijk het hart van deze plek vormen, het niet overleven.'

Alice probeerde de tranen in haar ogen te verbergen. Ze begreep niet waarom dit verhaal haar zo aangreep.

'Je zult het met eigen ogen zien tijdens je oriëntatieronde.'

Alice knikte en keek naar de stroom toeristen waar geen eind aan leek te komen. Sommigen stapten champagne drinkend uit een plastic flûte en etend van een zalmcanapé uit de bus. Anderen stalden een picknick uit en zaten op meegebrachte klapstoeltjes op de mooiste plek om de kleurveranderingen tijdens de zonsondergang op de kratermuur te kunnen zien. Maar de meesten zaten op het dak van hun fourwheeldrive naar de lucht te staren. Er was een nerveuze energie voelbaar. *Wees stil*, had Alice willen roepen. *Let op.*

Om hen heen wiegden de ranke naalden van de woestijneik heen en weer in het vaaloranje licht. Een wolk vlinders fladderde vlak boven de acacia's. Terwijl de zon onderging, veranderde de kratermuur langzaam van okergeel naar knalrood en van knalrood naar bruinachtig paars. De zon gleed als een gloeiend kooltje onder de donkere streep van de horizon en verspreidde haar laatste stralen over de hemel. De uitgestrektheid ervan herinnerde Alice aan hoe ze zich als klein meisje had gevoeld toen ze over de zee uitkeek.

Terwijl ze naar de lucht keek, brak het koude zweet haar ineens uit. Haar zicht werd wazig en haar handen begonnen te trillen. Ze stopte ze onder haar armen. Kneep haar ogen dicht. *Alsjeblieft*. Haar ademhaling was snel en oppervlakkig. *Rustig ademen*, zei ze tegen zichzelf, maar haar hartslag wilde niet omlaaggaan.

'Gaat het?' Dylans stem klonk ver weg. Toen hij naar haar toe kwam, zette hij zijn zonnebril af.

Het volgende moment werd een herinnering die Alice later in gedachten nog vaak vertraagd zou afspelen: zoals het licht viel, de trillende hitte achter hem, de droge lucht op haar huid en het gegons van vliegen, zoals de bijen op Thornfield, het geritsel van de acacia's, het gezoem in de grond onder haar voeten, alsof alles wat ze ooit had gevoeld een oefening was geweest om haar voor te bereiden op dit moment: de eerste keer dat ze oogcontact met hem maakte. Ze voelde zich niet betoverd, het was niet alsof ze door een vrachtauto werd aangereden of een elektrische schok kreeg, het leek evenmin op hoe de Bloemen dit moment hadden beschreven toen ze een jong meisje was.

Voor Alice voelde verliefdheid alsof haar ingewanden in brand stonden. Het was allesverterend. Het was alsof ze hem altijd had gekend en altijd naar hem op zoek was geweest.

En daar was hij dan.

Met knikkende knieën probeerde ze zijn blik vast te houden totdat ze het niet meer hield en op de grond neerzakte.

Een zee van licht golfde over haar oogleden.

Alice, ik ben bij je, kun je me horen?

Boven haar kwam Lulu's gezicht in beeld.

'Sally?' vroeg Alice.

'Wie?' Zijn stem. Dylan. Dylan zat op zijn hurken naast haar.

Ze keek hem aan. 'Alice Blue,' zei ze.

'Het is niets ernstigs. Ze ijlt alleen maar een beetje. Er is niets aan de hand.' Lulu wiegde Alice' schouders heen en weer en trok haar langzaam overeind. 'Rustig aan, chica.' Ze schroefde de dop van een waterfles en gaf de fles aan Alice. De parkeerplaats was leeg. Het was bijna donker. Ze zaten in het licht van de koplampen van Lulu's pick-up.

'Je hebt wel een goede eerste indruk gemaakt,' zei Dylan.

Een blos steeg naar haar wangen. 'Sorry,' zei ze.

Om zijn lippen speelde een flauwe glimlach. 'Ik denk dat jij ons wel bij de les zult houden, Alice Hart.'

'Wanneer heb je voor het laatst iets gegeten?' vroeg Lulu met een frons op haar voorhoofd.

Alice dacht aan het broodje dat ze die ochtend bij een wegrestaurant had gegeten. Ze schudde haar hoofd.

'Oké, je komt bij mij eten vanavond. Kom, we gaan.' Lulu hielp Alice op de been. De schaduw van de kratermuur verhief zich stil tegen de donkere lucht. Zonder de toeristenmassa ademde deze plek een heel andere sfeer.

'Jullie redden het wel met z'n tweetjes?' vroeg Dylan zonder zijn ogen van Alice' gezicht af te houden.

'Ja, hoor,' zei Lulu resoluut. Ze liep om haar auto heen naar het portier aan de bestuurderskant. Dylan hielp Alice in de auto en toen hij het portier dichtsloeg, raakte hij even haar elleboog aan. Haar huid brandde op de plek waar zijn vingers haar hadden beroerd.

'Bedankt,' riep Lulu terwijl ze de motor startte.

'Zorg goed voor haar,' zei Dylan nog, voordat hij zich zwaaiend omdraaide. *Zorg goed voor haar.* Die woorden gaven haar een prettig gevoel en ze tuurde hem net zo lang na totdat hij in het lage licht verdween.

Terwijl ze terugreden naar Parksville keek Alice naar de met sterren bezaaide hemel. 'Dank je, Lulu,' zei ze zacht.

Lulu boog zich naar haar toe en kneep even in haar arm. 'Het is altijd een heftige ervaring voor mensen die hier voor het eerst zijn. Zoals ik al zei, dit was je vuurdoop, chica.'

Lulu stond in het donker bij de schutting in haar achtertuin en keek naar de lichtbundel van de zaklamp die ze Alice had gegeven. Het licht stuiterde over de zandweg tussen hun huizen. Toen ze de bundel heen en weer zag zwaaien, knipte Lulu haar zaklamp aan en zwaaide terug totdat die van Alice werd gedoofd. Ze liep door de tuin terug naar haar huis. Uit de badkamer klonk het gespetter van water. Aiden stond onder de douche. Zolang hij nog bezig was, begon ze alvast de vuile vaat en de lege flesjes Corona met de natte citroenschijfjes op de bodem op te ruimen.

Er was niets meer over van het avondeten. Lulu had voor Alice vistaco's gemaakt, volgens het recept van haar grootmoeder, dat met haar vanuit Mexico, het land dat ze vanwege een gearrangeerd huwelijk was ontvlucht, de hele wereld over was gereisd. Het geheime ingrediënt was verse cacao. Dat gebruikte ze altijd, al was het maar een mespuntje. En het werkte. Alice had, alsof ze uitgehongerd was, drie keer opgeschept terwijl ze het ene na het andere biertje achterover had geslagen, totdat ze die voldane, soezigere uitdrukking op haar gezicht had waarnaar Lulu altijd streefde als ze voor anderen kookte. Een van de dingen die ze van haar *abuela* had geleerd.

Wat ze ook van haar grootmoeder had, was *la prevision. Dat heb je van mij geërfd*, had ze regelmatig veelbetekenend gezegd. Die helderziende gave kwam aan de vrouwelijke kant van hun familie voor; de gave om het gevaar te zien aankomen voordat het werkelijk plaatsvindt, om een drama dat zich nog schuilhoudt te voorvoelen, om liefde te zien voordat die tot bloei komt. *Vertrouw op jezelf, Lupita,* had haar grootmoeder gezegd terwijl ze haar diep in de ogen keek. *Om die reden hebben we jou 'kleine wolf' genoemd. Je instinct zal je altijd leiden, net als de sterren.*

Lulu was twaalf toen haar grootmoeder overleed. Na haar dood had haar diepbedroefde moeder al hun tradities overboord gegooid. Ze had de vitrinelijstjes en de rozenkransen het huis uit gedaan. Geen chilichocolade en suikerschedels meer. Geen vuur, geen kruiden. Geen volksverhalen. Geen monarchvlinders. Geen voorspellingen. Maar Lulu's visioenen bleven komen. Haar moeder nam haar mee naar de dokter in de stad. *Hyperactieve fantasie,* zei de dokter met een glimlach terwijl hij Lulu winegums gaf en haar moeder een verwijzing naar een optometrist. Lulu kreeg een bril voorgeschreven. *Zijn ze nu weg?* vroeg haar moeder wanhopig. Lulu duwde haar nieuwe bril hoger op haar neus en knikte. Nooit meer sprak ze over haar visioenen. In plaats daarvan bracht ze uren door bij haar slaapkamerraam, fluisterend tegen haar grootmoeder in de hemel.

Naarmate Lulu ouder werd, werden de visioenen sterker. Bij het horen van een lach, bij de geur van regen, bij het zien van een bepaalde lichtval of een bloem werd er in Lulu's geest een gordijn opengeschoven en zag ze een fragment van iemands leven. *Wees niet bang,* hoorde ze haar grootmoeder dan zeggen. *Dit is jouw gave, Lupita.*

De visioenen bleven komen, maar vaak sloegen ze nergens op: een onbekende vrouw die over het strand rende, een onbekende jongen die een papieren bootje in de zee liet drijven, een huis van bloemen door vuur overspoeld. Lulu beleefde ze echter alsof het haar eigen herinneringen waren. Nog nooit had ze een visioen gehad dat iets te maken had met iemand uit haar omgeving. Tot Alice Hart op het toneel verscheen.

Drie weken eerder, toen Lulu op het terras achter haar huis zaailingen aan het verpotten was, schoof het gordijn open en vloog er een zwerm monarchvlinders dwars door haar heen. Ze fladderden zo hevig met hun vleugels in haar lichaam dat ze haar evenwicht verloor. Die middag, toen Lulu haar auto voor het huis van Alice had stilgezet en ze de stickers van monarchvlinders op de zijkant van Alice' pick-up zag, hoorde ze de stem van haar grootmoeder. *Guerrero del fuego*. Vuurstrijder.

'Lu?' Aiden kwam de gang binnen, met een handdoek zijn haren droogwrijvend.

'Wat?' Ze draaide zich om.

'Is Alice goed thuisgekomen?'

Lulu knikte. Hoewel ze Aiden veel over haar grootmoeder had verteld, had ze hem nooit iets gezegd over haar voorspellende gave, laat staan anderen. Ze had het wel een paar keer geprobeerd, maar nooit had ze de juiste woorden kunnen vinden, dus ze had er uiteindelijk glashard over gelogen. Daarom dacht Aiden nu dat duizeligheid veel voorkwam in Lulu's familie en vroeg hij haar vaak of ze wel genoeg rust nam of genoeg at om haar suikerspiegel op peil te houden.

Hij sloeg zijn handdoek over de leuning van een stoel en liep naar de kast.

'Die Alice lijkt me een leuke meid,' zei hij. 'En ik geloof dat Dylan zoals gewoonlijk veel indruk heeft gemaakt.' Hij pakte een wijnglas en een fles rood die ze de vorige avond hadden opengetrokken.

'Ja,' stemde Lulu in. Als ze terugdacht aan de manier waarop Alice naar Dylan had gekeken, voelde ze een diepe angst.

'Weet ze al dat hij een vriendin heeft?' Aiden schonk zijn glas vol.

Lulu liet de gootsteen vol water lopen en spoot er te veel afwasmiddel in. 'Ik weet het niet zeker.'

'Moet je haar dat niet vertellen?'

'Dat is mijn zaak niet, *mi amor*.' Ze draaide de kraan dicht. Bleef met haar rug naar hem toe staan.

'Volgens mij is het juist wel jouw zaak, liefje,' reageerde hij. Lulu liet haar handen in het hete sop zakken en waste de etensresten van een bord af. Lieten fouten uit het verleden zich maar net zo makkelijk wegpoetsen.

'Ze kwam wel een beetje verdrietig op me over,' zei hij terwijl hij Lulu zachtjes wegduwde van het aanrecht om de afwas van haar over te nemen. Hij knikte naar het glas wijn, waarop Lulu haar handen afdroogde en een slok nam.

Toen hun gesprek een beetje stilviel, liep Lulu met haar glas naar de achterdeur en legde haar hand op de klink.

'Doe de groeten aan je grootmoeder,' riep Aiden haar na. Ze wierp hem een dankbare glimlach toe.

Buiten was het warm en de hemel was bezaaid met sterren. In de verte klonk het gejank van honden. Lulu ging op het duin in de achtertuin zitten en nam een slok van haar wijn. Het fijne rode zand voelde koel aan. Ze pakte een handjevol en liet het door haar vingers glijden. Door de silhouetten van de woestijneiken keek ze naar het verlichte raam van Alice' huis. Vlammen flakkerden op in haar hoofd. Vlinders in de kleur van vuur.

Na een tijdje draaide ze zich om tot ze het huis van Dylan in het zicht kreeg. Een stille donkere kolos. Ineens zag ze iets bewegen in de schaduw. Lulu nam trillend een slok van haar wijn. De herinnering aan zijn aftershave overspoelde haar zintuigen.

21

Woestijnerwt (sturt's desert pea)

Betekenis: **wees dapper, houd moed**

Swainsona formosa | Binnenland van Australië

Maluku̲r̲u (Pit.) zijn beroemd om hun opvallende bloedrode kleur en bladachtige bloemen, die een bolvormig zwart hart hebben waarnaar de inheemse naam (kangoeroe-oog) vermoedelijk verwijst. In het wild zijn het fantastische bloemen om te zien, een rode vuurzee. Ze worden door vogels bevrucht en gedijen in droge streken, maar ze zijn ook heel gevoelig voor wortelschade, waardoor ze zich moeilijk laten kweken.

In het vroege ochtendlicht baanden Alice en Pip zich een weg door de struiken naar de poort in de achtertuin. Pip liep kwispelend voor haar uit, met haar neus bij de grond een geurspoor volgend. Ze klommen het zandduin op en aan de andere kant volgden ze het vuurspoor, zoals de route rond Parksville werd genoemd. Dat had Aiden haar gisteravond verteld. *Het zijn brekers*, had hij gezegd. *Als er bosbranden uitbreken, moeten ze voorkomen dat de vlammen overspringen*. Alice had geknikt en geïnteresseerd gekeken, maar vanbinnen kreeg ze het ijskoud en haastig had ze een grote slok bier genomen om de herinnering aan rook en vuur weg te spoelen.

Terwijl Lulu stond te koken en zij met Aiden praatte, was ze zwaar onder de indruk van hun gezelschap: Lulu's hese stem, de sissende taco's in de oven, de in felle kleuren geschilderde potten met aloë vera en groene pepers, de kast vol boeken, de ingelijste zelfportretten van Frida Kahlo. Ze voelde een diep verlangen, maar waarnaar precies wist ze niet. De terugkeer in haar bijna lege, naar chloor ruikende huis was ontnuchterend geweest. Ze was in bed gekropen, verlangend naar gekleurde muren, glanzende potten en boeken om haar nog lege kast mee te vullen.

Alice en Pip liepen tussen de woestijneiken door tot ze bij de rondweg kwamen, die ze overstaken om aan de andere kant de bush in te glippen en het vuurspoor te vervolgen, dat zigzaggend tegen de kratermuur op liep.

'Kom mee, Pip.'

Het begon lichter te worden. Haar schoenen knerpten op het grind.

Tegen de tijd dat ze het uitzichtplatform hadden bereikt, was de hals van haar T-shirt kletsnat van het zweet. Pip plofte hijgend naast haar neer. Om Alice' gezicht zoemden zwarte vliegjes. Terwijl ze het uitzicht in zich opnam, mepte ze ze weg. Aan weerszijden van het platform verrezen okergele muren, als een cirkelvormige golf die met geweld uit de aarde leek te zijn gegutst. In het midden van de krater bevond zich, in een volmaakte cirkel, een wilde tuin van bloeiende woestijnerwten die heen en weer deinden in de wind, een moederhart, een zee van rood. De bodem van de krater was, verrassend genoeg, bedekt met limoengroen gras. Kuṯuṯu Kaana was mooier dan Alice zich had voorgesteld, even mooi als alle verhalen over oases in de woestijn die ze ooit had gelezen en gehoord.

Wees dapper, houd moed.

Plotseling, zonder enige waarschuwing, werd ze overvallen door een diep verlangen naar haar moeder, haar grootmoeder en alle vrouwen die ze had achtergelaten. De pijn was onverdraaglijk en ze beet op haar lip tot ze bloed proefde.

Toen ze even later thuis was, douchte ze en maakte ze zich klaar voor haar eerste werkdag. Met grote zorg stak ze zich in het groene opzichtersuniform. In de spiegel bekeek ze de ronde insignes op de mouwen van haar shirt en ze liet haar vingers over de woestijnerwten in het midden van de Inheemse vlag glijden. Wat een verschil met het schort dat ze op Thornfield droeg. Nooit eerder had ze de trots gevoeld die het dragen van een uniform met zich meebracht.

Ze maakte de veters van haar nieuwe schoenen vast en pakte haar rugzak en hoed. 'Niet met een slang gaan spelen, hoor!' zei ze tegen Pip. Ze gaf haar een kus op haar neus, sloot haar op in de garage, stapte in haar pick-up en reed door Parksville naar het hoofdkantoor. De lucht was strakblauw en het ochtendlicht citroengeel.

Toen ze even later voor het hoofdkantoor parkeerde, begon haar hart sneller te kloppen. Ze haalde een paar keer diep adem.

'Wir̲u mulapa mutuka pinta-pinta,' klonk een zachte stem bij haar raampje.

'Pardon?' Alice schermde haar ogen af tegen de zon. Een vrouw stond bij haar pick-up, in hetzelfde shirt als zijzelf. Ze droeg een hoofddoek in de kleuren zwart, rood en geel en daarbovenop een breedgerande Akubra. Om haar hals hingen kettingen met glanzende bloedrode zaden. Haar witte broek was bedekt met een print van grasparkieten in pastelkleuren. Het was zo'n vrolijk gezicht dat er onwillekeurig een grijns op Alice' gezicht verscheen.

'Ik ben Ruby.' De vrouw stak haar hand uit. Alice stapte uit en schudde haar de hand. 'Ik zeg net: wat leuk, die vlinders op je auto.'

'O,' lachte Alice nerveus. Ze keek naar de stickers op haar portier en dacht aan wat eronder verborgen zat. 'Dank je.'

'Ik ben senior opzichter hier en ik ga je vanochtend begeleiden. Vanmiddag ga je met de andere opzichters het veld in.' Ruby liep naar een geparkeerde pick-up. 'Jij mag rijden.' Ze gooide de sleutels naar Alice.

'Oké.' Alice haastte zich om ze op te vangen. Ze stapte in en boog zich naar de passagierskant om het portier te openen.

Ruby stapte in. 'Rij maar naar de rondweg.'

'Oké.'

Ruby's gedrag deed Alice sterk aan Twig denken. Ze probeerde iets te bedenken om te zeggen, maar haar woorden leken te zijn opgedroogd, als rood zand op haar tong.

'Ik leid nieuwe opzichters op,' zei Ruby na een tijdje. 'Ik vertel de verhalen over deze plek aan de toeristen. Maar ik ben ook dichter en kunstenaar. Ik ben voorzitter van de Central Desert Women's Council en ik woon ergens tussen Darwin en hier in. Mijn familie...'

'Dat moet een groot contrast zijn,' onderbrak Alice haar, blij dat ze de kans kreeg om iets aan het gesprek bij te dragen. 'Tussen deze plek en de stad.' Ze zweeg even om adem te halen. 'Dus... eh... Je bent ook dichter? Ik hou van boeken. Ik ben dol op lezen. Ik heb altijd verhalen willen schrijven, maar sinds mijn tienertijd heb ik er niet veel meer aan gedaan.' Tot haar afgrijzen werd ze van de zenuwen steeds spraakzamer, ze kon niet meer stoppen met praten.

Ruby knikte beleefd, maar zei niets meer. Ze draaide haar rug naar Alice toe. Alice beet op haar onderlip. Ze had haar niet moeten onderbreken. Moest ze zich verontschuldigen? Zou ze proberen van onderwerp te veranderen? Wilde Ruby soms dat ze haar een vraag stelde over Kililpitjara? Maar wat moest ze vragen? Waren er ook dingen die ze beter niet kon vragen?

Alice probeerde niet te ruw te schakelen en niet te hard te rijden. Toen ze de parkeerplaats voor bezoekers naderden, begon de radio te kraken.

'Nationaal park negentien-negentien. Hier is zeven-zeven, over.'

Dylans stem drong dwars door haar bloedbaan haar botten binnen. Haar handen klemden het stuur steviger vast. Meteen boog Ruby zich naar voren en ze zette de radio uit.

'Zet 'm hier maar neer.' Ruby wees naar een vrije parkeerplaats. Onzekerheid knaagde aan Alice. Viel het zo op? Dacht Ruby dat ze meer belangstelling had voor Dylan dan voor haar eerste werkdag? En klopte dat ook niet een beetje? *Hou alsjeblieft op*, smeekte ze zichzelf.

Ruby opende het portier en stapte uit. Alice volgde. Aan het begin van de route bleef ze even staan om een aantal informatieborden te lezen. Ruby kwam naast haar staan.

'Dus de toeristen weten dat het midden van de krater heilig is, dat de bloemen daar niet geplukt mogen worden en dat deze plek beschermd is?' vroeg Alice.

Ruby knikte. 'Dat staat in alle reisgidsen, folders en bezoekerspamfletten. We nodigen de mensen uit om deze plek te bekijken en zich op de hoogte te stellen van de geschiedenis, maar we vragen ze dringend om onze bloemen te laten staan.'

Alice dacht terug aan het gesprek dat ze gisteravond had gehoord. 'Maar ze doen het nog steeds?'

'Uwa. Ze doen het nog steeds,' zei Ruby. Met haar handen op haar rug wandelde ze weg.

Zwijgend liepen ze verder. Het rode zandpad liep langs de buitenste muur van de krater, langs velden lage spinifex, acacia's en buffelgras, door bossen met hoge acaciabomen en stakerige woestijneiken. Na een tijdje kwamen ze bij een reusachtige rode zwerfkei, die als een geopende deur voor een grot lag. Ruby liep naar binnen. Alice volgde puffend, nog steeds niet gewend aan de hitte.

'Heb je kapi?' Ruby keek haar in het halfduister vragend aan.

Alice staarde haar niet-begrijpend aan. Haar ogen wenden langzaam aan de schemer.

'Kapi. Water.'

Alice' gezicht betrok toen ze besefte dat ze haar rugzak met water en haar hoed in de pick-up had laten liggen. Ze vloekte binnensmonds en schudde haar hoofd.

'Zorg dat je je spullen voortaan overal waar je naartoe gaat meeneemt,' zei Ruby terwijl ze naar het plafond van de grot staarde. Alice rolde met haar ogen om haar domheid. Welke idioot ging nou zonder water de woestijn in?

Na een tijdje ebde het geluid in Alice' hoofd weg en besefte ze dat Ruby naar het plafond fluisterde. Overal om hen heen waren de muren bedekt met schilderingen in okergeel, wit en rood. Alice luisterde naar de uitleg die Ruby gaf van de symbolen die duizenden jaren geleden door vrouwen waren geschilderd. Ze vertelden verhalen over woestijnerwten, moeders, kinderen en sterren.

'De vrouwen in mijn familie zijn altijd met hun verhalen naar deze streek gekomen. Om te getuigen. Om te rouwen. Om wie ze liefhadden te eren. Het is een verdrietige plek. Daarom wonen we hier ook niet.'

Alice bekeek de schilderingen van dichterbij.

'Het spoor naar Kililpitjara volgt de ceremoniële route rondom Kuṯuṯu Kaana, waar de malakuru in het moederhart groeien.' Ruby's stem klonk laag. 'Daarom vragen we de toeristen om de bloemen te laten staan. Elke bloem is een deel van het moederhart.'

Geen van beiden zei iets. Ruby knikte alleen maar, draaide zich om en liep weg. Maar Alice bleef nog even rondkijken, betoverd door de muurschilderingen en dankbaar dat het toeval haar in Agnes Bluff in contact had gebracht met Sarah.

Toen ze Ruby op het pad rond de krater had ingehaald, vroeg ze zich af hoe het voor haar moest zijn om voortdurend op de bres te moeten springen voor deze plek en zijn geschiedenis, die van oudsher een centrale rol speelde in de cultuur van haar familie. Waar haalde ze de kracht vandaan om te blijven vechten? En wie waren die mensen die de geschiedenis van deze plek negeerden en woestijnerwten plukten, zonder er rekening mee te houden dat ze daarmee het moederhart uit elkaar rukten? De verbodsborden stonden overal om hen heen. Niemand kon doen alsof hij ze niet had gezien.

Ruby liep voorop, Alice volgde. Twijfelend aan zichzelf en haar positie slikte ze al haar vragen in.

Het punt waar de wandelroute overging in de rondweg heette Kuṯuṯu Puḻi. Er bevonden zich een overkapte bank en een watertap. Vanaf die plek had je een mooi uitzicht op de kratermuur, die als een waterval van rode stenen en keien, bedekt met zilveren en mintgroene mossen, uit de aarde oprees. Gedurende een kort ogenblik was Alice helemaal betoverd. Maar toen schoot de watertap haar te binnen en vloog ze eropaf. Ze dronk tot er geen druppel meer bij kon.

'Dit is een dorstige plek,' zei Ruby knikkend. 'Hier vatte Ngunytju's hart vlam en stortte het ter aarde. Die rotsen daar zijn eigenlijk delen van haar brandende hart. Het mos staat voor de rook die nog steeds van de sintels opstijgt en vlekken vormt op de kratermuur.'

Alice vermeed het Ruby aan te kijken. Ze was bang dat ze de tranen in haar ogen zou zien en haar eens en voor altijd een hopeloos geval zou vinden.

'Woon je ook in Parksville?' vroeg Alice. Het was de eerste vraag die in haar opkwam. Waarom vroeg ze niet meer over de geschiedenis van de krater? Ze was hier immers om informatie te krijgen over haar werkzaamheden? Ze kon zich wel voor het hoofd slaan.

Ruby knikte. 'Uwa, maar alleen als ik mensen moet begeleiden. Ik kom speciaal hier om jullie over mijn cultuur te vertellen. Zoals ik al zei woont mijn familie hier niet meer. Het is een verdrietige plek. Geen plek om te wonen.' Ze klopte het stof van haar handen. 'Zullen we verder lopen?'

'Yep,' antwoordde Alice. De vraag waarom zij en de anderen hier dan wél woonden, brandde op haar lippen.

De rest van de weg liepen ze zwijgend om de krater heen. Een grote groep toeristen kwam hun, op de terugweg naar de parkeerplaats, tegemoet. Alice bekeek hen argwanend. Had iemand toevallig woestijnerwten geplukt? Boven hen maakten zwaluwen zingend een duikvlucht. De zon scheen door het bladerdak van de gombomen. Na een tijdje maakte het pad een bocht en ging omhoog de kratermuur op; het was dezelfde route die Alice die ochtend met Pip had gewandeld. Ze hield haar arm voor haar ogen tegen het felle licht. Het was nog niet eens halverwege de ochtend, maar in de zon was de temperatuur voor haar gevoel al rond de veertig graden.

Op het platform ging Ruby buiten adem zitten. Alice volgde haar voorbeeld. Samen keken ze naar het hart van woestijnerwten.

'Kungka, nu zal ik je het hele verhaal van deze plek vertellen,' begon Ruby.

'Graag,' riep Alice. 'Ik heb er op het internet al wat over gelezen. Over het moederhart dat hier is neergestort nadat er een baby uit de lucht was gevallen, of was dat een andere kraterinslag hier in de buurt?' Ze ratelde maar door.

Deze keer liet Ruby zich niet kennen. Ze stond op, verliet het platform en liep over het pad de krater in.

Hulpeloos keek Alice haar na. Ze baalde van haar stommiteit. *Hou toch eens een keer je mond*, sprak ze zichzelf toe. Het was absoluut niet haar bedoeling geweest om indruk te maken op Ruby. Maar met haar nerveuze gebabbel had ze alles verpest.

Alice leunde met haar hoofd op haar handen. Ze had nog nooit gesolliciteerd, laat staan dat ze een oriëntatieronde of een opleiding zoals deze had gehad. Ze was nooit eerder buiten het toeziend oog van June geweest. Voor het eerst kreeg ze de kans om iets op eigen kracht te doen, iets voor zichzelf. En ze had het grandioos verknald.

Wees dapper. Houd moed.

Ze ging rechtop zitten en streek haar uniform glad. Met een vastbesloten knikje naar zichzelf volgde ze Ruby de Kuṯuṯu Kaana in.

De temperatuur in de krater was verzengend. De hitte leek in golven van de aarde op te stijgen. Groene vogels fladderden boven hun hoofd.

'Tjuḻpu-tijd,' zei Ruby lachend. Ze zwaaide naar de vogels. 'Brutale vlegels.'

Toen ze dichter bij het hart kwamen, gebaarde Ruby naar de bloemen en wilde ze iets zeggen. Deze keer hield Alice wijselijk haar mond.

'Minga komen hier om het verhaal te horen, maar als ze hier zijn hebben ze hun oren dicht. Ze horen het niet. Ze denken het pas te horen als ze er een stukje van meenemen.' Ruby's stem klonk verdrietig en tegelijk krachtig. 'Ze zijn met zovelen, ze gaan van de paden af en brengen schade toe aan de wortels. Deze maḻukuṟu, deze bloemen, zijn sterk. Ze groeien hier al duizenden jaren, maar als je ze plukt, worden de wortels ziek en gaan ze allemaal dood. Echt waar. We vragen of ze niet de cirkel in willen gaan, maar ze doen het toch. Ze blijven bloemen plukken. Ze nemen een deel van Ngunytju's hart mee. Ze maken de wortels ziek. De wortels worden ziek, wij allemaal worden ziek.'

Alice zweeg, wachtend op het juiste moment om iets te zeggen. 'Wortelrot,' zei ze. 'Sturt's woestijnerwten zijn gevoelig voor wortelrot. Als de wortels worden aangetast, zullen ze daar eerder aan doodgaan dan aan droogte.'

Op Ruby's gezicht was een mengeling van verbazing en waardering af te lezen. 'Eh...' begon ze terwijl ze Alice vrolijk toeknikte. 'Je bent behoorlijk ninti puḻka met onze hartbloemen, hè, kungka?' Ze glimlachte. 'Jij bent een slimmerik, geloof ik.'

Alice haalde opgelucht adem en liet haar schouders, die ze tot haar oren had opgetrokken, zakken.

'Het is oké, kungka.' Ruby lachte en schopte met haar schoen een steentje weg. 'Je moet alleen je mond wat vaker dichthouden en je ogen wat vaker opendoen. Al die gedachten in je hoofd zijn net als die brutale vogels. Probeer ze te kalmeren,' zei ze, wijzend op de grasparkieten op haar broek. 'Dan kun je de geschiedenis van deze plek beter in je opnemen.'

Alice knikte, niet in staat haar aan te kijken.

Ruby trok aan haar mouw. 'Luister, als jij onze vlag op je mouw draagt,' zei ze, wijzend op de insignes op haar shirt, 'is het jouw verantwoordelijkheid om het ware verhaal over deze plek aan de minga door te geven.' Een windvlaag suisde langs hen heen en deed de woestijnerwten heen en weer deinen. 'Dit is een verdrietige plek. Een heilige plek, voor liefde, verdriet, rust en vrede. Hier worden de ceremoniële verhalen van vele generaties vrouwen bewaard.

Mijn voorouders hebben hun kinderen hier grootgebracht en voor dit land gezorgd, en het land zorgde voor hen. Ma̱lukuṟu, deze bloemen, houden hun verhalen levend. We moeten ze met z'n allen beschermen. Ook dat is jouw taak,' zei Ruby met een gebaar naar Alice. 'Palya, Kungka Pinta-Pinta?'

Alice keek haar aan.

'Oké, Vlindermeisje?' vertaalde Ruby glimlachend.

Wat wil je worden als je later groot bent, kleintje? Alice' moeder stond tussen de varens met haar handen in een pot kunstmest. Haar gezicht ging schuil achter de rand van haar hoed. Alice hoefde niet lang over die vraag na te denken. *Een vlinder, of schrijfster*, had ze glimlachend geantwoord. Alles wat haar dicht bij de tuin van haar moeder hield, of tussen de bladzijden van een boek.

'Palya, Kungka Pinta-Pinta?' vroeg Ruby weer.

'Palya,' antwoordde Alice.

Ruby knikte tevreden en draaide zich om. Met haar handen op haar rug begaf ze zich naar het pad dat om de bloemen heen liep en vervolgens de krater uit voerde. Alice wierp nog een laatste blik op de woestijnerwten voordat ook zij zich omdraaide en wegliep.

Na een lunch van broodjes en vruchtensap in het bezoekerscentrum nam Ruby Alice even apart. Op haar gezicht lag een vreemde uitdrukking. 'Voordat je vanmiddag het veld in gaat, wil ik je nog iets laten zien.'

Alice volgde Ruby de trap op naar een zolderachtige opslagruimte onder het dak van het bezoekerscentrum. Het was er benauwd, warm en stoffig. Op planken langs de zijkant stonden grote plastic kratten. Ruby pakte er een, tilde het deksel eraf en gebaarde naar Alice dat ze moest komen kijken. Hij zat vol met brieven, sommige geprint, andere handgeschreven. In elke envelop zat een gedroogde woestijnerwt.

'Vergiffenisbloemen,' zei Ruby. 'Ze zijn van de mensen die ze hier als souvenir hebben geplukt en mee naar huis hebben genomen. Thuis zijn ze gaan geloven dat het moment waarop ze pech hebben in hun leven, een straf is voor het negeren van onze cultuur.' Ze gebaarde naar de planken achter haar, volgepakt met gelijksoortige kratten.

Alice boog zich over het geopende krat.

'Kijk maar,' zei Ruby.

Ze stak haar hand in het krat, stomverbaasd bij het zien van de reusachtige hoeveelheid gedroogde bloemen die door de toeristen waren geplukt en teruggestuurd. De postzegels op de brieven waren afkomstig uit alle uithoeken van de wereld en in de brieven werd om vergeving gesmeekt, om verlossing van 'de vloek'. Haar blik viel op een handgeschreven brief. Ze maakte hem open en er viel een gedroogde, verschrompelde woestijnerwt in haar hand. Ze las de brief hardop voor.

'"Meteen toen we uit Kililpitjara vertrokken waren, werd mijn man ziek. Tegen de tijd dat we in Italië waren, ontdekten we dat hij kanker had. Een paar dagen later kreeg onze zoon een busongeluk. En toen raakte ons huis overstroomd. We beseffen nu dat we tijdens onze reis onvoldoende respect hebben gehad voor uw schitterende land. Daarvoor bieden we u onze oprechte excuses aan. Verlos ons alstublieft van nog meer rampspoed. Het spijt ons vreselijk dat we de bloemen tegen de regels uit de krater hebben geplukt en mee naar huis hebben genomen."' Stomverbaasd wiegde Alice heen en weer op haar hakken. 'Ze schrijven allemaal hetzelfde. Ze vragen om vergeving en verlossing van "de vloek".'

Ruby knikte. '"De vloek" is een mythe die al zolang de minga hier komen de wereld over gaat.'

'Maar de vloek… eh… bestaat toch niet echt?' vroeg Alice langzaam.

'Nee!' snoof Ruby verontwaardigd. 'Het is wat een schuldgevoel doet met de geest van schuldige mensen.'

Alice dacht terug aan June's met dubbele tong uitgesproken bekentenis op de avond dat ze Thornfield verliet. 'We kunnen niet verbergen wat we fout hebben gedaan,' zei Alice, 'ook al proberen we het zo diep mogelijk in onszelf te begraven.' Zich bewust van Ruby's onderzoekende blik legde ze de brief terug in het krat en streek haar handen over elkaar. 'Schrijf je ze wel eens terug? Zeg je ze dat de vloek niet echt is? Dat het iets is wat de mensen hebben verzonnen en niets te maken heeft met jullie cultuur?'

'Ha!' zei Ruby droogjes. 'We hebben wel iets anders te doen dan achter minga aan rennen om ze te leren wat ze allang hadden kunnen weten toen ze er met hun neus bovenop stonden.'

Alice knikte. Even liet ze Ruby's woorden tot zich doordringen. 'Niet te geloven dat het er zoveel zijn,' zei ze, nog eens met haar hand door de brieven graaiend.

'Dat is juist de reden waarom we zo bang zijn dat mal̲ukur̲u een bedreigde soort worden. Sterker, op de vliering van het hoofdkantoor liggen nog veel meer brieven met bloemen erin. We hebben vergaderingen gehouden om te bespreken wat we ermee moeten doen. Er zijn een paar mensen van de universiteit die alle verhalen willen catalogiseren. Maar dan moeten ze wel opschieten. We hebben bijna geen opslagruimte meer.'

Ineens dacht Alice terug aan een gesprek dat ze als kind met haar moeder had. *Vuur kan een soort toverkracht zijn, waardoor het ene in het andere kan veranderen.*

'Je zou ze kunnen verbranden,' flapte ze eruit.

Ruby wierp haar een goedkeurende blik toe. 'Misschien,' zei ze.

Toen Alice die avond thuiskwam, kon ze haar ogen nauwelijks openhouden. Ze strompelde door de voordeur naar binnen, schakelde de airco in en terwijl ze een koude douche nam, zag ze hoe het water dat van haar lichaam stroomde rood werd.

Na de lunch had ze met Lulu gewerkt. *Heeft Ruby je de verdrietige bloemen laten zien*? had ze gevraagd toen ze samen het veld in gingen. Alice knikte. *Zo, dan heb je iets heel goed gedaan, chica. Als Ruby je die bloemen laat zien, dan sta je in een goed blaadje bij haar.*

Terwijl ze stond te douchen, speelde ze Lulu's woorden in gedachten opnieuw af. Ze bloosde van plezier. Ze had iets goed gedaan.

Later deelde ze de overgebleven taco's die Lulu haar de vorige avond had gegeven met Pip en kroop in bed nog voor de zon onder was. De warme lucht voerde de rijke geur van gebrande aarde aan en het zoete einde van haar eerste werkdag.

Haar dromen waren gevuld met beelden van June. Telkens wanneer ze haar mond opendeed om iets tegen Alice te zeggen, stroomde er een golf bruine, verwelkte droogbloemen uit.

Ruby stond in de ondergaande zon op haar terras de planten water te geven. Regenboogkleuren reflecteerden in de waterstraal. De mineraalrijke geur van de vochtige rode aarde riep onmiddellijk de herinnering op aan haar moeder en tantes. De lucht was een palet van roze, oker en grijs. Haar drie honden renden achter elkaar aan langs de schutting, hun oren recht omhoog van blijdschap. Op dit aangename schemeruur hadden ze altijd hun dolle kwartiertje.

Nadat ze de tuinslang had teruggehangen pakte ze haar bijl en liep ermee de tuin in om een paar wanaṟi-takken te kappen. Wanaṟihout was ideaal om vuur mee te stoken, het brandde het hardst. Ze stapelde het hout in de vuurkuil en zoog bloed uit haar vinger nadat ze er een splinter uit had getrokken. Ze harkte het droge blad, de takjes en twijgjes van de woestijneik bijeen en vulde er de gaten tussen de wanaṟi-takken mee op. Niet lang daarna brandde er een vuurtje.

Ruby ging met pen en papier op een houtblok zitten en wreef haar handen ineen. Ze sloot haar ogen. Het gemis van haar familie drukte zwaar op haar. Sinds ze als kind bij haar moeder was weggehaald, was de aanwezige afwezigheid van haar familie een constante factor in haar leven. Ze zag iets van hen terug in de ogen van haar kinderen en ze hoorde hen in haar dromen. Het was een zichtbare onzichtbaarheid: het enige wat ze kon zien waren degenen die er niet waren.

Terwijl haar eten in een pannetje boven het vuur hing en het langzaam donker begon te worden, schroefde ze de dop van haar vulpen en sloeg haar schrift open.

Ze keek naar de vlammen. Ze wachtte.

De sterren dwarrelden aan de hemel, de honden lagen te dutten en er stond een warme woestijnwind. Ze wachtte.

Nieuwe gedichten daalden neer vanaf de sterren. Ze kwamen naar haar toe. Ze stuiterden over de woestijnduinen, fladderden over haar moeders land en brachten aarde, rook, liefde en verdriet met zich mee.

Er zijn altijd zaden die ons verbinden
en, meegevoerd op de wind, ons uiteendrijven
Komt de wind van de oorsprong
Of van de moeder of de vader
Zal mijn oorsprong worden weggeblazen
Of blijft hij in de verte als ik vertrek
Zal de wind buiten adem zijn
Zal ik blijven om afgesneden van thuis
te sterven

Ruby legde haar pen neer en wreef in haar handen. Ze trilden, zoals altijd wanneer haar voorouders haar een gedicht schonken. Na een tijdje pakte ze haar pen weer op en schreef *Zaden* boven aan de bladzijde.

Ze kruidde haar ma̱lu-steak, keerde hem om en deed nog een lik knoflookboter op haar gebakken aardappels. Toen leunde ze achterover en staarde naar de dansende vlammen. Rookslierten kringelden omhoog de lucht in.

Terwijl ze haar bord vol eten schepte, dacht ze terug aan het moment dat ze met het nieuwe meisje tussen de verdrietige bloemen had gestaan. Ze had meer meisjes zoals Alice zien komen en gaan in de Kililpitjara dan ze in haar schrift gedichten had geschreven. Ze pikte de verloren, doelloze zielen er meteen uit, als teken uit de vacht van haar honden. Maar ze zag ook direct wie oprecht nieuwsgierig was. Toen ze Sarah voor het eerst met Alice had zien binnenkomen, trillend en bleek, had Ruby geen aandacht aan haar geschonken. Maar na hun ochtend samen was ze van gedachten veranderd. Ze zág iets in Alice Hart, een soort lef dat de ene doordouwer in de andere herkent. Ruby wist niet waar Alice naar op zoek was, maar er brandde iets in haar en het brandde fel genoeg om een flikkering in haar ogen achter te laten.

22

Spinifex

Betekenis: **gevaarlijke genoegens**

Triodia | Centraal Australië

Tjanpi (Pit.) is een taaie, stekelige graspol die veel voorkomt in het Rode Centrum en die gedijt op de schraalste bodem die de woestijn te bieden heeft. De wortels kunnen tot drie meter diepte reiken. Van de hars van sommige soorten wordt door de Aṉangu een kleefstof gemaakt.

Alice stortte zich op haar nieuwe leven in Kililpitjara. Ze kreeg nog steeds begeleiding van Ruby, bestudeerde de geschiedenis van het land en werd het onafscheidelijke maatje van Lulu. Ze hadden hetzelfde rooster: tien dagen op, vier dagen af. Alice luisterde ingespannen naar wat beide vrouwen haar te zeggen hadden. Ze leerde veel van hen. Met krachtige stem leidde ze de toeristen dag in dag uit naar de krater, vertelde hun het verhaal en verzocht hun bij te dragen aan de bescherming van de Harttuin. Het gaf haar veel voldoening wanneer ze begrip zag in de ogen van de toeristen. Naarmate de weken verstreken was ze er vast van overtuigd dat niemand tijdens haar rondleiding ook maar één woestijnerwt had geplukt.

Na het werk, als het wat koeler werd, volgden Alice en Lulu regelmatig het vuurspoor of zaten ze bij elkaar op het terras met een kop sterke koffie en Lulu's zelfgemaakte chilichocola. Onder een veelkleurige hemel vertelde Lulu haar verhalen over haar grootmoeder, een vrouw met een turkooizen ring aan elke vinger en zulk dik haar dat alle kammen sneuvelden wanneer ze het wilde bedwingen. *En jij, Alice? Vertel eens over jouw familie?* Alice durfde de waarheid echter niet te vertellen. In plaats daarvan verzon ze verhalen over haar ouders, haar zeven broertjes, de spelletjes die ze deden, en de avonturen die ze beleefden rondom het gezellige huis bij de zee. De verhalen rolden er zo gemakkelijk uit dat het niet als liegen voelde. Voor Alice waren ze net zo waar als waar kon zijn. Het was de wereld waarin ze was opgegroeid, de wereld in haar boeken.

's Avonds laat als ze alleen was werkte Alice verder in haar schriften met de gedroogde en getekende bloemen. Dat was haar redding, haar troost. Het waren de bloemen uit haar jeugd, de herinneringen aan eenzaamheid en verwarring: het leven zonder haar moeder, woede, verdriet, angst en schuld. Haar onvervulde dromen. Haar berouw. Haar verlangen om door liefde te worden verteerd.

Na een paar maanden voelde ze zich niet meer zo'n beginneling. Ze wist hoe iedereen in het park heette en kende de essentiële informatie uit haar hoofd. Ze wist op welke dag de levensmiddelen werden bezorgd en hoe vaak ze heen en weer kon rijden van Parksville naar het resort voordat het benzinelampje in haar pick-up ging branden. Kililpitjara werd een plek waar ze zich veilig voelde. Het verleden bestond hier niet. Niemand wist iets van haar leven tussen de suikerrietvelden, laat staan van haar leven tussen de bloemen. In de woestijn werd ze met rust gelaten. Na een dag werken had ze spierpijn en blaren op haar handen. Lichamelijk was ze zo uitgeput dat ze niet langer over vuur droomde. De woestijn fascineerde haar: de kleuren, de uitgestrektheid en de verbijsterende schoonheid. Als ze geen vroege dienst had, wandelde ze 's ochtends met Pip naar het uitkijkplatform, en altijd sprongen dan de tranen in haar ogen bij het zien van de woestijnerwten. Ze vertrouwde erop dat de bloemen haar overeind hielden. Hoewel ze Pip een paar oude hulpcommando's van Harry had geleerd, had ze die nog niet hoeven te gebruiken. Ze was niet meer flauwgevallen. De enige keren dat haar hart sneller begon te bonzen was wanneer ze in de buurt van Dylan Rivers was.

Aan het einde van een periode van tien dagen werken waren Alice en Lulu op het bedrijfsterrein bezig hun gedeelde dienstauto te wassen. De radio stond hard aan en toen ze hardop plannen maakten voor wat ze de komende vier vrije dagen zouden doen, kwam Dylan ineens het terrein op gereden. Meteen liet Alice haar zonnebril voor haar ogen zakken.

'Kungkas,' zei Dylan terwijl hij naast hen stil bleef staan en zijn raampje omlaagdeed. 'Hoe gaat het hier?'

Alice knikte en glimlachte alleen maar. Ze kon niets uitbrengen. Lulu keek van haar naar Dylan. 'Onze tien dagen zitten er weer op, dus het gaat goed,' zei ze koeltjes.

'Jaloers,' zei hij. 'Ik ben pas op de helft.' Hij bleef Alice schaamteloos aanstaren, wat haar een ongemakkelijk gevoel gaf. Het leek of hij dwars door haar heen naar haar hart kon kijken en zag waar het van gemaakt was: zout, inheemse bloemen, verhalen en een wanhopig verlangen naar hem. Lulu had haar verteld dat hij een vriendin had, Julie, die als gids in een ander gebied werkzaam was. Die gedachte alleen al maakte Alice ziek van jaloezie.

'Hebben jullie al plannen?' vroeg hij.

Ze kon zijn huid ruiken; de aftershave die hij droeg, fris en zoet, deed haar denken aan ontluikend groen blad. Het liefst was ze er met hem vandoor gegaan, was ze in zijn pick-up gestapt en gewoon gaan rijden om na tallozе zonsopkomsten en zonsondergangen bij de westkust aan te komen, waar ze vanuit het rode stof in het witte zand zouden neerploffen en bij de turkooizen zee helemaal opnieuw konden beginnen. Opnieuw beginnen, daar was ze goed in.

'Ja toch, Alice?' Lulu's scherpe toon verstoorde haar gemijmer. Omdat ze geen idee had waar ze het over had, knikte ze alleen maar een beetje wezenloos.

'Cool. Nou, ik ben weer weg. Veel plezier jullie.' Terwijl Dylan wegreed, stak hij zijn hand op en zwaaide langzaam. Zilveren ringen aan zijn vingers en leren bandjes om zijn pols.

'Doe het niet,' zei Lulu. Haar stem klonk laag en ernstig. 'Je krijgt er spijt van. Het gaat je heel veel verdriet doen. Doe het niet.'

Alice wendde haar gezicht af. Vanuit haar ooghoek zag ze Dylans profiel toen hij het bedrijfsterrein af reed. De achterlichten van zijn pick-up doorboorden het schemerlicht.

'Je hebt een heel goeie vriend aan Dylan,' waarschuwde Lulu. 'Maar meer dan vriendschap moet je niet willen. Bij hem ben je net zo veilig als het meisje in dat sprookje dat alleen het donkere bos in gaat.'

Alice was blij dat het al wat donkerder was en hoopte dat de kleur op haar gezicht niet goed te zien was. Lulu doopte haar spons in de emmer sop en begon de voorruit te wassen.

'Je bent met hem naar bed geweest, hè?' vroeg Alice kalm.

Lulu keek haar even aan en wendde toen haar blik af. 'Ik wil alleen maar dat je niet gekwetst wordt.'

Alice werd licht in haar hoofd. De gedachte aan hen twee samen, aan hem met iemand anders dan zij, was onverdraaglijk.

Lulu droogde de voorruit af en gooide de zeem in de emmer. Ze slaakte een zucht. 'Ik weet niet wat je allemaal achter de rug hebt, maar ik weet wel dat je hier bent om jezelf weer bij elkaar te rapen,' zei ze. 'Dus doe dat dan, chica. Je blijft maar doorzeuren over dat je mijn huis zo mooi ingericht vindt en dat je het zelf ook wel zo zou willen, maar je hebt nog geen steek uitgevoerd. Ga aan de gang met verf en behang. Maak het mooier. Gebruik de weekends voor avonturen en ontdekkingstochten. Er is hier zoveel meer te zien dan alleen de krater. Niet ver hiervandaan is bijvoorbeeld een kloof die je echt een keer bij zonsondergang moet bekijken. Je zult je ogen niet geloven. Dus doe iets. Bouw een leven op hier.' Lulu wees op haar hart. 'Geef niet alles wat je hebt aan iemand die het niet waard is.'

Alice frunnikte wat aan haar nagels. Ze had met niemand hier gesproken over waar ze vandaan kwam en toch had Lulu de vinger op de gevoelige plek gelegd.

Toen ze hun spullen hadden ingepakt, reden ze samen onder een pastelkleurige hemel naar huis. 'Heb je zin om bij me te komen eten?' vroeg Lulu iets te opgewekt. 'Ik maak enchilada's. Met extra veel guacamole.'

Alice trok haar neus op, maar ze glimlachte erbij. 'Nee, daar heb ik geen zin in. Hoe kom je erbij?'

Toen ze bij Lulu de oprit op reden, bleef hun gesprek door Alice' hoofd spoken. De hele avond knikte en lachte ze mee met Lulu's grapjes, maar wat ze zich bleef afvragen was: was Lulu met Dylan naar bed geweest? En waarom had Lulu geen antwoord op die vraag gegeven?

Toen ze zich wat later klaarmaakte om naar bed te gaan, hield ze zichzelf voor dat ze het maar beter kon laten rusten. Zelf had ze, zoals Lulu haar had helpen herinneren, ook niet veel losgelaten over haar leven vóór de woestijn. En als geen ander wist ze dat sommige verhalen beter niet verteld konden worden.

Ze deed haar uiterste best om Lulu's woorden in acht te nemen. Ze reed naar het resort op de dag dat de vrachtwagen met bestellingen kwam en vulde een steekwagentje met potplanten, een hangmat, een doos kerstverlichting en een paar buitenlampen op zonne-energie. In de schuur van het park vond ze een paar kisten en wat restanten verf. Ze schilderde de kisten groen, keerde ze om en gebruikte ze als plantentafeltje. Ze joeg de palen van de tuinlampen diep in het rode zand van haar achtertuin en hing de hangmat op. De kerstverlichting hing ze over de balken boven haar patio. Ze verzamelde allerlei hebbedingetjes, zoals een porseleinen paradijsvogel, en hield zichzelf voor dat ze allemaal voor haar welbevinden waren. Voor een beter gevoel van eigenwaarde.

Ze winkelde urenlang op het internet. Kocht een nieuw donzen dekbed en overtrekken met een vlinderprint, een douchegordijn met een vlinderprint en een tafelkleed met een patroon van monarchvlinders. Ze vond een website over aromatherapie en kocht een brander, een jaarvoorraad theelichtjes en een melange van etherische oliën. Toen ze op een avond naar haar boekenkast keek en de schriften zag die ze van Agnes Bluff had meegenomen, zocht ze naar een online boekwinkel en bestelde alles wat ze zich kon veroorloven. De bestelling arriveerde een paar dagen later. Ze pakte de dozen uit en zette elk boek, waaronder dat met de verhalen over selkies, voorzichtig in de kast, alsof het zaailingen waren.

Omdat Dylan en zij een verschillend rooster hadden, zag ze hem eigenlijk bijna nooit. Als ze elkaar passeerden op de weg of op het bedrijfsterrein boog ze haar hoofd. Op de dagen dat ze bij zonsopkomst moest werken, liep ze 's middags vaak met Pip om de krater heen naar Kuṯuṯu Puḻi om de zon te zien ondergaan op de met mos bedekte rode rotsen. Ze was vastbesloten zo hard te werken en zo fanatiek te wandelen dat het rauwe verlangen naar hem uit haar systeem verdween. Misschien waren haar gevoelens voor hem inderdaad niet meer dan een bevlieging. Misschien kon ze ze de kop indrukken.

De tweede dag dat ze vrij had, liep Alice rusteloos door haar huis. Ze had zich de hele dag verveeld. Lulu en Aiden waren ergens mee bezig en Ruby was niet thuis. Alice had een ochtend- en een middagwandeling gemaakt, het huis schoongemaakt en was naar het dorp gegaan om voor Pip een nieuw speeltje te kopen. Om zes uur was het donker genoeg om de kerstverlichting aan te doen en zich over te geven aan dagdromen over Dylan, die ze de hele dag had onderdrukt. Ze liep naar buiten. De lucht was donkergrijs met paars. Vanaf de eerste dag dat ze de kerstlampjes had aangedaan, waren het kleine, geheime bakens voor haar geworden. Als ze ze vanuit haar bed zag schijnen, kon ze alleen maar hopen dat het fragiele licht hem aan de andere kant van de duinen zou bereiken om hem de hartstochtelijke boodschap over te brengen die ze zelf niet kon zeggen.

Ze schrok op toen er hard op de deur werd geklopt. Pip begon te blaffen en drukte haar neus tegen de deur.

'Ik kom al,' riep ze terwijl ze door het huis rende. Zou het…? Ze trok de deur open.

'We komen je huis inwijden!' riepen Lulu en Aiden uit één mond.

'O!' riep Alice verschrikt uit. 'Jullie zijn het!' Ze glimlachte iets te overdreven om haar diepe teleurstelling te verbergen.

In haar ene hand droeg Lulu een ovenschaal met taco's, waaruit gesmolten kaas droop en waarop dikke klodders guacamole lagen, in de andere had ze een bontgekleurde Mexicaanse vaas, die Alice vaak hardop had bewonderd. De vaas was gevuld met versgeplukte woestijnrozen. Alice herinnerde zich de handgeschreven betekenis ervan in het Woordenboek van Thornfield. *Vrede*. Naast Lulu stond Aiden met de poster van Frida Kahlo uit hun huis, waar Alice zo vaak naar had gelonkt, en een sixpack Corona.

'Voor jou, chica,' zei Lulu grijnzend. Aiden en zij overhandigden haar de cadeaus. 'Je hebt zo hard gewerkt om je huis gezellig te maken. Dat moet gevierd worden.'

'Ik ben sprakeloos,' zei Alice met een brok in haar keel. 'Kom binnen, kom binnen, akelige lieve rotzakken die jullie zijn!' Ze slikte, zette een stap opzij en liet ze binnen. Toen ze de deur sloot, begon Pip te blaffen. 'Wat is er?' vroeg Alice. Weer kefte Pip naar de deur. Even laaide er hoop in haar op, maar toen ze de deur openzwaaide stapte Ruby het licht in.

'Je moet je buitenlamp laten repareren, Pinta-Pinta,' zei ze terwijl ze met een ovenvers brood dat naar knoflook rook naar binnen liep. 'Zelfgebakken.' Met een knik gaf ze het aan Alice en ging bij Lulu en Aiden aan tafel zitten. Alice forceerde een glimlach en liep met het brood en Lulu's taco's naar de keuken. Daar maakte ze drankjes klaar en pakte ze een stapel borden. Ze wilde niet huilen omdat haar fijne, lieve vrienden waren gekomen in plaats van Dylan. Ze voelde zich een idioot omdat ze teleurgesteld was, maar tegelijkertijd werd ze overspoeld door een diep gevoel van dankbaarheid.

Na de spontane housewarming begon Alice' standvastigheid af te brokkelen. Het viel haar zwaar om zijn pick-up een hele dag niet te zien of zijn stem niet te horen op de parkradio. Het was een honger die ze niet kende, een honger die zich niet liet stillen. Ze begon afspraken met Ruby af te zeggen en tegen Lulu te liegen dat ze tijd voor zichzelf nodig had. *Er is iets met je aan de hand, chica. Ik voel het,* had Lulu gezegd. Alice had het weggewuifd.

Ze had zichzelf lang wijsgemaakt dat haar middagwandelingen niets met hem te maken hadden. Elke keer als Alice over het stoffige rode pad om de krater liep, drukte ze de gedachte weg dat ze de wandelingen expres plande op het tijdstip dat de kans het grootst was om hem 'toevallig' tegen het lijf te lopen. Soms zag ze hem met een groep toeristen terwijl hij hun uiterst geconcentreerd het verhaal van Kililpitjara vertelde. Maar als ze voorbijliep, keek hij altijd even op en voelde ze zijn blik op haar lichaam branden.

En zo voerden ze elke dag een toneelstuk op. Alice wandelde verder. Op goed geluk probeerde ze haar tempo aan te passen aan hoelang ze dacht dat hij nodig had om zijn tour af te ronden en zijn laatste patrouille langs de rondweg te rijden. Soms vertraagde ze haar pas, bij voorkeur onder haar favoriete poort van acacia's, dan weer plukte ze een bosje wilde woestijnbloemen om in haar schrift te drogen. Maar zodra ze het gevoel had dat ze haast moest maken, begon ze te rennen. Ze had geen oog meer voor het mooie licht van de zonsondergang, hoorde het gezang van de vogels niet, laat staan dat ze de geur van de gebakken aarde rook, die vrijkwam als het koeler werd. Ze rende onder de poort van acacia's door en liet de wilde bloemen staan. Ze kon maar aan één ding denken, en dat was hij.

Bij Kuṯuṯu Puḻi bleef ze staan om haar met opzet lege waterfles te vullen. Ze ging altijd op de rand van de watertank zitten, zodat ze vol zicht had op de ondergaande zon. Ze wist dat haar benen en voeten te zien waren vanaf de rondweg. Het was aan hem om te stoppen en naar haar toe te komen.

Hij zou komen.

Hoe vaak ze het geluid van zijn auto ook had gehoord, altijd voelde ze opwinding wanneer de wielen in het grind knarsten, de motor werd uitgezet en het portier werd geopend.

Hij was er.

Een toevallige passant zou denken dat twee vrienden elkaar toevallig tegen het lijf liepen. Elke dag.

'Hallo,' zei hij glimlachend.

'Hallo,' antwoordde ze. Ze was altijd even verrast om hem te zien en hoefde zichzelf niet te forceren om hem haar warmste glimlach te tonen.

Terwijl de zon onderging, zaten ze rustig te kletsen. Allebei lieten ze niet veel los over zichzelf. Ze spraken nooit over wie ze was voordat ze in Kililpitjara was gearriveerd. Ze hadden het nooit over wie er nog meer in zijn leven was. Ze praatten overal omheen en lieten elkaar hun beste halve waarheden zien.

'Ben je wel eens aan de westkust geweest?' vroeg hij op een dag zonder haar aan te kijken.

Kon hij haar gedachten en dagdromen lezen? Ze keek hem niet aan. 'Nog niet,' zei ze luchtig terwijl ze een vlieg voor haar gezicht wegsloeg en dezelfde kant op keek als hij, naar de pollen spinifex in het licht van de ondergaande zon. 'Ik zou er graag eens naartoe gaan. Om te zien waar het rode zand overgaat in wit zand en in de blauwgroene zee.'

Hij lachte. 'Wat doen we hier dan nog?'

Ze lachte mee. Gele vlinders doken over het gras, dronken van het oranje licht. In de schemering rees de kratermuur dreigend op. Het mos was zwart.

Zijn aanwezigheid verzachtte de pijnlijke herinneringen die ze liever wilde vergeten, maar bij elke ontmoeting had ze het gevoel dat haar oude leven zich als een wijnrank in haar hart drong, knop voor knop, zaadje voor zaadje. Totdat ze zich op een dag, toen ze zaten te praten, realiseerde dat ze in gedachten altijd bezig was een boeket voor hem te maken, de enige manier die ze kende om hem haar diepste verlangens te vertellen, door middel van de taal van de inheemse Australische bloemen.

23

Zandmirte (desert heath-myrtle)

Betekenis: **vlam, ik brand**

Thryptomene maisonneuvii | Noordelijk Territorium

Het is een traditie onder Anunga-vrouwen om met een houten schaal tegen pukaṟa-struiken te slaan om de dauwdruppels op te vangen die de zoete nectar van de bloemen bevatten. Thryptomene stamt uit het Grieks en betekent 'zedig' of 'preuts'; de struik oogt bescheiden, maar van de winter tot het voorjaar produceert hij een deken van kleine witte bloemetjes met een rood hart, die bloeien alsof ze een geheim onthullen.

Alice' zevenentwintigste verjaardag viel halverwege haar vier vrije dagen. Ze had er niemand over verteld. Zelfs Lulu niet.

Ze lag in bed en keek naar de winterlucht die van zachtblauw lila werd en van perzik roze, totdat de zon tevoorschijn kwam en de rode aarde oplichtte. Inmiddels had ze de gewoonte om de kerstlampjes dag en nacht aan te laten. Ze dacht terug aan de roddel die ze in het hoofdkantoor had gehoord. Dylan zou vakantie hebben opgenomen om naar zijn vriendin Julie te gaan. Het was een klap in haar gezicht, vooral omdat ze hem een dag eerder nog had gezien bij Kuṯuṯu Puḻi en hij er niets over had gezegd.

Alice ging overeind zitten. Haar adem vormde kleine stoomwolkjes in de lucht. Pip sprong uit bed en krabde aan de achterdeur.

'Oké, Pip, omdat jij het bent,' gromde Alice. Ze hees zichzelf uit bed en liet haar in de tuin. Toen zette ze de verwarming aan en wachtte rillend tot die begon te werken.

Op de terugweg naar binnen gaf Pip Alice een lik over haar been. Alice knikte.

'Een feestdrankje is een heel goed idee.' Ze liep naar de keuken en maakte in een pannetje melk warm, goot het in een bak en zette die neer voor Pip. De rest schonk ze in een beker met een shot espresso erbij. Ze pakte een boek uit de kast en liep snel terug naar haar bed. Pip volgde haar, de melk van haar mondhoeken likkend.

Alice nestelde zich in de kussens, nam een slok koffie en sloeg haar boek open. Maar de wereld buiten was te mooi om te negeren. De smeltende rijp op de thryptomenebloemen fonkelde in de zon. De lucht was porseleinblauw, met hier en daar een wolk. In de verte schitterde de kratermuur in het ochtendlicht.

Haar hoofd zat vol met verhalen over deze plek, over de moeder die haar baby in de sterren te ruste had gelegd, waarna het kind, toen ze even niet oplette, ter aarde was gestort. Het landschap was zo sterk met het verhaal verweven dat de halfronde baan van de sterren een weerspiegeling leek van de halfronde noordelijke kraterrand.

Ze nestelde zich dieper onder haar dekbed. Gele vlinders fladderden boven de bloeiende struiken. Zouden ze ook in Dylans tuin rondvliegen? Wat zou hij nu aan het doen zijn terwijl zij op haar verjaardag alleen thuis was? Haar ogen vulden zich met tranen. Het kwam niet vaak voor dat ze zich afvroeg wie ze zou zijn geweest als haar leven anders was gelopen. Maar vandaag kon ze het niet laten. Als June niet had ingegrepen, had ze dan nu met Oggi in Europa gewoond? Was niet Lilia maar zíj zijn vrouw geweest? En was Iva hún dochter? Zou ze ooit de kwekerij hebben verlaten als ze niet achter het bedrog van June was gekomen? En de pijnlijkste vraag van allemaal: zou haar moeder nog leven als ze haar vaders schuur niet was binnengegaan? De volgende gedachte die in haar opkwam kwam als een dolksteek bij haar binnen: ze was nu een jaar ouder dan haar moeder toen ze overleed.

Ineens werd er hard op de voordeur geklopt. Alice gooide het dekbed van zich af. De huid rond haar ogen stond strak van de tranen. Pip likte over haar zoute wangen. Weer werd er geklopt.

'Chica, ik ben het.'

Alice kwam overeind en wikkelde het dekbed om zich heen. Ze stapte uit bed en dribbelde naar de voordeur, die ze op een kier opendeed.

'*Dios mio,*' fluisterde Lulu. 'Alice, wat is er aan de hand?' Ze duwde de deur verder open en stapte naar binnen. Onder haar arm droeg ze een paar enorme zelfgemaakte vlindervleugels en een klein tasje. 'Die zijn nu even niet belangrijk,' zei ze terwijl ze de spullen op tafel legde. Alice liet zich naar de bank leiden, waar ze zich tot een balletje oprolde. Lulu zette de verwarming uit en opende de achterdeur zodat de warme winterzon en frisse lucht naar binnen konden stromen. Ze maakte twee koppen thee met honing en installeerde zich naast Alice op de bank. In de tuin sprong Pip achter de vlinders aan.

'Wat is er toch, chica?' vroeg Lulu zacht. 'Je bent al zo lang uit je gewone doen.'

Dylans gezicht flitste voor haar ogen. Alice ontweek Lulu's blik. 'Ik mis mijn moeder gewoon, Lu,' jammerde ze. 'Ik mis mijn moeder,' herhaalde ze. Haar stem brak. Ze had niet gedacht dat ze nog tranen overhad, maar een nieuwe stroom drupte over haar neus in haar theekopje.

'Waarom bel je haar niet? Of anders je vader? Of een van je broers? Het leven hier kan heel zwaar zijn, zo zonder familie in de buurt, vooral voor jou, met zoveel broers.' Lulu wreef over Alice' arm. Aanvankelijk begreep Alice haar niet, totdat ze zich de keiharde leugens over haar sprookjesfamilie herinnerde. Er gleed een schaduw over haar gezicht.

'Hé,' zei Lulu bezorgd.

Alice schudde haar hoofd en veegde de tranen van haar wangen. Ze stak haar hand onder haar shirt, haalde haar medaillon tevoorschijn en gaf het aan Lulu. Lulu streek met haar duim over de in hars gevatte woestijnerwt.

'Dat is mijn familie.' Alice maakte het klepje open. Het jonge, hoopvolle gezicht van haar moeder keek naar hen op. Alice wendde haar gezicht naar haar tuin met de wilde thryptomene. *Vlam, ik brand.* 'Ik heb geen grote familie. Ik heb eigenlijk helemaal geen familie meer.' In de verte kraste een kraai. Alice bereidde zich voor op een boze reactie, maar na een korte stilte verscheen er een warme glimlach op Lulu's gezicht.

'Dus dit is je moeder?'

Alice knikte. 'Ze heette Agnes.' Ze snoot haar neus.

Lulu keek van het fotootje naar Alice. 'Wat lijk je veel op haar.'

'Dank je,' zei Alice. Haar kin trilde.

'Je hoeft geen antwoord te geven, hoor, maar hoe is ze...' Lulu's stem stierf weg.

Alice sloot haar ogen. Ze herinnerde zich hoe de spieren en pezen onder haar vaders huid aanvoelden toen ze hem aan zijn benen vasthield op de surfplank. De blauwe plekken op haar moeders naakte, zwangere lichaam terwijl ze uit de zee kwam. Het broertje of zusje dat ze nooit zou leren kennen. De petroleumlamp die ze had laten branden in haar vaders schuur.

'Ik weet het echt niet,' antwoordde ze. 'Ik weet het niet.'

Lulu pakte haar hand en legde het medaillon in haar handpalm. 'Het is een prachtig medaillon.'

'Mijn oma heeft het gemaakt.' Alice klemde haar hand eromheen. 'In mijn familie staat de woestijnerwt voor moed,' zei ze. 'Wees dapper, houd moed.'

Een tijdje zaten ze zwijgend naast elkaar en dronken hun thee. Ineens stond Lulu op. Ze zette haar handen op haar heupen.

'Ik wil niet dat je alleen bent vandaag,' verkondigde ze. 'Aiden heeft een vuur gemaakt en het rooster ingevet. We gaan vanmiddag barbecueën en jij komt ook.'

Toen Alice wilde protesteren zei ze: 'Geen discussie, chica. Bovendien heb ik extra veel guacamole gemaakt.' Lulu kende Alice' zwakke plek en wist er gebruik van te maken.

Alice snoot haar neus en keek naar haar keukentafel. De vlindervleugels leken klaar om weg te vliegen. Ze keek Lulu vragend aan.

'O ja, ik maak een kostuum voor mijn nichtje. Ze doet mee aan een toneelstuk. Ik wilde weten of het paste,' verklaarde Lulu.

'Wat? Moet ik ze passen? Nu?' Alice keek omlaag naar zichzelf.

'Ja. Hoewel… Ga anders even douchen. En je haar wassen.'

'Pardon?'

'Chica, ik kan mijn nichtje geen kostuum opsturen waar jouw snot en tranen op zitten. Bovendien zei mijn grootmoeder altijd dat je opfrissen de beste remedie tegen verdriet is. En guacamole uiteraard. Die ik, zoals ik net al zei, vers heb gemaakt en die bij mij thuis op jou staat te wachten.'

Terwijl Alice een warme douche nam, luisterde ze naar de geluiden uit de keuken, waar Lulu neuriënd bezig was het aanrecht op te ruimen. Onwillekeurig moest ze glimlachen.

Fris gedoucht en uitgedost als een reusachtige monarchvlinder volgde Alice Lulu over het zandpad dat hun huizen met elkaar verbond. De vleugels hadden dezelfde vurige kleur als het rode zand.

'Waarom heb ik me laten ompraten om hiermee naar buiten te gaan?' vroeg Alice.

'Omdat Aiden dan foto's kan maken voor mijn nichtje. Ik heb mijn camera vergeten mee te nemen. Wie kan het wat schelen hoe je eruitziet, chica. Dit is zowat de meest afgelegen plek op aarde.'

Alice haalde haar schouders op. Ze wilde niet toegeven dat ze zich door het kostuum een stuk beter voelde. Lulu had aan elk detail gedacht: van de draadantenne die ze in haar haren had gespeld en de jurk met zwarte en witte stippen tot de zorgvuldig met de hand beschilderde monarchvleugels, die met elastiek om haar schouders vastzaten. Ze was helemaal getransformeerd.

Ze liepen door Lulu's voortuin het huis binnen.

'Aiden zal wel buiten bij het vuur zitten. Wacht even, dan pak ik de camera.' Lulu haastte zich door de gang. Toen Alice de guacamole op het aanrecht zag staan, liep ze er snel naartoe en maakte de plastic folie los om een vinger in de schaal te kunnen dopen.

'Waag het niet!' brulde Lulu vanuit een van de slaapkamers. Alice schoot in de lach terwijl ze de guacamole van haar vinger likte.

'Oké, ik heb 'm.' Lulu kwam terug met de camera. Met samengeknepen ogen keek ze Alice aan, die haar handen in onschuld ophief.

'Aiden!' riep Lulu terwijl ze naar buiten liepen.

Om de hoek van het huis krulde zich een enkel vlaggetje. En nog een. En nog een.

'Lu?' vroeg Alice onzeker.

Lulu sloeg een arm om haar middel en voerde haar mee de tuin in, waar het merendeel van hun collega's zich had verzameld.

'Gefeliciteerd met je verjaardag!' Ruby, Aiden en een paar andere opzichters, onder wie zelfs Sarah, hieven een plastic bekertje op.

Alice sloeg haar handen voor haar gezicht. De achtertuin van Lulu en Aiden was in een feestwinkel veranderd. Om de patio waren vlindervormige vlaggetjes gespannen en tussen de bomen hingen felgekleurde zeilen bij wijze van luifel. Er brandde een vuurtje op de stookplaats en op een enorm rechthoekig kleed lagen kussens en een paar zitzakken. In de struiken waren slingers opgehangen. Er stond een grote schraagtafel met daarop schalen met dips, salades en maischips en, tot Alice' grote blijdschap, een koelbox met een inhoud van vijftig liter waarop een handgeschreven kaartje was geplakt met: *Gevaarlijke Punch*. En tot haar nog grotere blijdschap droeg iedereen vlindervleugels.

'Alsof wij niet wisten dat je jarig was,' zei Lulu grijnzend.

Alice glimlachte door haar tranen heen.

'Kom mee,' zei Lulu. 'Tijd voor een glas punch.'

Iemand zette muziek aan. Aiden bekommerde zich om de kebabs die op het rooster lagen te sissen. Alice, licht in het hoofd van de punch en de verrassing, probeerde niet te denken aan de enige persoon die er niet was.

Toen het donker werd en de punch rijkelijk vloeide, zat Alice met Lulu onder een deken bij het vuur. De vlammen reikten naar de inktzwarte lucht en de vonken schitterden als sterren.

'Ik weet niet hoe ik je moet bedanken,' zei Alice.

Lulu kneep in haar hand. 'Graag gedaan.'

In het vuur brandde een zee van kleuren: champagne, roze, oranje, kobalt, paars, brons.

'Mag ik je iets vertellen?' vroeg Lulu.

'Ga je gang.' Alice glimlachte.

'Vanaf de eerste dag dat je hier aankwam en ik je pick-up zag, wist ik dat je iets speciaals had, chica.'

Alice gaf Lulu een liefdevolle por. 'Wat aardig dat je dat zegt.'

'Ik meen het,' zei Lulu terwijl ze een slok van haar punch nam. 'In mijn familie zijn monarchvlinders de dochters van het vuur. Ze komen van de zon en dragen de zielen van de strijders met zich mee, die in het gevecht zijn gesneuveld, en ze komen terug om zich te voeden met de nectar van de bloemen.'

Alice keek naar het vuur dat knetterde en siste. Ze trok de deken dichter om zich heen en dacht aan wat er onder de vlinderstickers op haar pick-up verborgen zat, en wier dochter en kleindochter ze was.

'Toen ik de vuurstrijders op je auto voor het eerst zag, wist ik dat je het leven hier zou gaan veranderen,' zei Lulu.

Vuurstrijders. Alice wist niet hoe ze moest reageren.

'Wie wil er nog punch!' riep Aiden door de tuin. Zijn vleugels waren afgezakt. Een van zijn antennes was geknakt en hing over zijn wenkbrauw. Lulu barstte in lachen uit toen ze het zag. Alice lachte mee, blij met de afleiding.

'Kom.' Ze pakte Lulu bij de hand en trok haar mee naar de koelbox. 'Meer punch.'

Ze dronken en dansten onder de wintersterren. Terwijl ze rondwervelde in het licht, ving Alice een glimp van haar monarchvleugels op. Ze kreeg Lulu's verhaal niet uit haar hoofd. *Dochters van het vuur.*

Hij kwam in de vroege ochtend, toen er relaxte muziek werd gedraaid, het vuur volop brandde en iedereen die niet bewusteloos in zijn slaapzak lag of naar huis was gestrompeld, gezellig in een zitzak onder een deken bij elkaar zat. Alice zag hem over de vlammen heen uit zijn fourwheeldrive stappen en naar de koelbox lopen. Aiden sloeg hem op zijn rug en bood hem een beker punch aan. Dylan sloeg het drankje in één keer achterover.

'Zware rit gehad?' vroeg Aiden terwijl hij de beker nog eens vulde.

Weer dronk Dylan hem in één keer leeg.

'Hoe is het met Julie?'

Dylan schudde zijn hoofd. 'Dat is mijn probleem niet meer.'

Aiden gaf hem een derde beker. 'Ach, wat jammer.'

Dylan haalde zijn schouders op. 'Het is zoals het is.' Toen keek hij de tuin in. Door het vuur heen vonden zijn ogen de hare.

Toen het licht begon te worden, waren Alice en Dylan als enigen nog wakker.

'Is dit de eerste keer dat je een nacht doorhaalt in de woestijn?' vroeg hij.

Alice knikte en wierp hem een dronken glimlach toe terwijl ze op de rand van haar plastic beker beet.

'Oké,' zei hij en hij keek naar de lucht. 'Ik weet niet of je het al van iemand hebt gehoord, maar een nacht doorhalen telt alleen als je ook de zon hebt zien opkomen.'

Gewikkeld in dekens verlieten ze de met slaapzakken bedekte tuin van Lulu en Aiden en klommen een zandduin op.

'Daar komt de zon op,' zei hij met zachte stem. Toen hij haar aankeek, voelde ze haar huid tintelen. De lucht was zo helder, zo vol van dynamiek door de veranderende kleuren, dat Alice haar armen zijwaarts uitstrekte alsof ze zichzelf erin wilde verdrinken.

'Het doet me aan de zee denken,' mompelde ze. 'Net zo uitgestrekt.' Ze was duizelig van de drank en de herinneringen.

'Vroeger was dit ook een zee,' zei Dylan. 'Heel vroeger was dit een oude binnenzee.' Hij gebaarde om zich heen. 'De woestijn is een oude droom van de zee.'

Een caleidoscoop van vlinders fladderde in haar buik. 'Een oude droom van de zee,' herhaalde ze.

Het vlammende ochtendlicht kleurde hun huid. Hij stond naast haar en hoewel ze elkaar niet aanraakten, was hij zo dichtbij dat de warmte van zijn huid op haar afstraalde.

'Je bent mooi,' fluisterde hij vlak bij haar oor. Ze rilde. Hij hypnotiseerde haar.

Terwijl de wereld om hen heen oplichtte, boog hij zich dichter naar haar toe en nam haar in zijn armen. Zo bleven ze staan, bijeengehouden door de zonsopgang, totdat het geronk van de eerste toeristenbus de betovering verbrak.

Wankelend stond Lulu bij de achterdeur. Ze had een halflege beker punch tegen haar borst gedrukt. De tuin lag bezaaid met slingers, vlaggetjes en flesdoppen. Zwaaiend op haar benen tuurde ze tussen de acacia's door naar het zandduin achter Alice' huis, waar ze Dylan zag staan op de plek waar ze hem al maanden had zien staan wanneer hij Alice door haar ramen begluurde.

Het was begonnen op de middag dat Alice was gearriveerd en voor het eerst in haar gele pick-up door Parksville was gereden. Lulu stond bij de benzinepomp te tanken toen Dylan aan kwam rijden en naast haar stopte. Hij begon een praatje met haar, gewoon vriendschappelijk. Vermoedelijk was dit zijn manier om hun gezamenlijke geschiedenis uit te wissen. Ineens, halverwege een zin, zweeg hij en staarde naar de weg. Toen Lulu zich omdraaide, zag ze wat hij zag: Alice met haar lange donkere haar dat uit de auto wapperde, de hond naast haar op de voorbank. Ze keek hen recht in de ogen. Ze keek hém recht in de ogen. Lulu praatte gewoon door, maar Dylan luisterde niet. Hij was verblind door Alice. Zoals hij ooit door haar verblind was.

Die avond had Alice bij Lulu en Aiden gegeten en nadat ze naar huis was gegaan, was Lulu nog even met een glas wijn op een van de duinen gaan zitten. Ineens zag ze iets bewegen in de duisternis. Ze herinnerde zich de geur van Dylan op haar huid en kneep haar ogen tot spleetjes om beter te kunnen zien. Toen ze Dylan herkende, hield ze haar adem in. Hij sloop langs de schutting van Alice' huis. In een opwelling liep Lulu terug naar haar tuin, vanwaar ze beter zicht had op wat híj zag. In haar nieuwe huis liep Alice behoedzaam rond, alsof ze er op bezoek was. Even zat ze op de bank, staarde naar de muur en knuffelde haar hondje. Haar gezicht stond verdrietig. Dylan zat op zijn hurken onder de sterrenhemel, verscholen achter een acacia, te kijken en te wachten totdat Alice naar bed ging en het licht uitdeed. Toen stond hij op en liep naar huis. Ook Lulu was naar bed gegaan, waar Aiden haar met slaperige stem vroeg waarom ze zo trilde.

De volgende dag, toen het al schemerde, stond Lulu in de keuken chilipepers en cacaobonen fijn te malen toen ze door het raam keek en iemand voorbij zag lopen. Ze wachtte tot het nog iets donkerder was en ging toen de tuin in. Weer zag ze Dylan in het rode zand zitten, starend naar de geopende, verlichte ramen in Alice' huis. Alice stond te dansen in haar keuken terwijl ze kookte. Haar natte haren golfden over haar rug. Bluesmuziek dreef op de ijle, paarsblauwe lucht naar buiten. Heupwiegend liep ze om haar fornuis, zette twee borden klaar en schepte op. Een bord voor haar en een bord voor haar hond. Dylan bleef net zo lang zitten tot ze naar bed ging. Pas toen liep hij terug naar huis.

Hoewel ze zichzelf erom haatte, kon Lulu het sindsdien niet laten om naar Dylan uit te kijken. Elke avond zat hij in een zandduin naar de verlichte ramen van Alice' huis te staren. Ze wachtte tot het moment dat de schaduwen lang genoeg waren zodat ze hem tussen de bomen kon zien sluipen. Beschermd door de duisternis keek hij toe hoe Alice binnen theedronk, een boek las of met haar hond op de bank een film keek. Of, toen haar huis eenmaal was ingericht, met haar planten en boeken bezig was. Meestal bleef hij op afstand. Tot de avond voor Alice' verjaardag. Alice was teruggekomen van een wandeling, toen Lulu Dylan vanachter de bomen tevoorschijn zag komen en stilletjes door de poort in de schutting zag glippen. Zigzaggend langs de thryptomenestruiken kwam hij gevaarlijk dicht bij haar huis. Vlak voor het schijnsel van de kerstverlichting bleef hij staan kijken, ogenschijnlijk wachtend op iets wat buiten Lulu's gezichtsveld lag.

Lulu deed niet eens een poging om haar nieuwsgierigheid te bedwingen. Ze liep de tuin uit en maakte een ruime bocht om het zandduin achter Alice' huis. Achter de dikke stam van een woestijneik bleef ze staan terwijl Dylan achter de struiken stond en naar Alice keek, die de bloemen uit haar zakken op haar bureau legde. Heel voorzichtig, alsof het vogeleitjes waren, legde ze ze tussen de bladzijden van een schrift om te drogen. En toen begon ze te schrijven. Even stopte ze, en toen gebeurde het. Lulu hoorde hoe Dylan zijn adem inhield, alsof Alice hem met haar grote groene ogen recht aankeek, alsof híj de reden was waarom haar gezicht hoopvol oplichtte. Lulu was zo snel en hard als ze kon naar huis gerend. En toen ze kokhalzend boven de gootsteen stond, maakte ze zichzelf wijs dat dat door het harde rennen kwam.

Toen de surpriseparty op haar eind liep, had Lulu gedaan alsof ze sliep en had ze Dylan en Alice samen zien weggaan. Zou hij met Alice, net als met haar, naar de opkomende zon gaan kijken?

Lulu stond bij de achterdeur te wachten tot ze hen over de duinen zag strompelen. Hij bracht Alice thuis en bleef nog even rondhangen nadat ze naar binnen was gegaan. De zon brandde hoog aan de lucht toen hij zich ten slotte omdraaide en wegliep, met een verliefde, dronken glimlach op zijn gezicht. Toen hij allang achter zijn eigen voordeur was verdwenen, stond Lulu nog steeds voor zich uit te staren.

De avond na de surpriseparty nestelde Alice zich op haar bank en keek naar de poort in de schutting van haar achtertuin. De silhouetten van vogels tuimelden door de lucht, als een constellatie van omgekeerde sterren, en keerden terug naar hun nest. Rupsen hadden een glimmend spoor achtergelaten op de bast van de zwarte, dode boom vlak voor haar deur. Alice had erover gelezen in de jaarlijkse flora-en-faunagids van het park. De rupsen volgden elkaar over het zijdespoor dat de voorste had achtergelaten. Het spoor was onzichtbaar, tenzij er licht op viel.

Het was stil in huis, afgezien van het incidentele getik van de verwarming, het gesnurk van Pip en het gepruttel in de pan op het fornuis. De geur van vers citroengras, koriander en kokos deed haar maag knorren. Ze keek naar de poort. Ze wachtte. De kleur van het licht veranderde van goud naar kaneel. Dylans stem klonk in haar oren. *Ik ga even thuis douchen en kom dan terug. Via de achterpoort.*

Toen ze die middag van het dorp op weg naar huis was gereden, had ze zijn pick-up aan de rand van de rondweg zien staan. Hij had gezwaaid. Ze had achter hem geparkeerd en was uitgestapt. Toen ze hem zag, had ze zich opgewonden gevoeld.

'Pinta-Pinta.' Hij had haar stralend aangekeken en tegen zijn hoed getikt.

'Hallo.' Ze grijnsde.

'Heb je een erge kater?'

Ze schudde haar hoofd. 'Valt mee, gek genoeg. Eerder slaaptekort.'

'Ik ook.'

De zoete geur van winteracacia hing in de lucht.

'En hoe was je eerste dag als zevenentwintigjarige?' vroeg hij.

'De voorraden werden vandaag geleverd, dus ik heb eten gekocht.' Ze had geglimlacht.

'Aha.' Hij knikte en lachte met haar mee. 'Dus je had een leuke dag?'

'Ja. Maar hij is nog niet voorbij. Heb je plannen voor vanavond?' flapte ze eruit. Ze keek naar hem op.

Zijn blik zocht de hare. 'Niet echt.'

'Ik ga Thaise groenecurrysoep maken. Helemaal zelf,' zei ze.

'Lekker.'

'Heb je zin om te komen eten?' Ze deed haar best om neutraal te klinken.

'Heel graag.' Hij glimlachte.

'Zes uur?'

Hij knikte. 'Ik ga even thuis douchen en kom dan terug. Via de achterpoort.'

'Oké,' had ze opgewekt gezegd.

En nu kwam hij eraan. Ze kon de lichtbundel van zijn zaklamp door de spinifex zien schijnen. Ze stond op en haastte zich naar haar slaapkamer. Bleef in het donker voor het raam staan kijken en wachten.

Hij kwam achterom. Hij opende de poort en sloot hem achter zich. Het bleke licht van de sterren scheen op zijn schouders. Hij knipte de zaklamp uit en liep tussen de thryptomene door naar de patio.

'Pinta-Pinta?' riep hij bij de deur.

'Hoi,' zei ze. Glimlachend maakte ze de deur open. Hij veegde zijn voeten af aan de mat en kwam binnen. Even sloot ze haar ogen en snoof de onzichtbare wolkjes van zijn aftershave op. Hij zette zijn Akubra af en bekeek haar woonkamer met een goedkeurende blik: haar planten, haar schilderijen, haar boeken, haar vloerkleden, haar kookkunst, haar bureautje. Ze had zichzelf wijsgemaakt dat ze haar huis puur voor zichzelf had ingericht, maar eigenlijk had ze aldoor op dit moment gewacht.

'Honger?'

'O ja,' antwoordde hij terwijl hij op de bank neerplofte.

'Biertje tegen de kater?'

'Altijd,' zei hij. Ze opende de koelkast en haalde er twee flesjes bier uit. Het bruisende geluid toen ze de doppen eraf wipte, luchtte haar zo op dat ze het liefst twaalf flesjes tegelijk had willen opentrekken.

'Proost,' zei ze toen ze hem zijn flesje gaf.

Hij knikte. 'Proost.' Terwijl ze klonken, voelde ze een nieuwe golf van zenuwen aankomen.

Na de soep en nog meer bier verkasten ze naar de bank. Hun gezichten waren rood, en niet alleen van de warmte, drank en chilipepers. Ze hadden elkaar verteld over waar ze waren opgegroeid. Ze wisten precies hoe dat moest, welke dingen ze beter konden verzwijgen en welke dingen niet. Dat was wat ze de afgelopen weken hadden gedaan. Nu was hun gesprekstof opgedroogd als een zoutvlakte in de zon.

'Die verdomde kerstlichtjes,' mompelde hij na een tijdje.

De verwarming zoemde en tikte.

'Hoezo?' vroeg ze.

'Het is het enige wat ik vanuit elk raam van mijn huis kan zien. Ik word er al maanden door afgeleid.'

Een gevoel van opwinding trok door haar heen. 'O ja?' vroeg ze.

Hij draaide zich naar haar toe. Ze wendde zich niet af.

Het volgende moment was zijn mond op de hare. Zacht en dringend. Zacht. Dringend. Alice beantwoordde zijn kus hartstochtelijk, wilde haar ogen niet sluiten. Het was geen droom. Hij was hier.

Ze stroopten hun kleren af. Toen hij achteroverleunde om naar haar te kijken, kruiste ze haar armen voor haar borsten. Maar hij trok ze weg en duwde een van haar handen tegen zijn borst. Onder zijn huid en botten voelde ze het kloppen van zijn hart.

Hij is hier. Hij is hier.

Ze trok hem naar zich toe, haalde diep adem. Hij drong zich in haar. Een kluwen ledematen, niet van elkaar te onderscheiden. Rauw. Opwindend. Bijna beangstigend. Zintuiglijke herinneringen in haar hoofd. Nat zand onder haar voeten, een licht gevoel in haar longen, zout op haar huid, meekrijsen met de meeuwen aan het zilveren strand. De wind tussen de suikerrietstengels die aan haar haren trekt. Het ruisen van de rivier. Een bos rode bloemen die uit de grond is gerukt.

24

Breedbladige parakeelya
(broadleaved parakeelya)

Betekenis: **door jouw liefde leef en sterf ik**

Calandrinia balonensis | Noordelijk Territorium

Parkilypa (Pit.) is een vetplant met vlezige bladeren en felpaarse bloemen die op zanderige bodems in droge gebieden voorkomt. Ze bloeien vooral in de winter en het voorjaar. In tijden van droogte kunnen de bladeren water opslaan. De plant kan in zijn geheel gebakken en gegeten worden.

Vanaf die avond brachten ze elk vrij moment met elkaar door. Alice besefte dat ze haar andere vrienden verwaarloosde, vooral Lulu, maar ze wilde simpelweg bij niemand anders zijn.

Terwijl de winter voortschreed, maakten ze kampvuurtjes en sliepen in zijn slaapzak onder de sterren. Pip lag altijd vlak bij hen.

'Je moet je rooster veranderen,' zei hij op een avond terwijl ze in de kromming van zijn arm lag en naar de hemel staarde. 'Ik mis je in de weekends als een van ons werkt en de ander vrij is. Ik wil je vaker zien.'

Het gaf haar een opgewonden gevoel. Hij wilde meer. Ze lachte naar hem, snoof de geur van zijn huid op, aards en groen. Hij haalde zijn arm onder haar hoofd weg en ging overeind zitten. Maakte zijn leren armbandjes los en draaide zich weer naar haar toe. Voorzichtig pakte hij haar handen vast. Ze knikte en glimlachte terwijl hij de bandjes om haar polsen vastknoopte.

'Ngayuku pinta-pinta,' zei hij schor.

Toen hij haar naar zich toe trok, schoot Lulu's waarschuwing door haar hoofd. *Bij hem ben je net zo veilig als het meisje in dat sprookje dat alleen het donkere bos in gaat.*

'Ngayuku pinta-pinta,' fluisterde hij weer. Zijn handen klemden zich om haar polsen. 'Mijn vlinder.'

Ze draaide zich om en ging boven op hem liggen.

Alice had een verzoek ingediend om haar rooster te veranderen en terwijl ze wachtte op goedkeuring, draaide haar leven in de woestijn alleen nog om Dylan. Als ze allebei met zonsondergang vrij hadden, wandelden ze met Pip over het vuurspoor. Alice vulde haar zakken met wilde bloemen terwijl Dylan foto's van haar maakte in het smeltende rode licht. Als ze avonddienst had en laat thuiskwam, reed ze rechtstreeks naar zijn huis, waar hij zat te wachten met het eten of waar hij een warm bubbelbad voor haar klaarmaakte. Dan gingen Pip en hij bij het bad zitten, leunend tegen de badkamermuur, terwijl hij een boek aan haar voorlas. Als ze een hele dag samen vrij hadden, tuinierden ze in de zon totdat ze door elkaars warme naakte huid werden afgeleid. Ze had hem verteld over haar moeders moestuin waar ze als kind in had gewerkt, en toen ze op een dag thuiskwam had hij een stukje van de tuin voor haar afgezet en bedekt met zwarte aarde. 's Avonds kropen ze tegen elkaar aan op de bank terwijl de kachel stond te gloeien en keken ze televisie. Er was maar één zender, een regionale, die een beetje redelijk doorkwam. Ze zagen BBC-dramaseries en programma's over kunst en antiek. Op de zeldzame dagen dat het bewolkt was en de zon zich niet liet zien, bleven ze in bed. Die dagen zou ze altijd met pannenkoeken associëren, want meestal bakte ze dan een reusachtige stapel, die ze in bed verorberden.

Op een koude middag, na een festijn van strooppannenkoeken, lagen ze in bed naar de stofjes te staren die dansten in het grijze licht dat door de gordijnen kierde. Dylan slaakte een diepe zucht en maakte zich los uit haar omarming. Hij was de hele dag al prikkelbaar, rusteloos en had haar nog geen enkele keer aangekeken, ook niet tijdens de lome, soezerige seks. Alice begreep niet wat er aan de hand was. En evenmin waarom ze er liever niet naar vroeg.

Ze trok met haar vingers een spoor over zijn blote buik en borst en verder, over zijn nek en zijn gezicht. Hij reageerde niet. 'Wat is er?' fluisterde ze ten slotte, er vast van overtuigd dat haar liefde alles beter kon maken. Wat het ook was. Hij gaf geen antwoord. Ze wachtte. Vroeg het opnieuw.

'Niets,' snauwde hij, haar hand van zich af schuddend. 'Sorry,' zei hij toen. 'Sorry, Pinta-Pinta.' Hij ging overeind zitten, met zijn ellebogen op zijn knieën, en liet zijn hoofd hangen.

Voorzichtig ging ze naast hem zitten. Ineens was daar weer die vertrouwde steen in haar maag, en het bijbehorende onbehaaglijke gevoel. Ze koos haar woorden zorgvuldig om hem niet nog meer te provoceren.

'Tegen mij kun je alles zeggen,' zei ze. Haar stem klonk luchtig. 'Wat het ook is.' Behoedzaam stak ze haar hand naar hem uit, liet hem even zweven voordat ze hem op zijn rug drukte, met haar handpalm plat tegen zijn ruggengraat. Hij kronkelde onder haar aanraking.

'Het spijt me,' kreunde hij. Hij draaide zich naar haar toe en begroef zijn gezicht in haar schouder. 'Het spijt me. Ik wil het deze keer niet verknallen.'

Ze streek over zijn haar. 'Natuurlijk niet,' zei ze sussend. 'Dat weet ik toch.'

'Het zal niet meer gebeuren,' zei hij, alsof hij zichzelf toesprak. 'Ik wil het niet.' Hij kuste haar hals, haar gezicht, haar lippen, steeds heftiger, totdat hij haar in zijn armen nam.

Met dichtgeknepen ogen beantwoordde Alice zijn kus. Wat bedoelde hij? Wat mocht er niet meer gebeuren? En waarom? Ze kreeg een beklemmend gevoel op haar borst.

'Ik hou van je,' fluisterde hij terwijl hij tussen haar benen ging liggen. En weer fluisterde hij die woorden. En nog eens.

Ze ademde zijn woorden in en zette alle vragen uit haar hoofd.

Langzaam liep de winter ten einde. De ochtenden werden warmer, de vinken leerden vliegen en verlieten het nest, en Alice' relatie met Dylan bloeide.

Maar hoewel haar liefde voor hem zich verdiepte, vond ze het steeds lastiger om de spanning in de vriendschap met Lulu te negeren. Niet lang nadat haar verzoek om een roosterwijziging was goedgekeurd, zag ze Lulu in de kantine voor het mededelingenbord staan. Aan de uitdrukking op haar gezicht kon Alice zien dat er iets helemaal mis was.

'Hé Lulu,' zei ze monter terwijl ze twee schone bekers van het aanrecht pakte. 'Heb je zin in een kop thee voordat we aan het werk moeten?'

Lulu zei niets en liep haar straal voorbij.

'Misschien voelt ze zich buitengesloten,' zei Dylan die avond. 'Jij kent haar nog niet zo lang, maar ik wel. Ze kan soms heel jaloers zijn en raar reageren.'

Alice roerde in de risotto met voorjaarsgroenten die ze aan het klaarmaken was. Dat kon inderdaad een verklaring zijn. Waarom zou Lulu anders zo koel tegen haar doen? Maar het feit dat Lulu en Dylan iets met elkaar hadden gehad, knaagde aan haar. Ze nam een slok van haar witte wijn en keek hem aan.

'Wat is er?' vroeg hij.

Ze nam nog een slok en wendde haar blik van hem af.

'Voor de draad ermee,' moedigde Dylan haar aan. 'Je gezicht spreekt boekdelen, Pinta-Pinta.' Hij glimlachte.

Ze glimlachte terug. 'Hebben Lulu en jij niet ooit...' Haar stem stierf weg.

'Ik en Lulu?' zei hij smalend. Hij schudde zijn hoofd. 'Volgens mij heeft ze heel lang geleden, toen we elkaar net hadden ontmoet, wel gevoelens voor mij gehad, maar het is nooit wat geworden tussen ons.' Hij kwam achter haar staan en sloeg zijn armen stevig om haar middel. 'Maak je maar geen zorgen. Je verbeeldt je het allemaal maar. Ze gaat vast wel weer normaal doen tegen je. Oké?'

Alice leunde tegen zijn borst. 'Oké,' zei ze.

Vanaf het moment dat ze hetzelfde rooster hadden, waren Alice en Dylan onafscheidelijk. Ze reden samen van en naar hun werk en lunchten samen. Alice maakte lunchpakketten klaar, waar ze vaak niet aan toekwamen. Meestal reden ze in zijn pick-up naar afgelegen plekjes, waar ze nog wel radiocontact hadden maar ook genoeg privacy om alleen aandacht voor elkaar te hebben. Na het werk dronken ze een biertje en keken ze naar de steeds veranderende kleuren van de lucht. Ze kookten een potje boven het vuur en nestelden zich met Pip in een slaapzak om naar de sterren te kijken. Alice ging niet meer naar haar eigen huis. Vanuit Dylans huis kon ze haar eigen donkere huis zien, maar ze keek er liever niet naar.

Tijdens hun eerste gezamenlijke vrije weekend wekte Dylan haar al vroeg met een kop koffie en kusjes op haar gezicht.

'Kom met me mee,' zei hij teder terwijl hij haar naakte lichaam met het dekbed omwikkelde en haar naar de voordeur leidde. Ze wreef in haar ogen en omklemde haar beker koffie met beide handen terwijl hij met een zwierig gebaar de hordeur opende. Het was een kristalheldere ochtend en Alice kneep haar ogen tot spleetjes in het zonlicht. Op de imperiaal van zijn gedeukte fourwheeldrive lag zijn kampeeruitrusting.

'Heb je zin om de hort op te gaan?' vroeg hij.

'Naar de westkust?'

'Ik ben bang dat we dat nét niet halen, heen en weer in vier dagen,' grapte hij. 'Maar ik weet een plekje dat bijna net zo mooi is.'

'Gaan we kamperen?' riep Alice opgewonden.

Dylan keek haar aan. Hij trok een punt van het dekbed onder haar oksel weg, zodat het van haar lichaam zakte. 'Ja, maar nog niet meteen.'

Ze gilde het uit van blijdschap toen hij achter haar aan naar binnen rende.

Een paar uur later reden Alice, Pip en Dylan in een waas van rood zand, goudkleurige spinifex en stokoude woestijneiken over de snelweg. Alle raampjes waren open. In de zijspiegel zag Alice Pips tong uit haar bek hangen. Af en toe rees er in het golvende landschap ineens een plateau op dat zicht bood op allerlei wilde bloemen in voorjaarsbloei. Alice was gefascineerd door de velden geel, oranje, paars en blauw. Dylan kneep in haar dij en glimlachte. Hij zette de radio aan en zong met schorre stem mee, volledig uit de maat. Alice sloot haar ogen. Ze was volmaakt gelukkig.

Halverwege de middag remde Dylan af en nam een afslag naar een onverharde weg die tussen emoestruiken en veldzuring slingerde. Heel even vroeg Alice zich af hoe hij die weg überhaupt wist te vinden. Hij wachtte tot de wielen grip kregen en drukte het gaspedaal in, waardoor het rode zand achter hen opspoot. Ze hobbelden verder tot ze ineens uitkeken over een woestijnachtige vlakte. De eenzaamheid van deze plek was opwindend en beangstigend tegelijk. Alice vroeg zich af waar ze naartoe gingen, maar toen ze Dylan vragend aankeek, glimlachte hij alleen maar.

Na een tijdje sloegen ze een heel smal, bijna onzichtbaar paadje in dat steil omhoogliep. Dylan schakelde over op de vierwielaandrijving en ze kropen onder de overhangende takken door omhoog. Om hen heen rezen rode rotsen op, hier en daar bezaaid met wilde bloemen. Er waren reusachtige gombomen waarvan de mintgroene takken heen en weer wiegden in de wind. De lucht was saffierblauw. Af en toe schoot het donkere silhouet van een havik over hen heen.

'Waar zijn we eigenlijk?' vroeg Alice diep onder de indruk.

'Wacht maar tot je de zonsondergang ziet,' zei Dylan veelbetekenend en terwijl hij stopte op een open plek vlak bij een groepje woesteineiken, besefte ze pas dat hij geen kaart nodig had gehad om de weg te vinden.

'Waar ken je deze plek van?'

'Voordat ik in het park kwam werken, had ik een baan als reisgids,' zei Dylan. 'Een van mijn collega's, een veel oudere man, heeft me hier een keer naartoe gebracht. Het is het land van zijn grootouders, een fijne plek waar zijn familie graag samenkwam om elkaar te zien. Toen ik stopte als gids, zei hij dat ik hier altijd terug moest komen.' Hij zette de auto op de handrem. 'En dat ik mijn eigen familie mee moest nemen.' Hij keek haar ernstig aan.

Alice durfde niets te zeggen omdat ze een brok in haar keel had.

Hij boog zich naar haar toe. 'Wat ben ik toch een geluksvogel dat ik jou gevonden heb,' fluisterde hij.

Bij wijze van reactie kuste ze hem grondig. Na een tijdje begon hij te kreunen.

'Als je zo doorgaat, komt er niets meer uit mijn handen,' zei hij toen hij zich van haar had losgemaakt. 'Kom, we moeten ons kamp opslaan.' Hij stapte uit en opende de achterklep om Pip te bevrijden, die rechtstreeks naar de kreek rende.

Alice leunde achterover en keek toe hoe haar hond in het water zwom en hoe Dylan het kookstelletje en de koelbox tevoorschijn haalde. Haar eigen kleine gezinnetje. Toen ze het zonlicht in stapte om zich bij hen te voegen, kon ze zich niet herinneren dat ze zich ooit zo compleet had gevoeld.

Tegen zonsondergang zetten ze de tent op. Ze sprokkelden hout, luisterden naar muziek op de autoradio en dronken rode wijn. Op het kampvuur grilden ze kebabs met champignons, courgettes en Spaanse pepers. Er hing een bedwelmende geur van houtrook en eucalyptus. Zwarte kaketoes vlogen krijsend door de lucht en niet ver van hun tent sprongen rotskangoeroes in het rond. Alice kon niet anders dan aan één stuk door gelukzalig glimlachen. Toen de wanden van de kloof van kleur begonnen te veranderen, nam Dylan haar langs de oever aan de hand mee naar een gomboom. Hij ging tegen de boom zitten en gebaarde dat ze hetzelfde moest doen. Ze nestelde zich tussen zijn benen en leunde tegen zijn borst.

'Nu moet je opletten,' fluisterde hij in haar oor.

Naarmate de zon verder zakte, wierpen de laatste stralen een toffeekleurig licht op de rotswanden.

'Schitterend,' mompelde Alice.

'Het wordt nog mooier.'

Alice lag in zijn armen en zag hoe alle kleuren van de lucht langs de wanden van de rotsen in de kreek leken te stromen. Het water weerkaatste de wervelingen van het licht terug op de rotsen. Ze schudde haar hoofd. De vurige kleuren van de ondergaande zon en de weerspiegeling ervan in de kloof en de komvormige kreek deden haar denken aan haar sprookjesboeken: de betoverde lege bloemkelk die zich op wonderbaarlijke wijze vulde; de wensbron die in de diepte een hemel herbergde.

Dylan klemde zijn armen steviger om haar heen. 'Je gelooft je ogen niet, hè?'

Uit het niets schoten haar twee zinnetjes te binnen. *Niet ver hiervandaan is bijvoorbeeld een kloof die je echt een keer bij zonsondergang moet bekijken. Je zult je ogen niet geloven.*

Alice ging rechtop zitten, stokstijf. Ze draaide zich naar hem toe. Hij glimlachte.

'Met hoeveel vrouwen ben je hier al geweest?' flapte ze er uit.

Zijn ogen werden dof. 'Hoe bedoel je?' vroeg hij.

Alice' maag kromp ineen. De betovering was verbroken.

Hij hief zijn armen op. 'Wat is dat voor rare vraag?'

'Zo bedoel ik het niet...' Ze probeerde luchtig te klinken. 'Wat ik wil vragen is... Ben je hier ook met Lulu geweest?' In haar hoofd was het een warboel van nonsens en lawaai. Ze wilde hem niet boos maken, maar ze moest de vraag wel stellen. Want hoe wist Lulu anders van het bestaan van deze plek af?

Dylan duwde haar ruw van zich af en stond op. 'Tjongejonge. Niet te geloven,' mompelde hij en hij liep terug naar de tent.

Haar lichaam gloeide na van de kracht van zijn handen.

'Dylan,' riep ze. Ze stond op en rende door het zachte zand achter hem aan.

Hij draaide zich om. 'Wat?' snauwde hij. Zijn ogen schoten vuur. 'Ik heb je toch gezegd dat er nooit iets is geweest tussen Lulu en mij. Waarom stel je me die vraag? Je verpest er ons eerste weekendje samen mee. Lulu is jaloers en jij gelooft haar en mij niet. Zo is het toch? "Met hoeveel vrouwen ben je hier al geweest?" Wat bedoel je daar eigenlijk mee? Wie denk je dat ik ben?'

'O god,' kreunde Alice. Haar gezicht stond op huilen. Hij had gelijk. Lulu kon net zo goed een andere kloof hebben bedoeld of met iemand anders hier zijn geweest. Waarom gedroeg ze zich zo labiel? Waarom kon ze het niet met rust laten?

Hij ging op de grond zitten en pookte met een stok in het kampvuur. De vonken vlogen in het rond.

'Het spijt me,' smeekte ze en ze stak haar hand naar hem uit. Hij negeerde haar. 'Kunnen we het alsjeblieft vergeten? Het was een domme vraag van me. Ik weet niet waarom ik het zei. Het spijt me heel erg. Alsjeblieft, Dylan,' probeerde ze nog eens. Ze strekte haar armen naar hem uit. 'Zal ik voor je koken? Om het goed te maken? Laten we nog wat wijn inschenken. Toe, vergeet het. Oké?'

Hij wierp haar een vernietigende blik toe en stond op.

'Dylan?' riep ze met onvaste stem.

Hij liep weg in de paarse schaduwen van de ondergaande zon.

Trillend maakte Alice het eten klaar. Ze grilde de groenten met de halloumi, gaf Pip haar voer en schonk hun glazen bij. Tegen de tijd dat hij terugkwam, was het al ruim een uur donker. Het eten was koud en de kaas rubberachtig. Hij ging zitten en prikte zijn vork in de groente.

'Nu heb je ook nog het eten verpest.' Hij gooide zijn hele bord leeg in het vuur en pakte zijn wijnglas. De paar happen die Alice had weten weg te krijgen lagen als een steen op haar maag. Ze zette haar bord naast zich neer en liet Pip de resten opeten.

'Het spijt me zo,' fluisterde ze. Ze wreef haar knie tegen de zijne. 'Het spijt me zo.'

Zwijgend staarde hij in het vuur.

Ze bleef zich eindeloos verontschuldigen totdat hij eindelijk zijn hand naar haar uitstak en die over de binnenkant van haar dij liet glijden.

Alice probeerde zich de rest van de avond zo rustig en volgzaam mogelijk te gedragen, maar pas toen ze de volgende dag terugreden naar Kililpitjara leek Dylan weer een beetje te ontdooien.

Toen hij voor de oprit bij zijn huis stopte, boog hij zich eerst naar haar toe om haar een kus te geven en sprong hij vervolgens uit de auto om de poort open te maken. Alice kromp ineen. Ze had overal blauwe plekken en schaafwonden van hun vrijpartij bij de kloof. Hij was ruwer geweest dan anders, maar gelukkig leek hij nu weer de oude.

Tijdens het uitpakken van de spullen stopte Dylan ineens en begon haar teder te kussen. 'Bedankt voor het grotendeels geslaagde weekend.' Hij zocht haar blik.

Dankbaar beantwoordde Alice zijn kus. Ze zou voortaan voorzichtiger zijn. Ze moest leren om eerst na te denken voor ze iets zei.

Het voorjaar maakte van de woestijn een schilderij in vele kleuren. De honinggrevillea bloeide uitbundig en verspreidde een volle zoete geur. Tussen pollen spinifex lagen hagedissen te zonnen. Alice' moestuin bij Dylan begon te ontluiken. 's Middags was het warm genoeg om een ijsje te eten en in de zon te liggen. Alice lag in haar bikini op een handdoek in het rode zand van zijn tuin. Ze las een boek en neuriede mee met de muziek in haar koptelefoon. Totdat hij haar in het oog kreeg. Hij had zin in haar, zoals vanouds. Haar misstap tijdens het kampeerweekend lag achter hen. De dagen werden langer, de sterren schenen helderder.

'We zouden eens een barbecue moeten organiseren,' opperde ze op een avond terwijl ze voor het avondeten blokjes pittige tofu stond te bakken en een groene salade klaarmaakte. 'Het huis ziet er zo gezellig uit en het is zo heerlijk om hier bij het vuur te zitten met de grevillea in bloei.'

Dylan reageerde niet. Hij zat aan de eettafel. Onder het schijnsel van de keukenlamp kon ze de uitdrukking op zijn gezicht niet lezen.

'Liefje?' vroeg ze terwijl ze de pan van het vuur haalde.

'Prima,' zei hij. 'Goed idee.'

'Oké,' zei ze opgewekt terwijl ze met de borden naar de tafel liep. 'Ik zal morgen op het werk eens een balletje opgooien.' Ze gaf hem een kus en ging aan tafel zitten terwijl hij haar bij wijze van antwoord een glimlach toewierp.

Opgewonden parkeerde Alice de volgende ochtend haar pick-up voor het hoofdkantoor. Dylan en zij waren de afgelopen tijd zo in elkaar opgegaan dat het nu de hoogste tijd was om zich weer meer open te stellen voor anderen.

Toen ze het kantoor binnenliep, had ze meteen beet. Thugger en Nicko, twee opzichters die ze eigenlijk niet zo goed kende, stonden zich in een hoek te beklagen dat ze in hun vrije weekend niets te doen hadden.

'Ik geef een barbecue. Zin om langs te komen?' kwam Alice tussenbeide.

'Leuk idee. Graag,' zei Thugger.

Nicko knikte. 'Ja, gezellig.'

'Mooi,' zei Alice grijnzend. 'We gooien flink wat houtskool in de vuurkuil bij Dylan en maken er een heerlijk festijn van. We kunnen ook...'

'Wacht,' onderbrak Thugger haar. Hij keek Nicko aan. 'Er schiet me ineens iets te binnen, Alice. Ik zou dit weekend eigenlijk op en neer naar Agnes Bluff gaan, dus...'

'Klopt,' viel Nicko hem bij. 'Shit. Goed dat je eraan denkt, man. Onze fourwheeldrives moeten naar de keuring.'

Alice keek de mannen beurtelings aan. Het leek of ze naar een pantomime keek.

'Ik was het bijna vergeten,' zei Thugger, zichtbaar opgelucht. 'Goed dat je ons eraan herinnert, Alice.'

'Graag een andere keer,' zei Nicko verontschuldigend.

'Toch bedankt voor de uitnodiging,' riep Thugger nog terwijl ze zich het kantoor uit haastten.

De rest van de dag verliep niet beter. In het veld maakte ze voortdurend fouten, met als dieptepunt een klap met de hamer op haar duim, die haar ineen deed krimpen van de pijn.

'Ga terug naar het hoofdkantoor en laat je verzorgen, Alice.' Thugger gaf haar de rest van de dag vrij.

Nadat haar duim op kantoor door een EHBO-medewerker was schoongemaakt en verbonden, liep Alice naar de kantine voor een kop thee en een koekje. Lulu en Aiden stonden met een mok in hun handen bij de waterkoker en toen Alice binnenkwam, vielen ze stil. Moedeloos pakte Alice een theezakje uit de kast en ging met haar rug naar hen toe staan. Hun zwijgzaamheid drukte zwaar op haar.

'Gaat het, Alice?' verbrak Aiden ten slotte de stilte.

Voordat ze de kans kreeg antwoord te geven, goot Lulu haar mok demonstratief leeg in de gootsteen en verliet de kantine. Met een hulpeloze blik op Alice liep Aiden achter haar aan.

'Best, hoor,' zei Alice bijna fluisterend tegen zichzelf terwijl ze hen nakeek.

De daaropvolgende dagen verliepen op dezelfde manier. Telkens wanneer Alice tegen andere collega's over een gezellig avondje bij Dylan thuis begon, werd ze met slappe smoezen afgepoeierd. Tegen het einde van de week begon het tot haar door te dringen dat Dylan wel kennissen had in Kililpitjara maar geen echte vrienden. Hij had haar. Alleen haar. En ze begreep niet waarom.

Toen ze na het werk thuiskwam en uit de auto stapte om de poort te openen, herinnerde ze zich ineens een van de boeken die Dylan haar had voorgelezen: een verzameling Japanse sprookjes. In een van de sprookjes kwam een vrouw voor, een kunstenares, die zich had gespecialiseerd in kintsugi, een techniek waarbij gebroken porselein met een mengsel van goudpoeder en lijm wordt gerepareerd. Alice vond het een prachtig verhaal; het idee dat breuklijnen en reparatie deel uitmaakten van het verhaal in plaats van te worden weggemoffeld. Er stond een illustratie bij van een vrouw met een in goudpoeder gedoopt penseel in haar hand. Ze stond gebogen over een berg scherven die ze aan elkaar ging lijmen.

Ze zette haar pick-up achter die van Dylan, stapte uit en sloeg het portier met hernieuwde vastberadenheid dicht. Wat het ook was waardoor hij het gevoel had dat hij niet goed genoeg was, wat voor reden mensen ook hadden om hem te mijden, in welk opzicht hij ook beschadigd was, zij wilde voor hem de goudlijm zijn. Zij zou hem repareren.

Een paar dagen later werden er namens het Earnshaw Crater Resort uitnodigingen rondgestuurd voor het jaarlijkse Bush Ball. Alle medewerkers van het park en de reisorganisaties waren welkom.

Toen Alice voorstelde om ernaartoe te gaan, had Dylan de boot afgehouden. 'Het is meestal een enorme slemppartij,' zei hij smalend.

'Wat geeft dat? Het is toch leuk om er samen heen te gaan?' zei ze opgewonden terwijl ze de uitnodiging onder een magneet op de koelkast deed. Sinds haar verjaardag hadden ze geen enkel feest meer gehad. Eindelijk zou ze de goudkleurige zijden jurk kunnen aantrekken die ze online had gekocht. Ze werd bijna duizelig bij het idee dat ze weer eens een excuus had om zich op te tutten, maar ook bij het vooruitzicht dat ze met z'n tweetjes onder de mensen zouden zijn.

'Wil je echt gaan?' vroeg Dylan, haar gedachten onderbrekend.

Ze draaide zich om. 'Ja, heel graag. Ik heb echt zin om uit te gaan. Gezellig wat drinken, een beetje dansen.' Alice sloeg haar armen om zijn middel en drukte haar lippen op de zijne. 'Een beetje dronken worden,' zei ze plagend. Ze ging op haar tenen staan en kuste zijn hals. 'En dan samen de zon zien opkomen.' Ze besloot op dat moment dat ze hem zou verrassen met haar nieuwe jurk. Ze zou werk maken van haar kapsel. Haar lippen stiften en het parfum opdoen dat hij zo lekker vond. 'We kunnen doen alsof we een date hebben,' zei ze, naar hem opkijkend.

'Wil je mijn date zijn, Pinta-Pinta?' Zijn ogen werden troebel van verlangen.

'Altijd,' antwoordde ze. Ze gilde het uit toen hij haar optilde en naar bed droeg. Het zou een leuke avond worden, hield ze zichzelf voor. Het zou de mooiste avond worden die ze in tijden hadden gehad.

Op de dag van het Bush Ball haastte Alice zich naar huis om te douchen. Ze ritste haar gouden jurk dicht, bracht lipgloss en mascara aan en stapte in haar nieuwe cowboylaarzen, waarvan de hakken met gouden vlinders waren versierd. Toen Dylan thuiskwam, voelde ze een warme blos naar haar wangen stijgen. Ze had een koud biertje voor hem klaargezet en met opzet geen slipje aangetrokken, iets wat hij altijd heel opwindend vond.

Toen hij haar zag vertraagde hij zijn pas. Vervolgens bleef hij roerloos staan.

'Ben je klaar voor onze date?' vroeg ze grijnzend. Ze maakte een pirouette in haar jurk.

Met trage gebaren maakte Dylan zijn zakken leeg, legde zijn sleutels op de gangtafel en liep naar de keuken.

Zijn koele zwijgen was als een klap in haar gezicht. Ze hoorde hem rommelen in het medicijnkastje en twee pillen uit een strip drukken.

'Schat?' vroeg ze. 'Voel je je niet lekker?' Ze moest haar uiterste best doen om haar teleurstelling te onderdrukken.

Toen hij geen antwoord gaf, liep ze naar de keuken.

'Schat?' vroeg ze weer.

Hij bleef met zijn rug naar haar toe staan. 'Wat heb je aan?' vroeg hij ijzig.

'Wat?' Ze had het gevoel alsof ze een stomp in haar maag kreeg.

'Waarom ben je zo opgedoft?'

Ze keek naar haar nieuwe jurk. De gouden stof leek ineens ordinair in plaats van sprookjesachtig.

Hij draaide zich om en keek haar dreigend aan. 'Waarom heb je nieuwe kleren gekocht voor vanavond?' Zijn stem trilde. 'Waarom heb je je verdomme zo opgedirkt? Zodat de jongens van het werk zich op je kunnen aftrekken soms?'

Alice verstijfde toen hij om haar heen liep en haar van top tot teen bekeek. Ademhalen deed pijn.

'Geef antwoord,' zei hij kalm.

Tranen welden op in haar ogen. Ze had er geen antwoord op. Ze had geen stem meer.

Ruby zat bij het vuur in haar achtertuin met pen en papier. Ze wachtte. Het Bush Ball liet haar koud. Al de hele dag had ze het gevoel dat er een gedicht aan zat te komen en dat wilde ze niet missen.

Er bewoog iets voorbij de duinen op de oprit van Dylan. Het was de hond van Alice, die naar een gomboom rende en zich erachter verstopte. In het huis zag ze het silhouet van Dylan in het gedempte licht heen en weer lopen.

Ruby keek naar hem. Ze haalde diep adem en drukte haar kroontjespen trillend op het papier.

Het tij keert
Een gure wind steekt op

25

Woestijneik (desert oak)

Betekenis: **verrijzenis**

Allocasuarina decaisneana | Centraal Australië

De jonge kurka̲ra (Pit.) hebben een kurkachtige, diep gegroefde schors die brandvertragend werkt. Het zijn langzame groeiers, maar ze ontwikkelen al snel wortels die tot tien meter onder het wateroppervlak kunnen reiken. De volwassen bomen vormen een groot bosoppervlak. Die in Centraal Australië zijn waarschijnlijk meer dan duizend jaar oud.

Halverwege het voorjaar, toen de muntstruiken stopten met bloeien en het regenseizoen aanbrak, wist Alice hoe ze Dylans buien kon zien aankomen, precies zoals ze vroeger de getijden kon voorspellen. Zolang ze voorzichtig, alert en meelevend was, waren ze dolgelukkig met elkaar.

Na een week van onophoudelijke regen waren de zandpaden en wandelwegen rondom Kililpitjara veranderd in rode glijbanen. Op het mededelingenbord in het hoofdkantoor werd gewaarschuwd voor de modder. Hoewel Alice alle waarschuwingen had gelezen, reed ze zich tijdens een patrouille voorbij Kuṯuṯu Puḻi vast. Haar wielen draaiden hulpeloos in het rond. Eerst probeerde ze er zelf uit te komen door te graven en de auto stationair te laten lopen. Tevergeefs. Er zat niets anders op dan hulp in te roepen.

Thugger was de eerste die op haar bericht reageerde. Het lukte hem haar auto met een winch los te krijgen.

'Drink je een biertje met ons mee?' vroeg Thugger toen hij bedekt met rode modder uit zijn pick-up stapte. Aan het eind van de dag namen de opzichters vaak een drankje met wat knabbeltjes. 'Dat heb je wel verdiend.'

'Pinta-Pinta!' riep Ruby aan de overkant van de parkeerplaats. Ze stond te zwaaien onder een woestijneik, waar iedereen om een geopende koelbox en een tafel vol hapjes bij elkaar zat. 'Kom erbij zitten!'

Alice glimlachte geforceerd naar Thugger en zwaaide naar Ruby. Dylan was er niet bij. Misschien was hij nog onderweg. Dan kon ze maar beter blijven, want als ze zonder hem naar huis ging, zou hij boos worden. En als hij niet onderweg was... Maar die gedachte zette ze snel uit haar hoofd. Terwijl ze zich bij de groep voegde, besloot ze niet langer dan een uur te blijven.

Ruby gaf haar een biertje. 'Goed je weer te zien, Pinta-Pinta.'

Ook Alice vond het heerlijk om Ruby te zien en ze moest weer grijnzen toen ze omlaagkeek en de grasparkieten op Ruby's broek zag.

'Ja, Alice,' zei Nicko. 'We hebben je weinig gezien de laatste tijd. Waarom was je niet op het Bush Ball?'

Thugger gaf hem een por met zijn elleboog. Er viel een ongemakkelijke stilte. Alice' wangen werden knalrood.

'Hoe dan ook,' zei Thugger terwijl hij zijn flesje omhooghield.

Nadat er was geklonken en geproost, nam Alice een grote slok. Haar schouders ontspanden zich en de frons verdween van haar voorhoofd. In haar borst verspreidde zich een warm gevoel. De ongecompliceerde gezelligheid van de groep was als een warm bad.

Na haar derde biertje dacht ze er pas aan om de tijd te checken. Ze schrok toen ze zag dat er al twee uur voorbij waren.

Haastig verontschuldigde ze zich bij de groep en reed rechtstreeks naar Dylans huis. Toen ze de poort wilde openen, bleek hij op slot te zitten. Dat had ze niet eerder meegemaakt. Ze riep zijn naam, maar haar stem werd door de wind opgeslokt. Waar was Pip? Was ze met Dylan mee, waar hij ook heen gegaan was?

Alice reed Parksville rond en stopte abrupt voor haar eigen huis.

Ze had er al zo lang niet meer geslapen dat het niet meer als haar thuis voelde. Achter de poort rende Pip rondjes, blij om haar te zien. Dylan moest haar daar hebben afgeleverd. Alice opende de voordeur en stapte haar huis in.

Binnen hing een vieze geur. Ze stoof net zo lang door het huis tot ze een rat in de val onder het fornuis had ontdekt. Kokhalzend ruimde ze de boel op. Ze gooide deuren en ramen open, maakte haar oliebrander schoon en stak olie van sandelhout en roze tuingeranium aan. Op haar boeken lag een fijn laagje rood stof. Terwijl ze er met de stofdoek overheen ging, streek ze met haar andere hand langs de ruggen van haar verwaarloosde boeken. In de voorraadkast vond ze een blikje witte bonen in tomatensaus. Ze warmde de inhoud op, maar het grootste deel voerde ze aan Pip. Zelf kreeg ze geen hap door haar keel. De hele avond probeerde ze Dylan te bereiken, maar hij nam niet op. Rillend zat ze onder de kerstlichtjes op haar patio en keek over de zandduinen naar het silhouet van zijn huis.

Ze voelde zich misselijk. Hij strafte haar. Omdat ze niet direct naar huis was gegaan. Omdat ze niet eerst met hem had overlegd of ze wel een paar biertjes mocht blijven drinken na het werk. Omdat ze zich jegens hem niet op de juiste manier had gedragen. Dat wist ze.

Alice ging naar binnen en deed de deur op slot. Ze nam snel een hete douche, in een poging de knopen in haar schouderspieren wat losser te maken. Daarna ging ze naar bed, en Pip kroop bij haar. Net toen ze bijna was ingedommeld, schrok ze wakker van een geluid vlak achter het raam. Ze sprong uit bed, liep naar het raam en schoof het gordijn een stukje open. Haar hart bonsde in haar keel. Pip blafte. Terwijl haar ogen zich probeerden aan te passen aan het sterrenlicht, zag ze een heleboel schaduwen in haar achtertuin. Maar hem herkende ze er niet in.

De volgende ochtend kreeg ze niet meer door haar keel dan een slok koffie. Onderweg naar haar werk zat ze trillend achter het stuur. Toen ze bij het hoofdkantoor parkeerde, kwam hij meteen op haar af om haar te begroeten. Teder legde hij zijn handen om haar gezicht. Angstig keek ze in zijn ogen, maar het enige wat ze zag was genegenheid. Hij kuste haar voorzichtig en streelde haar wang.

'Ik kreeg gisteren ineens een vreselijke migraineaanval. Ik heb een paar pijnstillers genomen en ben buiten westen geraakt,' zei hij. 'Ik had je een sms'je moeten sturen of een briefje moeten achterlaten. Sorry, schat. Heb je het nog leuk gehad met de collega's hier?'

Alice knikte traag. Wat had ze zich allemaal in het hoofd gehaald? Wat mankeerde haar?

Het was allemaal verbeelding.

Ze maakte een monster van hem.

De dagen werden langer en het schemerlicht kreeg per dag een diepere goudkleur. Over de avond dat Alice met haar collega's een biertje was blijven drinken werd niet meer gesproken. En evenmin over het voorstel om iets met andere mensen te ondernemen. Zolang ze met z'n tweetjes waren, verliep alles vreedzaam. En dat was goed. Sommige mensen waren nu eenmaal niet sociaal. Elke ochtend in zijn armen wakker worden was het enige wat ze wilde. Natuurlijk hadden ze hun ups en downs, maar relaties waren nu eenmaal ingewikkeld, hield ze zichzelf voor. Om elkaar goed te leren kennen was een botsing nu en dan onvermijdelijk.

Op een mooie heldere dag kwam Alice als eerste thuis van het werk. Die ochtend had ze met Dylan afgesproken dat ze samen een lange wandeling zouden gaan maken, een paar biertjes mee in de tas zouden nemen en dan op een zandduin van de zonsondergang zouden genieten. Net toen ze haar werkschoenen had uitgetrokken en de veters van haar sneakers aan het strikken was, ging de telefoon.

'Ik kom wat later, Pinta-Pinta,' zei Dylan met een zucht. 'Er is een cilinder van de motor kapot. Ik probeer zo snel mogelijk thuis te zijn, maar ik ben bang dat een wandeling er niet meer in zit.'

'Geeft niet, schat,' zei ze poeslief, in de hoop dat de teleurstelling in haar stem niet te horen was. Na een lange dag op kantoor had ze zich enorm verheugd op wat frisse lucht. 'Ik blijf lekker thuis met Pip en ga iets heerlijks maken om te eten.'

Maar niet lang nadat ze had opgehangen, begon Pip tegen de hordeur te krabben. Alice keek naar haar verwachtingsvolle pluizige kopje. Het was een prachtige namiddag. De duinen zouden een bijna rozerode gloed hebben in de ondergaande zon. Alice beet op de binnenkant van haar wang. Sinds het begin van haar relatie met Dylan had ze Pip niet meer in haar eentje uitgelaten. Voor haar geestesoog trokken beelden voorbij van de bloedrode woestijnerwten. Ze had gezegd dat ze thuis op hem zou wachten. Maar het was zo'n schitterende namiddag. Hij zou toch niet willen dat ze binnen bleef?

'Kom, Pip,' kirde ze. 'Wij gaan samen op pad. Meiden onder elkaar.' Pip rende achter haar staart aan van blijdschap totdat Alice haar aanlijnde. Samen gingen ze de deur uit en liepen ze over de duinen naar de krater.

Alice kwam de ene parel na de andere tegen: roze en gele strobloemen, een spoor van grijze en witte veren, gombomen met takken vol bloesemknoppen. Ze ademde de geur van warme aarde in en bewonderde de kleuren van de lucht: heremietkreeftblauw gecombineerd met alle paarstinten in een pipischelp. *De woestijn is een oude droom van de zee.* Ze glimlachte bij de herinnering aan haar eerste zonsopgang met Dylan. Terwijl ze met Pip de kratermuur beklom, dezelfde route die ze sinds haar aankomst zo vaak had gelopen, werd ze bevangen door een gevoel van nostalgie. Het landschap was in het begin zo nieuw voor haar geweest en ze was nog zo onzeker over wat er van haar werd verwacht. Maar nu had ze een baan waar ze heel blij mee was en een man die meer van haar hield dan iemand ooit van haar had gehouden.

Toen ze de top van de muur hadden bereikt en Alice uitkeek over Kuṯuṯu Kaana, de Harttuin, sloot ze even tevreden haar ogen. Ze was eindelijk thuis, ze had een leven dat helemaal van haar was.

Toen Alice rustig met Pip naar huis liep, denkend aan wat ze zou gaan koken die avond, bleef ze ineens stokstijf staan. Dylans dienstauto stond op de oprit. Ze verstijfde van angst. Even later frunnikte ze aan de grendel van de poort en probeerde regelmatig in en uit te ademen. Ze had geen idee hoelang ze was weggeweest. Ze had geen bericht voor hem achtergelaten. *Er is niks aan de hand. Het komt goed.* Ze liep naar de voordeur. *Maak geen monster van hem.*

Binnen was het donker en stil.

'Dylan?' riep ze. 'Ik ben thuis.' Ze maakte Pip los en schopte haar sneakers uit. 'Dylan?'

Toen ze zich later probeerde te herinneren wat er was gebeurd en hoe, leek het of het allemaal tegelijk gebeurde: het benauwde gejank van Pip, haar eigen geschreeuw toen ze Dylan haar hond in de ribben zag trappen, de helse woede in zijn ogen toen hij naar haar uithaalde.

'Waar heb je verdomme uitgehangen?' Hij greep haar vast. 'Met wie was je? Met wie! Zeg op!'

Zwarte vlekken zweefden voor haar ogen. Haar keel brandde toen hij haar bij haar nek vastgreep en door elkaar schudde. Ze voelde iets knappen in haar ruggengraat.

'Zeg op!'

Hij duwde haar zo hard dat haar voeten van de grond loskwamen. De slaapkamerdeur kraakte in zijn sponningen toen ze ertegenaan viel.

Ze lag op de grond, snakkend naar adem. Haar geest leek buiten haar lichaam te dobberen, alsof ze van een afstandje naar zichzelf keek en niet echt deel uitmaakte van de situatie. Ze staarde naar een paar stofpluizen die zich tegen de plint hadden verzameld. Ze fascineerden haar. Ze lagen vlak voor haar, maar ze had ze nooit eerder gezien. Hoe kon het dat ze ze nooit eerder had gezien?

Vlakbij klonk gejammer. Alice keek onder het bed. Pips staart stak door het donker naar buiten.

'Kom maar, meisje,' zei Alice hees. Haar keel voelde rauw aan. Felle pijnscheuten trokken door haar rug. Ze moest een paar keer op Pip inpraten voordat ze tevoorschijn durfde te komen.

Alice kwam overeind en ging tegen de muur aan zitten. Ze nam haar hond in haar armen en wiegde haar. Ze streek over haar oren en flanken en drukte zachtjes op haar ribben. Hoewel Pip trilde, leek ze niet echt pijn te hebben. Terwijl Alice haar aaide, gaf Pip haar een lik over haar kin.

Ze sloot haar ogen en probeerde zich alleen op haar ademhaling te concentreren. Op alle gevoelige plekken deed haar huid pijn en er vormden zich bloeduitstortingen.

De tijd verstreek. Om haar heen was het stil. Het enige wat ze hoorde was het gezoem van de koelkast en het getik van het dak dat na een warme dag aan het afkoelen was.

Ineens klonk er een geluid vanuit de woonkamer. Ze hield haar adem in om beter te kunnen horen.

Het was Dylan. Hij huilde.

Alice slaakte een zucht van opluchting. Tranen betekenden dat het voorbij was.

Trillend kwam ze overeind. Pip schoot terug onder het bed.

Dylan zat op de bank met zijn hoofd steunend op zijn handen. Bij het horen van haar voetstappen keek hij op. Zijn gezicht was lijkbleek en betraand.

'Pinta-Pinta,' zei hij. Zijn stem brak. 'Ik... ik... eh... Het spijt me zo.' Hij liet zijn hoofd hangen. 'Hoe gaat het met Pip? Ik... ik... ik weet niet wat me bezielde.' Hij probeerde regelmatig adem te halen. 'Ik was zo ongerust toen ik thuiskwam en jij er niet was.'

'Maar ik was alleen even de hond uitlaten.' Ineens kwam er een haarscherpe herinnering aan Toby naar boven en hoorde ze weer de smak waarmee hij tegen de wasmachine aan werd gesmeten.

'Je weet niet wat het is,' jammerde hij. 'Je begrijpt het niet. Er zijn tientallen kerels hier die beter zijn dan ik. Jij weet niet hoe ze naar je kijken. Maar ik wel. Ik wel, Pinta-Pinta. En stel dat jij zonder mij aan het wandelen bent en je komt iemand van het werk tegen en jullie beginnen te kletsen, net zoals wij in het begin deden?' Hij snoof. 'Wat zou er dan gebeuren?'

Alice kon er met haar verstand niet bij. Begreep hij dan niet hoeveel ze van hem hield?

'Stel dat je met een van die jongens aan de praat raakt en verliefd wordt?' vervolgde hij.

'Dat kan helemaal niet, Dylan. Snap je dat dan niet?' Haar stem klonk smekend. 'Ik heb geen ruimte over in mijn hart om van iemand anders te houden.'

Hij klauwde met zijn handen in zijn gezicht. 'Het enige wat ik wilde was indruk maken op jou,' snikte hij. 'En zie wat ik mezelf aandoe door van jou te houden. Ik wil je niet kwijtraken. Ik word helemaal gek als we niet samen zijn. Ik wil gewoon altijd bij je zijn. Ik kan er niet tegen als je weg bent. Je bent de liefde van mijn leven, Alice. Je bent verdomme' – zijn stem brak – 'alles voor me.'

Alice begon te huilen.

'Ik wil je niet slaan, dat weet je toch.' Tranen rolden over zijn wangen. 'Ik wil je helemaal niet slaan, Pinta-Pinta.'

Het was waar, redeneerde ze. Hij had haar niet geslagen. Hij had alleen zijn angst niet onder controle gehad.

'Ik hou van jóú,' zei ze nadrukkelijk. Haar stem klonk betraand.

Hij trok haar tegen zich aan. 'Wil je me helpen zodat ik me niet meer zo gedraag als daarnet? Dat ik niet meer ontplof? Wil je dat voor me doen? Voor ons?'

Ze keek hem aan, zag de smekende blik in zijn ogen en knikte.

'Het zal niet meer gebeuren. Nooit meer.' Hij boog zich trillend naar haar toe en kuste haar. 'Nooit, nooit meer.'

Haar lippen brandden toen hij haar kuste.

Later die nacht, na urenlang huilen en praten, na nog eens goed naar Pip te hebben gekeken en na de vloer te hebben schoongeveegd, liet Alice zich door Dylan naar de badkamer brengen. Hij vulde het bad met warm water. Teder kleedde hij haar uit. Toen ze in bad zat, waste hij haar huid met trage, liefdevolle gebaren. Ondertussen mompelde hij zijn verontschuldigingen en zei hij hoeveel hij van haar hield. Na een tijdje kleedde hij zich uit en ging bij haar in bad zitten. In zijn armen ontspande Alice zich. Ze voelde zich een stuk beter en vergat bijna dat de pijn die hij probeerde te verzachten door hemzelf was veroorzaakt.

De volgende ochtend liet Dylan een beker dampende koffie en een briefje achter op haar nachtkastje. Hij had vroege dienst en had haar niet willen wekken. Hij voelde zich vreselijk om wat er de vorige avond was gebeurd, maar hij hield meer van haar dan ooit.

Alice kromp ineen toen ze overeind kwam. Alles deed pijn. Ze strompelde door het huis naar het toilet om te plassen. In de badkamer bleef ze even voor de spiegel staan. Haar hals was bedekt met blauwe plekken in de vorm en grootte van zijn vingers en handen. Ze wendde haar gezicht af, ging naar de wc en stapte onder de douche. Ze keek niet meer in de spiegel.

Toen ze klaarstond om naar haar werk te gaan, riep ze Pip om haar in de garage te zetten. Ze kwam niet. Alice bleef roepen, zocht overal en werd steeds ongeruster totdat ze haar eindelijk onder de struiken vond. Ze controleerde haar van top tot teen. Ze leek niets te mankeren. Toen zette ze voer en water in de garage neer en haastte zich naar het hoofdkantoor, in de hoop dat ze niet te laat was.

'Beetje warm voor een sjaal of niet?' zei Thugger plagend toen hij Alice in de kantine passeerde. Ze forceerde een glimlach en verschikte de sjaal om haar hals.

Toen ze achter haar bureau zat, typte ze een zoekterm in op Google, opende haar e-mail en begon zonder zich te bedenken te typen.

Hallo Moss,

Sorry dat ik niet eerder iets van me heb laten horen. Na mijn vertrek uit Bluff ben ik in Kililpitjara neergestreken, waar ik als parkopzichter werk. Het is hier geweldig. Het gaat goed met me. Hopelijk met jou ook.

Ik hoop dat je me kunt helpen. Pip heeft gisteren een trap van een wild paard gekregen en hoewel ik haar heel goed bekeken heb en ze op het eerste gezicht geen pijn lijkt te hebben, maak ik me toch zorgen. Ze gedraagt zich apathisch en ik vraag me af of ze misschien een shock heeft opgelopen. Kun je me advies geven? Is er iets wat ik haar kan geven, een ontstekingsremmer misschien? Alvast bedankt voor je hulp.

Alice las de mail over en voordat ze zich kon bedenken, klikte ze op 'Verzenden'.

Een paar weken later reden Alice en Dylan apart naar hun werk. Sarah had hem gevraagd om op de heenweg nog even naar een nieuwe cilinder te kijken.

'Ga maar vast. Ik zie je wel bij de lunch,' had hij gezegd.

'Afgesproken.' Ze kuste hem en allebei stapten ze in hun pick-up.

Alice keek hem na terwijl hij wegreed. Het was weer als vanouds tussen hen. Om hem te helpen was ze voorzichtig geweest en had ze goed op haar gedrag gelet. Het was goed gegaan. Ze waren gelukkig.

Moss had haar e-mail nog dezelfde dag beantwoord. Hij noemde een ontstekingsremmer die hij zelf zou hebben voorgeschreven en stond erop dat Alice met Pip naar Agnes Bluff kwam voor nader onderzoek. Alice had zijn mail onmiddellijk gewist en tevergeefs online gezocht naar de door Moss geadviseerde medicatie. De volgende dag werd er met een spoedzending een pakket met medicijnen bezorgd, waaronder antibiotica en ontstekingsremmers. Ze smokkelde de medicatie in Pips voer en zag tot haar grote opluchting dat ze weer langzaam haar oude, blije zelf werd.

Alice bleef overeind. Haar goudlijm hield.

Toen ze bij het hoofdkantoor aankwam, stonden haar collega's bij elkaar op de parkeerplaats. Er hing een opgewonden sfeer.

'Wat is er aan de hand?' vroeg Alice aan Aiden toen ze uitstapte.

'We gaan een fikkie stoken.' Hij knikte naar Sarah, die net met een stapel papieren uit haar kantoor kwam.

'Wai, Palya, iedereen,' riep ze. 'Palya.' Iedereen viel stil. 'Oké. We moeten even een paar dingen afspreken. Vandaag zijn de omstandigheden ideaal voor een gecontroleerde brand. Ik heb gekozen voor het omheinde terrein aan de zuidrand. We splitsen ons op in groepjes. Elke groepje heeft een leider met ervaring op dit gebied. Dus, Nicko, Aiden en Thugger... Willen jullie groepjes vormen? Zorg dat iedereen zijn brandweeruitrusting aantrekt. Elke groep krijgt een bluswagen mee, plus elk ander voertuig dat we kunnen missen. Voorzichtigheid vóór alles, mensen. Let goed op. Niet lukraak branden. Let ook goed op de wind. En het allerbelangrijkste: volg de instructies van je groepsleider op. Hier zijn kaarten, neem er allemaal een mee. Ik wil dat iedereen een opgeladen portofoon bij zich heeft.' Nadat Sarah de kaarten had uitgedeeld, draaide ze zich om en liep terug naar haar kantoor.

Terwijl de groepjes werden gevormd, ging Alice op haar tenen staan om te zien of Dylan erbij stond. *Over de hele wereld wordt vuur gebruikt bij het tuinieren*, hoorde ze haar moeder weer zeggen op die winterdag in haar tuin. *Het is een soort toverkracht waarmee je het ene in het andere kan laten veranderen.* Alice' handen werden klam. Ze bleef naar de groep turen, zoekend naar zijn gezicht. Hij was er niet bij. Dylan was er niet.

'Eh... Sarah?' riep Alice haar na.

Ze draaide zich om. 'Ja?'

'Sorry... Ik... eh... Ik vroeg me af of Dylan vandaag meegaat met de brandploeg?' Ze schrok van de kinderlijke toon van haar stem.

'Nee, meid,' zei Sarah langzaam. 'Ik heb ook mensen in het veld nodig en bovendien is Dylan al vaker mee geweest.' Ze keek Alice onderzoekend aan. 'Bovendien wil ik niet iemand meesturen die zijn gedachten er niet bij heeft. Trouwens, waarom ga jij niet mee? Je bent een harde werker en je bent leergierig. Het belangrijkste is dat je je niet laat afleiden...'

'Nee,' zei Alice haastig. 'Nee, natuurlijk niet. Ik ben helemaal fit.'

'Weet je het zeker?'

'Absoluut.'

Sarah knikte. 'Aiden,' riep ze naar de andere kant van het terrein, waar Aiden bij de loods stond om de uniformen op te halen. 'Alice gaat met jullie mee vandaag.'

'Palya,' riep Aiden terug.

'Luister goed naar Aidens instructies.' Met die woorden draaide Sarah zich om en liep weg. 'En geniet van je eerste fik,' riep ze over haar schouder.

Alice haastte zich naar de loods. Het komt goed, dacht ze. Het komt helemaal goed. Sarah had haar gekozen omdat ze bereid was nieuwe dingen te leren. Dat was logisch en begrijpelijk. Het was haar schuld niet dat Dylan niet mee mocht. Hij zou vast begrijpen waarom Sarah haar mee liet gaan. Bovendien was dit totaal onverwacht, dus hij zou het niet erg vinden als ze niet kwam opdagen bij de lunch.

Maar tijdens de rit naar het zuiden van het terrein probeerde Alice zich voor te stellen hoe ze aan het einde van de dag een biertje zou opentrekken en Dylan zou vertellen over hoe geweldig het was geweest om voor deze klus te zijn gekozen. Terwijl het woestijnlandschap met de bloeiende parakeelya in paarse strepen aan haar voorbijflitste, kwamen er herinneringen aan haar vader boven die een oude, griezelig vertrouwde angst in haar lichaam opwekten.

Ze parkeerden aan de zuidoostelijke rand van de krater.

'We werken in een lijn, naast elkaar,' zei Aiden tegen de opzichters terwijl ze hun branders controleerden. 'Nog één belangrijke waarschuwing, of dit nu je eerste of vijftigste brand is, zorg dat je nooit vóór je brandt. Ga nooit het vuur in. Je moet achter je vuur maken. En houd afstand. Palya?'

Alice knikte. Haar handen zweetten in haar handschoenen. Ze pakte de brander stevig vast, maar hij was zo zwaar dat haar arm trilde. Het geklots van de benzine in de tank maakte haar misselijk.

'Portofoons?' vroeg Aiden. Iedereen checkte zijn portofoon. 'Oké, dan gaan we de branders nu aansteken.'

Een voor een werden de kousjes van de branders aangestoken. Toen die van Alice aan de beurt was, deinsde ze achteruit. Het ding siste alsof het een levend wezen was. Haar hand trilde.

'Zorg dat het ontluchtingsventiel openstaat,' riep Aiden. Hij wendde zich tot Alice. 'Zo steek je de grond achter je in brand,' zei hij terwijl hij de brander bij een droge graspol hield. Hij stak hem aan en liep door. Dat herhaalde hij nog een paar keer. 'Altijd van het vuur weglopen.'

Algauw klonk overal om hen heen het gekraak en gesis van de brandende grond. Ze probeerde zich op de neuzen van haar werkschoenen te concentreren terwijl ze stap voor stap door de struiken liep en telkens een vlam uit haar brander liet schieten.

Een, twee, vlam. Een, twee, vlam.

Ik ben hier, vlam. Ik ben hier, vlam.

Weer kwamen er herinneringen bovendrijven: de donkere grond onder haar voeten toen ze met Toby uit de schuur van haar vader rende. De hete wind in haar gezicht. De bliksemflits die de hemel in tweeën scheurde. Haar mooie moeder, die bont en blauw uit de zee kwam lopen.

'Alice.'

Ze had niet in de gaten dat ze stil was blijven staan.

'Doorlopen,' instrueerde Aiden de rest van de groep. Weer riep hij haar naam. Ze was zo'n vijftig meter van de groep verwijderd.

‘Kom! Kom stap voor stap naar me toe.’ Zijn stem klonk kalm.

Ze keek omlaag naar haar voeten. Er kwam geen beweging in.

‘Alice, je kunt het. Kom naar me toe. Nu.’ Aidens stem klonk iets dringender.

Ze beefde. De brander trilde in haar hand. Haar voeten bewogen niet. De hitte die van het vuur achter haar afstraalde begon door haar brandweerpak heen te branden.

‘Alice.’ Aiden rende naar haar toe.

Ze was als aan de grond genageld.

Toen hij bij haar was, probeerde hij haar moed in te spreken. ‘Ik pak je bij de arm en dan gaan we samen rennen, oké?’

Alice knikte. Aiden gebruikte zijn gewicht om haar mee te trekken. Ze rende met hem mee, maar telkens zette ze haar voeten net iets later neer dan hij.

Toen ze op veilige afstand van de vuurlinie waren, deed Aiden zijn rugzak af en gaf haar een fles water en een paar winegums.

‘Hier,’ zei hij. Hij zag er zorgvuldig op toe dat ze dronk en at.

‘Dank je,’ mompelde ze toen ze genoeg had gehad en hem de fles teruggaf.

‘Is het over?’ vroeg hij.

Ze keek hem zwijgend aan.

‘Lulu heeft ook wel eens last van paniekaanvallen. En dan wil ze mij doen geloven dat het alleen maar duizeligheid is.’

Alice wendde haar blik af. Ze wist niet dat Lulu ook aan angsten leed. Na een tijdje knikte ze.

‘Hoe voel je je nu? Zal ik het hoofdkantoor inseinen om te vragen of iemand je kan komen ophalen?’

‘Nee,’ antwoordde Alice. ‘Het gaat weer.’ Ze klemde haar hand steviger om de brander. ‘Ik voel me weer prima,’ benadrukte ze, expres met wat meer kracht in haar stem.

Aiden keek haar onderzoekend aan. ‘Oké,’ zei hij terwijl hij zijn rugzak weer omdeed. ‘Laten we bij elkaar blijven. Rustig aan, stap voor stap. Volg me maar.’

Terwijl ze met Aiden een systematische vuurlinie op het terrein achterliet, ebde de spanning uit haar schouders weg en hield haar hand op met trillen. Met zijn hulp en toeziend oog lukte het haar de klus te volbrengen.

Na een uur werden ze door een speciaal team met quads opgehaald en werd de afstand tussen hen en het vuur steeds groter. Op de top van een zandduin stopten ze om in de schaduw van woestijneiken te lunchen. Alice sloot haar ogen terwijl ze een grote slok uit haar waterfles nam. Nog steeds voelde ze het koude angstzweet in haar oksels.

Aan het einde van de dag, nadat ze haar werk op het hoofdkantoor had afgemaakt, haastte ze zich naar haar pick-up. Net toen ze wilde wegrijden, kwam Aiden naar haar toe.

'Alice, ik kreeg net een telefoontje dat mijn hulp nodig is bij de zonsondergangpatrouille. Dat betekent dat ik hier een paar handen tekortkom bij het afvinken van de veiligheidscontrole. Zou jij dat willen doen? Het duurt niet lang.'

Alice slikte haar opkomende angst weg. 'Tuurlijk,' zei ze, haar zenuwen wegduwend. Ze stapte uit.

'Hé, Pinta-Pinta,' riep Ruby, die vlakbij stond. 'Ik wil je wel helpen, als jij me daarna naar huis brengt. Oké?'

'Mooi,' zei Aiden. 'Hoe meer zielen hoe meer vreugd. Alvast bedankt, Alice.' Hij draaide zich om, bleef staan en kwam met uitgestoken armen weer op haar af. 'Je hebt het geweldig gedaan vandaag. Heel knap van je.' Hij omhelsde haar kort maar hartelijk.

'Dank je,' zei ze. 'Fijn om te horen. En jij bedankt voor je hulp.'

Nadat Aiden weg was, liepen Ruby en Alice naar de loods. Ineens klonk het geluid van een startende motor. Haar maag kromp ineen toen ze Dylan in een dienstauto zag zitten. Met gierende banden reed hij het parkeerterrein af.

Tegen de tijd dat Ruby en Alice klaar waren met hun klusje had Alice een knoop in haar maag van angst.

'Nyuntu palya, Pinta-Pinta?' vroeg Ruby toen ze bij Alice in de pick-up stapte. 'Gaat het?'

Alice gaf geen antwoord. Ze vertrouwde haar stem niet.

'Je was bang voor dat vuur, hè?' zei Ruby. Alice gaf geen antwoord, ze knikte alleen maar. 'Uwa, vuur kan heel angstaanjagend zijn. Maar het is nog zoveel meer. Vuur kan een medicijn zijn. Vuur kan het land gezond houden en daarmee ook ons. Waar een vuurtje brandt, voelen we ons snel thuis. Zo bezien is het minder eng, toch?'

'Een medicijn?' vroeg Alice afwezig.

'Dat stuk land dat je vanmiddag in brand hebt gestoken,' legde Ruby uit, 'was bedekt met zaadpeulen die alleen door vuur opensplijten en kunnen ontkiemen. Zonder die brand van vanmiddag, zou dat land ziek zijn geworden. Als het land ziek wordt, worden onze verhalen ziek en wijzelf ook.'

'Voor mij is vuur nooit een medicijn geweest,' zei Alice. 'Ooit heb ik gedacht dat het dat misschien kon zijn, maar uiteindelijk betekende vuur voor mij altijd het einde van iets.'

Ruby keek haar aan. Ineens begonnen hun portofoons te kraken. Ruby's naam werd omgeroepen. Ruby maakte die van haar los van haar riem, antwoordde en klemde hem weer vast.

Zwijgend reden ze het laatste stuk naar huis.

Nadat Alice Ruby had afgezet, draaide ze om en reed terug naar het hoofdkantoor. Dylans auto stond op de parkeerplaats voor de loods. Had hij gezien dat Aiden haar omhelsde? Zou hij er een punt van maken? Vast niet, redeneerde ze. Ze hadden vandaag niet samen geluncht en de hele dag geen contact gehad, maar hij zou heus wel begrijpen waarom. Had Sarah die ochtend niet gezegd dat Dylan al zo vaak mee was geweest met het brandteam? Hij zou haar de kans om een nieuwe ervaring op te doen echt niet misgunnen.

Terwijl Alice naar hem toe liep, hoopte ze maar dat hij niet jaloers op Aiden of op haar dag zou zijn. Hij had immers gezegd dat zij de liefde van zijn leven was. Waarom vertrouwde ze daar niet gewoon op? Waarom geloofde ze niet in hem? Ze stelde zich voor wat er zou gebeuren: hij zou zijn armen om haar heen slaan en haar vertellen hoe trots hij op haar was. Hij zou haar snel mee naar huis nemen, een biertje opentrekken en een spervuur van vragen op haar loslaten. Hij zou alles willen horen wat ze had meegemaakt.

Toen ze zijn kantoor binnenkwam, zat hij zijn e-mails te lezen. Hij keek niet op. Het computerscherm wierp een griezelig licht op zijn gezicht.

'Hoi,' zei ze luchtig. Ze forceerde een glimlach.

Zijn gezicht stond strak. Hij zei niets. Ze wachtte.

'Heb je het gehoord? Ik heb voor het eerst meegedaan met een gecontroleerde brand,' zei ze. Haar gezicht deed pijn van het krampachtig glimlachen. Nog steeds keek hij haar niet aan. Ze zag een spiertje trillen in zijn kaak.

'Ik heb het gehoord, ja,' zei hij, starend naar de computer. 'Het verbaast me niets. Natuurlijk wordt het lievelingetje van het park gekozen voor het brandteam.'

Diepe angst maakte zich van haar meester. Toen draaide hij zich om en keek haar aan. Zijn ogen lagen diep in hun kassen en zijn lippen waren bleek.

'Ik weet heus wel waar het jou om te doen is. Met je grote ogen en je vlindertjes en je glimlach. Iedereen is gek op je, toch? Jij vindt het gewoon lekker om je door iedereen te laten bewonderen.'

Alice verstijfde.

'Nou, hoe ging het met de brand?' Zijn lippen vertrokken zich tot een wrede glimlach. 'Vertel op. Je wilt me er toch alles over vertellen? Kom op dan. Met wie zat je op de quad? Nou?' Hij schoof zijn stoel naar achter. Ze kromp ineen. 'Bij wie zat je achterop, met je benen om hem heen?' Hij sloeg zijn hand op zijn bureau. 'Ik heb namelijk je lesrooster bekeken en jij mag nog niet alleen op een quad. Dus tegen wie had je je lekker aan gedrukt? Waag het niet te liegen.' In zijn mondhoeken had zich speeksel verzameld. Alice kon geen woord uitbrengen.

'Zeg met wie je was!' schreeuwde hij.

De tranen rolden over haar wangen. Hij bewoog zich zo snel dat ze geen tijd had om zich voor te bereiden. Hij greep een van haar armen vast en draaide hem op haar rug.

'Zeg op,' fluisterde hij.

Het volgende moment duwde hij haar met zoveel kracht tegen de muur dat ze stond te tollen op haar benen. Ze kreeg geen lucht meer. Ze hoorde niets meer. Het enige wat ze wilde was vluchten.

'Ja, ren maar weg, doe dat maar, vuile slet. Ik heb je wel gezien met Aiden. Ik weet precies hoe je bent. Donder maar op, jij! Wegwezen.' Zijn stem schalde achter haar aan. 'Opgeruimd staat netjes.'

Later herinnerde ze zich hoe haar lichaam zich los van haar geest voortbewoog. Ze trok zich los van hem, rende naar haar auto, stak het sleuteltje in het contact, draaide het om en trapte het gaspedaal in. Weer zweefde haar geest ergens boven haar en keek ze van bovenaf op zichzelf neer. Ze stopte bij de poort van Dylans huis om Pip op te halen en reed in het licht van haar koplampen naar huis.

Toen ze de hoek om reed, zag ze een verroeste huurauto op haar oprit staan. Alice zette de motor uit en liep trillend om de vreemde auto heen, door de raampjes naar binnen turend.

Vanuit de achtertuin klonken lage stemmen, de volle geur van tabak drong haar neusgaten binnen. Pip rende vooruit door de garage.

Haar benen waren loodzwaar. Langzaam liep ze achter Pip aan naar de patio.

Daar, in het laatste restje daglicht, stonden Twig en Candy Baby.

26

Lantaarnstruik (lantern bush)

Betekenis: **verblind door hoop**

Abutilon leucopetalum | Noordelijk Territorium

Tjiṟin-tjiṟin (Pit.) komt voor in het binnenland, op droge, vaak rotsige bodem. De bladeren hebben een hartvormige onderkant. De felgele hibiscusachtige bloemen bloeien meestal in de winter en het voorjaar, maar kunnen soms ook het hele jaar door voorkomen. Wordt door Aṉangu-kinderen gebruikt om speelgoedspeertjes van te maken.

Candy barstte in huilen uit. Ze rende naar voren, streelde Alice' wangen.

Twig bleef op de achtergrond. Ze liet haar peuk op de grond vallen, trapte hem met haar laars uit en zodra Candy Alice had losgelaten, liep ze naar haar toe en sloeg haar armen om haar heen.

Alice' handen trilden toen ze theezette. De rook hing nog in haar kleren en het beeld van Dylans woede speelde nog door haar hoofd. De weerzin op zijn gezicht. De boze opzet van zijn kracht.

Ze droeg drie kopjes thee naar de tafel waaraan Candy en Twig zaten; enerzijds een vertrouwde aanblik, anderzijds totaal uit de context in haar woestijnleven. Ze zette de kopjes neer. Haar handen trilden nog steeds.

'Gaat het, Alice?' Candy boog zich naar haar toe en legde haar hand op die van Alice.

Alice ging zitten, sloot even haar ogen en knikte. 'Hoe hebben jullie me gevonden?' mompelde ze.

De twee vrouwen keken elkaar veelbetekenend aan.

Twig nam een slokje thee. 'Moss Fletcher.'

'Je bedoelt de dierenarts?' riep Alice uit. Ineens duizelde het haar. 'Uit Agnes Bluff?'

Twig knikte. 'Hij had de belettering op je pick-up gezien toen hij je naar het ziekenhuis bracht. Hij heeft Thornfield gegoogeld en ons gebeld om te vragen of we naaste familie waren. Nadat jij hem had gemaild, belde hij weer om te zeggen dat je hier was.'

Alice keek hen allebei niet aan. 'Daar had hij het recht niet toe.'

'Misschien niet,' zei Candy zacht. 'Maar wij waren dolblij toen hij belde.' Ze wreef in haar ogen. 'Je bent zomaar bij ons weggegaan, liefje,' zei ze. 'Ik heb je elke dag gebeld, ge-sms't en gemaild...' Haar stem brak. 'Je bent zomaar weggegaan.'

Buiten fonkelde de kerstverlichting in de paarse lucht. Alice stond op en deed een paar lampen aan. Zou Dylan al thuis zijn? Zou hij haar bellen? Haar hoofd deed pijn. Haar hele lichaam deed pijn. De adrenaline was weggeëbd en had plaatsgemaakt voor een uitgeput gevoel.

'Weet je ook waarom ik "zomaar" ben weggegaan?' zei Alice. 'Wat moest ik anders?'

'Ik weet dat het voor jou moeilijk te begrijpen is, Alice, maar June wilde je alleen maar beschermen.'

'O god! Ik kan...' Abrupt schoof ze haar stoel naar achter. 'Ik kan dit niet,' zei ze met opgeheven handen. Ze had geen strijdlust meer. Ze wilde niet dat ze er waren. Het was een chaos in haar hoofd. Het enige waar ze aan kon denken was Dylan. Ze had geen ruimte voor geesten en vervlogen herinneringen. Maar tegelijkertijd wist ze diep vanbinnen dat ze ongelijk had. Candy en Twig hadden haar angsten, pijn en verdriet niet verdiend. Het was het beste voor iedereen als ze een time-out nam.

'Ik heb even een moment voor mezelf nodig.' Alice draaide zich om en liep naar de badkamer. Net toen ze de deur dicht wilde doen, nam Candy het woord.

'Ze is dood, Alice.'

De woorden sloegen in als een bom. Ze zag Candy's lippen bewegen, maar hoorde slechts flarden.

'... een zwaar hartinfarct.'

Alice schudde haar hoofd en probeerde zich te concentreren op wat Candy zei. Haar benen voelden verdoofd aan. Weer schudde ze haar hoofd, heftiger nu.

'... door de overstromingen waren we afgesloten van de bewoonde wereld. Dag en nacht zat ze op de veranda naar het stijgende water te kijken. Daar hebben we haar gevonden, met haar ogen wijd open, starend naar de ondergelopen bloemenvelden.' Candy keek wezenloos voor zich uit.

Alice keek hen allebei aan, alsof ze hen nu pas voor het eerst echt zag. Candy's ogen waren bloeddoorlopen, haar blauwe haar was dof en slap. Twigs haar was bij de slapen grijs geworden. Zelfs onder haar ruimvallende werkkleding was te zien hoe mager ze was.

June was dood.

Alice strompelde de badkamer in en sloot de deur. Toen ze zich met haar rug tegen de deur drukte, begaven haar knieën het en zakte ze op de grond. Snakkend naar warmte zette ze de douche aan, stapte er met haar kleren aan onder en ging in de badkuip zitten, met haar gezicht opgeheven naar het water. Ze trok haar knieën tegen haar borst, sloeg haar armen eromheen en liet haar tranen de vrije loop.

Nadat ze had gedoucht bleef Alice nog lang in de badkamer. Gewikkeld in handdoeken lag ze in het lege bad, roerloos. Ze had haar ogen gesloten en was niet in staat om iets te zeggen.

Door de muur klonken de gedempte geluiden van Twig en Candy die in de woonkamer zaten te praten. De glazen pui werd opengeschoven. Theekopjes werden in de gootsteen afgewassen. Het gepiep van haar eetkamerstoelen op het linoleum. Voetstappen naar de badkamerdeur.

'Alice.' Twigs stem. 'Misschien is het beter dat wij gaan. We nemen een kamer in het resort. Dan kun jij even tot jezelf komen. Het was dom van ons om je met dit nieuws te overvallen.' Stilte. 'Het spijt ons heel erg.'

Weer een stilte. Wegstervende voetstappen. Toen Alice haar voordeur hoorde opengaan, werd ze overmand door spijt en klom ze uit het bad. Ze opende de deur. Pip rende naar haar toe en draaide rondjes om haar benen, waardoor ze bijna struikelde.

'Wacht!' riep ze.

Twig en Candy waren al buiten. Bij het horen van haar stem draaiden ze zich om en kwamen terug naar binnen.

'Jullie kunnen hier logeren. Ik heb ruimte genoeg. Ik heb de komende dagen geen dienst.' Ze hief haar kin op. 'Jullie moeten hier blijven. We moeten praten.' Haar hart bonsde in haar oren.

Ze keken elkaar aan. Candy deed als eerste haar mond open. 'Zal ik dan nog een laat avondmaal klaarmaken? Met een lege maag hebben we niets aan elkaar, toch?'

Terwijl Candy in de keuken aan de gang ging en Twig buiten een sigaret rolde, liep Alice naar haar slaapkamer om zich aan te kleden. Elke beweging kostte haar de grootste inspanning. Onderbroek aan. Had June geleden? Eén been erin. Andere been erin. Wist ze dat ze zou sterven toen ze een hartaanval kreeg? Shirt over haar hoofd. Had ze gehuild of iemands naam geroepen? Was ze bang geweest? Alice' hoofd was te zwaar voor haar nek. Ze kroop in bed, heel even maar, troost zoekend in haar kussen.

Daar was hij.

De geur van zijn aftershave op haar shirt, de geur van ontluikend groen en nog iets anders: zijn lichaam, zijn dromen, zijn adem, de geur van aarde en zout.

Alice trok de hals van haar shirt over haar neus en snoof de geur diep in. Hij was boos geweest, hij had zich buitengesloten gevoeld omdat hij niet mee had mogen doen met de brand. Hij reageerde heel sterk op de aandacht die ze van andere mannen kreeg. Ze had beter moeten opletten. Ze moest naar hem toe gaan en haar excuses aanbieden. Iedereen gaat wel eens door het lint.

Alice probeerde haar tranen te bedwingen. Ze ging overeind zitten en knipte de lamp uit. Ze keek over de duinen naar zijn huis. Er brandde geen licht, het was een donkere vlek onder de met sterren bezaaide hemel.

De volgende ochtend werd ze gewekt door de geur van koffie en de stemmen van Candy en Twig in de keuken. Alice wist even niet waar ze was of hoe oud ze was. Ze had negen kunnen zijn. Zestien. Zevenentwintig.

'Koffie?' vroeg Candy toen Alice met een slaperig gezicht de kamer in sjokte.

'Ja, graag.'

'Hoe heb je geslapen?' vroeg Twig.

'Droomloos.' Alice geeuwde. 'En jullie?'

Twig knikte. 'Goed.'

'We voelen ons net kleine meisjes op schoolkamp. Kun je nagaan, op onze leeftijd.' Candy glimlachte en reikte Alice een kop dampende koffie aan. Alice knikte dankbaar.

Ineens viel er een ongemakkelijke stilte. Buiten rende Pip achter haar staart aan.

'Ik ga haar even uitlaten.' Alice nam een slok koffie. 'Er loopt vanaf mijn achtertuin een pad naar de kratermuur. Daar wandel ik vaak. Er is een heel mooi uitzichtpunt. Ik denk dat jullie dat wel kunnen waarderen.'

Terwijl Pip voor hen uit rende, liepen Alice, Twig en Candy over het pad naar de krater. Af en toe bleef iemand staan om naar een woestijnroos of een overvliegende wigstaartarend te wijzen. Maar het grootste deel van de tijd liepen ze zwijgend naar de kratermuur. Toen ze op het platform aankwamen, hijgde Twig zo hevig dat ze even in de schaduw ging zitten om op adem te komen.

'Dat komt door die sjekkies die je de hele dag door rookt,' mopperde Candy. Twig maakte een wegwuivend gebaar.

Alice deelde water rond en goot wat in een bak voor Pip, die naast Twig lag uit te hijgen. Een ochtendbriesje bracht wat verkoeling. Ze genoten van het uitzicht vanaf de kratermuur. De bloedrode woestijnerwten deinden heen en weer in de wind.

'Spectaculair,' verzuchtte Candy. 'Ik geloof niet dat ik ooit zoveel woestijnerwten bij elkaar heb gezien.'

'Toeristen van over de hele wereld komen eropaf.'

'Ze bloeien nu nog de hele zomer door, tot aan de herfst.' Twig gebaarde met haar kin naar de krater. 'Waar mijn familie vandaan komt, worden ze "bloedbloemen" genoemd,' zei ze kalm. 'In onze verhalen, de verhalen van de Koori, groeien ze overal waar bloed heeft gevloeid.'

'Dat heb je nog nooit verteld,' zei Candy. 'Is dat de reden waarom je altijd zoveel moeite deed om ze op Thornfield te kweken?'

Twig knikte. 'Onder andere. Ze doen me altijd denken aan de familie die ik ben kwijtgeraakt en' – haar stem klonk schor – 'de familie die ik heb gevonden.'

'Wees dapper. Houd moed,' mompelde Candy.

Alice pakte een stok van de grond en wees ermee naar de krater. 'Het verhaal dat hier de ronde doet is dat de krater is ontstaan door de inslag van een moederhart. Ze heeft haar hart uit haar lijf gerukt en vanaf de sterren omlaaggegooid om dichter bij haar baby te zijn, die vanuit de lucht ter aarde was gestort.' Alice brak de stok in tweeën en pelde er stukjes schors van af. 'De erwten bloeien negen maanden van het jaar, in een volmaakte cirkel. Ze zeggen dat elke bloem een aan de aarde gebonden, levend deel van haar is.' Ze brak de stok in nog kleinere stukjes, die ze in een bergje voor haar voeten liet vallen. 'Mijn vriendin Ruby zegt dat wanneer de bloemen ziek zijn, zij en haar familie ook ziek worden.'

'Dat klinkt logisch.'

Een tijdje zaten ze zwijgend bij elkaar.

'Is ze begraven of gecremeerd?' Alice durfde geen van beiden aan te kijken.

'Gecremeerd,' antwoordde Candy. 'Ze had in haar testament laten vastleggen dat haar as in de rivier uitgestrooid moest worden, zodat ze zelf de weg naar zee zou kunnen vinden.'

Alice schudde haar hoofd en dacht terug aan die keer dat ze in de rivier was gedoken en niets liever wilde dan zich helemaal tot thuis laten meevoeren op de stroom.

'Zullen we nu teruggaan, Alice? We willen je graag nog iets geven,' zei Candy. Twig knikte instemmend.

'Oké,' zei Alice. Ze floot Pip en liep voor hen uit over het pad naar huis.

De zon brandde hoog aan de hemel toen ze weer thuis waren. Alice schonk glazen koud water in en deelde ze uit.

Candy liep even naar buiten om iets uit de huurauto te halen. Ze kwam terug met een klein pakje, gewikkeld in een doek. Alice herkende het meteen.

'O god.'

'In haar testament stond dat jij dit moest hebben.' Candy legde het pakje in Alice' handen.

Alice trok de doek van het pakje en hield het Woordenboek van Thornfield in haar handen. Allerlei herinneringen dreven boven. De eerste keer in de werkplaats met Candy. Twig die haar leerde hoe je bloemen moest snijden. June die haar liet zien hoe je ze moest drogen. Oggi, een jongen nog, die opkeek van zijn boek en naar haar zwaaide.

Alice voelde dat Twig haar aankeek. Ze ving haar blik op.

'Het heeft haar ruim twintig jaar gekost, maar ze heeft haar belofte gehouden.' Twigs stem trilde. 'Alles wat je ooit wilde weten staat in dat boek. Zonder dat wij het wisten is June het laatste jaar van haar leven bezig geweest met het opschrijven van de geschiedenis van Thornfield, inclusief die van je ouders.'

Alice' handen klemden zich om het boek.

'Als je het gaat lezen,' zei Candy, 'zul je ontdekken dat Ruth Stone nooit heeft gewild dat Thornfield in handen zou vallen van het soort man dat je vader was.' Ze zweeg even, kennelijk om haar woorden zorgvuldig te kiezen. 'Alice, toen je vader nog een kind was, heeft June een hartaanval gehad. Geen zware, maar toch zwaar genoeg om een testament op te stellen. Maar dat heeft ze geheimgehouden' – haar stem stokte – 'want ze had besloten Clem er niet in op te nemen. June zag heel goed hoe bezitterig Clem kon zijn naar je moeder toe, ook toen ze nog kinderen waren. En ook zag ze hoe agressief hij zich tegenover de rest van ons kon gedragen. Jaloers als hij niet in het middelpunt van de belangstelling stond. Gemeen als hij niet de baas kon spelen. Soms gewelddadig als hij zijn zelfbeheersing verloor. Toen hij June tegen Agnes hoorde zeggen dat Thornfield op een dag van haar, Twig en mij zou zijn en Clem dus geen erfgenaam was... Toen hij vertrok, zwoer hij dat hij June nooit meer wilde spreken, laat staan de rest van ons. Dat verdienden we, zei hij.' Nu brak haar stem. 'Dat is de reden dat we jou niet hebben gekend tot je negende. We hebben je ouders nooit meer gezien of gesproken.'

'Dus...' Alice' stem stierf weg. Ze probeerde de puzzelstukjes op hun plaats te krijgen. 'Mijn ouders zijn dus weggegaan omdat June een keuze had gemaakt waarvan ze wist dat die mijn vaders woede zou wekken?'

'Zo eenvoudig was het niet. June had het gevoel dat ze haar besluit op de juiste gronden nam. Ze was te beducht voor Clems karakter om alles wat zij en de vrouwen in jouw familie hadden opgebouwd aan hem na te laten. Hij kon zo wispelturig zijn.'

'Ja,' beaamde Alice. 'Daar weet ik alles van, Candy.' Vanuit haar slapen kwam hoofdpijn opzetten. 'Waarom hebben jullie me nooit verteld dat dat de reden van zijn vertrek was?'

'Ik kon het niet, Alice. Ik kon het gewoon niet. Ik wilde June niet verraden. Niet na alles wat ze voor mij had gedaan. Het was haar besluit, dus het was aan haar om het je te vertellen.'

'Dus daarmee bestonden jouw gevoelens niet meer? June's blunder werd ook jouw blunder?'

'Oké, nu is het genoeg,' kwam Twig tussenbeide. 'Nu is het genoeg. Even rustig aan.'

Alice stond op en begon door de kamer te ijsberen. Tranen gleden over Candy's neus.

'Het is, denk ik, niet verstandig,' begon Twig langzaam, 'om in het verleden te blijven hangen.'

'Pardon!' riep Alice uit. 'Hoe kan ik in het verleden blijven hangen als ik mijn verleden niet eens ken?'

'Alsjeblieft, Alice,' probeerde Twig. 'Probeer kalm te blijven. Ik wil het liever hebben over wat er nu aan de hand is.'

'En dat is?' kaatste Alice terug.

'Ga zitten,' zei Twig resoluut. Van haar gezicht was niets af te lezen. Van dat van Candy evenmin. Alice' woede maakte plaats voor een onheilspellend gevoel. Ze keek Twig en Candy beurtelings aan.

'Wat?' vroeg ze. 'Wat is er dan? Zeg het me.'

'Alice, ga zitten.'

Ze wilde protesteren, maar Twig hief haar hand op. Alice schoof een stoel naar achter en ging zitten.

'Je hebt een heleboel te verwerken gekregen. We wilden je zo veel mogelijk sparen.' Twig drukte haar handen tegen elkaar.

'Zeg het nu maar,' zei Alice knarsetandend.

'Oké,' begon Twig.

Candy haalde diep adem.

'Alice,' zei Twig.

'Zeg het in godsnaam!'

'Je broertje heeft de brand overleefd, Alice,' zei Twig terwijl ze achteroverleunde in haar stoel.

Alice sprong op alsof ze een klap in haar gezicht had gekregen. 'Wat?'

'Je babybroertje. Hij heeft het overleefd. Niet lang nadat jij op Thornfield aankwam is hij geadopteerd.'

Als verdoofd staarde ze hen aan.

'Hij was prematuur geboren en heel ziek. De artsen hebben lang getwijfeld of hij het zou halen. June wist niet zeker of ze de zorg voor een zieke baby aan zou kunnen en wilde jou niet meer verdriet aandoen, gesteld dat hij zou komen te overlijden.'

Alice schudde haar hoofd. Ze begreep er niks van. 'Dus... Dus ze heeft hem gewoon achtergelaten?'

'O liefje.' Candy stak haar arm naar haar uit. 'Ik vind het zo vreselijk. Het is een heleboel ineens en het moet een enorme schok voor je zijn. Je moet het rustig verwerken. Waarom ga je niet met ons mee terug naar Thornfield? Alsjeblieft? We zullen voor je zorgen. We zullen...'

Alice rende naar het toilet. Kokhalzend en stuiptrekkend stond ze boven de pot. Twig en Candy bogen zich bezorgd en liefdevol over haar heen en riepen haar naam.

Candy schoof de pui open en kwam met twee borden pasta de patio op. Ze gaf er een aan Twig en ging naast haar onder Alice' kerstverlichting zitten. Een tijdje zaten ze zwijgend te eten. Het blauw van de lucht veranderde langzaam in oranje en paars. In het tegenlicht leek de kratermuur op de romp van een gestrand schip.

‘Wanneer zullen we haar wakker maken?’ vroeg Candy.

‘Laat haar nog maar even slapen, Candy.’

‘Maar ze ligt nu al langer dan een dag in bed.’

‘Zo te zien heeft ze de rust nodig.’ Twig zuchtte.

‘En haar telefoon dan? Ze is al minstens zes keer gebeld.’

‘Candy…’

‘Hoe denk je dat ze aan al die blauwe plekken komt?’ onderbrak Candy haar fluisterend.

Twig schudde haar hoofd, zette haar bord neer en haalde haar shagbuil uit haar borstzakje. ‘Waarschijnlijk door het zware werk hier. Je weet zelf toch ook hoe wij er vaak uitzien op de kwekerij.’

‘Ik heb het gevoel dat we haar kwijt zijn,’ zei Candy zacht.

‘Dat denk je alleen maar omdat we niet weten wat zich sinds haar vertrek allemaal in haar leven heeft afgespeeld. Maar ja, ze heeft ook nog niet de kans gehad om er iets over los te laten. We hadden zelf veel te veel te vertellen.’

Candy reageerde niet. Samen zagen ze de zon achter de horizon verdwijnen.

‘Je hebt haar niet verteld dat June stierf terwijl ze zat te wachten tot Alice terug zou komen.’

‘Jij ook niet,’ antwoordde Twig.

‘Nee.’ Candy wreef over haar voorhoofd. ‘Ik wil niet dat ze zich daar schuldig over gaat voelen. Dat is wel het laatste waar ze nu behoefte aan heeft.’

De eerste sterren verschenen aan de hemel.

‘Heb je haar schriftjes ingekeken?’ vroeg Candy.

Terwijl ze haar sigaret aanstak, schudde Twig opnieuw haar hoofd.

‘Ze liggen in de boekenkast. Ze staan vol met bloemen en hun betekenis. Er staan tekeningetjes bij en ook heeft ze af en toe een bloem tussen twee bladzijden gedroogd. Er zit geen systeem in, het is geen woordenboek of zo. Het lijkt eerder een willekeurige verzameling, maar toen ik erdoorheen bladerde was het toch meer dan dat. Het leek op een verhaal.’

Twig nam een trekje van haar sigaret en terwijl ze de rook recht omhoog uitblies, keek ze Candy zijdelings aan.

'Wat?' zei Candy. 'Ik heb alleen maar gekeken. Ze lagen daar gewoon. Ik was nieuwsgierig.' Ze stak haar vork in de pasta. 'Ik maak me zorgen.'

Twig nam nog een trekje. 'Ik ook.'

Candy zette haar bord neer. 'We moeten haar zover krijgen dat ze met ons mee naar huis gaat,' zei ze. 'Per slot van rekening is Thornfield nu voor een derde van haar.'

Twig tikte de as van haar sigaret. 'Dat kan allemaal wel even wachten. Voorlopig gaan we nergens naartoe.'

'Heb jij dan niet het gevoel dat ze problemen heeft? Wij zijn haar familie. Ze heeft ons nodig.' Candy's stem trilde.

'We zijn niet haar enige familie,' wees Twig haar terecht.

Candy keek haar met wijd open mond aan. 'Maar wij houden van haar. We hebben haar grootgebracht.'

'Ja, dus als zij er klaar voor is, zijn we er voor haar. Maar nu moeten we haar de tijd gunnen die ze nodig heeft. Ze moet doen wat nodig is.'

'En dat is?'

'Leven,' klonk Twigs simpele antwoord. 'Dat weet jij ook. Ik snap dat je verstand en je gevoel op dit punt tegenstrijdige dingen zeggen, maar Alice wil niets liever dan haar eigen leven leiden. Ze moet erop kunnen vertrouwen dat ze fouten mag maken en de boel mag verprutsen, maar toch overeind blijft.'

'Maar...' Candy's onderlip trilde. 'Maar als ze niet overeind blijft?'

'Tja... Wat we in elk geval niet moeten doen is haar tot verstikkens toe beschermen, zoals June deed. Je kent het gezegde: de weg naar de hel...' Twigs stem stierf weg. Ze plukte tabaksslietjes van haar tong.

Candy zweeg. Niet ver van hen vandaan klonk het geblaf van honden.

'Heus, we raken haar niet kwijt,' zei Twig. 'Heb een beetje vertrouwen in haar.'

Candy knikte. Haar gezicht was vertrokken van pijn. 'Oké,' zei ze.

'Oké.' Twig nam een lange trek van haar sigaret. Het geknetter van de tabak doorbrak de stilte.

Alice zat op de bank met een beker koffie. Ze was al een paar uur wakker, maar haar hoofd voelde net zo leeg als de lucht buiten. Candy had gezegd dat ze twee dagen achter elkaar had geslapen. *Je moest ook zoveel verwerken. Je zult het wel nodig hebben gehad.*

Pip rende heen en weer door de kamer terwijl Twig en Candy hun spullen naar de huurauto brachten. Ze wilden voor het donker terug zijn in Agnes Bluff. Hun vlucht naar huis zou de volgende ochtend vroeg vertrekken.

'Ik geloof dat we alles hebben.' Twig liep naar binnen, het stof van haar handen kloppend. 'Ik heb het je al twintig keer gevraagd, ik weet het, maar als je liever hebt dat we blijven...'

Alice schudde haar hoofd. 'Nee, het is prima zo. Even wat tijd voor mezelf is juist goed om alles te laten bezinken.'

'Beloof dat je belt...' zei Candy. Haar gezicht betrok even. 'Als je vragen hebt of als je wilt praten of gewoon behoefte hebt aan iemand die je kent en die van je houdt.'

Alice stond op en liep naar haar toe.

'Ik haat afscheid nemen,' jammerde Candy terwijl ze haar armen om Alice heen sloeg. 'Beloof me dat je bij ons op bezoek komt. We gaan binnenkort weer zaaien. We gaan opnieuw beginnen.'

Alice knikte tegen Candy's schouder, haar vanillegeur opsnuivend.

Candy zette een stap achteruit. 'Alice Blue,' zei ze teder. Haastig streek ze een lok van Alice' haar achter haar oor en stapte in de auto.

Twig en Alice stonden tegenover elkaar. Alice durfde haar niet aan te kijken.

Twig schraapte haar keel. 'Red je je wel?'

Alice dwong zichzelf op te kijken. 'Ja hoor.'

Even keken ze elkaar recht in de ogen. Toen haalde Twig een dikke envelop uit haar achterzak.

'Als je er klaar voor bent,' zei ze, 'kun je hier alles in terugvinden. Eigenlijk had ik je dit jaren geleden al moeten geven.'

Alice nam de envelop aan. Twig trok haar naar zich toe en omhelsde haar stevig.

'Dank je,' zei Alice. Twig knikte.

Alice zwaaide hen net zo lang na totdat hun huurauto uit het zicht was verdwenen.

Toen ze weer naar binnen liep, werd ze opgewacht door alles wat Twig en Candy haar hadden verteld: June's dood, haar broertje dat nog leefde. Ze liep rondjes door de kamer en probeerde het op een of andere manier allemaal met elkaar te rijmen, maar alle ruimte in haar hoofd werd opgeëist door Dylan. Er waren een paar dagen verstreken. Waar was hij? Misschien waren Twig en Candy vergeten te zeggen dat er gebeld was toen zij sliep. Meteen legde ze de envelop van Twig terzijde en haastte zich naar haar telefoon. Natuurlijk waren er berichtjes. Allemaal van hem. Hij begon met verontschuldigingen, maar al na een seconde klonk zijn stem koel. Van het laatste bericht werd ze ronduit misselijk.

'Ik ben degene die grootmoedig is geweest. Ik heb je gebeld en mijn excuses aangeboden. En nu negeer je mij gewoon? Fraai is dat.'

Gedreven door schuldgevoel en een dringende behoefte om het goed te maken, griste Alice haar sleutels van de haak en ging via de achterdeur naar buiten. Langs de rij schuttingen liep ze naar zijn huis. Ze wilde haar excuses aanbieden voor het feit dat ze mee had gedaan aan de gecontroleerde branden, dat ze zich te weinig van zijn gevoelens had aangetrokken en dat ze zich niet eerder had verontschuldigd. Ze zou hem uitleggen dat ze onverwacht familiebezoek had gehad. Ze zou hem alles vertellen. Dat er iemand dood was en dat iemand nog leefde. Hij zou het begrijpen.

Maar Dylans poort was dicht en vergrendeld. Zijn dienstauto noch zijn eigen fourwheeldrive stond op de oprit.

‘Hij is niet huis,’ klonk een vlakke stem achter haar.

Alice draaide zich om. Het was Lulu. Ze hadden elkaar in geen maanden gesproken.

‘Hij is weg,’ zei Lulu. Ze stak haar handen diep in haar zakken. ‘Hij zei dat hij bij Sarah op het hoofdkantoor was geweest en dat hij een paar dringende zaken te doen had voor zijn werk en dat hij plotseling weg moest.’

Alice keek haar onderzoekend aan. Ze probeerde het te begrijpen. ‘Wanneer... eh... wanneer was dat?’

‘Gisteren. Ik zag hem bij het tankstation. Hij stond te tanken. Heeft hij je daar niets over verteld?’

Alice kon een felle pijnscheut niet onderdrukken. Wat voor dringende zaken? Had hij met Sarah gesproken over wat er op de loods was gebeurd? Was hij gewond? Ziek? Wat mankeerde hem? Haar knieën begonnen te knikken en Lulu hield haar net op tijd vast.

‘Wat heb ik gedaan?’ snikte ze. Zonder te beseffen dat haar blauwe plekken zichtbaar waren, klampte ze zich aan Lulu vast.

‘Qué chingados,’ fluisterde Lulu toen ze Alice’ armen zag. ‘Heeft hij je pijn gedaan? Heeft Dylan je pijn gedaan?’

Alice verborg haar gezicht in Lulu’s schouder.

‘Oké,’ zei Lulu bezorgd en tegelijk vastbesloten. ‘Naar binnen jij. Naar mijn huis. Kom mee.’

27

Koraalboom (bat's wing coral tree)

Betekenis: **middel tegen hartzeer**

Erythrina vespertilio | Centraal en Noordoost-Australië

Het hout van ininti (Pit.) wordt veelal gebruikt voor het maken van speren en schalen. De bast, vruchten en stengels worden verwerkt in de traditionele gezondheidszorg. Heeft vleermuisvormige bladeren en in het voorjaar en de zomer felrode bloemen. De kleur van de aantrekkelijk glanzende, boonvormige zaden varieert van diepgeel tot bloedrood. Ze worden veel gebruikt bij het maken van decoratiemateriaal en sieraden.

Verslagen liep Alice met Lulu mee naar haar huis. Even later zat ze aan tafel en staarde naar haar handen. De tranen stroomden over haar wangen. Lulu ging naar de keuken en kwam terug met twee glaasjes met, zo te zien, water, ijsblokjes, citroen en limoen.

'Hier word je wat rustiger van.' Ze knikte en nam een slokje. Alice volgde haar voorbeeld. Meteen begon ze te hoesten. Het was een sterke gin-tonic. 'Dit is mijn oma's middeltje tegen koorts en hartaandoeningen,' zei Lulu.

De ijsblokjes tinkelden en knetterden.

'Nou… Hoelang is dit al aan de gang?'

Alice wilde een grotere slok nemen, maar ze begon te sputteren toen een brok in haar keel het slikken bemoeilijkte. 'Wat heb ik verkeerd gedaan?' Ze huilde zo hard dat ze bijna moest kokhalzen.

'O chica.' Lulu ging naar de keuken. 'Je hebt niets verkeerd gedaan,' zei ze terwijl ze een glas water voor Alice neerzette. Over de tafel heen pakte ze haar hand vast.

'Waarom doe je nu weer aardig tegen me?' vroeg Alice terwijl ze Lulu's handen stevig vasthield. 'Ik dacht dat je me haatte.'

'Sorry,' zei Lulu berouwvol. 'Ik zag meteen dat jullie elkaar leuk vonden. Ik heb geprobeerd je voor hem te waarschuwen, maar ik heb je niet het hele verhaal verteld. Toen jullie eenmaal een relatie hadden, durfde ik niet meer. Ik schaamde me om je te vertellen wat mij is overkomen.' Lulu zweeg even, wendde haar gezicht af en staarde voor zich uit. 'Ik heb het nog nooit aan iemand verteld. Zelfs Aiden weet niet alles. Dylan wist me telkens weer op het verkeerde been te zetten. En dan vergoelijkte ik het weer en overtuigde ik mezelf ervan dat het niet zo vaak gebeurde. Ik dacht dat het door mij kwam, dat ik iets had waarmee hij niet overweg kon. Dat hij daarom zo boos werd, zo gewelddadig. Het was mijn schuld. Ik dacht dat hij met jou anders zou zijn. Als ik had geweten dat hij bij jou...' Lulu keek naar Alice' armen en maakte de zin niet af.

Terwijl ze elkaars handen vasthielden, viel Alice' oog op de leren bandjes die Dylan van zijn pols had gehaald en om die van haar had gedaan. Ineens begon ze eraan te trekken en te bijten om ze los te krijgen.

'Chica!' riep Lulu uit. 'Stop daarmee!' Uit een pot op het aanrecht pakte ze een schaar en ze schoof het koude metalen snijblad onder de leren bandjes en knipte ze los. Alice wreef over haar huid.

'Weet je waarover Dylan met Sarah heeft gesproken voordat hij vertrok?' vroeg ze.

Lulu schudde haar hoofd. 'Dat zullen we morgen op het werk wel te horen krijgen.' Ze gebaarde met een veelbetekenende blik naar Alice' medaillon. 'Houd moed. Oké? Ik ben bij je.'

De volgende ochtend reed Alice samen met Lulu naar het hoofdkantoor. Ze wierp een steelse blik op Dylans huis toen ze er voorbijreden. De poort was nog steeds dicht, de oprit leeg. In gedachten ging ze door de voordeur naar binnen. Haar tandenborstel was nog in de badkamer, in een beker naast de zijne op het planchet. In zijn kast hingen haar zomerjurken. Het onopgemaakte bed bij het raam baadde in het zonlicht. Zijn slaperige gezicht in de ochtend. De manier waarop hij haar hoofd heen en weer wiegde als ze de liefde bedreven. Haar moestuintje. Zijn vuurkuil. De kapotte slaapkamerdeur. De stofpluizen. Ze waren zijn huis allang voorbij, maar in haar hart was ze er nog, verscheurd door verlangen en angst.

Toen ze de parkeerplaats op reden, schudde Alice haar hoofd. 'Ik kan het niet,' fluisterde ze.

Even viel er een stilte.

'Je kunt het wél,' fluisterde Lulu terug.

Sarah stond al bij Alice' bureau te wachten. 'Alice,' zei ze zonder enige uitdrukking op haar gezicht. 'Kan ik je zo even spreken in mijn kamer?'

Alice knikte. Terwijl ze achter Sarah aan liep, wierp ze een haastige blik op Lulu.

'Ik ben vlak bij je,' mimede die.

Sarah gebaarde naar een stoel aan de andere kant van haar bureau.

Alice ging zitten, terugdenkend aan de dag waarop ze hier was aangekomen. Toen ze vol hoop en opwinding haar contract tekende had ze in precies dezelfde stoel gezeten.

'Ik ga niet om de hete brij heen draaien,' zei Sarah. 'Ik heb een melding gekregen van een incident.' Ze pakte een manilla envelop en opende hem. 'Dylan Rivers heeft melding gemaakt van een incident dat donderdag na de brand heeft plaatsgevonden in de loods. Kennelijk heb jij je gewelddadig jegens hem gedragen.' Sarah bladerde de papieren door. 'Hoewel hij er verder geen werk van wil maken, heeft hij me wel een rapport gegeven en een kopie naar personeelszaken gestuurd.' Ze legde de papieren op het bureau, leunde achterover in haar stoel en keek haar met samengeknepen ogen aan. 'Het spijt me, Alice, maar regels zijn regels, dus ik moet disciplinaire maatregelen nemen. Dat komt technisch gezien neer op een schorsing, per direct.'

Alice deed zo haar best om haar kalmte te bewaren dat ze begon te trillen.

'Ik zal een van de andere opzichters vragen om jouw dienst over te nemen,' zei Sarah. 'Ik verwacht later vandaag van personeelszaken te horen hoelang je schorsing gaat duren. Ze zullen volgende week iemand sturen aan wie je jouw versie van de gebeurtenissen kunt vertellen.'

Alice zei niets.

'Zolang het rapport in behandeling is mag je geen contact opnemen met Dylan. Dat zal niet moeilijk zijn, want zoals je misschien weet, heeft hij verlof opgenomen.'

Alice sloot haar ogen.

'Heb je nog vragen?'

Ze schudde haar hoofd.

'Hé,' zei Sarah iets vriendelijker.

Alice opende haar ogen.

'Is er nog iets wat je wilt vertellen, Alice? Ik beloof je dat het tussen ons blijft.'

Alice keek Sarah even aan en schoof toen haar stoel naar achter, stond op en verliet zonder iets te zeggen het kantoor.

Buiten wachtte Lulu in de pick-up met draaiende motor.

'Ik wil niet dat je alleen thuiszit, chica,' zei Lulu toen ze voor haar huis stilhield. 'Doe je gewone kleren aan en ga mee met mijn groepswandeling. Dat zal je goeddoen. De stress eruit wandelen. Thuis ga je alleen maar zitten piekeren.'

Alice keek naar haar huis zonder het werkelijk te zien. Hij had over haar geklaagd. Hij had haar willens en wetens haar stem ontnomen. *Net als het meisje in dat sprookje dat alleen het donkere bos in gaat.*

Ze veegde met haar hand over haar wang en opende het portier. 'Ik ben over vijf minuten terug.'

Alice bleef een beetje achter in de groep toeristen hangen die Lulu over het pad naar de krater volgde. Ze wilde het praatje niet horen dat ze zelf niet meer hoefde af te steken. Ze wilde niet denken aan de reden waarom ze het praatje niet meer hoefde af te steken. Ze wilde Dylans stem in haar hoofd niet horen, laat staan terugdenken aan het gesprek met Sarah. De vernedering. Het ongeloof. Het liefst zou ze willen verdwijnen, ongezien opgaan in de woestijn.

'Je houdt de groep op,' riep een vrouw.

'Sorry?' zei Alice verschrikt.

'Een beetje aansluiten graag,' zei de vrouw bits. Ze stak de uiteinden van haar wandelstokken herhaaldelijk in de rode grond.

'Laat mij maar,' zei Alice. 'Jullie hoeven niet op mij te wachten.'

De vrouw trok haar vliegennet over haar grijzende haren en roze gezicht. 'Zoals iedereen die de reisgids goed heeft gelezen weet,' zei ze, met haar stok om zich heen wijzend, 'is deze plek gevaarlijker dan hij lijkt.'

'Bedankt,' zei Alice verbaasd. 'Ik zal eraan denken.'

Ze liepen verder. Ineens sloeg de vrouw met een van haar stokken naar de takken. *Pats. Pats. Pats.* Bij elke zwiep deinsde Alice achteruit. Ze ergerde zich aan die vrouw, vooral ook omdat ze eigenlijk het liefst alleen wilde zijn. Rustig ademhalen, hield ze zichzelf voor.

Maar haar gedachten sloegen op hol. Terwijl zij het afgelopen weekend van Twig en Candy allerlei onthullingen te horen had gekregen, had Dylan achter zijn laptop gezeten of pen en papier gepakt om haar opzettelijk het zwijgen op te leggen. Had hij er een kopje koffie bij gedronken? Of een blikje bier opengetrokken? Hoe zou hij zich hebben gevoeld toen hij met elk woord een pijl recht in haar hart schoot? Hij had zich in haar leven gedrongen, zich van haar lichaam en geest bediend, tot hij er genoeg van had.

Alice voelde krampen in haar buik.

Had hij getrild? Had hij, al was het maar even, berouw gevoeld? Had hij spijt toen hij zijn pijl richtte? Had hij met zijn ogen geknipperd of was hij onaangedaan gebleven nadat hij had geschoten? En de dagen daarna? Waar was hij? Waar was hij naartoe gegaan? Was er een donkere, vochtige plek waar hij zich had teruggetrokken om bij het licht van een lantaarn stro tot gouddraad te spinnen, zodat hij getransformeerd kon terugkomen?

Weer verscheen de vrouw met de wandelstokken in beeld. Ze ging naast het pad op haar hurken zitten, opende haar rugzak en haalde er een jampotje uit. Toen boog ze zich voorover en schepte er wat rood zand in.

Alice haalde diep adem. 'Nee!' riep ze woedend. Ze schoot naar voren en sloeg het potje uit de handen van de vrouw. Het viel iets verderop met een plof op de grond. De vrouw, die nog op haar hurken zat, keek Alice stomverbaasd aan.

'Alles in orde daarachter?' Lulu baande zich een weg door de groep.

'Helemaal niet,' mopperde de vrouw terwijl ze overeind kwam.

'Alice?' vroeg Lulu.

'Ze wilde zand meepikken. Ik heb het gezien,' zei Alice trillend. Ze wees op het potje dat verderop in het zand lag.

Lulu gaf een geruststellend kneepje in Alice' arm. 'Oké,' zei ze. Ze keek Alice recht in de ogen en vervolgens keek ze naar de vrouw. 'Oké.'

Alice knikte.

'Mevrouw, wilt u met mij meelopen? Dan zal ik u vertellen dat wat u daarnet deed een overtreding is waarop in dit park een boete staat.' Lulu leidde de vrouw naar de kop van de groep, terwijl ze Alice nog snel een bezorgde blik toewierp.

De rest van de wandeling liep Alice helemaal achteraan. Ze zei niets en het verbaasde haar niet dat niemand iets tegen háár zei. Regelmatig keek Lulu haar over haar schouder aan, maar dan gebaarde Alice haar dat ze door moest lopen. Een paar keer overwoog ze om terug te gaan, naar huis, naar Pip, en in bed te kruipen. Maar ze besefte dat ze dan alleen maar nog meer onrust zou veroorzaken.

Toen ze bij het uitzichtpunt waren, bleef Alice op afstand van de groep. Af en toe ving ze een vlaag van Lulu's praatje op, maar het merendeel van de tijd was haar aandacht gericht op de cirkel met bloedrode bloemen. Haar gedachten gingen terug naar Twig, Candy en June. En naar haar moeder, zoals altijd. Altijd.

Ze wachtte tot haar tranen waren gedroogd voordat ze achter de rest van de groep naar de Harttuin liep.

De zon scheen genadeloos en zette de zee van woestijnerwten in een schitterend licht. Een wigstaartarend vloog over hen heen. Vinkjes tsjilpten in de struiken. Alice sloot haar ogen en luisterde. Het timbre van Lulu's stem. Het geruis van de wind. Het geritsel van bloemen en bladeren. Er zat een bepaald ritme in, een nauwelijks waarneembare hartslag.

Haar gemijmer werd onderbroken door het geluid van een rits. De vrouw met de wandelstokken had zich van de groep afgezonderd en zat op haar hurken naast de woestijnerwten. Langzaam draaide ze het deksel van het potje en stak haar hand uit naar een van de bloemen.

Met haar volle gewicht stortte Alice zich op de vrouw, die het op een schreeuwen zette. Alice duwde haar tegen de grond en griste de woestijnerwten uit haar handen.

Een uur later zat Alice op de gang voor het kantoor van Sarah. Haar ellebogen rustten op haar knieën en haar gezicht lag op haar handen. Ze rook de huid van de vrouw nog, verbrand van te veel zon. Ze herinnerde zich de geur van haar moeders huid: zacht, schoon, koel. Haar gevoelige stem, het licht in haar ogen als ze in haar tuin tussen de varens en bloemen stond. June's geur: whisky en pepermunt. De geur van de rivier en de vuurtjes die Oggi stookte toen ze tieners waren.

Beelden van Dylan vermengden zich met die van haar vader. Hun gezicht wit van woede. De zure adem van Dylan. De minerale geur van haar vaders woede, haar gebogen lichaam dat pijn deed, het ijzig koude water, opgeheven handen, klaar om te slaan. De intercom van het hoofdkantoor begon te piepen. Er was een storing. Het geluid deed Alice denken aan een huilende baby. Wie had haar broertje grootgebracht? Had hij een fijn leven gehad? Was hij gelukkig? Wist hij van haar bestaan af?

'Alice.'

Ze keek op. Sarah stond in de deuropening van haar kantoor. Deze keer had haar gezicht een gepijnigde uitdrukking.

Ruby zat bij het vuur in haar achtertuin toen ze een auto voor haar huis hoorde stoppen. Ze tuurde naar de oprit. Alice' vlinder-pick-up was tot de nok volgepakt. Ruby richtte haar aandacht weer op de ketting die ze aan het maken was. Ze hield de punt van een metalen kleerhanger in de vlammen en prikte hem vervolgens dwars door een inintizaadje. Toen het metaal was afgekoeld, vlocht ze er bruine twijndraad omheen en pakte het volgende zaadje van de berg die bij haar voeten lag. Vanuit haar ooghoek zag ze Alice uit de auto stappen, op de voet gevolgd door haar hond. Ze had een haastige tred en keek ziek uit haar ogen. Alice zag eruit als een vrouw die haar liefde, haar bestaanszekerheid en haar huis in één klap had verloren.

Alice ging bij Ruby's vuur zitten en staarde in de vlammen. Pip rende weg om met Ruby's honden te spelen. Toen er een wind opstak, hoorden ze de drie hoge woesteineiken zuchten. Ruby hield de kleerhanger in het vuur, wachtte tot hij heet genoeg was en stak de gloeiende punt door een inintizaadje. Alice zweeg. Ze schraapte tot drie keer toe haar keel voordat ze haar stem voldoende vertrouwde.

'Ruby, ik kom afscheid van je nemen.'

Ruby vlocht het zaadje om de twijndraden en pakte de volgende. De noordwestenwind speelde met hun haren. *Die wind maakt je ziek*, zeiden Ruby's tantes altijd. *Het is een slechte wind, die uit het westen. Hij maakt je geest ziek. Zorg dat je het juiste medicijn neemt.*

'Ik heb nagedacht over wat je laatst zei, Pinta-Pinta, over wat vuur voor jou betekent.' Ruby brandde een gat in een zaadje en reeg hem aan de ketting. 'Ik wilde je nog vragen waar jouw vuurplaats is?'

'Vuurplaats?'

'Ja. Je vuurplaats. Waar je omheen gaat zitten met de mensen die je dierbaar zijn. Waar het warm is, waar jullie samen zijn. Waar je thuishoort.'

Alice' antwoord liet lang op zich wachten. Ruby gooide nog een mulgatak op het vuur.

'Ik weet het niet. Maar... ik heb een broer.' Haar stem brak. 'Een klein broertje.'

Ruby tilde de inintiketting op en knoopte de uiteinden aan elkaar. De ketting glinsterde en glansde en rook naar vuur. Ze reikte hem Alice aan. Alice was overweldigd en kon alleen maar naar de ketting staren. Ruby gebaarde dat ze hem moest aannemen. De ininti tikten zachtjes tegen elkaar terwijl Ruby ze in haar geopende handen legde.

'De zaden van de koraalboom,' mompelde Alice. 'Middel tegen hartzeer.' Haar ogen waren rood.

'Deze kettingen worden door vrouwen in mijn familie gedragen bij plechtige gelegenheden,' zei Ruby. 'Ze geven ons kracht.'

Alice wreef met haar duim over de zaden, hield ze bij haar neus en snoof de rokerige geur op.

'En nog iets,' zei Ruby. Ze stond op en ging naar binnen, om even later terug te komen met een klein, vierkant, katoenen zakje. 'Gestreepte munt,' zei ze. Ze gaf het aan Alice. 'Leg het onder je kussen. Je geest herstelt terwijl je slaapt.'

'Dank je.' Alice hield het zakje bij haar neus. 'In mijn familie heeft de gestreepte munt een heel andere betekenis. Het betekent "verzaakte liefde".'

Even keek Ruby haar peinzend aan. 'Verzaakt. Hersteld.' Ze haalde haar schouders op. 'Dat past toch mooi bij elkaar?' Ze prikte in het vuur, dat meteen begon te knetteren. De vlammen stegen hoog op in de namiddaglucht. Zwijgend zaten ze naast elkaar.

'Weet je, Pinta-Pinta?' zei Ruby na een tijdje. 'Je moet op jezelf vertrouwen. Vertrouw op je verhaal. Het enige wat je kunt doen is het naar waarheid vertellen.' Ze wreef in haar handen boven de rook.

Alice frunnikte aan de ininti-zaden.

'Palya?' vroeg Ruby.

'Palya,' antwoordde Alice terwijl ze Ruby aankeek.

Ruby glimlachte. Ze zag de vlammen in Alice' ogen schitteren.

Toen ze zo lang had gereden dat Kililpitjara niet meer was dan een vage droom aan de horizon, parkeerde Alice haar pick-up langs de kant van de weg. Met Pip naast haar liep ze over het rode zand door de polletjes spinifex en streek af en toe met haar hand over de lange gele grashalmen.

Ze hield zichzelf voor dat ze even wat tijd nodig had om tot zichzelf te komen, maar diep vanbinnen besefte ze dat ze, ondanks alles, nog steeds niet wist of haar vertrek een juiste beslissing was. Haar liefde voor hem kleurde al haar gedachten. Ze veegde de tranen van haar wangen toen ze terugdacht aan een middag, niet eens zo heel lang geleden, dat ze met Dylan een van hun zonsondergangwandelingen had gemaakt.

Stel dat we op een dag naar de westkust gaan, had hij met zijn lome, hartveroverende glimlach tegen haar gezegd. *Stel dat we onze spullen inpakken en in onze pick-ups stappen en gewoon gaan rijden. Tot aan de westkust. Wat zouden we daar dan gaan doen?*

Ze zaten met hun vingers verstrengeld onder een hoge woestijneik.

Terwijl ze zich er een voorstelling van probeerde te maken, sloot ze glimlachend haar ogen. *We zouden een eenvoudig huisje kopen, ons tegoed doen aan verse zeevruchten, onze eigen groenten en fruit telen en…* Ze aarzelde.

Wat?

Kindjes maken. Ze haalde diep adem. *Vrolijke baby's met mollige beentjes, op blote voetjes, die opgroeien tussen rood zand, wit zand en de zee.* Ze durfde hem niet aan te kijken.

Hij legde een vinger onder haar kin en draaide haar gezicht naar hem toe. Zijn ogen straalden.

Mollige beentjes. Hij grijnsde en trok haar dicht tegen zich aan.

Ik zal mijn hele leven van je blijven houden, fluisterde ze.

Ik ook van jou, antwoordde hij, en hij kuste haar alsof zijn leven ervan afhing.

Alice liep huilend met Pip door de duinen. Zou ze blijven? Vechten voor haar baan en het proberen goed te maken met Dylan? Het kon toch niet allemaal voorbij zijn? Net als de Japanse kunstenares die de scherven met haar in goudpoeder gedoopte kwast aan elkaar lijmde, zou zij hun relatie repareren. Zij kon hem redden. Hun liefde kon hen allebei redden. Ze kon hem onmogelijk loslaten. Ze moest er harder aan werken en zich precies zo gedragen als hij wilde, zodat hij een beter mens werd. Vanaf het allereerste begin was dat zijn enige doel, een beter mens worden. Trouwens, waar moest ze heen? Ze kon nergens naartoe. Alleen al daarom kon ze beter blijven.

Langzaam liep ze de duinen op en af.

De woestijn bracht haar geest in verwarring. Tijd had geen visuele betekenis meer. Honderd jaar geleden kon vanochtend zijn geweest. De zon schilderde het landschap elke dag in andere kleuren, de sterren fonkelden, de seizoenen wisselden elkaar af, maar dat de tijd voorbijging was nergens aan te zien. Erosie en schepping verliepen zo traag dat alleen het lichaam van een woestijnbewoner veranderingen liet zien. Een gevoel van nietigheid drong zich aan Alice op. Ze struinde door het rode zand en bleef op een hoge top staan. Met haar ogen volgde ze de weg terug naar de krater en liet haar blik rusten op zijn silhouet. Kon ze de tijd terugdraaien? Kon ze alles ongedaan maken en opnieuw beginnen?

Pip snuffelde aan haar been. Toen Alice zich bukte om haar achter de oren te krabben, zag ze ineens blauwe plekken op haar been die haar eerder niet waren opgevallen. Ze wist niet hoe ze ze had opgelopen. Waarschijnlijk in de loods bij Dylan, hoewel ze zich niet kon herinneren dat er iets met haar benen was gebeurd.

Haar maag kromp ineen. In gedachten was ze weer negen en zag ze haar moeder uit de zee komen, naakt en bedekt met blauwe plekken.

Weer dacht ze terug aan het Japanse sprookje, deze keer in genadeloos licht: zij was niet de kunstenares met de kwast en evenmin was ze het goud. Zij was de scherven, die telkens gerepareerd moesten worden om vervolgens weer uit elkaar te vallen. Net als haar moeder, die geen greep kreeg op het leven zonder de man die haar telkens in elkaar sloeg. Net als de Bloemen, die hun toevlucht op Thornfield hadden gezocht. Tot nu toe had ze het nooit op die manier willen zien.

Verzaakt. Hersteld. Ruby had haar schouders opgehaald. *Dat past toch mooi bij elkaar?*

Pip sprong zenuwachtig tegen Alice op en likte over haar gezicht. Alice droogde haar tranen. Wat zou June dol op Pip geweest zijn, dacht ze. Even dol als op Harry. De herinnering aan June die met

Harry door de bloemenvelden liep riep meteen allerlei andere herinneringen op. De dag dat June Alice naar school had gebracht en hoe hard ze hadden moeten lachen toen Harry een wind liet. De avond voor haar tiende verjaardag, toen Alice naast Harry wakker werd op haar kamertje en June in het donker boven haar bureautje gebogen zat om haar verrassingscadeau klaar te leggen. De ochtend dat Alice terugkwam van haar rijexamen en June en Harry haar stonden op te wachten op de parkeerplaats. Alice' glimlach verdween van haar gezicht toen ze terugdacht aan haar laatste avond op Thornfield. Harry was allang dood en June was stomdronken en in alle staten omdat Alice wegging. Dat was haar laatste herinnering aan June. Daarna had ze haar nooit meer gezien.

Ze liet zich in het rode zand vallen, overweldigd door het besef dat ze nergens naartoe kon en niemand had bij wie ze zich veilig voelde. Pip was van streek en begon te janken.

'Stil maar,' zei Alice terwijl ze haar aaide. 'Het komt allemaal goed.' Ze haalde een paar keer diep adem en probeerde helder na te denken. Ze moest bedenken waar ze naartoe wilde gaan, althans voor vanavond.

Toen ze opstond en het zand van zich af klopte, kwam er een haarscherpe herinnering boven aan de ochtend waarop Twig en Candy weggingen.

Als je er klaar voor bent, had Twig gezegd, *kun je hier alles in terugvinden.*

Alice keek omlaag naar haar pick-up. Er begon haar iets te dagen. Op een draf rende ze het duin af, op de voet gevolgd door Pip, en even later trok ze met trillende handen het handschoenenkastje open. Ze griste de envelop eruit en scheurde hem open. Er zat een pak opgevouwen papier in.

Ze liet haar blik over de bladzijden glijden, maar de woorden drongen niet meteen tot haar door. Ze begon opnieuw te lezen, en nog eens, hoofdschuddend, totdat de woorden echt werden en betekenis kregen. Ze liet haar vingertop langs de regels glijden. Het stond er echt. Zwart-op-wit. Op papier.

'Shit,' fluisterde ze, waarop Pip begon te keffen alsof ze het ermee eens was.

Alice stopte de envelop terug in het handschoenenkastje. Ze stak het sleuteltje in het contact, startte de auto en reed met de zon in de rug weg.

Misschien moest je soms toch teruggaan om vervolgens weer vooruit te kunnen.

Lulu zat met een glas wijn op een duin te wachten tot Aiden thuiskwam van zijn zonsondergangpatrouille. Ze nam een slokje en wiebelde met haar tenen in het warme rode zand.

Hoewel de sterren helder aan de hemel stonden, was dat niet waar Lulu's aandacht naar uitging. Ze staarde naar het snoer met kerstlampjes dat Alice had achtergelaten.

Nadat Sarah Alice met onmiddellijke ingang had ontslagen, was Lulu met haar mee naar huis gegaan om haar spullen te pakken. Ze had hun gesprek afgeluisterd. Sarah had gezegd dat Alice geluk had gehad: twee klachten in evenveel dagen, en dankzij haar tussenkomst geen officiële klachtenprocedure. Terwijl Lulu Alice' spullen lukraak in dozen stopte, zei Alice amper iets. Ze probeerde Lulu de poster van Frida Kahlo terug te geven, maar toen Alice even niet keek, legde Lulu hem snel in de pick-up.

'Laat je me weten waar je bent?'

Alice had geknikt en de straat in getuurd. Ze had een afwezige blik in haar ogen, die Lulu niet van haar kende.

'Waarom ben jij hier wel gebleven?' vroeg Alice. 'Waarom ben je niet weggegaan? Na wat hij je heeft aangedaan?'

Even bleef het stil. 'Omdat ik mezelf voorhield dat het mijn schuld was,' zei Lulu. 'Dat is de enige verklaring die ik kan bedenken.' Ze trok haar schouders tot haar oren op, alsof ze haar eigen antwoord niet wilde horen. 'En toen kwam ik Aiden tegen. We hebben hier nu een leven opgebouwd. En natuurlijk ook vanwege de sterren,' had ze er met een verdrietig lachje aan toegevoegd.

Wat had je aan een vooruitziende blik als je blind bleef voor jezelf?

Nadat ze Alice had zien wegrijden, was Lulu naar binnen gegaan en had ze, voordat ze zich bedacht, de telefoon gepakt. Sarah had haar voor de volgende ochtend het eerste gaatje in haar agenda aangeboden. Trillend was Lulu met een fles wijn en een glas naar de duinen gegaan, waar ze in afwachting van Aiden genoeg dronk om haar zenuwen te kalmeren.

Algauw hoorde ze het geratel van zijn auto op de oprit. Omdat haar glas leeg was, nam Lulu nog snel een slok wijn uit de fles.

Aiden liep achterom, schopte zijn werkschoenen uit en kwam naar haar toe. Zijn liefdevolle glimlach kalmeerde haar. De stem van haar grootmoeder gonsde door haar hoofd. *Om die reden hebben we jou 'kleine wolf' genoemd. Je instinct zal je altijd leiden, net als de sterren.*

'Hé schoonheid,' zei Aiden. Hij ging naast haar zitten.

Ze kuste hem, schonk haar lege glas vol wijn en gaf het aan hem.

'Wat een dag,' verzuchtte hij terwijl hij een slok nam. 'Hoe was Alice eraan toe toen ze wegging?'

Lulu keek naar de brandende kerstlichtjes in Alice' tuin. Ze schudde haar hoofd.

'En jij? Gaat het wel?' vroeg hij.

Ze pakte het glas van hem af en nam een paar slokken. 'Dat komt wel weer,' zei ze, opkijkend naar de sterren.

Aiden pakte haar hand en wreef met zijn duim cirkels in haar handpalm. Een warm gevoel van dankbaarheid stroomde door haar heen. Tot nu toe had ze het giftige verhaal over Dylan en haar voor zich gehouden, maar op een dag zou ze het hem vertellen, en ze was ervan overtuigd dat hij alles zou doen om haar te steunen. Ze twijfelde er niet aan dat hij met haar mee zou gaan als ze uit de woestijn weg wilde. Ze had al gekeken naar banen in Tasmanië. Aiden had het er vaker over gehad dat hij daar zo graag wilde wonen. Het enige wat ze hoefde te doen was hem alles op te biechten.

Lulu wachtte tot ze haar stem voldoende vertrouwde.

'Ik heb morgen een afspraak met Sarah. Ik moet haar iets vertellen, maar eerst wil ik het jou vertellen.'

Aiden keek haar aan en wachtte af.

In de verte deinden Alice' kerstlichtjes heen en weer; elk lampje was een klein flakkerend vuurtje dat brandde in de nachtelijke hemel.

Tegen de tijd dat Alice in Agnes Bluff aankwam, was de hemel bezaaid met sterren. Ze reed de parkeerplaats van de dierenkliniek op en terwijl ze de motor liet draaien, stapte ze uit. Ze liep naar de deur, liet haar vingertop over zijn naam op het glas glijden en deed de brief in de brievenbus. Ze zag hem binnen op de vloer vallen, met de achterkant van de envelop naar boven, waar ze haar nazendadres op had gekrabbeld.

Toen ze wegreed, dacht ze aan de bloemen die ze voor hem had getekend. Trommelstokjes. Het ene na het andere had ze getekend, telkens weer, felgele balletjes op dunne stelen, een heel vel vol, met uitzondering van de rechterbovenhoek, waar ze hun betekenis had opgeschreven.

Dankbaarheid.

Mijn lief, veel bloemen heb jij mij gegeven,
geplukt uit tuinen 's zomers, 's winters
door,
die steeds hier in mijn krappe toebehoor,
zelfs zonder zon en regen groeien bleven.

Elizabeth Barrett Browning

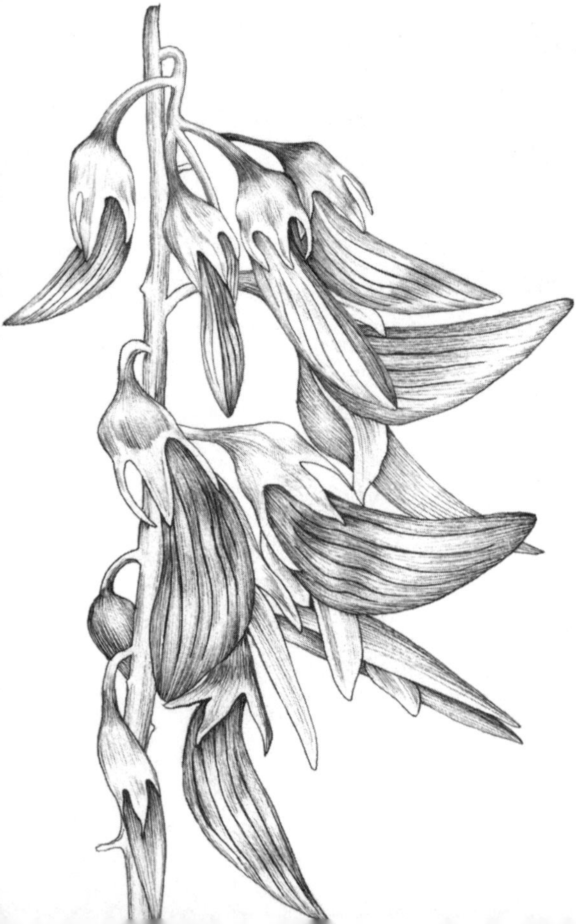

28

Groene vogelbloem (green birdflower)

Betekenis: **mijn hart vlucht**

Crotalaria cunninghamii | West- en Centraal Australië

Deze plant komt veel voor op zanderige grond in het groeigebied van acacia's en op zandduinen. De dikke mergachtige takken zijn bedekt met zacht donshaar. De bloem lijkt op een vogel die met zijn bek vastzit aan de stengel van het bloemhoofdje. De kleur van de bloemen is geelgroen met dunne paarse strepen. Bloeit in de winter en het voorjaar. Bestoven door grote bijen en vogels.

Na twee lange dagen rijden begon het dorre, droge landschap langzaam plaats te maken voor weelderig groene begroeiing. En aan het einde van de vierde reisdag nam Alice de afslag naar een smalle kustweg tot ze bij het plaatsje kwam dat ze als kind had verlaten. Ze stond op de kruising in het centrum en keek naar de landbouwwagens die voorbijdenderden. Er hadden zich veel nieuwe winkels gevestigd: een tattooshop, een mobieletelefoonwinkel, een vintage cupcakebakker en een winkel met surfbenodigdheden.

Achter haar waren de suikerrietstengels nog net zo felgroen als in haar herinnering. Ze leken wel iets korter, maar de geur was nog steeds zoet en vochtig. Ze zag weer voor zich hoe ze als meisje van zeven door het riet had gerend om vervolgens voor het eerst in deze nieuwe, opwindende wereld te belanden. Ze sloeg haar armen om zich heen. Toen Pip intuïtief over haar been likte, aaide Alice haar.

'Kan ik u helpen? Bent u verdwaald?' vroeg een vriendelijke stem. Alice draaide zich om en zag een jonge vrouw met een peuter op haar heup.

'Nee, hoor. Dank u,' antwoordde Alice.

De vrouw glimlachte. De peuter kirde naar Alice. Bij de verkeerslichten zette ze het kind neer zodat het op de voetgangersknop kon drukken.

'Sorry!' riep Alice haar na. Eigenlijk wist ze het antwoord op haar vraag al. 'Zit de bibliotheek nog steeds daar aan de overkant?'

'Ja, daar zit hij nog.' De vrouw en de peuter zwaaiden haar na toen het licht op groen sprong.

In de loop der jaren had Sally Morgan zich vaak een voorstelling gemaakt van de dag waarop ze Alice Hart weer zou zien. Dat het zo eenvoudig zou gaan, op een doodgewone dinsdagmiddag, had ze nooit kunnen denken.

De school was uit en de bibliotheek was vol. Sally zat op haar hurken kinderboeken terug te zetten in de kast toen ze ineens zonder aanleiding een rilling over haar rug voelde gaan.

Langzaam kwam ze overeind. Ze herinnerde zich weer de vuile sandaaltjes onder een smoezelig nachthemd, het hoofd met warrige haren gebogen over de bibliotheekboeken, het kuiltje in haar wang, het felle groen van haar ogen, het donkere haar dat over de rand van het ziekenhuisbed viel, het getik en gezoem van het beademingsapparaat, haar kaakbeenderen, scherp afgetekend in het uitgemergelde kindergezicht, de fijne paarse adertjes in haar bleke oogleden.

Behoedzaam bewoog Sally zich tussen de kasten. Er viel haar niets op. Alles lag op zijn plaats. Ze was gewoon moe, hield ze zichzelf voor. Als ze moe was, was ze vaak gevoeliger voor het verleden. Niettemin kon ze het niet laten de bibliotheek te doorzoeken.

Mensen snuffelden in boeken. Ouders met kinderen. Middelbare scholieren in groepjes bij elkaar, giechelend boven hun boeken.

Er was niets bijzonders te zien. Het was een dag als alle andere. Haar hart begon rustiger te kloppen.

Zichzelf inwendig vervloekend vanwege haar dwaze verwachtingen liep ze tussen de kasten door naar haar bureau, zich af en toe bukkend om een rondslingerend boek op te rapen. Haar wangen gloeiden van teleurstelling.

Het late middaglicht scheen door de glas-in-loodramen naar binnen. Terwijl Sally naar haar bureau liep, scheen een lichtstraal dwars door de zeegroene staart van de Kleine Zeemeermin in haar ogen. Ze zette een stap opzij, haar ogen afschermend tegen het felle licht. En toen ze haar hand voor haar ogen weghaalde, zag ze het kleine meisje van wie ze zoveel hield terug in het gezicht van een verfomfaaide vrouw die vlak voor haar stond. De boeken die ze in haar hand had, vielen op de grond.

Twintig jaar lang had Sally uitgekeken naar het moment waarop Alice Hart als een vallende ster terug in haar leven zou komen.

En daar was ze.

Alice reed achter Sally's auto aan, nog duizelig van het tafereel dat zich in de bibliotheek had voltrokken. Toen Sally haar zag, werd haar blik eerst wazig, bijna alsof ze dwars door haar heen keek, maar het volgende moment had ze haar stevig omhelsd en haar in haar armen heen en weer gewiegd, telkens haar naam roepend. Alice bleef stokstijf staan, overspoeld door de herinnering aan Sally's rozenparfum, en wist niet hoe ze moest reageren.

'Laat me eens naar je kijken!' riep Sally uit. Ze snoof en veegde de tranen van haar wangen. 'Wat ben je een mooie vrouw geworden!'

Alice bloosde van het onverwachte compliment.

'Zullen we een kop thee gaan drinken? Eindelijk, na al die jaren?' vroeg Sally. Haar ogen straalden.

Alice knikte bedeesd.

'Luister, mensen! Vandaag gaat de bibliotheek wat eerder dicht,' verkondigde Sally. Nadat ze iedereen naar buiten had gewerkt, trok ze Alice mee naar de parkeerplaats. 'Rij maar achter me aan, Alice. Oké?'

Even later stopte ze achter Sally's auto voor een cottage op een klif, met uitzicht over de oceaan. Rondom het huis was een houten veranda waar windgongen hingen, gemaakt van schelpen, zeeglas en wrakhout. In de tuin bloeide de roze grevillea. Onder de zilveren acacia pikten kippen in het gras.

'Wauw,' mompelde Alice.

'Kom verder,' riep Sally met een uitnodigend gebaar. 'Laten we dat hondje van je eens gauw wat water geven.'

Binnen ging Alice met Pip aan haar voeten aan de keukentafel zitten. Sally zette thee en toverde een vruchtencake tevoorschijn. Ze sneed hem in plakken, die ze rijkelijk met boter besmeerde. Buiten brulde de oceaan. Sally schoof een stoel naar achter en ging ook zitten. Ze schoof de volle schaal en de dampende kop thee naar Alice toe.

'Eet iets,' drong ze aan.

Het verbaasde Alice hoezeer ze zich op haar gemak voelde bij Sally. Ze hadden elkaar twintig jaar geleden slechts één middag ontmoet, en nu zat ze hier, bij Sally thuis, alsof ze een verloren gewaand familielid was.

Ze nam een hap van de cake. Sally deed hetzelfde en nam een slok thee terwijl ze Alice zorgvuldig gadesloeg. Zo zaten ze in een aangenaam stilzwijgen bij elkaar. De zee klonk zo dichtbij dat het leek of de golven door het huis rolden. Onwillekeurig borrelden er herinneringen omhoog. Er verschenen vlekken voor Alice' ogen en ze moest de rand van de tafel vastgrijpen om haar evenwicht te bewaren.

'Alice?' vroeg Sally verschrikt.

Alice probeerde iets te zeggen, maar ze kon alleen maar kreunen. Sally sloeg haar armen om Alice heen en wreef over haar rug.

'Ach, meisje toch. Rustig maar. Haal maar diep adem.'

Alice keek naar de zee, ademde diep in en uit en zag hoe de zilverkleurige golven blauwgroen uiteenspatten op het strand. *De woestijn is een oude droom van de zee.* Zijn stem galmde door haar lijf. *Ngayuku pinta-pinta*. Op blote voeten danste ze om hun wintervuur. Zijn ogen waren op haar lichaam gericht, dat om de vlammen heen wervelde. Hij dronk haar in. *Ngayuku pinta-pinta. Mijn vlinder.*

'Diep in- en uitademen, Alice. Concentreer je op mijn stem. Blijf naar mijn stem luisteren.' Terwijl Sally haar vasthield, kwamen er nog meer herinneringen bovendrijven. *Blijf naar mijn stem luisteren.* Een zee van vuur. *Doornroosje*. Brandende veren. *Klap, klap, duik, hoog, hoger, weg.*

Plotseling klampte Alice zich aan Sally vast en pakte haar bij haar shirt beet. Ze was doodsbang dat ze, wanneer ze zich niet vasthield, zou vallen over de klif, over de rand van de wereld.

Toen de schemer inviel maakte Sally aardappel-preisoep. Alice lag op de bank en keek hoe de zon de wolken schilderde, om vervolgens de kwast door te geven aan de sterren.

Ze aten zwijgend. De stilte vulde zich met het gekletter van bestek tegen porselein, de muziek van de windgongen, de golven van de zee, het gekakel van de kippen en af en toe een kefje van Pip.

'Je hebt een plek nodig om te slapen,' zei Sally terwijl ze haar handen afveegde aan haar servet.

Alice brak een stuk brood in tweeën en depte het laatste restje soep ermee op. Kauwend op het brood knikte ze.

'Sinds John is overleden heb ik hier meer dan genoeg ruimte,' bood Sally aan. 'Je zou de logeerkamer kunnen krijgen. Het is een heerlijk lichte kamer met uitzicht op de tuin en de zee.' Ze speelde wat met haar soeplepel. 'Het bed is al opgemaakt.'

'Dat kan ik toch niet...'

Sally boog zich naar voren en legde haar hand over die van Alice. Een warm gevoel verspreidde zich door haar pols en de rest van haar arm.

'Dank je, Sally.'

Sally knikte en hief haar glas. 'Op jou,' zei ze. Haar ogen waren vochtig.

Alice deed hetzelfde. 'Op jou,' zei ze.

Toen de keukentafel was afgeruimd, liet Sally Alice haar kamer zien. Ze gaf haar een paar zachte handdoeken en een extra gevuld kussen.

'Heb je alles wat je nodig hebt?' Sally aaide Pip over haar oren. Alice knikte.

'Nou, tot morgenochtend dan.' Ze gaf Alice een stevige knuffel.

'Tot morgen.'

Alice deed het licht uit en liet de gordijnen open. Maanlicht scheen door het raam naar binnen. Ze ging op bed liggen, legde Pip in de kromming van haar lichaam en hield haar stevig vast terwijl de tranen over haar wangen rolden.

De volgende ochtend probeerde Alice haar weg in de keuken te vinden. Sally was nog niet wakker. Ze zette koffie en liep met een beker de tuin in. Ze was blij dat ze alleen was. Het was een heldere ochtend en de lucht was kobaltblauw. De zee was kalm en glinsterde. Pip rende achter haar staart aan. Bijen zweefden boven een bloeiende rozenappel. Alice glimlachte. Ze geeuwde en wreef in haar ogen. Ze had onrustig geslapen; de zee en haar herinneringen hadden haar wakker gehouden. Ze liep door Sally's tuin, nam af en toe een slok koffie, en bleef staan om de grevillea te bewonderen en tegen de kippen te praten. Terwijl de spanning in haar ruggengraat langzaam werd opgelost door de warmte van de zon, viel haar aan de zijkant van het huis een weelderig begroeid paadje op met aan weerszijden potten met tropische planten, zoals de gatenplant, de paradijsvogelbloem, de agave, de wolfsklauw en varens.

Alice liep ernaartoe en keek verwonderd om zich heen: het was een tuin in een tuin, zorgvuldig onderhouden en in scherp contrast met de woeste schoonheid van het omringende landschap. Het weelderige groen in allerlei tinten. Het glanzende gebladerte. Maar toen ze verder liep, ebde haar verwondering weg. Haar handen klemden de koffiebeker steviger vast. In de aarde van sommige potten was gebarsten en verkleurd speelgoed gestoken: een wuivende zeemeermin, een glimlachende dolfijn, een zeester. Alice ging langzamer lopen.

In het midden van de tuin stond een levensgroot houten beeld. Een jong meisje dat een bloem omhooghield. Een beeld dat Alice eerder had gezien.

'Alice.'

Met een ruk draaide ze zich om. Haar hart bonsde in haar keel. Sally stond aan het einde van het laantje. Haar gezicht had nog slaapvouwen en ze keek bedroefd.

'Wat doet dat beeld hier?' vroeg Alice met schrille stem. Haar hand trilde toen ze naar het houten beeld wees. 'Hoe kom jij aan dat beeld van mijn vader?'

Sally deed een stap naar achter. 'Kom mee naar binnen.'

Alice antwoordde niet.

'Kom, Alice. Dan zet ik nog wat koffie. We moeten praten.'

In de keuken zette Sally een tweede pot koffie op tafel. Toen gebaarde ze Alice om te gaan zitten.

'Jeetje,' begon ze. Ze lachte ongemakkelijk. 'Ik heb jaren uitgekeken naar het moment dat ik dit gesprek met je kon voeren en nu weet ik niet wat ik moet zeggen. Misschien kun je me beter vragen stellen, Alice. Vraag me wat je wilt weten. Dan kom ik vanzelf op gang.'

Alice boog zich naar voren. Haar stem trilde. 'Vertel me om te beginnen waarom je een van mijn vaders beelden in je tuin hebt staan,' zei ze, bijna struikelend over haar woorden. 'Of vertel me wie dat meisje is. Of zeg me waarom mijn moeder heeft laten vastleggen dat jij de voogdij over mij en mijn broertje moest krijgen.' Vooral dat laatste was iets wat haar bezighield sinds het moment dat ze de dikke envelop van Twig had geopend.

Sally werd bleek. 'Wauw,' zei ze, en toen: 'Oké.'

Alice wiebelde met haar ene knie terwijl ze terugdacht aan wat haar moeder in haar testament had laten vastleggen. *Mocht June Hart niet in staat zijn mijn kinderen groot te brengen, dan draag ik, Agnes Hart, de voogdij over aan Sally Morgan.*

'Heb je haar gekend? Mijn moeder?' wilde Alice weten.

'Nee,' zei ze. 'Nee, Alice, ik heb haar niet echt gekend. Ik heb haar wel eens zien langslopen in het dorp, maar meer niet.'

Alice schudde haar hoofd. 'Dan begrijp ik er niks meer van. Waarom zou ze ons door jou willen laten grootbrengen?'

'Ik heb haar niet gekend, maar jouw moeder kende mij wel, Alice,' zei Sally. 'Ze wist wie ik was.'

'Wat wil je daarmee zeggen?' zei Alice. Haar hart kromp ineen, alsof haar ribbenkast er te klein voor was.

'Toen ik jong was,' begon Sally langzaam, 'werd ik verliefd. Op iemand op wie ik eigenlijk niet verliefd mocht worden.' Ze schudde haar hoofd. 'Ik was achttien. Ik had nog nooit een vriendje gehad. Ik kwam je vader wel eens tegen. Hij was de nieuwe suikerrietboer in het dorp. Een rustige, hardwerkende, ietwat sombere man. Erg op zichzelf. Maar hij hád iets.' Even zweeg ze. 'Een tijdlang bekeek ik hem van een afstandje. Niemand wist iets van hem af. Hij droeg geen trouwring. Het was maar één nacht. Eén. Ik was met vriendinnen in het café en ik was een beetje aangeschoten van de shandy. Daarom durfde ik op hem af te stappen. Ik vroeg of hij iets van me wilde drinken... Twee maanden later kwam ik erachter dat ik zwanger was.'

Alice staarde haar aan. 'Wanneer was dit?'

'Ongeveer een jaar na jouw geboorte, toen...'

'Nee,' onderbrak Alice haar. 'Dat kan niet kloppen.'

Sally knikte ernstig. 'Ik ben bang van wel.'

'Nee,' zei Alice weer. In geen enkel verhaal van haar moeder kwam een halfbroertje of -zusje voor. Haar moeder kon onmogelijk iets van Sally geweten hebben.

Sally wachtte. Ze keek Alice uitnodigend en tegelijk ernstig aan.

Het duizelde Alice. 'Heb jij een kind met mijn vader?'

'Had,' mompelde Sally. 'Ik had een dochter.' Ze staarde naar haar handen. 'Gillian is op haar vijfde overleden. Leukemie.'

Alice kon geen woord uitbrengen.

'Ik heb Clem op de hoogte gebracht van haar geboorte, ik wilde dat hij van haar bestaan af wist, maar ik heb ook meteen duidelijk gemaakt dat ik niets van hem hoefde. Maar de liefde van een kind verandert je. Ik bleef hopen dat hij haar op een dag zou erkennen. In de nacht dat ze overleed heb ik hem, hoe morbide het ook mag klinken, een briefje gestuurd met daarin een haarlok met een van haar favoriete linten eromheen. Hoewel Clem, toen ze nog leefde, niets met haar te maken wilde hebben, wilde ik dat hij toch iets van haar had. Eerlijk gezegd was ik een wrak in die tijd. Ik was boos. Ik wilde hem kwetsen, straffen en hem eraan herinneren hoe hij haar tijdens haar leven had genegeerd.'

De geur van petroleum vulde Alice' neusgaten terwijl ze terugdacht aan het moment dat ze de la in haar vaders werkbank opende en de foto van Thornfield vond, plus de haarlok, bijeengehouden door een versleten lint. Gillians haar. Het haar van haar zusje.

'Toen ik thuiskwam van haar begrafenis stond het beeld van Gilly voor de deur,' zei Sally.

Alice zag weer voor zich hoe het flikkerende licht van de petroleumlamp over de beelden van June en een klein meisje scheen; een meisje in wie Alice ten onrechte zichzelf had herkend.

'Je moeder was op de begrafenis.'

Alice keek Sally doordringend aan.

'Ik heb haar gezien,' vervolgde Sally. 'Ze stond achter in de kerk. Na de dienst heb ik haar niet meer gezien. Ze heeft een plant met een kaartje bij het graf van Gilly achtergelaten, ondertekend namens jou.'

Alice bedekte haar gezicht met haar handen en begon zachtjes te snikken. Ze stelde zich voor hoeveel moeite het haar moeder moest hebben gekost om, zonder dat haar vader het wist, naar het dorp te gaan, de begrafenis bij te wonen en weer thuis te komen. En hoe het voor haar moest zijn geweest om het bedrog van haar man te ontdekken en Sally evengoed haar medeleven te tonen. Het verdriet dat ze in zich droeg omdat ze wist dat Alice haar halfzusje nooit zou leren kennen. Het vertrouwen dat ze moest hebben gehad in Sally's deugdzaamheid en de wanhoop die ze moest hebben gevoeld toen ze besloot de voogdij van haar kinderen aan Sally over te dragen. De angst die ze moest hebben doorgemaakt, waardoor ze uiteindelijk niet anders kon dan een testament opstellen.

'Wat voor plant?'

'Sorry?'

'Wat voor plant had mama bij het graf gezet?'

Sally liep naar het geopende raam en stak haar hand naar buiten om een perzikkleurige bloem van een bloeiende struik te plukken. Ze bood hem Alice aan.

'De oranje zeehibiscus, oftewel de waroeboom.' Alice huilde zachtjes. Ze herinnerde zich de bloemenkrans die haar moeder van dezelfde bloem voor haar had gemaakt toen ze een klein meisje was. En ze wist ook wat de betekenis volgens het Woordenboek van Thornfield was: *voor eeuwig in liefde verbonden.*

'Een jaar later liep jij de bibliotheek binnen,' zei Sally. 'Ik herkende je meteen. Ik wist dat jij de dochter van Clem en Agnes was. De grote zus van mijn Gilly. Na de brand heb ik de taak op me genomen om voor jou te zorgen.'

'Voor me te zorgen?'

'Ik was erbij in het ziekenhuis.' Sally's stem was nu nauwelijks hoorbaar. 'Ik heb bij je gezeten toen je in coma lag. Ik heb je verhaaltjes voorgelezen.'

Blijf naar mijn stem luisteren, Alice. Ik ben bij je.

'Ik heb je een doos boeken gestuurd...' Sally's stem stierf weg.

Haar kinderboeken, waarvan ze altijd had gedacht dat ze ze van June had gekregen.

'Ik ben bij je gebleven totdat ik hoorde dat June zou komen. Nadat je met haar was weggegaan, belde jouw verpleegster om me te vertellen dat je broertje het had overleefd, maar dat June hem niet wilde. Daarna werd ik door een notaris gebeld over Agnes' testament... Ik heb mijn John natuurlijk wel laten uitzoeken waar je was. Ik wilde weten of je veilig was. Zodra ik wist dat je op Thornfield was, dwong ik mezelf June's wensen te accepteren en er vrede mee te hebben.'

Alice keek haar uitdrukkingsloos aan. 'Welke wensen?' vroeg ze.

Sally keek haar peinzend aan. 'O Alice,' zei ze na een korte stilte.

'Welke wensen, Sally?'

'June had heel duidelijk gemaakt dat ze niet wilde dat jij op welke manier dan ook contact zou hebben met mij, laat staan met je broertje.'

'Hoe had ze dat duidelijk gemaakt?'

Sally trok bleek weg. 'Ik heb je brieven gestuurd, Alice. Jarenlang. Brieven en foto's van je broertje in allerlei leeftijdsfases. Ik heb altijd contact met jou willen hebben, maar ik kreeg nooit antwoord. Omdat June jouw wettelijke voogd was, kon ik haar niets afdwingen. Ik stond machteloos. Het enige wat ik kon doen was ervoor zorgen niet nog meer verdriet te veroorzaken. Dat wilde ik vooral jou en je broer niet aandoen.'

Alice huilde van frustratie. Snakkend naar frisse lucht stond ze op en liep naar het raam. Ze drukte haar voorhoofd tegen het koele glas.

Na een tijdje schraapte Sally haar keel. 'Ik heb je broertje opgevoed en hij heeft altijd geweten dat hij is geadopteerd,' zei ze kalm. 'Hij heeft altijd van jouw bestaan af geweten.'

Alice draaide zich om.

'Hij wordt binnenkort twintig. Hij is een ontzettend lieve jongen. Hij is net ingetrokken bij zijn vriendin en werkt als tuinarchitect. Zet hem in een tuin en hij is gelukkig.'

Alice liet zich weer op de bank ploffen. 'Hoe heet hij?' fluisterde ze.

'Ik heb hem Charlie genoemd,' zei Sally. Voor het eerst die ochtend glimlachte ze.

29

Sierlijke vossenstaart (foxtails)

Betekenis: bloed van mijn bloed

Ptilotus | Binnenland van Australië

Tjulpun-tjulpunpa (Pit.) zijn kleine planten met aarvormige paarse bloemen die bedekt zijn met dikke witte haren. Ook het blad is bedekt met stervormige haren, die ervoor zorgen dat het waterverlies wordt afgeremd. Traditioneel werden de zachte, pluizige bloemen gebruikt om de houten schalen te bedekken waarin baby's werden meegedragen.

Zo hard als ze kon fietste Alice de heuvel op. Haar medaillon zwiepte heen en weer tegen haar borst. Nu baalde ze dat ze niet met de auto naar het dorp was gegaan. Haar rugzak, tot aan de rand gevuld met ingrediënten voor het avondeten, sneed in haar schouders. Maar tegelijkertijd had de inspanning een gunstig effect op haar zenuwen, die haar parten speelden sinds Sally de afspraak voor het etentje had gemaakt. Vanochtend had ze de fiets in Sally's garage van spinnenwebben bevrijd en terwijl ze naar het dorp fietste, lag de zee in een turkooizen gloed te schitteren. Een goed teken, dacht ze.

En nu, op de terugweg, liep Alice in gedachten het menu nog eens door. Taco's met barramundi en salsa, zelfgemaakte guacamole en Anzac-koekjes, knapperig vanbuiten, kleverig vanbinnen. Voor de rest zou Sally zorgen.

In de weken na Alice' komst had Sally ruimte voor haar gemaakt in haar huis, zodat ze zich thuis kon voelen. Ze hielp Alice haar boeken uit te pakken en de poster van Frida Kahlo, die ze van Lulu had gekregen, op te hangen. Ze zat bij haar wanneer ze moest huilen en legde uit dat June de kosten van de begrafenis van Agnes en Clem volledig op zich had genomen. Sally had beide plechtigheden bijgewoond. Ze nam Alice mee naar de plek waar het huis had gestaan waarin ze was opgegroeid. Het was allang geen geïsoleerd gebied meer, ingeklemd tussen suikerrietvelden en de zee. Het was nu een strandcafé annex jeugdherberg vol met gebruinde toeristen. De tuin van haar moeder was weg. Alice kon het niet opbrengen om uit de auto te stappen, en toen ze weer bij Sally thuis waren, rende ze naar het strand, haalde diep adem en schreeuwde naar de zee. Sally luisterde naar de verhalen van Alice over de bloemenkwekerij en de woestijn. Ze stelde haar voor aan een rouwtherapeut, bij wie ze zelf was geweest na het overlijden van Gilly. Alice ging er eenmaal per week naartoe. Tweemaal, nadat Dylan haar mailtjes begon te sturen. Ze lagen in haar mailbox te wachten toen ze een maand na haar vertrek uit Kililpitjara haar account voor het eerst opende. Er waren wel twaalf mailtjes van hem gekomen, met duizenden woorden. Hij begon verdrietig en verontschuldigend, maar hoe langer zijn mails onbeantwoord bleven, hoe bozer hij werd. *Lees ze niet*, had Sally haar gesmeekt. *Je hebt er alleen maar last van.* Maar allebei wisten ze dat ze elk woord las. Telkens opnieuw. Sally wist altijd meteen wanneer hij een nieuw mailtje had gestuurd. Dan bleef ze een beetje op afstand van Alice en bakte ze haar favoriete kaneelbroodjes met rozijnen. Of ze nam haar mee voor een wandeling langs de zee. Nooit drong ze er bij Alice op aan om erover te praten als ze dat niet wilde. Sally's oprechte vriendelijkheid en haar scherpe intuïtie wekten de indruk alsof ze zich al jaren had voorbereid op Alice' terugkeer.

Toen ze boodschappen had gedaan, stapte Alice af bij het postkantoor om haar antwoord op Lulu's laatste brief op de post te doen. *Het lijkt wel of ik droom hier: regen, veel groen en mist*, had Lulu geschreven. *We hebben een potkacheltje gekocht, een geit, een ezel (die Aiden Frida heeft genoemd, wat jij vast leuk zult vinden), twee melkkoeien en zes kippen. Kom alsjeblieft snel een keer langs. Dan kunnen we samen in de Bay of Fires wandelen.* Terwijl Alice een postzegel op haar brief plakte, glimlachte ze toen ze dacht aan wat ze Lulu had teruggeschreven: *Ik kan niet wachten om een keer bij jullie op bezoek te komen.*

Op weg naar huis was Alice ook nog even de bibliotheek binnengegaan. In de hal was het alsof ze terug in de tijd ging, alsof ze weer dat meisje was en Sally voor het eerst een lichtpuntje in haar leven vormde.

'Er is hier post voor je gekomen,' zei Sally toen Alice de leeszaal binnenkwam. Ze keek haar stralend aan.

De brief was aan Alice geadresseerd in een handschrift dat ze niet herkende, en was verzonden in Agnes Bluff. Alice' adem stokte in haar keel. Had Dylan haar opgespoord? Nee, dat kon niet waar zijn. Hij had geen idee waar ze was, hij had alleen haar e-mailadres. Ze scheurde de envelop open. Er zat een kaart in.

Hopelijk gaat het goed met je.
Op jou, Alice: wees dapper, houd moed.
En op de toekomst en op alles wat ons nog te wachten staat.

Moss

Alice schudde de envelop leeg. Er viel een zakje met zaden van de woestijnerwt in haar hand.

'Dat lijkt wel tovenarij,' zei Sally.

Alice glimlachte. 'Dat is het ook.' Toen ze haar hand om het zakje zaden sloot, voelde ze hun afzonderlijke vorm en dacht aan hun kleuren wanneer ze zouden bloeien. *Op de toekomst.*

'Heb je zin in het etentje straks?'

Alice slikte. 'Zeker. Maar ik vind het ook wel spannend. Ik ben er zelfs een beetje misselijk van.' Ze zuchtte. 'Maar sinds mijn vertrek uit Kililpitjara heb ik maar één wens, en dat is hem te ontmoeten, dus...'

'Het wordt vast heel gezellig.' Sally stond op en gaf Alice een knuffel. 'Ga je nu naar huis?'

'Ik moet nog één ding doen,' zei Alice.

Ze ging op haar trappers staan en beklom hijgend de laatste heuvel voor ze thuis was. Haar longen brandden. Het beeld van de grafstenen van haar ouders spookte door haar hoofd. Met haar kaken op elkaar geklemd bereikte ze de top. Ze stapte af en liet haar bezwete huid afkoelen in de wind. Ze keek uit over de zee en de lucht die zich eindeloos voor haar leken uit te strekken. Met haar ogen volgde ze het zwarte lint van de weg die slingerend in de suikerrietvelden verdween en verderop over de klif omhoogging, om ter hoogte van Sally's huis een bocht te maken. Dat was de route die haar kleine broertje straks zou rijden.

Alice ging op het zadel zitten. Na nog een trage blik op de zee tilde ze haar voeten op en vloog de heuvel af, de rust en stilte tegemoet.

Toen ze klaar was met haar werk, reed Sally via een omweg naar huis om nog even uit te stappen bij haar geliefde witte gomboom. Klokvogels zongen in de takken. Ze stak de lege straat over naar de rijkversierde poort die toegang bood tot de begraafplaats. Ze liep door de met gombomen omzoomde laan en langs het beeld van de engel met uitgespreide vleugels, totdat ze linksaf een pad insloeg met aan weerszijden bloeiende bougainville. Bij een schaduwrijk heuveltje naast een papierstam stopte ze. Ze liet haar schouders hangen.

Sally ging bij John en Gilly zitten. Ze hield haar rug recht. De zeewind blies haar haren uit haar gezicht. Met haar vingertoppen streek ze over de letters van Johns naam, kuste ze het marmer waar

Gilly's naam op stond. Ze bleef er een tijdje zitten, luisterend naar het gezang van de vogels, het geruis van de bomen, het opspuitende water uit een tuinsproeier en in de verte het geronk van een grasmaaier. Toen het begon te schemeren, keek ze op haar horloge.

Op weg naar haar auto bleef ze om de een of andere reden ineens staan en tuurde het pad af dat in noordelijke richting liep. Het was jaren geleden. In een opwelling sloeg ze het in en wandelde tussen de rijen grafstenen terwijl ze de namen op de stenen las.

Ze schrok toen ze het graf van Clem en Agnes naderde. Er was iemand geweest. Op de grafsteen van Clem waren stickers geplakt. Toen Sally dichterbij kwam, herkende ze ze. Het waren stickers van vlinders, beschilderd met turkooizen verf. Alice moest ze van de portieren van haar pick-up hebben gehaald. Binnen in haar welde een gevoel van medelijden op. Ze draaide haar gezicht naar de wind en liet de jaren wegwaaien totdat ze weer achttien jaar was en stapelverliefd was op Clem Hart.

Die bewuste avond droeg ze plastic oorbellen in de vorm van madeliefjes. *Waar ik vandaan kom, betekenen ze 'Ik hecht me aan jou'*, was het eerste wat hij tegen haar zei. Toen hij haar hand vastpakte, hield ze hem stevig vast en bleef dicht naast hem staan. Ze bedreven de liefde tegen de muur van het café. Bijna wenste ze dat de schrammen op haar rug niet zouden genezen, want elke schram was het bewijs dat het geen droom was geweest. Maar de volgende keer dat ze elkaar zagen, keek Clem dwars door haar heen, alsof ze lucht was.

Niet lang daarna nodigde Sally's vader John Morgan, een jonge politieman die vanuit de stad was overgeplaatst, uit voor een etentje. Toen ze zijn warme hand schudde en de vriendelijke blik in zijn ogen zag, wist Sally dat hij het antwoord was. Na een ultrakorte verkering trouwden ze en toen Sally's zwangerschap zichtbaar begon te worden, was er niemand die argwaan koesterde. Integendeel, iedereen was dolblij voor hen. Sally liet zich zozeer meeslepen door haar leugen dat ze zichzelf hoorde zeggen dat ze hoopte dat het kind Johns ogen had, of zijn rustige aard. Toen Gilly overleed, zag Sally hoe oprecht verdrietig John was. En hoewel ze nooit had verzwegen dat ze ooit verliefd was geweest op een boer uit de buurt, besloot ze dat het voor hem altijd een geheim moest blijven.

Sally opende haar ogen en keek naar het graf van Agnes. Haar grafsteen was bedekt met winde, citroenmirte en een tak kangoeroepoot, met zorg neergelegd. Ze probeerde zich voor te stellen hoe Alice bij het graf van haar moeder had gestaan en er een altaar van bloemen had opgericht.

Er gingen een paar minuten voorbij. Toen schraapte Sally haar keel. 'Agnes,' zei ze. 'Ze is thuisgekomen en ze is prachtig.' Ze bukte zich om een gevallen gomboomblad op te rapen, dat ze in stukjes brak. 'Ze is veilig. Ze zijn allebei veilig. Het zijn heerlijke kinderen, Agnes. Ze zijn fantastisch.'

Ergens boven haar, verstopt in de kruin van de gombomen, zong een ekster.

'Ik zal voor ze zorgen,' zei Sally, iets harder nu. 'Dat beloof ik je.'

Het schrille gerinkel van haar mobiele telefoon deed haar opschrikken. Nerveus doorzocht ze haar handtas.

'Hallo, Charlie,' zei ze toen ze had opgenomen.

Ze stond op en legde haar hand op Agnes' grafsteen. Gedurende een kort moment bleef ze staan, genietend van de lieve stem van haar zoon. Toen draaide ze zich om en liep weg.

Licht hijgend liep hij de trap op naar de voordeur van het huis waar hij was opgegroeid.

Je gaat er enorm van genieten, had Cassie gezegd nadat ze hem een afscheidskus had gegeven. *Hier heb je zo lang naar uitgekeken. Alice is je familie. Wees niet bang.*

Hij klemde zijn handen om het boeket. Nadat zijn moeder hem had gebeld en ze hadden afgesproken dat hij zou komen eten, had hij haar gegoogeld. Alweer. Alice Hart. *Alice Hart, Floragraaf. Kwekerij*

Thornfield, waar wilde bloemen bloeien. Hij had een bos waratahs voor haar gekocht toen hij had gelezen wat ze op Thornfield betekenen: *terugkeer naar geluk.*

Op de veranda bleef hij staan. Hij luisterde naar de vertrouwde geluiden: de zee, de windgongen, het lome gezoem van de bijen, de stem van zijn moeder vanuit de keuken. Het was de achtergrondmuziek van zijn leven. En opeens kwam er een nieuw geluid bij: het geblaf van een hond.

'Pip!' Een stem waar een lach doorheen klonk, een stem die hij niet kende, kwam dichterbij.

Hij slikte. Verschikte de bloemen in zijn klamme handen.

Vanuit de hal reikte haar schaduw voor haar uit. Hij opende de hordeur. Ontspande zijn schouders. Tranen prikten in zijn ooghoeken.

Zijn grote zus. Daar was ze.

30

Vuurwielboom (wheel of fire)

Betekenis: **de kleur van mijn lot**

Stenocarpus sinuatus | Queensland en Nieuw-Zuid-Wales

De overdadige bloei van deze felrode en oranje bloemen biedt van de zomer tot de herfst een spectaculaire aanblik. Voordat de bloem opengaat, heeft hij de vorm van de spaken van een wiel. Deze symmetrisch bloeiende bloem ontleent zijn naam aan zijn gelijkenis met een ronddraaiend vuur.

Het was al laat in de middag toen Alice thuiskwam met een bos verse vuurwielbloemen.

Nadat ze Pip had begroet, ging ze naar haar kamer om de andere spullen te pakken die ze nodig had: een stapeltje boeken en papieren. Ze knoopte de inintiketting, die ze van Ruby had gekregen, om haar hals. De rokerige geur van de zaden drong haar neusgaten binnen. Ze stopte een pen, een doosje lucifers en een klosje touw in haar zak. Op de voet gevolgd door Pip ging ze naar beneden, naar de veranda, en vervolgens via de trap naar de tuin. Samen gingen ze op de plek zitten waar ze de afgelopen week een vuurstapel had gemaakt. Pip gaf een lik over haar arm toen ze haar spullen uitstalde.

Ze genoot van de rust. De vroege herfstzon verwarmde haar huid. Er lag een blauwgroene gloed over de zee. Ze keek naar het hoekje waar de woestijnerwten voor het eerst hadden gebloeid. *Ze staan bekend om hun wispelturige groei*, had ze Moss in een van haar laatste mailtjes geschreven, *maar die van jou doen het supergoed*. Moss had geantwoord dat hij tegen het einde van het jaar voor een conferentie naar de kust zou komen. *Zal ik je komen opzoeken of is het te ver weg?* Toen ze haar antwoord typte, kon ze het niet laten te glimlachen.

Toen er een noordwestenwind opstak, klonk het gerinkel van de windgongen. Ze keek op haar horloge. Sally zou spoedig thuiskomen, en Charlie en Cassie zouden het hele weekend komen voordat Alice op maandag zou vertrekken. Ze had een schrijfbeurs van drie maanden in Kopenhagen gewonnen, de stad waaruit – zo had ze ontdekt – Agnes' voorouders oorspronkelijk afkomstig waren.

Straks ga je nog over de echte zeemeermin schrijven, had Charlie vol trots gezegd toen Alice hem de toelatingsbrief had laten zien. *Doe haar ook van mij de groeten.*

Het was bijna een jaar geleden dat Alice haar broer had ontmoet en inmiddels kon ze zich een leven zonder hem niet meer voorstellen. Op de avond van hun eerste etentje bij Sally zaten ze tegenover elkaar en keken elkaar onderzoekend aan. Af en toe lachten ze een beetje ongemakkelijk en soms liet een van beiden een traan. Sindsdien trokken ze tweemaal per week met elkaar op en bezochten ze eenmaal per twee weken een therapeut, om meer inzicht te krijgen in hun nieuwe leven samen. Alice nam Charlie mee naar de jeugdherberg om hem te laten zien waar zij was opgegroeid. Ze liepen over het oude pad naar het strand en gingen in het zand liggen. Terwijl ze naar de wolken staarden, vertelde Alice hem de verhalen van haar moeder. Toen ze beschreef hoezeer haar moeder van haar tuin had gehouden, stelde Charlie voor dat ze een keer mee moest gaan naar de plaatselijke tuincentra en bloemenkwekers waarmee hij zakendeed. Daar, omringd door bloemen en planten, zag Alice de verwondering op zijn gezicht. Ze kreeg een idee, en zodra Charlie haar thuis had afgezet, begon ze haar idee uit te werken.

Een paar weken later stonden Twig en Candy op de veranda te wachten toen Alice en Charlie de oprit van Thornfield op kwamen rijden. Charlies pick-up was volgeladen met spullen die konden bijdragen aan de wederopbouw van de kwekerij na de overstroming. Twig was stoer en stug, maar vriendelijk zoals altijd. Candy had nog steeds lang haar, blauwer dan ooit. Alice vond het heerlijk om Myf, Robin en de andere Bloemen weer te zien, die er nog steeds waren. Ook maakte ze kennis met de nieuwe vrouwen die door Candy en Twig in huis waren genomen. Charlie keek zwijgend om zich heen en luisterde naar de verhalen over zijn familie.

Ze brachten vele avonden door aan de eettafel, herinneringen ophalend en genietend van Candy's heerlijke gerechten. De vrouwen vertelden Charlie over Thornfield en de taal van de bloemen. Alice had het woordenboek meegenomen, dat ze Charlie pas liet zien toen Twig en Candy erbij waren. De twee vrouwen draaiden als moederkloeken om hem heen, vooral Twig. Alice kon zich niet herinneren dat ze haar ooit zo blij had gezien.

Terwijl Charlie in June's slaapkamer sliep, klom Alice de wenteltrap op die naar haar oude klokkenkamer leidde. Ze sliep met de ramen wijd open, zodat het maanlicht naar binnen kon schijnen.

Een paar dagen voordat ze weer terug naar de kust zouden rijden, vroeg Charlie aan Alice of ze hem de rivier wilde laten zien.

'Die speelt zo'n belangrijke rol in de geschiedenis van Thornfield. Ik wil hem graag zien voordat we gaan.'

Alice zag hoe Twig en Candy elkaar veelbetekenend aankeken. 'Ik zie het wel, hoor.' Ze bewoog haar vinger heen en weer. 'Wat is er?'

Twig knikte naar Candy, die de kamer verliet en terugkwam met een urn.

'We vonden het niet juist om zonder jullie...' Candy's stem stierf weg.

De plechtigheid vond plaats op een heldere dag. Het zonlicht dat door het bladerdak van de gombomen werd gefilterd, vormde groene vlekken op de grond. Na een kort woord van Twig en Candy strooide Alice June's as uit en terwijl ze het stof met het water zag meestromen, veegde ze de tranen uit haar gezicht en slaakte een diepe zucht, alsof ze haar adem heel lang had ingehouden. Ze gaf Twig en Candy een stevige knuffel. Herinneringen van jaren zweefden tussen hen in.

Toen iedereen op weg naar huis ging, trok Alice Charlie aan zijn mouw en gebaarde hem nog even met haar bij de rivier te blijven.

'Ik wil je iets laten zien,' zei ze toen iedereen weg was.

Alice leidde hem naar de reusachtige gomboom.

'Hier hebben onze ouders elkaar gevonden,' zei ze. Haar stem trilde. 'Aan deze plek danken wij ons bestaan. Jij net zo goed als ik.'

Charlie bekeek de namen op de boom en legde zijn hand op de kerf naast zijn vaders naam. Hoewel zijn kin trilde, keek hij Alice grijnzend aan. Hij haalde een zakmes uit zijn achterzak en keek haar vragend aan. Alice knikte heftig. Even later liepen ze gearmd naar huis, riekend naar de schors en de sappen van de gomboom. Op de stam van de boom had Charlie zojuist zijn eigen naam en die van hun moeder gekerfd.

Op de ochtend dat ze Thornfield verlieten, verscheen Alice met een stapel papieren onder haar arm aan de ontbijttafel. Ze schoof ze in Charlies richting. Hij keek haar verbaasd aan. Twig en Candy, met wie Alice over haar voornemen had gesproken, keken glimlachend toe. De uitdrukking op Charlies gezicht toen hij de door haar getekende wettelijke verklaring las, zou voor de rest van haar leven een van haar dierbaarste herinneringen zijn. Ze had officieel laten vastleggen dat ze hem haar derde deel van Thornfield schonk.

Alice legde de vuurwielbloemen terzijde en pakte het eerste boek van de stapel. Haar ogen gleden over het handschrift van haar grootmoeder in het Woordenboek van Thornfield. Ze bladerde door de verhalen die ze al tientallen keren had gelezen, de verhalen over Ruth Stone, Wattle Hart en June zelf. Over Clem en Agnes. Over Candy en Twig. Alice draaide de steel van een vuurwielbloem tussen haar vingers en dacht na over de betekenis. *De kleur van mijn lot.* Zichzelf moed insprekend legde ze het Woordenboek op veilige afstand op een tuinstoel.

Vervolgens bladerde ze een map met papieren door. Het waren de geprinte kopieën van alle e-mails die Dylan haar – dagelijks, wekelijks, maandelijks – had gestuurd sinds ze uit de woestijn was vertrokken. Haar blik bleef hangen bij een regel in een van zijn eerste mails.

Je bent weg, maar toch ben je nog hier. Ik zie je telkens voor me en dan verdwijn je weer. Het laatste koffiekopje dat je hebt gebruikt. Jouw jurken tussen mijn kleren. Je tandenborstel naast de mijne. Gisteren regende het en vandaag kan ik het niet opbrengen om naar buiten te gaan. Ik wil niet zien dat jouw voetstappen in het rode zand zijn weggespoeld.

Alice verfrommelde het papier in haar hand en ademde de pijn achter haar ribben weg. Ze draaide zich naar de zee toe en liet haar gezicht afkoelen in de wind. Tersluiks wierp ze een blik op het Woordenboek van Thornfield. *Goed opletten, Alice*, hoorde ze de stem van June wanneer ze haar uit het boek voorlas. *Zo hebben we het overleefd.* Ze streek het verfrommelde papier glad, schoof het terug in de map en legde hem naast zich neer.

Ten slotte waren haar schriften aan de beurt, waarin ze sinds Agnes Bluff haar verhaal had opgetekend, tijdens de maanden in de woestijn en tijdens het afgelopen jaar bij Sally. Het verhaal dat als sollicitatie voor de schrijfbeurs had gediend. *Je hebt een boek geschreven*, had Charlie vol bewondering vastgesteld toen ze hem en Sally de eerste prints van haar manuscript had laten zien. Toen Sally de titel las, had ze haar hoofd geschud. *Je hebt zaadjes omgetoverd tot goud,* had ze zachtjes gezegd, terwijl ze door haar tranen heen lachte.

Alice pakte een schrift van de stapel en streek met haar hand over de kaft. Toen ze het schrift opensloeg, gleed er een straaltje rood zand vanaf de bladzijden in haar schoot. Het zand glinsterde mysterieus. Ze liet het opengeslagen schrift op haar handpalm balanceren. Met de vingers van haar andere hand streek ze over de korreltjes die zich in de rug hadden verzameld. Haar was altijd verteld dat ze blauw was. Ze had haar vaders ogen. De zee. *Alice Blue*. De kleur van orchideeën, het blauw van haar schoenen. Van sprookjesprinsessen. Het blauw van verlies. Maar Alice' hart was rood. Dat was het altijd geweest. De kleur van vuur. Van aarde. Van moed.

Ze keek naar de schriften en sprak de naam van elke getekende en gedroogde bloem én zijn betekenis hardop uit; een ritueel om zich te ontlasten van het niet-vertelde verhaal dat ze met zich mee had gedragen.

Zwartvuurorchidee	Wens tot bezitten
Flanelbloem	Het verlorene wordt teruggevonden
Kleverige immortelle	Mijn liefde verlaat je niet
Blauw speldenkussen	Ik treur om je afwezigheid
Gespikkelde veerbloem	Tranen
Gestreepte munt	Verzaakte liefde
Gele trompet	Welkom vreemdeling
Vanillelelie	Ambassadeur van de liefde
Bitterzoet	Bekoring, tovenarij
Australische sleedoorn	Meisjesjaren
Moeraslelie	Verborgen liefde
Gouden mimosa	Ik verwond om te genezen
Koperkopjes	Mijn overgave
Riviereucalyptus	Betovering
Blauwe orchidee	Verteerd door liefde
Bittere gaspeldoorn	Kwaadaardige schoonheid
Fraaie banksia	Ik ben je gevangene
Oranje immortelle	In de sterren geschreven

Blauwe ganzenvoet	Mijn verborgen waarde
Honinggrevillea	Vooruitziendheid
Woestijnerwt	Wees dapper, houd moed
Spinifex	Gevaarlijke genoegens
Zandmirte	Vlam, ik brand
Breedbladige parakeelya	Door jouw liefde leef en sterf ik
Woestijneik	Verrijzenis
Lantaarnstruik	Verblind door hoop
Koraalboom	Middel tegen hartzeer
Groene vogelbloem	Mijn hart vlucht
Sierlijke vossenstaart	Bloed van mijn bloed
Vuurwielboom	De kleur van mijn lot

Toen ze klaar was, schroefde ze de dop van haar vulpen en schreef ze met dikke, zwierige letters allerlei woorden op de kaft van elk schrift. Ze maakte er een stapel van die ze met touw bijeenbond. Samen met de map e-mails legde ze de schriften op de vuurstapel. Ze pakte het boeket vuurwielbloemen en haalde een doosje lucifers uit haar zak. Even aarzelde ze. *Diep ademhalen.* Ze haalde een lucifer uit het doosje, probeerde haar hand stil te houden en streek hem langs het strijkvlak. Er steeg een zwavelgeur op, het vuur kwam sissend en knetterend tot leven.

Tegen de achtergrond van de zee stegen hoge vlammen op. Alice zag de bloemen oplichten en vlam vatten, de hoeken van Dylans e-mails zwart worden en verkolen, en al haar schriften wit opgloeien. Ze keek net zo lang naar de woorden op de kaften totdat ze niet meer leesbaar waren.

Het verhaal van Alice Hart

Na een tijdje ging ze in de tuinstoel zitten, met het Woordenboek van Thornfield in haar armen geklemd. Pip lag tegen haar benen. Ze haalde diep adem. De lucht rook naar de zee, naar rook en naar bloemen. Ze staarde in de vlammen. De veranderende kleuren. Hun transformaties. Haar mooie moeder, voor altijd in haar tuin.

Haar hand sloot zich om het medaillon met de woestijnerwten en de ketting met inintizaden. *Vertrouw op je verhaal. Het enige wat je kunt doen is het naar waarheid vertellen.*

Ineens kwam er een herinnering bovendrijven, helder en onverstoord: ze zat aan haar bureautje in het gepotdekselde huisje aan het einde van de zandweg en droomde hoe ze haar vader in brand zou kunnen steken.

Haar hart klopte langzaam.

Ik-ben-hier.

Ik-ben-hier.

Ik-ben-hier.

Nawoord

In dit boek komen verhalen en personages uit verschillende culturen samen. Om dit te kunnen schrijven heb ik dankbaar gebruik mogen maken van diverse ruimhartige vrienden, ervaringen en bronnen. De gedachte in het eerste hoofdstuk dat het leven slechts achterwaarts begrepen kan worden maar voorwaarts moeten worden geleefd, is geïnspireerd op het werk van de Deense filosoof Søren Kierkegaard.

Candy's favoriete sprookje, over een koningin die zo lang op haar geliefde wacht dat ze verandert in de orchidee op haar jurk, is gebaseerd op het Filippijnse sprookje *De legende van Waling-Waling.*

De Indiase verhalen over Sita en Draupadi die een van de Bloemen aan Alice vertelt, heb ik leren kennen door Tanmay Barhale.

Het verhaal van de koningsdochter die altijd dezelfde kleur blauw droeg, is geïnspireerd op Alice Roosevelt Longworth, Theodore Roosevelts dochter, die altijd azuurblauw droeg en zich nooit de wet liet voorschrijven.

Het Bulgaarse sprookje waar Oggi in zijn brief aan Alice aan refereert, over de wolf en de vos, is gebaseerd op een versie van het Bulgaarse volksverhaal *De zieke en de gezonde*, dat Iva Boneva heeft vertaald en aan mij heeft doorgegeven.

Lulu's verhalen over monarchvlinders, vuurstrijders en dochters van het vuur zijn gebaseerd op Mexicaanse vertellingen die Viridiana Alonso-Lara met mij deelde.

Ik vond het belangrijk om de plekken in Centraal Australië die Alice bezoekt en waar ze woont en werkt, te dramatiseren. Ik kon mijn verhaal niet laten plaatsvinden op bestaande plekken, want het is niet aan mij om hierover te vertellen. Om deze reden heb ik Ali Cobby Eckermann geraadpleegd, een gevierd dichteres die tot de Yankunytjatjara behoort. Zij was het met me eens dat het dramatiseren van bestaande plekken de beste aanpak was.

Kililpitjara, of Earnshaw Crater, en alles wat daarmee te maken heeft (de naam, het verhaal erachter, het landschap) is verzonnen. De naam Kililpitjara is fictief in zoverre dat ik die heb bedacht, maar deze taal, die door het hele boek door gebruikt wordt, is gebaseerd op het Pitjantjatjara, de taal van de Aṉangu. *Kililpi* (zelfstandig naamwoord) betekent 'ster'; *tjara* (zelfstandig naamwoord), duidt een deel van een grote groep of een groter geheel aan, en de combinatie van deze woorden betekent 'toebehorend aan de sterren'.

Verder heb ik vooral gebruikgemaakt van het woordenboek *A basic Pitjantjatjara/Yankunytjatjara to English dictionary* van IAD Press.

Om me een beeld te vormen van de geologische structuur van Kililpitjara heb ik me laten inspireren door beeldmateriaal van Kandimalal (Wolfe Creek Crater) en Tnorala (Gosse Bluff), maar om de immense grootte van deze omgeving en de kracht die ervan uitgaat weer te kunnen geven, heb ik geput uit mijn eigen ervaring – de tijd waarin ik midden in de woestijn woonde.

In 2016 had ik in Perth een ontmoeting met Dr John Goldsmith, die me verslag uitbracht van zijn bezoek aan Kandimalal en me vertelde over het fotograferen van sterren.

Dr Goldsmith heeft me ook veel geleerd over concentrische cirkels met betrekking tot sterren en kraters, en over het idee dat in het hart van de krater woestijnerwten zouden kunnen groeien.

Het verhaal over het ontstaan van Kililpitjara is gebaseerd op het verhaal van de Arrernte over Tnorala, de krater waarin een baby terechtkwam die uit zijn wiegje in de sterrenhemel was gevallen, waarna zijn ouders voor eeuwig naar hem op zoek waren.

De 'vergiffenisbloemen' en de brieven van toeristen die Ruby Alice toont, baseerde ik op de 'vergiffenisstenen' die de parkopzichters van Uluru dagelijks ontvangen van mensen over de hele wereld.

Ruby's gedicht, 'Zaden', is geschreven door Ali Cobby Eckermann. Ze heeft mij toestemming verleend om het in deze context te gebruiken. Toen ik in de woestijn woonde, had ik het genoegen om kennis te maken met vele vrouwen zoals Ruby. Zij deelden hun verhalen en ideeën met mij; dingen die ik nergens anders had kunnen leren.

Australië kent een zwarte geschiedenis. Het was en zal altijd het land van de Aboriginals zijn.

Dankwoord

Zelf lees ik altijd graag het dankwoord achter in een boek. Het is altijd alsof je midden in de afterparty binnenkomt en alle betrokkenen ineens uit de coulissen tevoorschijn komen en in de spotlights gaan staan. Ik vind het geweldig dat ik nu mijn eigen dankwoord mag uitspreken voor mijn eerste boek.

Mijn dankbaarheid en respect betuig ik aan de Yugambeh, op wier land ik zoveel kladversies van dit verhaal heb geschreven; aan de Bundjalung, op wier zilte land ik ben opgegroeid; aan de Butchulla, op wier land mijn grootmoeder woont en waar de suikerrietvelden mij nog steeds betoveren; aan de Arrernte, en de Aṉangu, die in de tijd dat ik in het Noordelijk Territorium woonde, mij toestonden te werken en te reizen in de Ngaanyatjarra Pitjantjatjara Yankunytjatjara (NPY) Lands. Verder wil ik vooral de NPY-vrouwen bedanken, die zoveel van hun verhalen en de cultuur van hun voorouders met mij deelden.

Dank aan het geweldige team van HarperCollins Australië, voor het vervullen en overtreffen van mijn stoutste dromen. Alice 'Whizzy' Wood en Sarah Barrett, bedankt voor jullie tomeloze energie, harde werk en gezelligheid buiten de kantooruren om. Hazel Lam, bedankt voor het ontwerpen van het prachtige omslag. Mark Campbell, Tom Wilson, Karen-Maree Griffiths, Erin Dunk, Essie Orchard en Andrea Johnson, bedankt voor jullie geestdrift en het feit dat jullie in mij en mijn boek geloofden. Nicola Robinson, bedankt voor je kundige en treffende correcties. Catherine Milne, mijn verhalenvriendin, je hebt mij en Alice tot grote hoogten weten te stuwen.

Bedankt dat je me hebt geleerd vertrouwen te hebben – in het boek dat ik geschreven heb en in mijzelf. Ik heb veel aan jou te danken.

Dank ook aan Zeitgeist Agency: Benython Oldfield, Sharon Galant en Thomasin Chinnery, mijn agenten, dank voor jullie geloof in mij en in Alice, en voor het feit dat jullie zo'n geweldig team zijn. Met jullie durf ik de strijd aan.

Dank aan Stéphanie Abou van Massie & McQuilkin Literary Agents voor je harde werk en enorme toewijding.

Aan mijn fantastische uitgevers en vertalers in het buitenland, die lezers over de hele wereld kennis laten maken met Alice: hartelijk dank voor het laten uitkomen van een droom die ik me niet eens had kunnen voorstellen.

Veel liefs, respect en oprechte dank voor Ali Cobby Eckermann. Bedankt dat je in mijn leven verscheen, en dat ik je gedicht 'Zaden' mocht gebruiken alsof Ruby het zelf geschreven had. Bedankt dat je je krachtige woorden en grote hart met mij deelde, malpa.

Alice Hoffman, bedankt dat je mijn eerste brief in 2009 beantwoordde, en dat ik in gedachten met jou mocht corresponderen. Bedankt voor je niet-aflatende steun, magie, en voor het mogen gebruiken van een citaat uit een van je brieven. Bedankt dat je de boeken hebt geschreven die ik over de hele wereld bij me heb gedragen: ze leerden me hoe ik dapper moest zijn en vertrouwen moest houden.

Dank, Anne Carson, dat ik een citaat uit jouw vertaling van Sappho mocht gebruiken. Dank aan Gracie Dietshe en Nicole Aragi van agentschap Aragi voor jullie fantastische hulp.

Dank aan Julianne Schultz, John Tague, Jane Hunterland en het team van *Griffith Review* in 2015, voor alles wat jullie doen en hebben gedaan voor Australische lezers en schrijvers. Dank voor het plaatsen van mijn eerste publicatie, en voor het feit dat jullie een prijs toekenden voor het eerste hoofdstuk van deze roman. Door jullie investering heeft mijn leven een andere wending genomen.

Dank aan het Varuna Writers' House voor de perfect spookachtige, wonderschone en eenzame sfeer die ik blijkbaar nodig had om mijn manuscript te redigeren. Dank aan de dames met wie ik tot in de vroege uurtjes schreef: Biff Ward, Jackie Yowell, Helen Loughlin en Bec Butterworth. Jullie nemen een speciaal plekje in in mijn hart.

Dank aan David Jayet-Laraffe van Frog Flowers, Giulia Zonza van On Love & Photography en Nancy Spencer van Nancy Spencer Makeup, voor het creëren van een tropische tuin midden in de winter in Manchester. Bedankt voor jullie creativiteit en voor het maken van een fantastische auteursfoto, en een gedenkwaardige, warme herinnering.

Aan Edith Rewa, bloemenkoningin en ravissante botanische illustrator: dank voor je betoverende en onvergetelijke bloementekeningen.

Aan de boekhandelaars die *Alice Hart* ondersteunen: bedankt dat jullie zoveel boekenmagie de wereld in brengen, en dat jullie een deel daarvan met mij mogen delen via dit boek. Geef het een mooi plekje in de winkel en deel het met lezers. Bedankt dat jullie het stralende middelpunt vormen van elke stad en elk dorp, en dat jullie mijn kinderwens doen uitkomen.

Dank aan Kate Forsyth en Carol Crennan, die mij een plek boden in de History Mystery and Magic-schrijverswerkplaats in Oxford, 2015, een ervaring die me diep heeft gevormd als schrijver. Dank aan mijn medeschrijvers Sarah Guise, Kellie Watson en Bec Smedley. Jullie deelden je harten en verhalen met mij. Dank je, Kate, dat je mijn vriendin bent en me eraan herinnerde dat Alice een vonkje was dat niet kon worden uitgedoofd door angst en onzekerheid.

Aan hen die de weg voor me plaveiden: dank voor jullie vriendschap, liefde, kracht en steun – Favel Parrett, Courtney Collins, Nicole Hayes, Alys Conran, Meredith Whitfield, Anni Sartorio, Nick Benson en de familie Benson, Simone Gingras-Fox en de familie Gerlinger, Dimi Venkov, Ashley Hay, Khela Hutchinson, Gregoreen en PD, Eva de Vries, Olga Van Der Kooi (en Rogier en

Louise), Helen Weston en JP, Sarah Rakich, Vanessa Radnidge, Lilia Krasteva, Jesse Blackadder, Andi Davey, Philippa Moore, Jenn Ashworth, Jane Bradley, Chris en Debbie Macintosh (en Beth en Lil), Cerys Jones, Helen Fulcher, Fraser How, Derek Henderson, Vicki Henderson, Stephen Ashworth, Lorena Fernandez Sanchez, Alex D'Netto, Linda Teo, Ian Henderson, Jenn Ashworth, Rachael Clegg (en Roberto, Joe, Francis en Ruben), Susan Fernley en Brian Fox, Kate Gray, Cheryl Hollatz-Wisely, Jackie Bailey (Yen Yang en Ellie Belly), Jeremy Lachlan, Josie en James McSkimming, Sani Van der Spek, Dervla McTiernan en Andy Stevenson (en Lou, Sam en Gina).

Mijn oprechte dank aan Kate Forsyth, Brooke Davis, Favel Parrett, Ashley Hay, Jenn Ashworth, Myf Jones en Ali Cobby Eckermann, voor het lezen van de drukproeven en voor hun goedkeuring.

Dank aan Dr John Goldsmith voor het beantwoorden van al mijn vragen en voor het delen van zoveel verhalen over sterren en kraters.

Aan alle vrouwen die ik ontmoette bij de Singing Over the Bones-training met Dr Clarissa Pinkola Estés in 2015: bedankt voor jullie warmte en jullie verhalen.

Dank aan de mannen en vrouwen met wie ik heb mogen oefenen tijdens de Mindfulness Self Compassion-training met Christopher Germer en Kristin Neff in 2017. Jullie tijdloze inspanningen, empathie, steun en vriendschap hebben veel voor me betekend.

Dank aan enkele van mijn schoolleraren, die door hun aanmoediging en steun al vroeg hun invloed hebben doen gelden op een mensenleven. Mrs Smart, Ms Pearce, Mr Chandler, Mrs Reynolds en Mr Ham, bedankt dat jullie iets in mij zagen en mij bijbrachten wat je met hard werken en moed kunt bereiken.

Dank aan de International Society, een onafhankelijk goed doel dat zich inspant voor diversiteit en al vijftig jaar een veilige haven vormt voor internationale studenten, vluchtelingen, asielzoekers en de plaatselijke bevolking in de omgeving van Manchester. Bedankt voor het bieden van een warm, veilig en creatief toevluchtsoord voor duizenden mensen. Dank aan mijn International 16s wereldwijd; ik zou niet dezelfde verhalenverteller zijn geworden zonder jullie en jullie verhalen.

De waanzinnig getalenteerde tatoeërder, kunstenaar en verhalenverteller Samantha Smith: bedankt dat je Alice tot leven wist te wekken op en in mijn huid. Ik ben dankbaar dat ik jou heb mogen leren kennen.

Melissa Acton, bedankt dat je als een van mijn eerste lezers Alice een plekje gaf in je hart.

Tanmay Barhale: Batman mag dan de reputatie genieten, maar jij bent mijn favoriete superheld. Bedankt voor je verhalen, waar ik hoop recht aan te hebben gedaan in mijn roman.

Viridiana Alonso-Lara, vuurstrijder: bedankt dat je me vanaf de allereerste avond met jouw Mexicaanse verhalen in je hart hebt gesloten. Bedankt dat ik je familie én je guacamole mocht leren kennen. Bedankt voor je warmte. Lulu zou zonder jou niet dezelfde persoon zijn geworden.

Bedankt, Ammna Winchester, voor je vriendschap, en voor het ruimhartig delen van jouw inspirerende ervaringen met mij. Door jou zijn de passages in het ziekenhuis overtuigend geworden.

Boryana Pashova, lieve Banana: dank voor het vertalen van Bulgaarse teksten, en bedankt dat je in mij geloofde en me leerde dat je naar de oven moet schreeuwen om het gerecht sneller te doen garen.

Iva Boneva, Money Honey, jij buitengewone vrouw: dank voor het delen van alle Bulgaarse sprookjes. Bedankt dat we zo vaak hebben mogen lachen tussen Manchester en Sofia en onze eigen sprookjes konden beleven.

Matt Warren en Nick Walsh, dank dat jullie me eraan herinnerden dat vreugde en liefde alles beter maken.

Brooke Davis, mijn dank aan jou is oneindig. Bedankt dat ik in jouw leven heb mogen zijn en dank voor alles wat je hebt gedaan om mij en Alice Hart kracht te geven. Als ik aan je denk, voel ik me al sterker worden.

Myf Jones, ongeëvenaarde vriendin, met niemand zou ik liever alle felicitaties in ontvangst nemen dan met jou. Bedankt dat jij de allereerste was die Alice tot leven bracht.

Dank aan Sophs Stephenson: jij hebt mijn eerste schrijfjaar in Manchester onvergetelijk gemaakt, en hebt bewezen dat Elizabeth Bennet nog springlevend is. Jonny, jij hebt Mr Darcy te schande gemaakt. En HazelPop: Violet Crawley kan niet in jouw schaduw staan.

Sarah de Vries, mijn zielsverwante: jij hebt me zoveel liefde en vreugde gebacht. Bedankt dat je me hebt opgeraapt en afgestoft. Dat we nog maar veel paarse kleurspoelingen en vlinderjachten mogen meemaken samen.

Libby Morgan: toen ik als kind een beste vriendin wenste zoals uit een *Gouden Boekje,* wist ik niet dat die echt zou bestaan. Dank voor het overtreffen van mijn verwachtingen en voor al je oprechte liefde deze afgelopen vijftien jaar. Bedankt dat ik mijn verhaal eindeloos met jou mocht doorspreken en dat je een klankbord voor me vormde.

Andy, Jess, Nath, Raff, Mick, Jordy, Lani, Rainy en Razor: bedankt dat jullie me hebben opgenomen in jullie midden.

Aan mijn familieleden Merilyn, Matt, Gabe, Leo, Arley, Buggy, Chris, Vicky, Sue en Annie: bedankt voor jullie vertrouwen en aanmoediging. Veel liefs.

Lee Steindl, bedankt dat je me al schreeuwend hebt willen vergezellen op deze reis. Door jou ken ik nu het belang van een bezemsteel, en van Moët. Wat hebben we gelachen samen.

Matty Hutchinson: Lulu en ik zullen altijd van je houden. Dank voor wat je voor Alice hebt gedaan, en dat je je zonnebloemenmeisje naar haar hebt vernoemd.

Joan Mary Corfield, wat een prachtige sprookjestuin heb jij opgekweekt. Dank dat we daarvan mochten genieten, en dank voor je liefde voor verhalen.

Dadgee, Toby, Goose, Teapot en Coco, bij jullie is het waarlijk thuiskomen. Bedankt voor alle liefde, en voor de veilige plek die jullie me hebben geboden om te kunnen opbloeien.

Aan Hendrix, de piepkleine Thor en Kira Navi, Queen of the Wild Frontier: bedankt dat jullie mij niet doen vergeten hoe belangrijk de kracht van verbeelding en verhalen is.

Aan mijn moeder, Colleen Ringland. Je hebt me geleerd hoe ik dapper moet zijn. Je hebt me leren lezen toen ik drie was. Bedankt dat je me het leven hebt geschonken, Mamaleen. Bedankt dat je me hebt laten zien wat het betekent om nooit op te geven.

Aan al mijn andere familieleden en vrienden: bedankt voor jullie liefde en toewijding.

Dan de belangrijkste mensen. Sam Harris, jij bent het mooiste wat me ooit is overkomen. Jij hebt me geleerd dat vrede een vuur is. Jouw liefde is de waarachtigste vorm van magie die ik ken. Dank je wel.

En ten slotte natuurlijk dank aan jou, lieve lezer. De woorden van een schrijver komen pas tot leven als ze gelezen worden, en Alice Hart zou niet werkelijk leven zonder jou. Ik ben je zeer dankbaar.